Kristen Loesch

Die Porzellanpuppe

KRISTEN LOESCH

DIE PORZELLAN PUPPE

ROMAN

Aus dem Englischen von Silke Jellinghaus

Ullstein

Wir verpflichten uns zu Nachhaltigkeit

- Klimaneutrales Produkt
- Papiere aus nachhaltiger Waldwirtschaft
- ullstein.de/nachhaltigkeit

Die Originalausgabe erschien 2022
unter dem Titel »The Porcelain Doll«
bei Allison & Busby, London

Das Motto ist aus: Sergej Jessenin: Gedichte. Übertragen von Karl Dedecius. C. H. Beck, 2010. S. 53
Das Puschkin-Zitate aus Eugen Onegin sind aus: Deutsch von Torsten Schwanke https://de.scribd.com/document/369506191/PUSCHKIN-EUGEN-ONEGIN-odt
Bis auf das Zitat in Kapitel 9: Aus dem Russischen von Rolf-Dietrich Keil. https://www.russlandjournal.de/russische-literatur/jewgeni-onegin-roman-versen-von-alexander-puschkin/
Die Puschkin-Gedichte (Kapitel 7) sind aus: Gedichte von Alexander Puschkin; Im Versmaß der Urschrift von Friedrich Fiedler. Philipp Reclam jun. Verlag Leipzig, 1907

MIX
Papier | Fördert gute Waldnutzung
FSC® C083411
FSC
www.fsc.org

ISBN: 978-3-86493-211-3

Abbildung Innen: Blätter © shutterstock / Alfmaler und Blattadern © shutterstock / Vonts
Gesetzt aus ITC Berkely Oldstyle
Satz: Pinkuin Satz und Datentechnik, Berlin
Druck und Bindearbeiten: CPI books GmbH, Leck

Für meine Familie

»So wenig Wege sind gemacht,
so viele Fehler sind begangen!«
Sergej Jessenin

PROLOG

In einem fernen Königreich, in einem längst vergangenen Land lebte einst ein junges Mädchen, das sah genauso aus wie ihre Porzellanpuppe. Das gleiche rotgoldene Haar. Die gleichen Augen von rötlich dunklem Braun. Selbst des Mädchens eigene Mutter konnte sie kaum voneinander unterscheiden. Doch sie waren nie getrennt, denn das Mädchen behielt die Puppe stets bei sich, um sie vor den Händen ihrer vielen, vielen Geschwister zu schützen.

Die Familie lebte in einem blassrosa Haus am Fluss, und abends versammelten sich die Kinder gern um den alten Ofen und lauschten den Erzählungen ihrer Mutter. Erzählungen von entfernten Königreichen und längst vergangenen Ländern, in denen Könige und Königinnen in Schlössern lebten, Geschichten darüber, wie diese Schlösser ins nachtschwarze Meer gespült worden waren. Die vielen, vielen Geschwister schlummerten bei diesen Geschichten ein, und dann nahm die Mutter das Mädchen und die Puppe auf den Schoß und erzählte vom Vater des Mädchens. Er hatte dasselbe rotgoldene Haar und dieselben Augen von rötlich dunklem Braun gehabt, in einem anderen, fernen Königreich, in einem anderen, längst vergangenen Land.

Eines Abends nach dem Essen, der Ofen bullerte und der Samowar surrte und die Mutter erzählte und die Kinder lauschten, erklangen Schritte vor dem Haus. *Stampf, stampf, stampf.*

Es klopfte an der blassrosa Tür. *Tok, tok tok.*

Es ertönte die Stimme eines Mannes, die überhaupt keine Farbe hatte. *Aufmachen, aufmachen, aufmachen*!

Die Mutter öffnete die Tür. Zwei Männer standen da, jeder trug ein Gewehr.

»Du kommst mit uns«, sagten die Männer zur Mutter.

Die Mutter senkte den Kopf, damit ihre Kinder sie nicht weinen sahen. Aber der Samowar hörte auf zu surren und der Ofen hörte auf zu bullern und die Geschichte blieb unerzählt, und in der Stille konnten die vielen, vielen Geschwister hören, wie die Tränen ihrer Mutter zu Boden fielen. Sie rannten los, um die Männer aufzuhalten.

Halt, halt, halt!

Peng-peng-peng.

Die Geschwister fielen wie die Tränen der Mutter. Ihre Körper lagen so reglos und still da wie die Puppe im Arm des Mädchens.

»Ist das da noch eins?«, fragte der eine Mann den anderen und deutete auf das Mädchen, das am Ofen geblieben war.

»Das sind nur Puppen«, sagte der zweite Mann zum ersten.

Die Männer nahmen die Mutter mit. Ihre Schritte wurden leiser. *Stampf-stampf-sta…* Die Schreie der Mutter schienen weit entfernt und lange vergangen. *Nein, nein, nein …* Das Mädchen begann wieder zu atmen. *Ein, aus, ein.* Sie stand auf, die Puppe unter dem Arm, und ging über den blutroten Boden, über ihre blutroten Geschwister hinweg durch die blutrote Tür, aus dem blutroten Haus bis zum blutroten Fluss. Sie vergaß, ihre blutroten Hände zu waschen.

Aus Furcht vor diesen Männern blieb das Mädchen nicht an dem Fluss und auch nicht im Land. Aus Angst vor diesen Männern trug sie die Puppe durch all ihre Jahre, auf all ihren Reisen bei sich. Aber sie trug sie zu lange bei sich, so lange, dass sie sich und sie nicht mehr unterscheiden konnte. So lange, dass sie nicht mehr sicher sein konnte, ob sie überhaupt das Mädchen war, ob sie diejenige war, die echt war.

TEIL 1

KAPITEL 1

Rosie

London, Juni 1991

Der Mann, den ich hier treffen will, ist fast ein Jahrhundert alt. Es ist nur noch ein kleiner Rest von dem filmstarhaft guten Aussehen seiner Jugend übrig; mit weißem Haar, hager, sitzt er allein auf der Bühne und trommelt mit den Fingern auf seine Knie. Er legt den Kopf in den Nacken und wirft einen gestrengen Blick in die Menge, auf die Nachzügler, die unbeholfen in den Gängen stehen und verlegen lächeln. Auf das junge Paar, das seine Kinder mitgebracht hat, ein Mädchen im Kindergartenalter, das mit den Beinen baumelt, und den älteren, reglosen Jungen mit dem ernsten Gesicht. Auf mich.

Wenn sich zwei Fremde in einem überfüllten Raum in die Augen sehen, wendet normalerweise einer den Blick ab, aber keiner von uns tut das.

Alexej Iwanow wird heute Abend aus seinen Memoiren lesen, dem schmalen Buch mit dem roten Umschlag, das auf dem Tisch neben seinem Sessel liegt. Ich habe es inzwischen so oft gelesen, dass ich zu seinen Worten lautlos die Lippen bewegen könnte: *Ein Hügel verschwindet aus dem Blickfeld, und auch die Stimmen verklingen … wir sind wie Schiffbrüchige, die auf einem einzelnen Wrackteil in Richtung Meer treiben und alles zurücklassen, was uns mit der Menschheit verbunden hat …*

Alexej erhebt sich. »Ich danke Ihnen allen, dass Sie gekommen sind«, sagt er mit messerscharfem Akzent. »Und nun will ich beginnen.«

Der letzte Bolschewik ist ein Bericht über seine Zeit auf Stalins Weißmeerkanal, erzählt in Form von Kurzgeschichten, damit man beim Lesen nicht vergisst zu atmen. Heute hat Alexej die Geschichte des zum Scheitern verurteilten Einsatzes eines Arbeitstrupps ausgewählt, der in eine düstere winterliche Wildnis aufbricht, um eine Straße zu bauen, die nie jemand befahren wird. Die Gruben, die die Gefangenen ausheben, sind für sie selbst bestimmt. Sie sollen zu ihrem eigenen Grab werden.

Meine Hände fühlen sich feucht und schwer an, und meine Zehen beginnen in den Stiefeln zu kribbeln. Der Mann mittleren Alters, der neben mir sitzt, zieht seinen Mantel fester um sich, und das kleine Mädchen weiter vorne baumelt nicht mehr mit den Beinen, sondern sitzt mit ebenso durchgedrücktem Rücken da wie ihr älterer Bruder. In einem Vorlesungssaal voller Menschen hat Alexej Iwanow jedes Geräusch zum Verstummen gebracht. Er ist am Ende der Geschichte angelangt und klappt das Buch zu. »Ich stehe für Fragen zur Verfügung«, sagt er.

Leises Füßescharren ist zu hören. Irgendwo im Hintergrund hustet jemand und ein Baby beginnt zu wimmern, gefolgt von dem beruhigenden *Schsch* der Mutter. Alexej macht gerade Anstalten, sich in seinen Sessel zurückzulehnen, da hebt der Mann neben mir plötzlich die Hand.

Alexej lächelt breit und deutet auf ihn. »Fangen Sie an.«

»Meine Frage ist ziemlich persönlich«, sagt mein Nachbar mit breitem schottischem Zungenschlag. »Ich hoffe, es macht Ihnen nichts aus …«

»Bitte sehr.«

»Sie haben diese Memoiren jemandem gewidmet, den Sie bloß Kukolka nennen. Bestünde die Möglichkeit, dass Sie uns verraten, um wen es sich dabei handelt?«

Das Lächeln verschwindet aus Alexej Iwanows Gesicht. Ohne

dieses Lächeln sieht er nicht mehr aus wie der berühmte Dissident und Schriftsteller, der gefeierte Historiker. Er ist nur noch ein alter Mann, gebeugt unter der Last von über neun Jahrzehnten Leben. Er blickt sich erneut im Saal um, und da stößt das Baby irgendwo in unserer Mitte einen weiteren erschrockenen Schrei aus. Alexejs Blick bleibt eine halbe Sekunde lang an mir hängen, bevor er weitergleitet.

»Ihren Namen spreche ich niemals laut aus«, sagt er. »Und wenn ich es täte, würde ich ihn schreien.«

Ich verlasse meine Sitzreihe und gehe auf die Bühne zu. Das Publikum zerstreut sich, aber Alexej schüttelt noch immer Hände und plaudert mit den Organisatoren. Ich habe alle seine Schriften gelesen, meist zusammengekauert in einem Lesesaal der Bodleian Library, und das Ergebnis dieser muffigen Stunden in vollkommener Stille ist: Egal, wie menschlich der Mann auch aussieht, Alexej Iwanow ist für mich zu einer beinahe mythischen Figur geworden. Zu einer Legende.

»Hallo Sie«, sagt er und wendet sich mir zu. Sein Lächeln ist wie das Licht einer Fackel.

»Ich habe Ihre Lesung sehr genossen, Mr Iwanow«, sage ich, als ich meine Stimme wiedergefunden habe. Vielleicht ist genießen nicht das richtige Wort, aber er nickt. »Ihre Geschichte ist inspirierend.«

Ich hatte mir vorgenommen, das zu sagen, aber erst, nachdem ich es ausgesprochen habe, merke ich, wie ernst ich es meine.

»Ich danke Ihnen«, sagt er.

»Ich heiße Rosemary White. Rosie. Ich habe in Oxford Ihre Ausschreibung gesehen. Dort bin ich Doktorandin.« Ich huste. »Sie suchen für den Sommer eine wissenschaftliche Mitarbeiterin?«

»So ist es«, sagt er freundlich. »Jemanden, der mit mir nach Moskau kommen kann.«

Ich lockere den Griff um meine Handtasche. »Ich würde mich gerne bewerben, falls die Stelle noch frei ist.«

»Das ist sie.«

»Ich habe nicht viel Erfahrung auf Ihrem Gebiet, aber ich spreche fließend Russisch und Englisch.«

»Am Donnerstag bin ich in Oxford«, sagt er. »Wollen wir uns dort verabreden? Ich würde Ihnen gerne mehr darüber erzählen.«

»Unbedingt, danke. Nur fahre ich morgen nach Yorkshire, um die Großmutter meines Verlobten zu besuchen. Sie lebt allein. Wir besuchen sie einmal im Monat.« Ich bin mir nicht sicher, warum ich das alles hinausplappere. »Am Wochenende bin ich zurück.«

»Gut, dann dieses Wochenende«, sagt er. Seine Stimme klingt sanft. Um uns herum sind als angenehmes Summen Menschen zu hören, die sich unterhalten und scherzen, aber etwas in Alexejs Augen löst in mir plötzlich das Verlangen aus, mich gegen einen schneidenden Wind zu stemmen. Vielleicht ist der Textauszug, den er gerade vorgelesen hat, vielleicht sind die Einzelheiten über das Weiße Meer, die verlassenen Straßen, jene langen Winter in meinem Gedächtnis noch zu frisch. Vielleicht sehen die Leute, wenn sie ihn anschauen, immer nur diese Dinge.

Die Zeit, zu der meine Mutter schlafen geht, ist schon vorbei, als ich in ihre Wohnung zurückkehre, aber aus ihrem Zimmer dringt ein leises Stöhnen.

Ich klopfe an ihre Tür. »Mum? Bist du wach?«

Das Schlafzimmer meiner Mutter ist schmuddelig und düster, und sie passt perfekt hinein. Ungewaschen und reglos sitzt sie im Bett, gegen die Kissen zusammengesackt, und verströmt in Wellen den Moschusgeruch von Wodka. Ich besuche sie mindestens einmal im Monat und bleibe ein oder zwei Nächte bei ihr in London. In letzter Zeit habe ich sie häufiger besucht, aber wenn überhaupt scheint sie mich seltener zu erkennen. Mum hat immer weiter getrunken, selbst als die Ärzte sagten, dass ihre Leber dabei war zu versagen. Jetzt gerade ist sie wieder betrunken.

»Ich war bei einer Lesung«, sage ich. »Hast du auf mich gewartet?«

Ihre gelblichen Augen huschen durch den Raum, bevor sie mich direkt vor ihrer Nase entdeckt.

»Na dann, gute Nacht.« Ich stelle die Tablettenspender auf ihrem Nachttisch wieder auf und wische mir die Hände an der Hose ab. »Soll ich dich morgen früh wecken?« Ich halte inne. »Ich fahre gleich morgens nach York, schon vergessen?«

Sie zieht die knochigen Wangen ein und beginnt Halt suchend nach ihrer Decke zu greifen. Sie will, dass ich näher komme. Ich setze mich vorsichtig an das Fußende des Bettes.

»Raisa«, murmelt sie.

Raisa. Mein Geburtsname. Inzwischen fühlt er sich eher an wie etwas, das ich in Russland zurückgelassen habe, zusammen mit meinen Kleidern, meinen Büchern und allem anderen, was mich ausgemacht hat. Meine Mutter ist die Einzige, die ihn benutzt.

Wenn sie stirbt, wird sie ihn mit sich nehmen.

»Ich weiß, was du vorhast.« Ihr Atem geht stockend.

»Ich habe keine Ahnung, wovon du sprichst.«

»Doch, hast du.« Ihr Blick sucht den meinen, aber sie kann ihn nicht halten. »Du versuchst, nach Moskau zu fahren.«

»Woher weißt du …«

»Ich habe dein Telefonat mit der Botschaft mitgehört. Warum verweigern sie dir die Einreise? Liegt es an deinem Studienfach?« Sie versucht zu lachen. »Ich hoffe, sie lassen dich nie rein.«

»Es liegt an dem Chaos mit den Papieren, das du angerichtet hast, als wir hierhergezogen sind«, sage ich widerborstig. »Ich wollte schon immer einmal zurückkehren, um es zu sehen. Ich dachte, es ist eine gute Idee, wenn ich das mache, bevor Richard und ich heiraten. Um es hinter mich zu bringen.«

»Du lügst, Raisotschka. Du wirst diesen Mann suchen.«

Sie muss betrunkener sein als jemals zuvor, da sie *diesen Mann* erwähnt. Vor vierzehn Jahren, als unser klappriger Aeroflot-Flieger in den tiefroten Himmel in Richtung London abhob, brachte ich den Mut auf, sie nach ihm zu fragen. Meine Mutter starrte nur geradeaus. Das war ihre Antwort: *Dieser Mann* existierte nicht. Ich hatte es nur geträumt. Vielleicht habe ich sogar alles geträumt.

»Falls du jetzt fährst, bin ich nicht mehr da, wenn du zurückkommst«, sagte sie.

»Mum, bitte sag so etwas nicht. Und wenn du uns einfach lassen …«

»Du meinst, *ihn* lassen. Ihn mit seinem ganzen Geld. Er hält sich für etwas Besseres, für besser als mich.«

»Was? Sprichst du von Richard? Richard hält sich nicht …«

»Die Puppen.« Ihre Pupillen weiten sich. »Was hast du mit meinen Puppen vor, wenn ich tot bin?«

Jetzt spricht definitiv der Wodka aus ihr. Puppen? Ich habe noch nie darüber nachgedacht, was ich mit ihrer Sammlung alter Puppen aus Biskuitporzellan machen werde. Sie sind wie eine Armee von Untoten mit ihren starren Gesichtern, den blicklosen Augen. Zum Glück lagern sie auf einem Regal im Wohnzimmer, sonst wären sie Zeugen dieser Unterhaltung. Meines Zauderns.

Wenn sie ein paar gekippt hat, setzt sich Mum oft dazu und unterhält sich mit ihnen.

»Ich weiß es nicht«, sage ich, aber sie ist schon eingenickt.

*

Um halb neun Uhr morgens schläft Mum noch immer. Ihr Gesicht ist nass von Schweiß, aber sie wirkt so entspannt, so ausgeruht, sie könnte über Nacht auch einfach gestorben sein. Ich taste an ihrem Handgelenk nach dem Puls, der ganz schwach ist, und will dann auf ihrem Nachttisch die Tablettenbehälter aufrichten – sie stößt sie immer um, auf der Suche nach etwas, an dem sie sich festhalten kann –, aber das Tischchen ist abgeräumt worden. Keine Döschen. Auch keine zerknitterten Pfundnoten und keine Flaschen. Alles, was da liegt, ist ein ledergebundenes Notizbuch.

Es ist auf einer Seite aufgeschlagen, die so verwittert ist wie meine Mutter.

Ich spüre einen Anflug von Nervosität, als ich mich darüber beuge. Die kyrillische Handschrift ist ein unentzifferbares Gekrakel. Eine Handschrift ist nicht mit der Blockschrift in gedruckten russischen Büchern oder auf Straßenschildern zu vergleichen. Ich kann die ersten paar Zeilen entziffern:

Hinweis für den Leser
Diese Geschichten sollten nicht der Reihe nach gelesen werden.

»Raisa?«

»Mum«, sage ich und richte mich ruckartig auf. »Ich habe mir gerade – was ist das? Du hast deine Geschichten aufgeschrieben?«

Sie greift nach mir, und ich nehme ihre Hand.

»Ich …« Irgendetwas, vielleicht Galle aus ihrer Leber, steigt meiner Mutter in den Hals und schneidet ihr die Stimme ab. »Ich … für dich, Raisotschka. Nimm es mit. Lies es, bitte. Versprich es mir.«

»Ich verspreche es. Lass mich dir Wasser holen, Mum.« Ich versuche mich loszumachen, aber jetzt ist sie diejenige, die meine Hand festhält. Meine Handfläche fühlt sich an ihrer klebrig an.

»Ich … entschuldige …«

Ich möchte mich auch entschuldigen. Ich möchte mich dafür entschuldigen, dass ich diejenige bin, die hier mit ihr gestrandet ist. Es tut mir leid, dass sie mich nicht zurücklassen konnte, denn wenn sie das getan hätte, wäre es ihr vielleicht möglich gewesen, auch *diesen Mann* zurückzulassen. Aber ich habe zu viel Übung darin, Dinge nicht laut auszusprechen. Das habe ich von Mum selbst gelernt. Jetzt kann ich es nicht mehr verlernen. Alles, was jemals ungesagt geblieben ist, hängt zwischen uns in der Luft, so penetrant wie der Geruch von Verfall, der von dem seltsamen kleinen Notizbuch ausgeht. Oder vielleicht auch von dem, was von meiner Mutter übrig ist.

»Versprich es«, sagt sie wieder.

»Ich verspreche es.«

»Ich liebe dich, kleine Sonne.« Ihre Augen schließen sich, bis sie nur noch einen Schlitz geöffnet sind. »Müde …«

»Mum?«

Sie lässt meine Hand los, immer noch vor sich hin murmelnd.

Als der Zug aus King's Cross hinausrollt, lehne ich die Stirn an die Scheibe. Richard ist bereits in York. Es wird eine ordentlich lange Fahrt bis zu dem Cottage, in dem seine Großmutter lebt. Es steht, fast schwebt es, mitten im Nichts der Moorlandschaften des Nordens. Dort werden Richard und ich im Herbst heiraten.

Mum ist nie dort gewesen, aber ihr würde sehr gefallen, wie das Haus an einem Tag schroff und zornig, am nächsten anheimelnd und windumtost aussieht. Wie eine Landschaft aus ihren Geschichten.

Ich habe ihr Notizbuch in meiner Handtasche. Ich werde mein Versprechen halten. Aber ich habe ihre Geschichten immer gehasst.

Sie sind das Einzige an ihr, was nach einem kräftigen Schluck lebendiger und nicht weniger lebendig wird. Eigenartige kleine Vignetten, Miniaturmärchen, oft mit einer albtraumhaften Wendung. Sie beginnen alle mit einer Version ihrer Lieblingsphrase: Weit entfernt und vor langer Zeit. Diese Phrase ist kein Zufall. Das meiste an meiner Mutter ist weit entfernt und lange her.

Als Charlotte uns zeigt, wo die Musiker aufbauen werden, und uns mit leichtem Schnauben anweist, uns nicht auch nur in die Nähe ihres Rosengartens zu wagen, weht ein kühler Luftzug vorbei. Ich erschauere, und Richards Großmutter blickt mich mit einem ebenso kühlen Lächeln an.

»Entspricht das nicht deinen Vorstellungen?«, fragt sie.

»Doch, es ist – es ist wunderschön.«

Richard schlüpft aus seinem Mantel und legt ihn mir um die Schultern. Wir nähern uns dem Haus von der Rückseite her. Charlottes Hund, eine knöchelhohe Art von Terrier, springt neben der Tür kläffend auf und ab wie ein mechanisches Spielzeug. Charlottes Lippen sind zusammengepresst. Ihr Hund ist normalerweise auf den Kissen im Wohnzimmer anzutreffen, wo er an einem Trog voller Leckerlis schnüffelt. Er gehört nicht zu der Sorte Hund, die aus freiem Willen nach draußen entschlüpft. Die meisten Menschen würden ihn nicht einmal einen Hund nennen.

»Hast du ihm heimlich Kaffee verabreicht?«, frage ich Richard scherzhaft. »Oder etwas …«

Knoblauch.

Knoblauchgeruch hängt in der Luft und wird von dem frischen Wind weiter verbreitet, als es sonst vielleicht der Fall gewesen wäre. Einen Moment lang befürchte ich, dass ich es bin, da ich gerade eine Woche bei meiner Mutter verbracht habe, denn meine Mutter fügt allem, was sie isst, Knoblauch hinzu. Vielleicht sogar ihren Getränken. Als Teenager habe ich deswegen immer abfällige Bemerkungen gemacht: *Gab es, als du ein Kind warst, eine Knoblauchknappheit oder so?* Und sie lachte darüber, als machte ich Scherze, nicht, als wäre sie sauer.

Ich habe keine Scherze gemacht.

»Ro? Alles in Ordnung?«, fragt Richard.

»Sind es die Rosen?«, erkundigt sich Charlotte. »Sie duften sehr stark.«

»Mir ist nur kalt, glaube ich.«

Der Hund heult immer noch und klingt jetzt richtiggehend geistesgestört.

»Ich weiß nicht, was mit ihm los ist.« Charlotte legt eine Hand auf die Brosche an ihrem Revers. »Würdest du ums Haus gehen, Richie? Es könnte jemand gekommen sein.«

Ich kuschel mich in Richards Mantel. Es ist schon jemand da, direkt dort am Hintereingang. Ein Gast, der den Hund aus seinem Morgenschlaf geweckt hat, der uns wahrscheinlich dabei beobachtet hat, wie wir durch Charlottes Garten geschlendert sind. Ein Gast, der auch in Oxford oft *da* ist.

Zoja.

Richard entfernt sich. Der Hund beruhigt sich und scheint befriedigt, dass sein Aufstand eine Reaktion hervorgerufen hat.

»Ich habe das Gefühl, dass mit dir heute etwas nicht stimmt,

Rosie«, sagt Charlotte. »Du bist nicht du selbst.« Sie gibt ein Ts-ts von sich.

Dieser Laut ist das, was sie von mir denkt, in einem Geräusch zusammengefasst. Ich weiß nicht, ob sie sich je hat träumen lassen, dass ihr Lieblingsenkel mit jemandem wie mir enden könnte, aber wahrscheinlich findet sie auch, dass es hätte schlimmer kommen können. *Ts-ts.*

Ein weiteres Ts-ts in meine Richtung, weil ich nicht sofort geantwortet habe. Ich versuche sie anzulächeln, aber sie unternimmt ihrerseits keinen Versuch, mein Lächeln zu erwidern. Was will sie von mir hören, eine Entschuldigung dafür, dass ich heute nicht ich selbst bin? Welche Rosie ist schon sie selbst? Rosie, die nicht immer Rosie geheißen hat? Manchmal blitzt bei Charlotte etwas auf, das mich argwöhnen lässt, sie könnte vermuten, dass mit meiner Geschichte etwas nicht stimmt. Aber sie ist diejenige, die sich in ein abgeschiedenes, rosengärtnerndes Witwenleben zurückgezogen hat, weit abseits von allen, die sie kennt, von ihrem alten Leben als Ehefrau. Vielleicht stimmt auch an ihrer Geschichte etwas nicht.

»Es ist wegen meiner Mutter. Es geht ihr nicht gut«, sage ich.

Charlotte strafft sich. »Ja, natürlich. Richard hat es erwähnt. Was für eine fürchterlich schwierige Situation für deine Familie. Ist deine Mutter religiös?«

»Sie hat ihre Überzeugungen«, sage ich. »Sie glaubt an die Seele.«

Einst war Mum fest entschlossen, auch mich und Zoja an die Seele glauben zu lassen. Sie versuchte uns zu zermürben, Abend für Abend saß sie an unserem Bett und strich ihr Lieblingsnachthemd glatt, das einzige, das sie heute noch trägt. Einige ihrer die menschliche Seele betreffenden Behauptungen waren mit fest gefügten moralischen Lektionen verbunden. Bei anderen handelte es sich um morbiden Aberglauben, wie ihn Schulkinder auf dem Schulhof von sich geben.

Ich habe damals nichts davon geglaubt.

Der Hund schweigt jetzt eisig.

»Niemand«, vermeldet Richard und schlendert auf uns zu. »Wollen wir reingehen?«

Charlotte bückt sich mit beeindruckender Beweglichkeit und nimmt ihr Haustier hoch. Sein Schwanz klopft wie ein Metronom gegen ihren Arm. Bevor ich ihr folgen kann, weht mich wieder der Knoblauchgeruch an, jetzt vermischt mit dem Geruch von Wodka. Eine mächtige Kombination.

Diese besondere Kombination, die Mum ausströmt wie Radioaktivität.

Mein Frühstück dreht sich mir im Magen um und droht mir hochzukommen. Mums Volksglauben zufolge gibt es nur eine feste Regel: Nach dem Tod muss die Seele all die verschiedenen Orte besuchen, an denen der lebende Mensch jemals gesündigt hat.

Hat Zoja nicht überall gesündigt außer direkt hinter meinem Rücken?

Spät am Abend ruft Mums Nachbar aus London an. Mum ist gestorben. Er hat ihr wie immer die Einkäufe gebracht und es einfach gespürt, sagt er. Ich würde ihn gern bitten, noch einmal nachzusehen, weil man Mum schon seit ein paar Jahren für tot halten könnte, aber ich tue es nicht. Ich krieche ins Bett und denke über dieses winzige, efeubewachsene Haus nach und die Moorlandschaft ringsum, die sich in alle Richtungen ausdehnt, wild und öde, die von nirgendwoher kommt und niemandem gehört.

In London gibt es keine Beerdigung, keine Zeremonie außer

der Einäscherung. Mum hatte keine Freunde. Sie kannte niemanden, der nicht dafür bezahlt wurde, sie ebenfalls zu kennen. Ich nehme ihre Asche in einer unscheinbaren Urne mit und lehne Richards Angebot ab, noch zu bleiben und mir zu helfen.

Ich werde nur noch einen Tag hier sein, sage ich, weil ich am Wochenende wieder in Oxford sein muss.

Ich versuche ihre Wohnung aufzuräumen. In der Küche fange ich mit ihren grässlichen Gläsern voll selbst eingelegtem Gemüse an, das ich sie nie habe anrühren sehen. Als Nächstes nehme ich mir das Wohnzimmer vor, aber die Glasaugen ihrer Puppen folgen mir, als warteten sie nur darauf, dass ich ihnen den Rücken zukehre. Also beschließe ich, mich um sie das nächste Mal zu kümmern, und öffne stattdessen alle Fenster, um etwas von der abgestandenen, wodkagetränkten Luft hinauszulassen. Um Mums Seele hinauszulassen.

Ich habe einfach keine Ahnung, was ich mit ihren Sachen anfangen soll. Und soll ich die Urne einlagern? Oder aufstellen?

Wenn ich ihre Asche verstreuen wollte, dann auf der Bühne des Bolschoitheaters, über die Köpfe der Musiker hinweg, zu Bravorufen aus jeder Loge. Meine Mutter war im Ballettensemble, bevor sie heiratete – bevor meine Schwester und ich auf die Welt kamen und ihr jede Chance auf eine Beförderung zur Primaballerina verdarben –, und sie hat wahrscheinlich immer gehofft, auf der Bühne zu sterben, mitten im Plié. Zoja und ich haben sie morgens beim Üben immer veralbert. Wir stolperten über unsere eigenen Füße, wenn wir versuchten, neben ihr her *en pointe* zu gehen.

Katerina Ballerina.

Später treffe ich mich mit ihrem Anwalt. Er hat ein schickes Büro und ein sympathisches Lächeln. Er eröffnet mir, dass sie mir die Wohnung hinterlassen hat. Sie gehört jetzt mir. Das kann nicht sein, sage ich und versuche mit ihm darüber zu diskutieren. Richard und ich haben dafür Miete bezahlt. Wir schicken ihr alle drei Monate einen Scheck.

Vor meinem inneren Auge erscheint das Bild von gehorteten Schecks, eingemacht in Einmachgläser.

Ihr Anwalt hat Mitleid mit mir. Ich höre es seiner Stimme an. Er hat einen vornehmen Akzent, wie Richard, einen, mit dem man Glas schleifen könnte. Er könne mir die notarielle Besitzurkunde zeigen, sagt er. Katherine White, eine Immobilienbesitzerin. Einen Augenblick denke ich, ach so, das ist es. Er hat die falsche Person erwischt. Meine Mutter hieß nicht Katherine White. Sie hieß Jekaterina Simonowa. *Katerina Ballerina.*

Richard steht ohne Schirm im Regen, den Collegeschal um den Hals, die Hände in den Hosentaschen. Ich steige aus dem Bus und blicke missbilligend zu dem dunklen Himmel auf, der steif und flach über ganz Oxford liegt. Ein Regentropfen landet auf meinen Wimpern. Ich habe mich immer gefragt, ob sich Mum England ausgesucht hat, weil es so farblos ist. Weil sie nicht wollte, dass es mit ihrem alten Leben konkurrieren kann.

Er küsst mich sanft auf den Mund. »Du bist ja schon so schnell zurück.«

»Ich habe es da keine Sekunde länger ausgehalten«, sage ich. »Alles andere regele ich ein andermal.«

»Wollen wir etwas essen gehen?«

In dem kleinen Lokal an der Ecke schäle ich mich aus meinen nassen Schichten und fröstele. Richard leiht mir seinen Schal, der nach ihm riecht, nach Holz und Asche und Sherry.

»Wie fühlst du dich?«, fragt er, als das Essen kommt.

»Mir geht's gut. Ehrlich.« Ich steche mit der Gabel in einen breiigen Berg von Erbsen. Richards Mutter ist vor fünf Jahren beim Tee bei Fortnum & Mason anmutig an einem Hirnaneurysma gestorben. Es ist fast schwer, nicht neidisch zu werden, wenn ich mir vor Augen halte, dass sich Mums Zustand beinahe ein ganzes Jahrzehnt über immer weiter verschlechtert hat. Manchmal hat es sich so angefühlt, als würde sie in diesem Zustand ewig leben.

»Und wie ist es bei dir?«, frage ich mit halb vollem Mund.

»Das Übliche. Dad hat gestern angerufen und wollte wissen, ob ich schon fertig bin.« Richards Vater scheint es amüsant zu finden, dass sein Sohn einen Doktor in Klassischer Philologie macht, so als müsste Richard das erst aus seinem System bekommen, bevor er in der City an der Börse anfangen kann oder was auch immer Männer in seiner Familie sonst so tun. »Er ist immer noch sauer, weil sich Henry und Olivia getrennt haben«, fügt Richard hinzu und meint damit seinen älteren Bruder und dessen langjährige Freundin. »Ich habe ihm nicht gesagt, dass Henry vorhat, seinen Job zu kündigen, um diesen Sommer durch Europa zu reisen.«

»Ach, was den Sommer angeht.« Ich schlucke mühsam. »Ich überlege, mich für ein Projekt in Moskau zu bewerben.«

Seine Augenbrauen heben sich. »Ich weiß, du wolltest einige Zeit dort verbringen, aber bist du dir sicher? Hast du mit Windle gesprochen?«

»Du weißt doch, wie er ist. Ich mache es wieder gut, wenn ich zurück bin. Es wird ihm nichts ausmachen.«

»Ich wünschte, meinem Doktorvater würde es auch nichts ausmachen.« Richard gluckst. »Aber wärst du rechtzeitig zu unserer Hochzeit wieder zurück?«, fragt er halb im Scherz. Er klingt nicht verärgert, aber Richard ist selten verärgert. Seine Robustheit, seine Zuverlässigkeit und die Tatsache, dass er immer derselbe ist, haben ihn mir von Anfang an ans Herz wachsen lassen. In Richards Welt sterben die Menschen reinlich an Hirnaneurysmen. Sie zerstören sich nicht selbst. In Richards Welt ist es ein Schock, wenn die Jugendliebe dann doch nicht die Liebe für das ganze Leben ist.

»Rede keinen Quatsch.« Die Erbsen in meinem Mund schmecken wie kleine Gummistücke. Irgendwie habe ich gewusst, dass Mum an unserer Hochzeit nicht dabei sein würde, als wir den Termin festgesetzt haben. Vielleicht habe ich den Termin absichtlich in für sie unerreichbare Ferne gelegt, weil ich befürchtet habe, dass sie mit knallrotem Gesicht erst zu spät kommen und dann während der Zeremonie anfangen würde zu schnarchen, die Arme und Beine über die Stühle anderer Gäste geworfen, wie ein Geschirrtuch über ihrem eigenen Stuhl hängend. Dass sie immer noch im Nachthemd sein würde.

»Ich brauche in Moskau sowieso etwas mehr Zeit«, füge ich hinzu. »Du weißt schon. Um Mums Freunden und Familie Bescheid zu sagen?« Ich habe keine Vorstellung davon, was Menschen normalerweise tun, wenn jemand stirbt. Aber normalerweise haben Menschen andere Menschen.

Ich schaufle mir noch mehr Erbsen in den Mund.

»Was ist das für eine Aufgabe in Moskau?«, fragt Richard. »Es gibt doch eine ziemlich berühmte Universität dort, stimmt's, wie heißt sie noch …«

»Lomonossow. Es ist im Grunde bloß eine Idee.«

Richard senkt den Blick auf sein Gericht, das in einem früheren Leben vielleicht ein Shepherd's Pie gewesen ist. Ich kann sehen, wie er versucht, es von den Rändern her zu zerlegen. Er schiebt einen Klumpen Pie herum und räuspert sich. »Warum komme ich nicht mit?«

»Du hast doch gerade erst mit deiner Doktorarbeit angefangen.« Die Erbsen liegen mir wie Blei im Magen. »Du hast so viel zu tun. Und vielleicht muss ich … ich weiß nicht. Ich muss eine Weile von hier weg.«

»Ist es wirklich nur das?«

»Es ist nur das.« Wenn Richard bloß noch ein paar Monate durchhält, dann müssen wir nie wieder über Mum oder Russland sprechen. Es wird ein stiller Zusatz zu meinem Ehegelübde werden: Zu lieben. Zu ehren. Rosie zu sein und nicht mehr Raisa, nie wieder.

»Also, ich werde dich vermissen.« Möglicherweise hat er Schuldgefühle, denn er fügt hinzu: »Ich verstehe dich. So lange gab es nur dich und Katherine, nur euch beide.«

Nur uns beide. Er hat ja recht. Warum hat es sich dann immer so angefühlt, als hätte ich in einer einzigen Nacht in Moskau meine ganze Familie verloren? Als wäre auch Mums Blut dort auf unserem Wohnzimmerboden vergossen worden? Oder zumindest ihr Herzblut, denn sie hat nie wieder Ballett getanzt, nachdem wir Sowjetrussland verlassen hatten. Übergelaufen sind, hätten die Leute damals gesagt, aber wir sind nicht übergelaufen. Wir sind entkommen. Wir sind geflohen.

Das Läuten der Glocken vom Turm einer nahe gelegenen Kapelle klingt gespenstisch. Die Glocken läuten in Oxford schon seit Jahrhunderten. Genauso lange kommen mir meine Nächte oft vor.

Neben mir bewegt sich Richard, aber ich rühre mich nicht. Ich leide seit Jahren an Schlaflosigkeit, und oft fühle ich mich nachts so wach wie sonst nie. Mein Vater hätte das verstanden. Er hat oft bis spät in die Nacht hinein gearbeitet, Arbeiten korrigiert, Turnübungen gemacht. Meine Mutter hat es darauf geschoben, dass er Mathematiker war. Es ist nicht gut, wenn einem ständig Zahlen durch den Kopf gehen, hat sie gesagt, denn sie nehmen kein Ende.

Aber wenn es Zahlen sind, die mich wach halten, dann sind es keine besonders hohen.

Eins, zwei.

Heute Nacht denke ich an Alexej Iwanow, den ich morgen treffen werde, und daran, wie viel er und ich gemeinsam haben. *Der letzte Bolschewik* ist in den späten Siebzigerjahren in Europa erschienen und in Russland prompt verboten worden, was ihn dazu zwang, zu seiner eigenen Sicherheit ins Ausland zu gehen. Doch seit 1985 hat sich unter Michail Gorbatschow in der UdSSR so vieles verändert. Die Ära der politischen Verfolgung scheint vorüber. Alexejs Memoiren sind letztes Jahr in seinem Heimatland offiziell veröffentlicht worden. Er wird von der sowjetischen Regierung umworben, und man hat ihm sogar die Staatsbürgerschaft wieder angeboten.

Ich könnte zu ihm sagen: *Sehen Sie, auch für mich musste etwas aufhören, damit ich zurückkehren kann.*

In meinem Fall handelte es sich um Mum.

Richard hebt den Kopf vom Kissen und blinzelt schläfrig. Er ist daran gewöhnt, dass ich hellwach und eulenhaft in der Dunkelheit liege. Bevor ich etwas sagen kann, küsst er mich daunenweich auf die Wange. Richards Berührung ist immer sanft, immer freigiebig. *Hier bist du sicher*, sagt er mir auf seine Art, und bald weichen alle Gedanken an Mum und Russland in die Schatten zurück.

Später läuten zur vollen Stunde wieder die Glocken. Ich versuche, mit ins Kissen vergrabenem Gesicht zu schlafen. In Moskau wird Richard nicht da sein. Nur die Schatten.

Das Café, das Alexej ausgesucht hat, ist gemütlich und nur spärlich erleuchtet, die Gäste sind vornehmlich Universitätsangestellte und Studenten. Die entspannte Atmosphäre passt zu ihm.

Das meiste von dem, was er tut, wirkt entspannt, wie er sich auf seinem Stuhl zurücklehnt, gegen das Etikett seines Teebeutels schnippt, gelegentlich einen Blick aus dem Fenster wirft. Das Gespräch zum Erliegen kommen lässt.

Je ruhiger und entspannter er erscheint, desto getriebener fühle ich mich, als wollte ich damit einen Ausgleich schaffen.

»Ich würde gern etwas über Ihr neues Projekt erfahren, Mr Iwanow.« Ich schließe meine Hände um den Becher. »Ich studiere eigentlich etwas anderes, aber ich lerne schnell, und ich habe große Lust auf etwas Neues. Den letzten Monat über habe ich zur Vorbereitung einiges gelesen.«

»Warum?«, fragt er.

»Entschuldigung?«

»Ich habe ein paar Nachforschungen über Sie angestellt. Sie sind in Ihrem ersten Jahr als Doktorandin am Mathematischen Institut«, sagt er. »Sie schreiben über Kryptografie, soweit ich das verstehe. Codes knacken. Da denke ich an Bletchley Park. Sehr spannend. Wieso schwenken Sie jetzt auf russische Geschichte um?«

Zuerst will ich ihm eine glatte Lüge erzählen, aber ich glaube, er hat mich durchschaut. Ich muss ausweichen.

»Ich bin in Moskau geboren«, sage ich. »Meine Mutter ist vor Kurzem gestorben. Ehrlich, das hat mich dazu gebracht, über ein paar Sachen neu nachzudenken. Ich will meine eigene Kultur und Geschichte kennenlernen. Mein Erbe.«

Er lässt mir ein paar Sekunden Zeit, um das auszuführen, und als ich es nicht tue, nickt er bloß. Ich vermute, er ist schon sein ganzes Leben von Menschen umgeben, die die langen Geschichten ihrer Vergangenheit für sich behalten. Beinahe möchte ich ihn fragen: Wie ist das, wenn man über seine Vergangenheit nicht nur spricht, sondern sie öffentlich macht? Sich außerdem den Fragen eines ganzen Raums voller Menschen stellt?

»Na gut. Nun, um ehrlich zu sein, könnte ich eine etwas andere Perspektive gebrauchen«, sagt Alexej. »Weil die Aufgabenstellung eine ganz andere ist als bei meinen sonstigen Arbeiten. Ich versuche eine Frau zu finden, die ich früher einmal gekannt habe. Das ist alles. Das ist das Projekt, das Vorhaben. Wir müssen nur sehen, ob mir genügend Zeit bleibt. Und damit meine ich nicht freie Zeit«, fügt er mit einem selbstironischen Lachen hinzu. »Einfach nur Zeit.«

Ich senke den Blick in meinen Tee und lasse den Dampf brennend heiß auf meine Augenlider treffen. Mum ist gerade im Alter von dreiundfünfzig Jahren gestorben. Mein Vater ist mit vierundvierzig gestorben.

Zoja ist mit fünfzehn gestorben.

Alexej greift nach dem welken Etikett seines Teebeutels, hebt den Beutel aus der Tasse und lässt ihn wieder hineinsinken.

»Sie ist seit Jahren verschollen«, fährt er fort. »Ich stelle mir gern vor, dass sie irgendwo auf dem Land lebt. Sie liebte die Natur. Sie hat immer gesagt, sie könnte darin schwelgen, baden, ertrinken …« Er lehnt sich zurück, als wollte er den Satz wirken lassen. »Aber lassen Sie uns über die Logistik sprechen. Vielleicht werden Sie nicht mehr ganz so begeistert sein, wenn Sie erfahren, wie die Bezahlung ist, auch wenn ich bereit bin, mich um die Reiseformalitäten und die Unterkunft zu kümmern. In dieser Hinsicht müssten Sie keinen Finger krumm machen.«

Darauf hat seine Ausschreibung hingedeutet, und es ist genau das, was ich zu hören gehofft habe.

»Ich werde recht viel herumreisen müssen, wenn wir dort sind, also sollten Sie in der Lage sein, selbstständig zu arbeiten. Außerdem sollten Sie weiterhin so viel lesen wie möglich.

Sie brauchen eine …«, er macht eine vage Geste. »Eine solide Wissensgrundlage. Aber es ist gut für junge Leute, sich mit Geschichte zu beschäftigen. Sie müssen nur aufpassen.«

»Aufpassen?«, wiederhole ich.

Seine blauen Augen fixieren mich. »In der Vergangenheit wartet keine Erleuchtung. Keine Heilung. Kein Trost. Wonach auch immer wir suchen, es wird nicht da sein.«

So, wie er sie ausspricht, klingen seine Worte wie die Glockenschläge einer Kirche. *Wonach auch immer wir suchen, es wird nicht da sein.*

Kann ein Historiker das wirklich glauben?

Ich muss an Zoja denken, daran, wie sie den Geruch von Rost und billigen Kerzen heraufbeschwor und mich damit zwang, mich an meinen ersten Winter in England in dieser schäbigen Übergangswohnung zurückzuerinnern. Mich daran zu erinnern, wie Mum am Fenster stand und durch die Vorhänge schaute, einen Fuß angewinkelt, als wollte sie gleich wegtanzen, wie auf jeder Oberfläche Kerzen brannten, als wollte sie die ganze Wohnung niederbrennen lassen. Ich saß umgeben von Schulbüchern am Tisch und arbeitete fieberhaft, ich dachte: Wenn ich nur bis zum Ende dieses Problems komme, wenn ich diese eine Lösung finde, wird alles einen Sinn ergeben.

Aber will Zoja nur, dass ich mich erinnere? Oder durchforstet sie meine alten, geheim gehaltenen Erinnerungen, weil sie nach etwas sucht?

»Es handelt sich um diejenige, die neulich Abend erwähnt wurde«, sagt Alexej und verschränkt über seinem Tweedjackett die Arme.

Er spricht von der Frau, die er finden möchte. Ich reibe mir die Schläfen. Zoja ist im Moment nicht hier, und ich will nicht zu sehr an sie denken, sonst könnte sie auftauchen.

»Sie hieß Kukolka«, sagt er.

Püppchen.

Ich nehme einen Schluck von meinem Tee. Er ist kalt geworden.

Kukolka. Das ist eine unwillkommene Erinnerung an Mums Strafgefangene aus Porzellan in London. Ich wäre froh, wenn ich sie nie wieder zu Gesicht bekommen müsste, und nicht nur, weil sie unheimlich sind. Sondern weil Mum ihre Puppen menschlicher Gesellschaft vorgezogen hat. Das hat sie immer getan. Von all den Dingen, die wir aus Russland hätten mitnehmen können – und wir konnten nicht viel mitnehmen –, hat sie ausgerechnet sie ausgesucht.

Ich bleibe noch im Café sitzen, nachdem Alexej gegangen ist, trinke meinen letzten Schluck Tee aus und beobachte den Strom der Gäste. Durch die Glasscheibe sehe ich den Regen auf den Bürgersteig prasseln und langsam an Heftigkeit zulegen, während die Markise im Wind flattert und wie besessen wirkt. Menschen stürmen mit durchnässten Zeitungen in der Hand herein und schütteln sich wie Hunde.

In Oxford regnet es ständig. Nichts scheint jemals zu trocknen, weder drinnen noch draußen. Aber es stürmt nicht oft so stark, dass die Straßen so menschenleer sind wie jetzt. Hätte ich mir doch nur etwas Arbeit mitgebracht oder irgendeine Beschäftigung …

Mums Notizbuch mit den Geschichten. Ich wühle es aus meiner Tasche. Je dunkler draußen der Himmel wird, desto heller kommt es mir hier drinnen vor. Aber das macht die Lektüre dieser geschwungenen Schrift nicht weniger anstrengend. Ich verstehe kaum etwas.

Hinweis für den Leser …

Hinweis für den Leser

Diese Geschichten sollten nicht der Reihe nach gelesen werden.

Wenn Du, in welcher Reihenfolge auch immer, alle anderen Geschichten gelesen hast, kannst Du zur ersten zurückkehren. Schließlich ist dieses Buch voller Geschichten für diejenigen bestimmt, die wissen, dass der Anfang erst vom Ende her verstanden wird.

Du musst nun die Augen schließen, damit Du sehen kannst, was ich Dir zeigen werde.

Wenn Du glaubst, dass Deine Augen fest genug geschlossen sind, dann lass uns beginnen: In einem fernen Königreich, in einem längst vergangenen Land …

KAPITEL 2

Antonina

Petrograd, Herbst 1915

Im Blauen Salon wird um vier Uhr nachmittags der Tee serviert, jeden Tag. An den meisten Tagen gibt es auf Platten angerichtet auch Sahnetorten, Puddingtörtchen und Blätterteiggebäck oder gebuttertes Brot, frisch aufgeschnitten und noch dampfend. Trotzdem verspürt Tonja niemals Hunger. Sie redet sich ein, es läge daran, dass das Mittagessen zu kurz zurückliegt oder zu reichhaltig war. Oder an der hässlichen silbernen und blauen Tapete, nach der das Zimmer benannt ist und die alles, was sich darin befindet, kränklich aussehen lässt. Oder weil Dmitri das Teeservice oder die Platten mit den Leckereien selbst so gut wie nie anrührt. Heute zählt er am Sekretär leise murmelnd Geldscheine: *Zwanzig, vierzig, sechzig. Eins. Zwei. Drei.* In diesem Haus bekommt alles eine Zahl.

Alles hat seinen Preis.

Der Karawanentee ist schwarz und rauchig. Tonja trinkt so lautlos wie möglich.

Dmitri legt seine Brieftasche zur Seite. Er fischt eine Zigarre aus der wohlriechenden Zedernholzkiste, in der er sie aufbewahrt. Man könnte sich leicht fragen, warum sie sich für den Tee überhaupt die Mühe machen, wenn man nicht wüsste, dass sie sich sonst möglicherweise den ganzen Tag nicht sehen würden.

»Deine Albträume werden immer schlimmer«, sagt er.

Ihre Zunge fühlt sich an ihren Zähnen geschwollen an, verdreht. »Nicht schlimmer als sonst.«

Dmitri nimmt einen langen Zug. »Ich konnte gestern sogar von meinen Zimmern aus hören, wie du dich hin und her geworfen hast.«

»Ich träume von zu Hause«, sagt sie verschlossen. »Von Otrada. Vielleicht ist es ein Zeichen dafür, dass ich dort einen Besuch machen sollte.«

»Es kommt nicht infrage, dass du allein reist.«

»Aber ich könnte dich begleiten, wenn du das nächste Mal in den Süden fährst …«

»Ich habe in absehbarer Zeit keine dahin gehenden Pläne. Es gibt hier Schwierigkeiten mit der Gewerkschaft.« Ein Seufzer, der durch einen weiteren Zug an der Zigarre besänftigt wird. »Unter meinen Angestellten gibt es mehrere Aufwiegler.«

Tonja würgt ihre Antwort hinunter. Dmitri verreist häufig, um das Land nach Stücken für seine geliebte Sammlung von Raritäten, Kuriositäten und anderen Schätzen abzusuchen. Manchmal ist er wochenlang fort.

Sie muss zum Tee zu Hause sein.

»Langweilst du dich, Tonja?«, fragt er. »Ist das das Problem?«

»Ich – ich kann mich beschäftigen«, stammelt sie.

»Vielleicht solltest du dich für die Philanthropie erwärmen«, sagt er. »Erst neulich dachte ich, dass eine Besichtigung der Fabrik, sogar der Baracken, längst überfällig ist. Und es wird mir sicher zugutegehalten werden, wenn sie sehen, dass ich ein verheirateter Mann bin.« Dmitri pafft die Zigarre und scheint sich an dem Gedanken zu erfreuen. Vor den wässrigen Farbtönen der Tapete hebt sich sein Profil ab, scharf, fürstlich. Verwegen vielleicht. Tonja lebt lange genug in diesem Haus, um das Kichern der jungen Hausmädchen gehört zu haben, ihre Schwärmereien. Wie sich ihr Herr doch von den anderen seines Standes unterscheidet! Er behandelt seine Untergebenen mit so viel Achtung, solcher Güte! Er ist kein hartherziger Despot, kein hinterhältiger Tyrann, kein grausamer Prinzipal! Sie haben recht. Er ist nichts von alledem. Wenigstens nicht hier unten.

Tonja ist in die Lektüre von Alexander Puschkins *Eugen Onegin* vertieft, als Dmitri verkündet, dass es Zeit für eine Spazierfahrt ist. Hat sie gestern versehentlich Interesse an der Idee einer Fabrikbesichtigung geheuchelt? Sie ist sich nicht einmal sicher, was seine Fabrik herstellt. Magnetzünder, hat sie die Leute im Vorbeigehen sagen hören. Irgendetwas, das mit dem Krieg gegen das Deutsche Kaiserreich zu tun hat. Im Wagen schließt Tonja die Augen und versucht, sich in die atemberaubende, romantische Welt Puschkins zurückzuversetzen, aber die Stimme ihres Mannes unterbricht sie.

»Du trägst dein Haar offen«, bemerkt er, als hätte er Olenka nie angewiesen, es so zu frisieren. »Ich verabscheue diese matronenhaften Hochsteckfrisuren. Du bist zwar bald siebzehn, aber du bist noch ein Mädchen.« Dmitri beugt sich vor und berührt ihr Ohr, zieht an einem Perlenohrring. »Du gefällst mir so. Du siehst so aus wie an dem Tag, als wir uns begegnet sind.«

»Sollte eine verheiratete Frau so aussehen wie ich?«, fragt sie und bemüht sich, nicht missmutig zu klingen.

»Niemand sonst sieht aus wie du«, sagt er.

Sein Tonfall deutet darauf hin, dass er sie heute Abend in ihrem Bett besuchen wird. Es wäre das erste Mal seit seiner Rückkehr von der letzten Reise. Aus den geflüsterten Unterhaltungen des Chauffeurs mit der Köchin weiß sie, dass Dmitri regelmäßig die Hafenanlagen aufsucht, wenn er hier in der Hauptstadt ist. Dass er die Mädchen gut zugeritten mag, wie Pferde.

Nicht alle Angestellten haben Scheuklappen auf wie die Hausmädchen.

Tonja dreht sich zum Fenster. Die Fabrik steht auf der Wyborger Seite, auf der anderen Seite der Newa, aber der Fahrer scheint einen großen Umweg zu machen. Sie blinzelt, weigert sich, das Stadtbild zu bewundern. Es ist beinahe anderthalb Jahre her, dass sie Dmitri geheiratet hat, und über ein Jahr, dass er sie nach Petrograd mitgenommen hat. Noch immer ist das Einzige, was ihr an der Hauptstadt gefällt, die unnahbare Turmspitze der Admiralität und wie sie einsam das Sonnenlicht einfängt. Mit der Newa kann sie sich anfreunden, obwohl sie nach Dorsch und Möwen stinkt. Und manchmal freut sie sich, die Wäsche auf den Leinen in den gelben Höfen hängen zu sehen und zu hören, wie sie im Wind flattert, *flap-flap-flap*. Sie möchte, dass sie weggeweht wird. Sie will, dass alles weggeweht wird.

Eugen Onegin, sagt sie sich. Denk an *Eugen Onegin*.

Die Führung ist todlangweilig, sie wird von dem Vorarbeiter angeführt, einem stoppeligen Mann namens Gotschkin. Tonja fährt mit der Hand über die Tische, das Werkzeug und die Maschinen, für die sie keinen Namen hat. Die Arbeiter werfen ihr finstere Blicke zu, aber das tun auch Dmitris Freunde aus der besseren Gesellschaft. Tonja mag dem Provinzadel entstammen, ihr Vater mag ein Fürst sein, aber für die alte St. Petersburger Elite ist sie einfach ein unbedeutendes Landei. Ihr Heimatdorf liegt so tief auf dem Land, dass man es hier kaum als zu Russland gehörend betrachtet.

Ob jung oder alt, die Gesichter der Arbeiter sind schmutzig und ernst. Dmitri scheint das nicht zu bemerken. Er ist zu allen freundlich, schüttelt Hände, klopft auf Schultern. Erkundigt sich nach Babys. Tonja weiß, dass ihr Mann sich für einen Liberalen hält. Es bereitet ihm ein schlechtes Gewissen, dass seine Vorfahren jemals Leibeigene besessen haben.

Er hat jedoch kein schlechtes Gewissen, Tonja zu besitzen.

Nach der Besichtigung gesellt sich Tonja zu Dmitri und Gotschkin auf die erhöhte Plattform, von der aus man die Fabrikhalle überblickt. Die Männer ziehen sich ins Büro des Vorarbeiters zurück, und Tonja schlendert zum Geländer. Sie spielt mit ihren Haarspitzen, sucht ihren Ärmel nach den kleinsten Fäden ab. Das Kleid mit dem steifen Kragen ist furchtbar einengend. Ihr Schmuck fühlt sich schwer an. Ihr ist unbehaglich zumute und sie ist unruhig. Da wird ihre Aufmerksamkeit von einer Gruppe von Arbeitern angezogen, die sich unten versammelt haben. Junge Männer, die lachen und miteinander reden.

Das Geländer ist plötzlich das Einzige, was sie noch aufrecht hält.

Tonja weiß nicht, wer er ist. Er war bei der Besichtigung nicht dabei. Wäre er es gewesen, wüsste sie es. Er ist dunkelhaarig und schlank, aber das sind sie alle, zweifellos ernähren sie sich von Kohlsuppe und Buchweizengrütze. Und er sieht gut aus. So gut, dass es auf ihrem Körper anfängt zu krabbeln, als hätten sich Läuse in ihren Strümpfen eingenistet.

»Du hast Publikum, Andrejew«, sagt jemand.

»Das hat er doch immer«, kommentiert ein anderer.

Er ist es, den sie Andrejew nennen. Er blickt kaum merklich auf und begegnet ihrem Blick. Er lächelt wissend – nein, spöttisch –, und ihr Herz rast. Vielleicht sind hier in letzter Zeit einige wohlhabende Weltverbesserer hereingestolpert auf der Suche nach einem Sinn für ihre verwöhnte Existenz und in der Hoffnung, die traurigen Lebensumstände der Arbeiterklasse zu verbessern, und er hält sie für eine von denen. Erst gestern war ein solches Paar zu Besuch. Sie waren entsetzt über das, was sie in einer Arbeiterbaracke gesehen hatten, und berichteten mit bleichen Gesichtern von Kakerlaken, die an den Pritschen gehangen hatten, von ganzen Familien, die in Räume gepfercht waren, die selbst für Vieh ungeeignet wären, und von dem Gestank, oh, dem Gestank!

Tonja kann sich nur vorstellen, wie jemand wie *er* riecht. Nach den widerlichen handgedrehten Zigaretten, die die Einwohner von Petrograd so gerne rauchen. Nach den Abgasen und dem Ruß der Fabrikschornsteine. Nach den Straßen der Stadt. Nach Schweiß.

Sie haben einander zu lange angeschaut. Sie errötet. Er wischt sich etwas aus dem Auge, Schmutz oder auch nur ihren Anblick, und wendet sich ab.

Seit Beginn des Sommers unternimmt Tonja früh am Morgen ausgedehnte Spaziergänge, vom Haus an der Fontanka bis zur Newa, von einem Fluss zum anderen. Dmitri schläft gewöhnlich lange, und es ist eine Gelegenheit, allein zu sein, unbewacht, ungehemmt, denn zwischen fünf und sechs Uhr morgens ist niemand sonst unterwegs, abgesehen von den Droschkenkutschern und Soldaten. Und ein paar Unruhestiftern.

Leuten wie – *ihm.*

Sie geht gerade an den Zeitungsredaktionen am Newski-Prospekt vorbei, da sieht sie ihn. Nur durch Zufall, denn um Andrejew hat sich eine beachtliche Menschenmenge gebildet: ein paar Studenten mit blauen Mützen, Arbeiter mit teerschwarzen Hüten und ungewaschenen Köpfen, Kutscher mit ihren typischen Nerzstolen. Tonja kann sich am Rand in die Menge einfädeln. Er ist der Einzige, der spricht: *Das alte Russland wird einem neuen weichen! Und an dieser neuen Welt werden alle teilhaben, alle werden mitmachen, auch ihr Burschen, auch ihr Damen, auch du, Genosse, auch –*

Du.

Er sieht sie jetzt. Lächelt, wie gestern in der Fabrik. Sie fühlt sich zittrig, fiebrig. Als wäre er ihr näher, als er es tatsächlich ist, so nahe, dass seine Hände, sein Mund, sein Körper den ihren überall berühren könnten.

Mama hat sie einmal vor solchen Gefühlen gewarnt. Davor, dass man unerklärlicherweise etwas oder jemanden so sehr begehrt, dass einem das Blut in den Adern heiß wird, bis es brodelt. *Jeder empfindet so etwas, wenn er jung ist*, hat Mama gesagt, *aber es geht so schnell vorbei, wie es kommt.* Tonja hat nur gekichert, denn es war undenkbar, sowohl das brodelnde Blut als auch ein solches Verlangen.

Er hält immer noch seine Ansprache an die Menge: *Könnt ihr die Zukunft sehen, die vor euch liegt? Werdet ihr nach ihr greifen? Werdet ihr sie euch nehmen?*

Aber er beobachtet sie noch immer.

Ihr werdet allesamt zwei Leben leben, Kameraden! Das eine ist zu Ende, das andere ist jetzt!

Tonja hält sich vor Augen, wie leicht es ist, einen Darsteller zu bewundern und zu vergessen, dass er für alle auftritt. Sie spürt, wie sich ihre eigenen Lippen zu diesen mahnenden Worten bewegen. Aber die Stimme, die sie hört, ist die seine.

Als der Herbst in den Winter übergeht, wird Anastasia Sergejewna, Dmitris verwitwete Mutter, zu schwach, um weiter in ihrer Datsche am Ladogasee zu leben. Sie zieht in das Haus an der Fontanka und beschließt, sich in dem freien Arbeitszimmer im Erdgeschoss einzuquartieren, einem holzgetäfelten, kaum genutzten Raum, der mit ihr darin jetzt schon nach Tod zu stinken beginnt. In ihrer Jugend war Anastasia eine populäre Gastgeberin, eine geliebte Ehefrau, eine Heilige. Zumindest sagen das die Leute, die wenigen Freunde, die zu Besuch kommen und die, wenn sie wieder fahren, die Köpfe hängen lassen wie die Ahornbäume draußen ihre Äste.

Jetzt liegt sie da so reglos wie die schweren, dunklen Möbel des Zimmers, das sie sich ausgesucht hat.

Auf Dmitris Aufforderung hin sitzt Tonja jeden Tag eine Stunde neben dem Bett ihrer Schwiegermutter. Nach den ersten beklagenswert peinlichen Besuchen bringt sie *Eugen Onegin* mit und liest vor, bis die Frau einschläft. Das ist hier drinnen recht leicht zu bewerkstelligen. Anastasia leidet unter Kopfschmerzen hinter ihrem schlechten Auge, deshalb werden die Vorhänge nie aufgezogen. Das einzige Licht im Zimmer, das einzige Leben, kommt vom Kamin.

Heute setzt Tonja an: »Mein Leben war bis jetzt nur ein Versprechen / Von unserer prophetischen Begegnung …«

»Hast du schon einmal Puschkin gelesen?«, unterbricht Anastasia sie.

»Seine Gedichte«, sagt Tonja nervös. »Besonders mag ich …«

»Olenka erzählt mir, dass du jeden Tag Stunden in der Bibliothek verbringst. Hast du schon immer so viel gelesen?«

»In meinem Elternhaus gab es nicht viele Bücher.« Tonja bemüht sich, nicht Anastasias krankes Auge anzusehen. »Ganz anders als …«

»Vermisst du dein Zuhause?«

»Manchmal.« Tonja versucht, nicht an Otrada zu denken, an das nahe gelegene Dorf Popowka, an den silbern schimmernden Bach und den über die Bäume hingeworfenen Mond. An das Barfußlaufen, an das tiefe Atmen. »Aber ich bin hier glücklich«, fügt sie hinzu. Sie zupft an ihren Röcken, blättert die Seite um, weiß, dass sie mit diesen kleinen Bewegungen ihre Lüge verrät. Ihre Schwiegermutter ist wieder in Schweigen verfallen. Tonja liest hastig weiter, bis sie sieht, dass Anastasias gutes Auge geschlossen ist. Das schlechte Auge scheint sich nicht schließen zu können, nicht auf diese Weise. Das Lid ist wie versteinert.

Tonja legt das Buch zur Seite und erhebt sich mit einem Gähnen von ihrem Stuhl.

Sie ist wie jeden Tag um fünf Uhr aufgestanden, um *ihn* sprechen zu sehen.

Ihre Hand liegt bereits auf der Türklinke, als sie hinter sich das Rascheln von Bettdecken hört. Sie riskiert einen Blick zurück auf den Diwan, auf den Haufen von Kissen und Hirschfellen, Anastasias geschrumpfte Gestalt, die sich darin verliert. Die Flammen im Hintergrund, die leise flackern.

»Ich wollte dich fragen, Kind. Ich weiß von deinen unangenehmen Träumen. Deinem gestörten Schlaf.« Anastasias Stimme ist nicht unfreundlich. »Gibt es etwas, was dich beunruhigt?«

»Meine Träume haben begonnen, als ich ein Kind war.« Wenigstens in diesem Punkt gibt es keinen Grund zu lügen. »Ich leide darunter, seit ich denken kann.«

»Nun gut.« Das gute Auge ist wieder geöffnet, blass, durchdringend. »Aber wenn ich dir helfen kann, sag mir nur wie.«

Mit dem schönen Wetter ist es hier früh vorbei. Wie eine Schlange gleitet die Winterkälte durch Petrograd, ohne jede Vorwarnung. Eines Morgens erwacht Tonja fröstelnd und mit blauen Lippen. Da sie nicht wieder einschlafen kann, steigt sie aus dem Bett. Sie zieht die Samtvorhänge mit den Quasten auf und öffnet die Balkontür. Von ihrem Zimmer aus blickt sie auf die Fontanka, und der Fluss liegt so leblos da, wie sie sich fühlt. Sie atmet ein. Die Luft sticht in ihrer Lunge.

Sie könnte nach ihrem Frühstück läuten und es im Bett einnehmen. Olenka würde sich um ein tadelloses Feuer kümmern. Sie kann und sie muss nirgendwohin.

Ist das Freiheit? Oder ein geräumiger Käfig?

Einen Augenblick zögert sie, aber nur einen Augenblick. Sie

hat ein morgendliches Ritual. Sie zieht sich allein an, ohne sich um ihr Haar zu kümmern; sie schleicht auf Zehenspitzen aus ihrem Boudoir, vorbei an Dmitris Zimmern und die Haupttreppe hinunter; sie ignoriert die Geräusche der Bediensteten, die wie von Mäusen gedämpft und geschwätzig von den Wänden widerhallen. Die ganze Strecke über, in jedem Korridor, hält Tonja ihren mit einem Schal verhüllten Kopf gesenkt. Sie verlässt das Haus durch die große Eingangshalle und schließt sanft die bronzenen Türen hinter sich.

Draußen weht ein feindseliger Wind, schneidet ihr ins Gesicht. Der Schnee bedeckt die Gehwegplatten am Newski und fällt noch immer, weich und zuckrig. Obwohl die Straßen größtenteils leer sind, hört Tonja das muntere Bimmeln von Schlittenglöckchen und das Wiehern von Pferden. Petrograd erwacht. Die Hände in ihrem Zobel vergraben, beeilt sie sich, den Newski an der Anitschkow-Brücke zu überqueren und den Liteini entlangzugehen. Bis zur Newa sind es fast vierzig Minuten Fußmarsch, aber als sie dort ankommt, ist ihr warm geworden.

In den schlammigen Matsch der Uferböschung eingegraben, steht, umgeben von Menschen, ein umgestürzter Schlitten. *Er* steht darauf, auf den Kufen, und hält irgendwie die Balance. Er gestikuliert in Richtung Brücke, zum Fluss, als könnte er über die wachsende Eisfläche hinweg die Zukunft sehen, die zu beschreiben er sich Mühe gibt.

Es wird nicht mehr existieren, dieses schwächliche Russland! Es wird neu geboren werden!

Er ist ein Bolschewik.

Tonja hat inzwischen oft genug in der um ihn gescharten Menge gestanden, um zu wissen, dass er Walentin Michailowitsch Andrejew heißt. Dass er zwanzig Jahre alt ist, ein Schüler Wladimir Lenins, ein Revolutionär. Sie hat weit mehr über deren kleine, aber lautstarke Partei herausgefunden, als sie vermutlich sollte. Erst gestern hat sie in einer von Dmitris Bibliotheken ein von Lenin veröffentlichtes Pamphlet mit dem Titel *Was tun?* gefunden und Anastasia laut daraus vorgelesen, in der Hoffnung, dass Dmitris Mutter all das verstehen mochte, was Tonja nicht verstand. *Revolutionstheorie. Klassenbewusstsein. Sozialdemokratie.* Eine Welt voller fremder, neuer, bedeutungsloser Wörter.

Am liebsten sind ihr die, die Walentin Andrejew in seinen Reden verwendet.

Tonja schlendert nun zum Brückengeländer. Sie wird bleiben, bis Andrejew zu Ende gesprochen hat. Sie werden einen wortlosen Blick wechseln. Er wird dabei lächeln, wie er immer lächelt, dann wird sie weitergehen, und das Ganze wird sich morgen wiederholen und auch übermorgen. Er ist nur eine stille, geheime Fantasie, die sie gut hütet. Nichts in Petrograd gehört ihr allein. Nicht ihre Pelze, ihre Spitzen. Nicht ihr Haar, ihre Haut, ihr Atem. Nichts als das hier.

Sie hat begonnen, seine Schlusssätze wiederzuerkennen, in denen stets vorkommt, woran sich die Leute erinnern sollen. Sie nimmt ihren Muff ab und wischt eine Schicht Schneeflocken von ihrem Schal. Die Kälte dringt in ihre Handschuhe ein. In der Ferne beginnen Glocken zu läuten, hell und hochmütig, und der Wind rauscht mit noch höherem Brausen vorbei. Sie lehnt sich gegen die gusseiserne Verkleidung des Geländers und blickt in Richtung Kresty-Gefängnis am gegenüberliegenden Ufer der Newa. Das berüchtigte Gefängnis für die politischen Gefangenen des Zaren besteht aus verblichenem rotem Backstein. Doch heute sieht es glänzend aus, gebrochen weiß, wie Weihnachtsschmuck.

Dort landen Menschen wie Walentin Andrejew.

»Du hast dich der Sache verschrieben, Genossin«, sagt eine Stimme hinter ihr.

Tonja dreht sich um, antwortet aber nicht. Sie hat ein leichtes Rauschen in den Ohren. *Er* steht dort. Die anderen Zuschauer haben sich zerstreut, die Menge hat sich aufgelöst. Sie beobachtet ihn stumm, beinahe erstarrt. Seine Wolljacke ist von Löchern übersät, und der Wind vom Fluss muss direkt hindurchpfeifen. Das Schneegestöber bestäubt sein dunkles Haar, seine Schultern, sogar sein Lächeln. Und doch ist sie diejenige, die zittert.

»Ich war mir sicher, dass du nicht mehr kommen würdest, jetzt, wo das Wetter umgeschlagen ist«, sagt er.

Ihm muss klar sein, dass sie Dmitris Frau ist. Er spielt ihr etwas vor, aber das tut sie auch, denn sie gibt sich den Anschein, als besäße sie die Freiheit, hier zu sein, neben ihm zu stehen und ihn anzustarren.

»Wie heißt du?«, fragt er.

»Antonina Nikolajewna«, sagt sie, ohne nachzudenken. Es sind zu viele Silben. Es ist zu förmlich. Dafür ist er ihr schon zu nahe.

»Am Samstag bin ich auf der anderen Seite der Brücke«, sagt er. »Wirst du kommen?«

»Ich weiß nicht … ich weiß nicht.«

»Dann werden wir eben sehen. Antonina.«

Er spricht es aus wie eine Herausforderung, als ginge er nicht davon aus, sie wiederzusehen, jetzt, wo sie miteinander gesprochen haben. Jetzt, wo er sich auf ihre Ebene herabgelassen hat. Sie weiß nicht, ob sie ihm das Gegenteil beweisen will oder nicht. Sie sieht zu, wie er davongeht, die Hände in den Taschen vergraben. Bescheiden, als hätte er nie auf dem Schlitten gestanden, sich nie an die Leute gewandt, nie etwas versprochen. Leise, als hätte er vielleicht noch mehr zu bieten, Walentin Andrejew, der Bolschewik.

Zur Teestunde kommt Besuch: die Gräfin Natalja Fjodorowna Burzinowa, Erbin und Gesellschaftsdame, Mutter und Witwe, Freundin und Feindin. Dmitri und Natalja kennen sich seit ihrer Kindheit, und die Vertrautheit zwischen ihnen ist alt und offensichtlich. Er nennt sie Natascha, ein Name für den engsten Kreis, Tonja wagt das nicht. Früher dachte sie, die Gräfin könnte so etwas wie eine Mentorin werden, eine ältere Schwester, ein Ersatz für Nelly und Kyrill, ihre besten Freunde zu Hause.

Inzwischen weiß sie es besser.

Dmitri ist zum Tee nicht nach Hause gekommen, wie es in letzter Zeit öfter der Fall war. Weiterer Ärger in der Fabrik, wenn man den Bediensteten Glauben schenken darf. Nachdem sich die Gräfin in den Blauen Salon begeben hat, läutet Tonja nach einem Teetablett. Die beiden Frauen sehen einander an, bis Tonja den Blick abwendet und stattdessen auf die Tapete schaut, auf die Stellen, an denen sie sich kräuselt, wo die Enden nicht ganz aufeinandertreffen.

Die Gräfin kommt regelmäßig zu Besuch, und doch erwischt sie Tonja stets unvorbereitet.

Natalja ist älter, selbstbewusst, raffiniert. Sie hat die Angewohnheit, das silberne orthodoxe Kreuz zu reiben, das ihr um den Hals hängt. Heute passt es zu ihren schlangenartigen Silberohrringen. Natalja trägt häufig Silberschmuck, vielleicht um das flammende Rot ihres Haares auszugleichen – oder zu betonen. Man munkelt, dass die Gräfin ihr Haar färbt, denn alles an ihr wirkt absichtsvoll, sogar die Konturen ihres Gesichts. Aber wer die beiden Kinder von Natalja kennt, weiß, dass die dunkelrote Farbe tatsächlich ein Familienmerkmal ist.

»Ich hatte gehofft, mit dir allein sprechen zu können«, sagt die Gräfin. »Stimmt es, dass du jeden Morgen losziehst und durch die Stadt läufst?«

»Ich genieße die Ruhe.«

»Es ist nicht mehr ruhig.« Natalja klopft mit ihren klauenartigen Fingernägeln auf die Armlehne ihres Sessels. »Es herrscht Anarchie. Und weil du ein Landei bist, ist dir das vielleicht nicht klar, aber wenn sich eine junge Frau regelmäßig zu ungewöhnlichen Zeiten allein auf den Weg macht, entstehen Gerüchte.«

Tonja hat inzwischen selbst genügend Gerüchte gehört. Sie hat zum Beispiel gehört, dass die junge Natalja verzweifelt in Dmitri verliebt gewesen ist, Nataljas intrigante, aufstrebende Eltern sich dem jedoch verweigert und ihre Tochter mit dem altersschwachen Grafen Burzinow verheiratet haben. Wäre der alte Graf doch nur früher gestorben! Denn als er im Sterben lag, war Dmitri bereits zu einem verhängnisvollen Ausflug in die südlicheren Provinzen aufgebrochen und sollte bald mit seiner neuen Braut heimkehren, die er zusammen mit seinen anderen Funden mitbrachte.

Natürlich gab es auch darüber Gerüchte: über Tonja. Das einzige Kind einer notorisch zurückgezogen lebenden Familie, die sich seit Jahrzehnten nicht mehr am Zarenhof hatte blicken lassen …

Durch diese Stadt fließen so viele Gerüchte, dass ein Kahn darauf schwimmen könnte.

»Dmitri weiß von meinen Spaziergängen«, antwortet Tonja. »Er hat nichts dagegen.«

»Er vergisst, dass eine Ehefrau etwas anderes ist als ein Haustier, ein Bediensteter oder ein Angestellter. Von denen hat er schon zu viele gehabt. Wie auch immer, ich bin gekommen, um dir zu sagen, dass du besser zu Hause bleibst, Schätzchen, bei all den Demagogen, Radikalen und Demonstranten, die auf den Straßen unterwegs sind. Und du selbst bist so unerfahren, so jung, so provinziell …«

Die Gräfin spricht immer noch, aber Tonja hört nicht mehr zu. Die Demagogen, die Radikalen. Da hat sie *ihn* vor Augen, wie er jeden Morgen dort oben steht und von Freiheit spricht. Nach Freiheit aussieht. Sie denkt daran, wie er ihren Namen ausgesprochen hat, Antonina, wie er ihm über die Zunge kam, in seiner Sprechweise.

Anastasia bemerkt, Tonja sehe in letzter Zeit anders aus. Vielleicht liegt es daran, dass sie auch mit dem guten Auge schlechter sieht, aber das sagt Tonja nicht. *Dein Gesicht leuchtet so, mein Kind*, sagt Anastasia, *als würdest du mich nicht länger als eine lästige Pflicht betrachten.* Anastasia tätschelt Tonjas Hand, sagt ihr, sie sei froh, dass Tonja hier ist, sie habe sich immer eine Tochter gewünscht. Das lässt Tonja an Mama denken, die ihr Zimmer nie so dunkel gehalten hätte, denn dann hätten die Leute sie nicht sehen können. *Was nützt die Schönheit*, hat Mama immer gesagt, *wenn man sie verkommen lässt?*

Manchmal fühlt es sich illoyal an, so viel Zeit mit Anastasia zu verbringen, wo doch Mama fort ist und niemals wiederkommt.

»Ist dir etwas eingefallen, was ich für dich tun könnte?«, fragt Anastasia. »Irgendetwas, womit ich dir helfen könnte, dich besser einzuleben?«

»Ich habe alles, was man sich nur wünschen kann«, sagt Tonja. Was soll sie sonst antworten? Dass sie von jemandem träumt, mit dem sie so gut wie nie gesprochen hat – obwohl er zu ihr spricht, mehr, als sie sagen kann? Dass sie jedes Buch in diesem Haus mehrmals gelesen hat, dass sie manchmal mit dem verrückten Gedanken spielt, eine eigene Geschichte zu schreiben, vielleicht über eine unerwiderte Liebe wie Turgenjew oder von Sternenhimmeln und Stachelbeeren wie Tschechow?

Ihre Schwiegermutter lacht. Es klingt seltsam, ein wenig blechern. »Dir wird schon etwas einfallen«, sagt sie. »Irgendetwas gibt es immer.«

Tonja hat Petrograd noch nie von der Wyborger Seite aus betrachtet. Es muss die ganze Nacht geschneit haben, denn auf der Liteini-Brücke sind keine Fußspuren zu sehen, keine Stiefelabdrücke außer ihren eigenen. Der Fluss darunter ist beinahe zugefroren. Es ist schwer vorstellbar, dass in den kommenden Wochen Menschen aus ihren warmen Betten steigen werden, um jemanden sprechen zu hören, selbst wenn es jemand ist mit einer Stimme wie Walentin Andrejew. Doch die Stadt wächst ihr wohl ans Herz, denn der Anblick ist ansprechend, sogar schön.

Sie spürt, dass neben ihr jemand ans Geländer tritt, und versteift sich.

»Du bist nicht aus Piter«, sagt er. »Niemand, der hier geboren ist, sieht sich diesen Teil unserer Stadt so an, wie du es gerade tust.«

Sie zwingt sich, ihn anzuschauen. Er steht von ihr abgewandt mit dem Gesicht zum Fluss, aber irgendetwas hat sich zwischen ihnen verschoben, verschiebt sich weiter.

In ihrem Magen kribbelt es. »Was meinst du? Welchen Teil?«

»Deinen Teil«, sagt er. »Das Zentrum. Newski.«

»Was stimmt nicht mit Newski?« Tonja ignoriert ihren Herzschlag, der ihr in den Ohren hämmert. »Es ist ein Ort, an dem es sich gut leben lässt.«

»Es ist eine vergoldete Flaniermeile für Touristen. Und es leben dort keine Leute. Man geht dorthin, um seinem eigenen Leben zu entfliehen.« Er lächelt sie breit an. »Aber wir werden davon alle manchmal in Versuchung geführt.«

Sie beißt sich auf die Lippe, um sein Lächeln nicht zu erwidern. »Hast du nicht gesagt, du würdest hier deine Rede halten?«

»Das habe ich dir gesagt.«

»Aber es ist niemand hier.«

»Du bist hier. Soll ich schreien, oder willst du näher kommen?«

Wie weit wird sie gehen? Wie weit ist sie bereits gegangen? Sie stehen direkt nebeneinander. Trotzdem rückt sie näher. Sie hört sich selbst einatmen und ihn auch, und dann begreift sie, dass er hier nicht sein will, allein mit ihr an diesem Fluss, um seinen Vormittag zu vergeuden. Er will inmitten der Menschenmassen stehen, inmitten des Lärms, der Leidenschaft. Im Feuer.

Und doch ist er hier.

»Findest du nicht, es geht schon lange genug?« Seine Stimme ist leise, amüsiert. »In den letzten Monaten habe ich mir bei deinem Anblick immer gesagt: Morgen wird sie nicht kommen. Keine Chance. Heute siehst du sie zum letzten Mal. Aber kürzlich habe ich angefangen, mich zu fragen, ob heute vielleicht nicht der letzte Tag ist. Sondern ob heute der erste Tag ist.«

In den letzten Monaten.

In den letzten Monaten hat Tonja abends vor dem Einschlafen oft die Augen geschlossen und mit dummen, schwülen Gedanken an Walentin gespielt. Sich vorgestellt, wie er neben ihr im Bett liegt, etwas murmelt, mit seinen Lippen über ihre Haut streicht. Doch sobald sie die Augen öffnete, erschien ihr die Vorstellung lächerlich. Ihr Bett ist voller Spitzen und Seidenlaken und gehäkelter Kissen. Ihr Zimmer ist vollgestopft mit seiner Kranzmustertapete, den italienischen Landschaften aus dem achtzehnten Jahrhundert, den vergoldeten Vasen und dem Toilettentisch und den Rosenöllampen, die rund um die Uhr brennen, sodass es immer nach Bad riecht. Wie sollte Walentin Andrejew da hineinpassen?

Er ist nur ein Traum, genau wie ihre Albträume.

»Diese Rede klingt ganz anders als deine anderen«, sagt sie mit unsicherer Stimme.

»Sie ist weniger einstudiert.«

»Ich sollte besser gehen.«

»Wenn du gehen willst, dann geh.«

»Ich kann unmöglich bleiben«, stammelt sie. »Du weißt, ich bin verheiratet, ich bin – ich habe mich geirrt. Es tut mir leid. Du wirst mich nicht wiedersehen.«

Walentin senkt den Kopf zu ihr herab. Er zieht an ihrem Schal, und er fällt zu Boden. Sie ist nun der kalten Luft ausgesetzt. Sie bemerkt, dass sich ihre eigenen Hände nach oben recken, um sein Gesicht zu berühren, um seinen Hals zu umschlingen. Es fühlt sich genauso an wie in ihren Tagträumen. Niemand hat das je erwähnt. Fast möchte sie es aussprechen, aber nur, um diesen Moment anzuhalten, sich in ihm zu sonnen, zu schwelgen, in ihm zu ertrinken. Walentin küsst die Wölbung ihrer Braue, und es brennt, schlimmer als die Kälte.

KAPITEL 3

Rosie

Moskau, Juli 1991

Wie eine Narbe schneidet eine Straße tief in einen Birkenwald. Eine junge Reisende befindet sich auf dieser Straße, aber sie ist hinter einer Glasscheibe gefangen. Sie kann nicht die Hand ausstrecken, um die biegsamen weißen Stämme der Bäume zu berühren, die in der Nachmittagssonne glühen. Sie kann den Wind nicht spüren, der über die Blätter streicht, zwischen den Ästen hindurchweht. Stattdessen presst sie ihr Gesicht an die Scheibe und zeichnet mit dem Finger die Form all dessen nach, was sie sieht.

Es klingt wie der Anfang von einem von Mums Märchen.

Aber die Reisende bin bloß ich, und das Glas ist nur die getönte Scheibe des schwarzen Mercedes, der Alexej und mich am Flughafen Scheremetjewo abgeholt hat.

»Es dauert nicht mehr lange«, sagt Alexej.

Der Birkenwald weicht zurück, als wir uns Moskau nähern. Auf allen Seiten tauchen verfallende Mietshäuser und stalinistische Architektur auf, während der Verkehr immer dichter wird und stockt. Unser Fahrer, der Alexej Iwanow von der Regierung zur Verfügung gestellt wird, flucht und wechselt die Spur.

»Wie geht es Ihnen da hinten?«, fragt Alexej und dreht sich zu mir um.

Ich lächle unbehaglich. Es ist brütend heiß. Meine Schuhe sind um meine Füße festgewachsen. Ich habe seit fast einem ganzen Tag nicht mehr geschlafen und einen Bärenhunger. Ich wünschte, ich hätte sein Angebot eines Imbisses am Flughafen angenommen, auch wenn es nur verschrumpelte Sandwiches gab, die mich an die erinnerten, die mir Mum immer gemacht hat. Zwischen gierigen Schlucken aus der Wodka-Flasche klatschte sie die Mayonnaise aufs Brot. Noch jetzt sehe ich die Mayonnaise spritzen, höre ich die Essiggurken schreien, schmecke ich den Wodka im Brot.

»Mir geht's bestens«, sage ich.

Der Fahrer bremst heftig ab, und die Handtasche rutscht mir vom Schoß.

Alexej klopft an sein Fenster. »Wir sind da, Rosie.«

Ich schaue nach oben, weiter kann ich den Kopf nicht in den Nacken legen. Das Gebäude vor uns ist eine *Chruschtschowka*, einer der tristen Wohnkomplexe, die in der Chruschtschow-Ära gebaut wurden. Mit seinem grauen Beton und den quadratischen Fenstern könnte es als eine Art städtische Nervenheilanstalt durchgehen. Das kann aber nicht stimmen. Wir sollen in Alexejs ehemaliger Wohnung unterkommen, die ich mir so würdevoll und stattlich vorgestellt habe wie ihn. Mit einer Prise zaristischer Pracht, einer Prise von Mums Märchenwelt. So wie er sie hat.

Nicht so etwas. In so etwas wie diesem hier bin ich aufgewachsen.

Ich steige aus dem Wagen und blinzle in das grelle Sonnenlicht. Ich setze einen prüfenden Schritt auf den Bürgersteig. Fester Boden. Ich bin wieder in Moskau. Unsere gesamte Reise über habe ich gehofft, befürchtet, dass ich mich, wenn ich erst in meine Heimatstadt zurückgekehrt wäre, anders fühlen würde. Ich würde sofort das Gefühl einer Kontinuität zurückgewinnen, das für die meisten Menschen selbstverständlich ist, weil sie ihr Leben leben wie einen einzigen roten Faden. Vielleicht ist er gewunden und in sich gedreht, aber glatt und ohne Unterbrechung.

Aber dieses Gefühl ist immer noch nicht da. Für mich gibt es einen Faden, der an dem Tag beginnt, an dem ich in dieser Stadt geboren wurde, und der sich bis in eine schwüle Sommernacht im Jahr 1977 hinzieht. Ein anderer beginnt in dem Moment, als Mum und ich in Heathrow gelandet sind, und erstreckt sich bis heute. Und ich war nie in der Lage, die beiden miteinander zu verbinden.

Der Fahrer und ich warten auf dem Bürgersteig auf Alexej, unter dem abblätternden Schild, das den Weg zu einem Postamt weist. Der Fahrer hat ein wohlgeformtes, ernstes Gesicht. Er spricht nicht. Seine Kurzhaarfrisur lässt einen ans Militär oder an ein Gefängnis denken, Orte, an denen man lernt, nichts zu sagen. Die Stille ist fast unerträglich geworden. Schweißperlen bilden sich an meinem Haaransatz und sammeln sich unter meinem Pferdeschwanz. Alles um uns herum glüht in der Hitze, die man sehen kann.

»Meine Schlüssel passen noch!« Alexejs Stimme. »Kommt mit!«

Ich drehe mich um. Wir umrunden das Gebäude seitlich und gehen auf eine halb versteckte blaue Tür zu, die von Unkraut überwuchert ist. Alexej gibt uns mit einer Geste zu verstehen, dass wir hinter ihm eintreten sollen, zieht die Tür zu und lässt uns in die Dunkelheit eintauchen.

»Bereit?«, fragt er.

Grelles Licht flutet den Raum. Die lange Leuchtstoffröhre, die an der niedrigen Decke befestigt ist, lässt unsere Umgebung als scharfes Relief hervortreten: das hässliche, enge Treppenhaus, die schreienden Graffiti, das ausdruckslose Gesicht des Fahrers. Eine Staubschicht sinkt wieder zu Boden.

»Es gibt keinen Aufzug«, sagt Alexej. »Aber es sind ja nur ein paar Stockwerke.«

Ich höre mich lachen. Es klingt wie ein Keuchen. Der Fahrer folgt Alexej die Treppe hinauf, die Taschen hat er sich auf die Schultern gehoben. Ich schaue auf meine Reisetasche hinab, auf meine Finger, die den Griff zu fest umklammern und schon ganz weiß sind. Ich steige ihnen die Treppe hinauf hinterher und sage mir, dass ich wieder zu Atem kommen werde, sobald wir drin sind, aber als ich den Flur erreiche und Alexej mit den Schlüsseln herumfummelt und die Tür knirschend aufgeht, wird mir klar, dass es nichts zu atmen gibt.

Keine Luft, kein Windzug, nichts hat seine Wohnung in all den Jahren gestört.

Alexej öffnet die erste Tür, die uns ins Auge sticht, und eröffnet den Blick in die Küche, den schuhkartongroßen Kühlschrank, die benutzten Teller und Tassen auf dem kleinen Tisch. Tote Fliegen auf den Fensterbänken. Weiter den mittig verlaufenden Flur hinunter befinden sich ein Schlafzimmer und für Bad und Toilette zwei separate Räume. Die Toilette hat keinen Sitz. Im Wohnzimmer sind die Möbel unter Stapeln von Büchern, Briefen, Filmrollen, Farbdosen und Ausgaben der *Prawda* begraben.

Alle Glühbirnen scheinen zu funktionieren, aber es ist kein einziger Lampenschirm zu sehen.

Ich bleibe im Wohnzimmer neben der Balkontür stehen und verspüre einen unerwarteten Anflug von Panik. Der Fahrer taucht neben mir auf und stellt meinen Koffer auf einem Haufen ab, der auch das Sofa sein könnte. Es steht an der Wand, eingekeilt von dem Durcheinander. Ich murmle ein Dankeschön und trete auf den Balkon hinaus, aber auch hier draußen kann ich nicht gut atmen. Die Luft riecht verschmutzt, asphaltiert, nach Autoabgasen. Wie in allen Großstädten.

Warum also ist da diese verwirrende frische Note, der Zellstoffgeruch eines neuen Buches?

Zoja.

Es ist ihr erster Besuch bei mir seit Yorkshire, und ich weiß sofort, woran sie mich erinnern will: Ich war zwölf, vielleicht dreizehn Jahre alt. Mum brachte mich ins Bett und zündete eine ihrer Kerzen an, um mir vorzulesen. Ich sagte ihr, die Kerzen würden stinken und, was noch schlimmer war, eine Brandgefahr darstellen. In England ist alles eine Brandgefahr, stöhnte Mum, gab aber nach. Sie zeigte mir, was sie an diesem Tag gekauft hatte, ein Exemplar von Tolstois *Krieg und Frieden* im russischen Original, und fing gleich mit ihren Lieblingspassagen an, darunter General Kutusows Rat an Fürst Andrej:

Geduld und Zeit, das sind meine Streiter;
Sie vermögen alles …

Zuerst hörte ich sie nicht. Ich lag in meinem Bett, die Bettdecke bis zur Nase hochgezogen, starrte an die Decke und zählte die Risse. *Eins, zwei. Eins, zwei.* Mum wiederholte die Worte, und plötzlich kapierte ich.

»Rosie?« Alexejs Stimme von drinnen.

Es ist vierzehn Jahre her.

Geduld und Zeit.

Um seine erste Nacht in Moskau zu feiern, seine siegreiche Wiederkehr in das Land, das ihn verbannt hat, lädt Alexej sowohl mich als auch den Fahrer zum Abendessen in ein gehobenes Restaurant ein. Während die Wirtin beschämendes Aufhebens um uns macht, starre ich mit zusammengekniffenen Augen auf den Wandteppich hinter dem Stuhl des Fahrers. Es ist einer von vielen, die diese Wände schmücken. Ritter auf Pferden, weinende Jungfrauen, große Raubvögel. Hitzige Szenen. Kräftige Farben.

Die Wirtin tänzelt davon und nimmt die Aufmerksamkeit des Fahrers mit sich.

»Weiß sie, wer Sie sind?«, frage ich Alexej.

»Die Leute nehmen an, dass wir Geld haben«, entgegnet er. »Wir sehen ausländisch aus.«

Wenn dieses Restaurant Russland ist, dann war ich schon immer Ausländerin. Mein Blick wandert zu einer hohen Säule, auf der die Marmorbüste eines Männerkopfes thront. Die Gesichter der meisten Leute hier ähneln dieser Büste. Bleich, aufgedunsen, männlich. Wohlhabend. Andere Menschen speisen nicht in einem Lokal wie diesem. Ich drehe mich zu der erhöhten Bühne um, auf der unweit von unserem Tisch ein Jugendlicher mit strähnigem Haar auf seiner akustischen Gitarre zupft und ins Mikrofon schmachtet. Er klingt wie ein Seebär.

»Ist das der Sohn der Besitzerin?«, frage ich.

Der Fahrer feixt.

»Es ist Jahre her, aber ich habe früher auch Gitarre gespielt«, sinniert Alexej. »Ich sollte fragen, ob ich auch mal darf.«

Er hält uns zum Besten. Er will das Rampenlicht erobern, jetzt, beim Essen? Er will mit seiner jahrhundertealten Lunge singen, mit Fingern an den Saiten zupfen, die einmal erfroren waren bis auf die Knochen?

»Sie denken nicht, dass ich das kann?« Er wendet sich an den Fahrer. »Was glauben Sie, hä?«

Dem Fahrer entwischt endlich ein Lächeln.

Alexej steht vom Stuhl auf. Er schlängelt sich zwischen den Tischen hindurch und sucht in dem spärlichen Licht den Weg zur Bühne. Der Gitarrist hält inne, um zu hören, was Alexej zu sagen hat, dann klettert er von dem Hocker, hält ihm sein Instrument hin, als müsste er Buße tun, weicht zurück in den Schatten. Alexej sieht mich an und zwinkert. Dann schlägt er ein paar Akkorde an, klimpert ein paar Augenblicke herum.

Bereits jetzt wird es still im Lokal.

»Ich wollte sprechen, doch sie hatte die Worte …«

Ich weiß nicht, wie er es anstellt. Wir sitzen in derselben Stille wie in dem Lesungssaal in London vergangenen Monat. Sie scheint ihm überallhin zu folgen.

»Und war ich zu schwach, dann war sie die Erde …«

Seine Miene ist entspannt, nachdenklich, aber in seinen Augen ist etwas weit Entferntes. Er spielt nicht für dieses Publikum oder überhaupt irgendein Publikum. Er spielt für jemand anderen, über die Zeit und den Raum hinweg, über die Erinnerung selbst.

Aber für wen? Kukolka?

Hinter mir gibt der Fahrer einen Laut von sich. Ich fahre herum. Er fischt in seinem Wasserglas nach Eiswürfeln, holt sie heraus und legt sie auf seine Serviette. Er ist ein attraktiver Kerl, beinahe traumhaft gut aussehend, aber auf eine verhärtete, unglückliche Art. Auf die Art eines Menschen, der Dinge gesehen und getan hat, über die er nicht sprechen will.

Er spürt meinen Blick und erwidert ihn.

»Wie lange bist du schon Chauffeur?«, frage ich.

»Das bin ich nicht.«

»Ich dachte, Alexej hätte gesagt …«

»Er hat um jemanden für dich gebeten.« Der Fahrer präzisiert: »Der dir beistehen soll.«

»Das verstehe ich nicht. Ich bin …«

»Du bist diesen Sommer seine Angestellte, oder nicht?«

»Äh …«

»Alexej Iwanow wird oft fort sein«, strickt er seinen bisher längsten Satz. »Er war um deine Sicherheit besorgt. Ein junges Mädchen. Allein in Moskau. Mit schlechtem Russisch.«

»Mein Russisch ist nicht schlecht, es ist eingerostet«, sage ich abwehrend. »Ich bin Muttersprachlerin. Und ich bin vierundzwanzig. Ich brauche keinen Kindergärtner.«

Er zuckt mit den Schultern.

»Willst du damit sagen, du bist mein Leibwächter? Ist es das, was du beruflich machst?«

»Nein«, antwortet er mit versteinerter Miene. »Ist es nicht.«

Er will, dass ich aufhöre zu reden. Aufhöre, Fragen zu stellen. Ich richte meinen Blick wieder auf den Wandteppich. Ich spüre ein Kribbeln auf den Armen. In diesem Restaurant gibt es eine Klimaanlage und Eiswasser. Zwei Dinge, die mir in Moskau noch nie begegnet sind.

Ich *möchte* aufhören, Fragen zu stellen. Ich *möchte* hier nicht schweißgebadet sitzen müssen, aber wenn ich jetzt nach England zurückkehre, wird es so sein wie immer. Nur auf diese Weise kann ich es schaffen, nicht mehr an *diesen Mann* zu denken und daran, wie er Zoja und Papa getötet hat und dafür weniger Zeit gebraucht hat als ich, um aus dem Schlafzimmer, das ich mit Zoja teilte, ins Wohnzimmer zu rennen. Wie *dieser Mann* mich mit seinen schiefergrauen Augen direkt ansah und ich glaubte, dass er mich ebenfalls töten würde, aber er tat es nicht. Er ließ mich einfach stehen, in einer größer werdenden Blutlache.

Der durchdringende Blutgeruch erfüllte den ganzen Raum, erfüllte meine Lungen bis zum Anschlag. Ich habe ihn nie wieder ausgeatmet.

Erst als wir wieder in der Wohnung sind, klärt Alexej mich und den Fahrer, der Lew heißt, über die Schlafmöglichkeiten auf. Ich hatte angenommen, dass Lew über Nacht nach Hause fahren würde, aber offenbar gehört es zu seinem Job, hier zu wohnen. Alexej weist mir das ausziehbare Sofa zu, das seiner Meinung nach bequemer ist, Lew soll das Feldbett neben der Wohnzimmertür nehmen. Ich bin so erschöpft, dass ich anfange zu lachen. Hat er das mit Unterkunft gemeint?

Lew wirft mir aus zusammengekniffenen Augen einen Blick zu und bietet mir an, er könne auch draußen schlafen, aber ich kann niemanden in diesen trostlosen Flur verbannen.

Nach einem Gutenachttee liege ich also steif wie ein Brett im Bett, falls man dieses Sofa als Bett bezeichnen möchte, nur wenige Meter von einem Wildfremden entfernt. Er ist so still, dass ich seine Anwesenheit leicht vergessen könnte, aber ich vernehme schon das Flüstern der Schlaflosigkeit an meinem Ohr.

Es kann einem das Gefühl geben, dass man nie wieder schlafen wird.

Ich drehe mich zur Seite, um die Lampe einzuschalten.

»Brauchst du noch etwas?«, fragt Lew.

Vielleicht kann er auch nicht schlafen. Das Licht flackert, während ich in meiner Tasche krame. »Nein, nichts. Ach, bevor ich es vergesse, Alexej hat meines Wissens gesagt, dass er am Samstag nicht in der Stadt sein wird.« Wo sind bloß diese verdammten Schlaftabletten? »Ich muss auch einen kurzen Ausflug unternehmen. Ein kleines Stück aus Moskau hinaus. Es gibt keinen Grund für dich, mitzukommen. Du kannst dir den Tag freinehmen.«

»Ich fahre dich.«

»Das habe ich nicht gemeint. Ich kann ein Taxi nehmen.«

»Wozu das Geld verschwenden«, sagt er. Es ist keine Frage.

Das Licht der Lampe erlischt. Der Fahrer steigt aus dem Bett und schaltet das Deckenlicht ein. Halb eins, meiner Armbanduhr zufolge. *Tick. Tock. Tick.* Ich halte die Tabletten in der Hand. Gerade will ich ihm sagen, dass er das Licht wieder ausschalten kann, als etwas in der Luft zu blühen beginnt.

Der salzige Geruch des Schwarzen Meeres.

Das Schwarze Meer bei Sotschi ist der einzige Ort, an dem meine Eltern mit mir und Zoja jemals Familienurlaub gemacht haben. Papa hat uns öfter erzählt, dass das Wasser des Meeres ungewöhnlich sauerstoffarm ist. Fast nichts kann dort unten leben. Aber es verwest auch so gut wie nichts. Versunkene Schätze. Schiffswracks. Leichen.

Niemand überlebt außer den Toten.

Zoja.

Zweimal am selben Tag. Das ist noch nie vorgekommen.

In Sotschi sanken Zoja und Mama nach einem Tag am Strand immer ins Hotelbett. Zu ihrem Schnarchen kramte Papa einmal seine Lehrbücher hervor und sagte zu mir: *Schau mal, Raisa, wie würdest du dieses Problem angehen? Und was ist mit dem hier?* Ich war erst fünf, vielleicht sechs Jahre alt und erwiderte, dass ich keine Lust auf Mathe hätte, nicht schon *wieder.* Ich wollte auch schnarchen. Warum verlangte er das nicht von Zoja? Und waren wir nicht in den Ferien?

Ich will nicht so werden wie du, wenn ich groß bin, Papa!

Es gibt Menschen, die sehen nur die Oberfläche, sagte Papa. *Und dann gibt es die Menschen, die darunter sehen können. Weißt du noch, wie schön es zu Hause aussieht, wenn es gerade geschneit hat?*

Na und?, antwortete ich bockig.

Der Schnee ist nur eine Decke, Raisotschka. Er verbirgt den Schmutz, den Gehweg, die Ratten, die Fäulnis. Er verbirgt die Leichen, die Grabsteine, die Geschichte, all das, was die Menschen verleugnen und ignorieren müssen, damit sie leben können. Denk von nun an jedes Mal daran, wenn du Schnee siehst: Da ist noch etwas anderes. Etwas, was ich nicht sehen kann.

Aber Papa …

Du hast eine Begabung dafür, sagte er. *Nur nicht die Disziplin.*

Und genau da komme ich ins Spiel. Ich zeige dir jetzt etwas anderes. Es ist ein Rätsel. Ein Code. Und du wirst ihn knacken.

Um unter die Oberfläche zu gelangen.

»Du solltest etwas schlafen.«

Die Erinnerung zerbirst. Lew wiederholt seine Worte lauter. Ich habe die Tabletten wieder in meine Tasche fallen lassen. Doch jetzt brauche ich sie noch dringender, um diese Bilder auszulöschen, um Zoja aufzuhalten. Ungeduldig schütte ich mir den Inhalt auf den Schoß. Reisepass. Portemonnaie. Ein paar lose Münzen. Ein Haargummi.

Mums Notizbuch.

Es blättert sich nur ein wenig auf, auf die erste, beunruhigende Seite: *Hinweis für den Leser.* Ich will es an einen sicheren Platz legen, aber das schwache Licht im Raum bringt die Schrift darin doch zum Vorschein. Ich zögere. Schlimmstenfalls wäre eine ihrer Geschichten eine Ablenkung, bestenfalls könnte sie mich tatsächlich in den Schlaf lullen. Mum hat sie immer als Gutenachtgeschichten vorgesehen. Früher waren es Gutenachtgeschichten. Vor der Trinkerei.

Ich habe es ihr versprochen.

»Würdest du mir einen eigenartigen kleinen Gefallen tun?«, frage ich.

»Was?«, fragt Lew ungerührt.

»Würdest du mir eine dieser Geschichten vorlesen? Meine Mutter hat sie geschrieben. Sie sind recht kurz.«

Er richtet den Blick auf das Notizbuch. »Du kannst Russisch nicht lesen?«

»Nichts Handgeschriebenes, seit ich ein Kind war.« Ich stehe auf und halte ihm das Buch hin. »Für die erste Seite habe ich eine Stunde gebraucht.«

»Gut. Warum nicht?« Lew nimmt es und schlägt es auf. *»Die-*

se Geschichten sollten nicht der Reihe nach gelesen werden«, liest er teilnahmslos vor. »Soll ich mit der ersten anfangen?«

»Es ist nicht …« Ich halte kurz inne. »Lass uns einfach tun, was da steht.«

Der Brautschleier

In einem fernen Königreich, in einem längst vergangenen Land, da trug ein Mädchen einen Brautschleier, der war so dick, dass sie den Mann, den sie heiratete, nicht sehen konnte. Die Hochzeit war schön. Es gab ein Festessen und Lieder, und eine Krone wurde ihr über den Kopf gehalten. Das Paar wurde mit Brot und Salz bewirtet, und man löste den Zopf des Mädchens. Alle Haare fielen offen herab. Leute, die sie nicht kannte, machten nun viel Gewese um sie und schnalzten mit der Zunge, und man führte sie überallhin: Vom Badehaus in ihr Schlafzimmer und dann in die Kirche, aber noch immer konnte sie nicht sehen, was sie geheiratet hatte.

Bis es zu spät war.

KAPITEL 4

Antonina

Petrograd, Sommer 1916

Dmitri ist heute beim Tee zugegen. Er nimmt sogar auf einem Sessel neben ihr Platz, anstatt am Schreibtisch zu sitzen. Er lächelt ein Lächeln, das mit der silberblauen Tapete verschmilzt; Tonja kann nicht genau sagen, in welche Richtung es geht.

»Ich habe dich vernachlässigt, meine Tonjuschka«, sagt er. »Ich war so viel fort. Und jetzt, wo ich hier bin, hält mich das Vorstandsgremium fürchterlich auf Trab. Es gibt Unruhen in der Fabrik. Vielleicht kommt es sogar zum Streik.«

»Ich habe gehört, dass die bolschewistische und die menschewistische Fraktion zerstritten sind«, sagt Tonja abwesend.

Er wirft ihr einen irritierten Blick zu. »Mir war gar nicht klar, dass du dermaßen *à jour* bist, meine Liebe.«

»Das habe ich nur von Kirows Frau«, sagt sie und hält bei dieser Lüge den Atem an. Sie spricht von der unverhohlen politisierten Gattin eines von Dmitris Bekannten.

»Nun, sie hat recht.« Dmitri klingt müde. »Einen Großteil des Ärgers beschert uns das neue bolschewistische Komitee von Wyborg. Ihr Anführer ist sogar einer meiner Männer. Er ist wortgewandt und sieht gut aus. Die Leute laufen in Massen zu ihm über, ohne überhaupt zu verstehen, welche Politik er vertritt.«

»Faszinierend«, sagt Tonja, hebt ihre Tasse und versucht, ihr Gesicht darin zu verbergen.

»Und wie verbringst du so deine Tage?«

In letzter Zeit befürchtet Tonja, Dmitri könnte Walentin an ihr zu spüren beginnen. Als wäre ihr Geliebter eine Seife, die in ihre gesamte Haut eindringt, sogar tiefer. Aber wie es scheint, hätte sie sich darum keine Sorgen machen müssen. Ihr Mann kennt sie nicht gut genug, um zu sehen, dass sie sich verändert hat. Der Chauffeur bringt Dmitri weiterhin in die Viertel, in denen die Mädchen weiß geschminkte Stirnen und gerötete Wangen haben, widerstandsloses Haar und widerstandslose Gliedmaßen.

Zumindest, wenn er mit ihnen fertig ist.

»Ich lese, wie immer«, antwortet sie.

»Du siehst ein bisschen erschöpft aus, unter den Augen ganz blau«, sagt er. »Das stört mich. Du solltest morgen Reispuder benutzen.«

»Wie du möchtest.«

»Es sind diese Albträume, nicht wahr? Mein armes Mädchen.« Dmitri beugt sich vor und fährt mit der Hand durch ihr Haar, macht noch eine Bemerkung darüber, wie sehr er es auf diese Weise mag, ungeflochten und lose, frei fallend. *Schön*, sagt er, *wie Wellen*. Im Augenblick fühlt es sich eher wie ein Seil an. Wie die Schlinge eines Henkers.

Um fünf Uhr morgens sind die Stufen, die zu Walentins Kellerzimmer hinunterführen, in sanftes Licht getaucht. Die berühmten weißen Nächte sind da. Obwohl der Himmel großartig ist, fühlt sich Tonja darunter unbehaglich entblößt. Sie klopft eilig, ihr Herz hämmert gegen ihre Rippen. Sie sind für heute nicht verabredet, und es ist möglich, dass Walentin nicht zu Hause oder sogar mit jemand anderem zusammen ist. Es muss in seinem Leben noch andere Frauen geben, denn er hat sowohl in Reden als auch beiläufig darauf hingewiesen, dass Menschen anderen Menschen nicht gehören können. Es ist dasselbe wie mit Land, Vieh oder materiellen Gütern.

»Tonja?« Er klingt überrascht, als er die Tür öffnet.

»Habe ich dich geweckt?«, fragt sie.

»Ich habe an einer Rede gearbeitet.« Walentin trägt kein Hemd und hält eine Zigarette in der Hand. Sie sieht ihn durch die Rauchspirale hindurch, seine nackte Haut, die schlanken Muskeln seines Oberkörpers, die sie in all den gestohlenen Momenten, die sie miteinander verbracht haben, noch nie wirklich gesehen hat. Nur mit den Händen befühlt. Ihr Mund fühlt sich trocken an, aber natürlich ist die Luft in diesem Keller auch ohne Rauch stickig und miefig.

»Ich war nur spazieren«, sagt sie, um sich zu erklären. »Und da dachte ich …«

»Komm rein«, sagt er. Sein Lächeln ist unbeschwert. »Ich kann sie an dir ausprobieren.«

Sie folgt ihm hinein. Der Raum ist klein und dunkel und wird durch eine Sperrholzwand in der Mitte noch winziger. Oft brauchen Freunde von ihm eine Bleibe.

Um sich vor der Ochrana, der Geheimpolizei des Zaren, zu verstecken.

Nicht einmal die weißen Nächte vermögen in den Untergrund einzudringen. Aber die Düsternis ist beruhigend, sie macht es ihr leichter, sich zu ergeben, als er sie an sich zieht und küsst, langsam und leise. Seine Hände verweilen auf ihrer Taille, an ihrem unteren Rücken, und sie spürt, wie ihr kitzelnd die Röte ins Gesicht steigt. Sie hat sich vor ihm noch nie vollständig ausgezogen. Sie waren nur selten überhaupt in einem Gebäude. Walentin berührt sie gemächlich, ihr Gesicht, ihre Wangen, ihre Lippen, und ihre Haut wird siedend heiß.

Er nimmt ihre Hand, dreht die Handfläche zu sich und

streicht mit dem Daumen über ihr Handgelenk. Es ist eine so leichte, so luftige Berührung, dass sie kaum merkt, wie er ihren Ärmel weiter aufrollt.

»Woher hast du die?«, fragt er.

»Was?«

»Deine Narben.«

Sie löst sich von ihm. »Ich weiß nicht. Ich bin damit geboren.«

»Du hast die gleichen überall an deinen Beinen«, stellt er beiläufig fest. »Zuerst dachte ich, es wäre vielleicht eine Verbrennung oder eine Kinderkrankheit gewesen. Aber ich habe schon viele solcher Narben gesehen. Diese hier sind anders.«

»Ich sagte doch, ich weiß es nicht.«

Er möchte weiterfragen, aber er tut es nicht. Sie erkennt es an seinem unverstellten Blick, derselbe, mit dem sie sich auf der Straße ansehen, über die Köpfe all der Zuhörer hinweg. Sie können miteinander sprechen, ohne zu sprechen. So etwas hätte sie nie für möglich gehalten.

»Heute Abend findet bei einem Freund von mir ein Lesekreis statt«, sagt Walentin nach kurzem Schweigen. »Warum kommst du nicht mit?«

»Aber das Risiko. Wenn mich jemand erkennt.«

»Das werden sie nicht.«

Tonja versucht zu lächeln. Die Wahrscheinlichkeit, dass jemand sie erkennt, ist hoch. Daran ist ihr ungewöhnliches Aussehen schuld.

In Popowka hatten alle, die Dorfbewohner, ihre Freunde, sogar ihre eigene Familie, einen Spitznamen für sie: Kukolka. Er wurde nicht liebevoll ausgesprochen. Mit einem Mädchen, das so aussieht, kann irgendetwas nicht stimmen, etwas Unsichtbares, munkelten die Leute hinter ihrem Rücken, gerade laut genug, dass man sie hören konnte. Vielleicht hat auch Tonjas Vater das geglaubt, denn Papa war so erpicht darauf, sie schnell zu verheiraten, sie von Otrada wegzuschaffen.

Sie zu verkaufen.

Aber Menschen können anderen Menschen nicht gehören.

»Ich würde meinen Freunden mein Leben anvertrauen«, sagt Walentin, als könnte er ihre Gedanken hören.

»Ja«, sagt sie und schockiert sich damit selbst. »Ich werde kommen.«

Auf dem Nachttisch ihrer Schwiegermutter liegt ein Taschentuch, das Tonja noch nie gesehen hat. Es ist beinahe gespenstisch zart, mit Gold bestickt, mit Perlen besetzt, und um die Ränder zieht sich ein erhabenes, kompliziertes Muster aus blassblauen Blumen. Anastasia fängt ihren Blick auf und hält es ihr mit schlaffer Hand hin. Tonja ergreift ehrfürchtig, sehnsüchtig einen Zipfel.

»Es gehört dir, wenn du es haben willst«, sagt Anastasia.

Fasziniert lässt Tonja es durch ihre Finger gleiten. Es ist weich wie Schlangenhaut.

»Machen wir heute mit *Marxismus und die nationale Frage* weiter, mein Kind?«

Tonja blickt auf. »Falls es Sie langweilt, Anastasia Sergejewna, kann ich gerne …«

»Nicht im Geringsten. Wir lesen zurzeit viel Politisches, aber ich bin froh, dass du etwas gefunden hast, was dich interessiert.« Anastasia lächelt mit der Hälfte ihres Mundes, die noch beweglich ist. »Die Sache des Volkes ist etwas Würdiges. Wenn ich konnte, weißt du, habe ich stets versucht, das Leben derer zu verbessern, die unter mir standen. Aber Mitja musst du erst vorsichtig dazu bringen. Mein Sohn meint es gut. Aber es ist schwer für ihn, die angespannte Lage mit den Arbeitern, all die Unstimmigkeiten.«

Tonja versucht sich vorzustellen, wie Dmitri sich einer Sache vorsichtig annimmt. Es gelingt ihr nicht. Er nimmt sich die Dinge grob, mit Gewalt. Das lässt er sich natürlich nicht anmerken. Oder besser gesagt, man merkt es ihm nicht an.

»Heute Abend will ich …«, setzt sie an. »Da gibt es eine Veranstaltung, die ich gerne besuchen würde. Ein Leseabend.«

Anastasias Augen weiten sich, selbst das schlechte. »Bei wem?«

Tonja fühlt den Schweiß auf ihrem Gesicht. »Kirows Frau.«

»Kirow, der Wels?«

»Sie nimmt oft an den Frauenmärschen teil. Aber sollte Dmitri nachfragen …«

»Ich verstehe.« Anastasia streckt die Hand aus und tätschelt Tonja die Wange. Die Berührung der alten Hand fühlt sich flaumig an wie das Taschentuch. Anastasia löst sich auf. Sie verschwindet. »Ich werde ihm sagen, dass du etwas für mich erledigst, falls er fragt. Alles, meine Kleine, damit du hier glücklich bist.«

Walentins Freund wohnt am Zagorodni Prospekt, keiner schlechten Gegend. Das Gebäude ist neu, glatt wie ein Schiffsbug und von einer Kuppel gekrönt. Drinnen an der Treppe wartet, an die Wand gelehnt, Walentin auf sie. Er hebt zur Begrüßung die Hand, aber ihr fällt erneut der Unterschied zwischen ihren beiden Stellungen im Leben auf, denn selbst die leere, erst halb gestrichene Eingangshalle ist prachtvoll im Vergleich zu dem Kellerraum, in dem er wohnt. Was würde er wohl von dem Foyer des Hauses an der Fontanka halten? Von der Marmortreppe, den mit üppigen Teppichen ausgelegten Böden, den verspiegelten Wänden? Den Glasvitrinen voller Porzellan und Keramik? Dem

Kronleuchter aus handgeschliffenem Kristall, der von unten, wenn er sich bewegt, den Eindruck von Wasser erzeugt?

Tonja sucht in ihrem Pompadour nach Anastasias Taschentuch und tupft sich damit die Wangen ab.

»Wollen wir hinaufgehen?«, fragt er.

Es geht nicht sehr weit nach oben. Tonja hätte sich gewünscht, es wäre weiter und höher gegangen, aber Walentin klopft bereits an eine der Türen. »Wika?«, sagt er durch die geschlossene Tür hindurch. »Ich bin's.«

Es öffnet eine lächelnde junge Frau mit streng zurückgekämmter Frisur und großen Kulleraugen, oder vielleicht sind die Augen nur der Effekt der Frisur. »Walja, hallo«, sagt sie und küsst Walentin einmal, zweimal, dreimal auf die Wangen, bevor sie sich Tonja zuwendet. Das Lächeln wird schmal, hängt am seidenen Faden. »Und wer ist das? Du hast nicht gesagt, dass du jemanden mitbringst.«

»Das ist Tonja«, antwortet er. »Tonja, das ist Wiktorija Pawlowna.«

»Wiktorija reicht«, sagt die Fremde aufgeräumt. »Wie nett, dich kennenzulernen. Walja hat noch gar nichts von dir erzählt.« Sie lacht. »Na dann, kommt rein! Es sind genügend Pantoffeln für alle da. Willst du?« Sie lässt den Blick sinken.

Auch Tonja blickt nach unten, sucht nach dem Fehler, den sie bereits begangen hat, und begreift dann, dass Wiktorija auf ihren Pompadour starrt, ihre Handtasche aus Sterlingsilber, in die Birkenzweige eingraviert sind. Mit derselben Hand hält sie noch immer Anastasias wertvolles Seidentaschentuch umklammert, dessen goldene Fäden sich obszön schimmernd von der tristen Umgebung abheben.

»Vielleicht möchtest du deine Schuhe lieber anbehalten«, sagt Wiktorija.

»Wika«, sagt Walentin beinahe lautlos.

»Ich nehme die Pantoffeln«, entgegnet Tonja. »Das ist sehr nett von dir. Ich habe auch etwas für dich, ich meine, als Dank für deine Gastfreundschaft, nur ein kleines …«

»Behalt es«, sagt Wiktorija, und dieses Mal lässt sich ihre Kälte nicht verleugnen. »So etwas ist hier nicht nötig.«

Ein hölzerner Klapptisch wird in das Zimmer gebracht, das anscheinend das Wohnzimmer ist. Es wird eine Suppe mit einem glänzenden Haufen Schweineschmalz in der Mitte herumgereicht, und man teilt sich die Löffel. Zaghaft führt Tonja einen Löffel Suppe zum Mund. Sie hat eine körnige Konsistenz. Um sie herum wird heftig über Politik diskutiert, man schleudert sich Namen und Daten wie Beleidigungen entgegen. In Dmitris Kreisen sprechen sie nie in diesem Ton über Politik, und in Popowka wusste niemand, wie so etwas überhaupt geht.

Tonja hat aus dem Gespräch aufgeschnappt, dass Wiktorija die Tochter des bekannten Schriftstellers Pawel Katenin ist, sie selbst ist klassische Pianistin. Nicht nur mittellose Arbeiter glauben an die bolschewistische Sache.

»Welche Schriftsteller magst du am liebsten, Tonja?«, fragt Wiktorija und beugt sich zu ihr vor.

Tonja will ehrlich antworten, doch dann denkt sie an ihre Ausgabe von *Eugen Onegin* mit ihren dicken, steifen Seiten und dem Samtumschlag. Natürlich lesen Walentins Freunde Puschkin nicht zum Vergnügen, wie sie es tut. Sie weiß genau, was sie lesen; sie hat sich große Mühe gegeben, es zu verstehen. Marx. Tschernyschewski. Radischtschew. Lenin. Im Vergleich dazu muss ihnen Puschkin vorkommen wie ein rührseliger romantischer Brei. Dünner als die Suppe.

»Möchtest du uns heute Abend nicht vorlesen?«, drängt

Wiktorija, und Tonja bemerkt, dass sie ihr keine Antwort gegeben hat.

»Ich fürchte, ich habe noch nie anderen vorgelesen«, sagt sie und errötet. »Bei uns zu Hause gab es keine Lesekreise. Aber wir haben uns an einem Tisch wie diesem Geschichten erzählt. Meistens Märchen und Fabeln«, fügt Tonja hinzu und sieht, wie sich ihr weitere Gesichter zuwenden. »Ich komme vom Land. Aus Tula.«

»Vom Land«, sagt jemand mit derselben Verachtung, die auch Dmitris Freunde zu erkennen geben. Vom Land. Als wäre es eine ansteckende Krankheit.

Tonja überkommt das flüchtige Gefühl, dass sie vielleicht nirgendwohin gehört.

»Du musst uns eine erzählen«, sagt Wiktorija eindringlich.

Unter dem Tisch wendet Tonja das perlenbesetzte Taschentuch in ihren Händen. Sie hat an unzähligen Herdfeuern schon unzählige Geschichten gehört. Und in den letzten Monaten hat sie selbst ein paar halb fertige Ideen für Geschichten entwickelt, silberne Spinnweben, die sie aber noch nicht zu Papier gebracht hat. Warum sollte sie *keine* Geschichte erzählen? Warum sollte sie es nicht versuchen, in einer solchen Umgebung, die wie dafür geschaffen ist? Erwartungsvolle Gesichter, skeptische Fremde, atemlose Spannung in der Luft?

»In einem fernen Königreich«, sagt sie und verlässt sich auf diese abgedroschene Phrase, »in einem längst vergangenen Land …« Während sie spricht, sieht sie, dass sich die Gesichter verändern, aber wie, kann sie nicht einschätzen. »… lebte in einem Palast am Meer eine Prinzessin, weit entfernt von der Stadt, weit entfernt von …«

Das Schweigen ist erdrückend, und plötzlich versteht sie. Was hat sie nur angestellt, indem sie hierherkam? Was wollte sie sich selbst und Walentin beweisen? Sie verkörpert all das, was diese Leute am meisten verachten. All das, was sie zu zerstören hoffen. Sie hat ihnen mit ihrem Eindringen hier den Abend verdorben, mit ihrer Ignoranz, ihrem Landpomeranzentum. Zu erniedrigt, um fortzufahren, steht Tonja auf, ihr Stuhl scharrt über den Boden. Sie tut eine Frage ab, ein besorgtes Nachfragen, schlägt das Angebot aus, noch etwas zu trinken, und bleibt mit dem Zeh an einem Stuhlbein hängen, als sie hastig den Raum verlässt.

Draußen vor der Tür bleibt sie stehen, atmet schwer und versucht, ihre Fassung wiederzuerlangen.

Lasst sie gehen, hört sie jemanden sagen, Wiktorija vielleicht. *Warum bringst du jemanden wie sie mit, Walja? Wer ist die Nächste, eine Großherzogin*?

Jemanden wie sie.

Die Worte lassen sie frösteln. Tonja klammert sich beim Hinuntersteigen an das splittrige Holzgeländer der Treppe, bestürzt darüber, wie schlecht sie sich fühlt.

Walentin holt sie unten ein.

»Es ist schon spät«, sagt sie, die Hand auf der Türklinke. »Ich bin müde.«

»Zu müde, um dich zu verabschieden?«

Der Nachthimmel draußen leuchtet hell. Es gibt keinen Schutz in dieser Stadt, keinen Schlupfwinkel. Tonjas Blick huscht über die noch immer von Nachtschwärmern belebte Kreuzung. Walentin hält Abstand von ihr, und sie nimmt es ihm übel, sie nimmt es ihm übel, weil es zuvor nichts als ein Fantasiegespinst war und sie jetzt weiß, wie es ist, mit ihm zusammen zu sein, weil sie weiß, wie es ist, diejenige zu sein, nach der er in diesen Menschenmassen Ausschau hält.

Wie soll sie sich jetzt mit Fantasie zufriedengeben?

»Ich wusste nicht, dass du Geschichten erzählst«, wagt er zu sagen.

»Tue ich nicht«, antwortet sie knapp. »Wie du sehen konntest.«

»Meine Freunde waren unhöflich zu dir.« Er zögert. »Das tut mir leid. Sie sind Fremden gegenüber misstrauisch.«

»Hast du vorher noch nie jemanden zu einem Treffen mitgebracht?« Sie bereut die Frage sofort. Es ist bürgerlich von ihr, so etwas zu fragen. Besitzergreifend. Armselig. Tonja ist selbst verheiratet, und so viel Walentin in seinen Reden auch von der Zukunft sprechen mag, für sie beide gibt es keine Zukunft.

»Nein«, sagt er schlicht. »Komm, *milaja*, ich bringe dich nach Hause.«

Zu Anfang ihrer Liebesbeziehung trafen sie sich nur einmal in der Woche und gingen von der Liteini-Brücke aus verstohlen zusammen los. Erst auf der Treppe zu seinem Zimmer hinunter drehte er sich zu ihr um, und dieses Lächeln umspielte seine vollkommenen Lippen. Doch schon bald trafen sie sich zweimal in der Woche und bald darauf jeden zweiten Tag, und inzwischen schaffen sie es nicht einmal mehr bis zu dieser rutschigen Treppe. Es hält schon fast ein halbes Jahr an. Inzwischen zieht Walentin sie in eine Seitengasse, eine einsame Nebenstraße, seine Hände fassen nach ihrem Strumpfband und er flüstert in ihr Haar, und sie erstickt ihre Schreie an seiner Schulter. Danach muss sie ihre Röcke ausschütteln und ihren Schal entwirren wie ein Schleifenband.

Manchmal, wenn sie auf wackeligen Beinen nach Hause läuft, denkt Tonja an Mamas zur Warnung erzählte Geschichten über Jungen wie ihn und Mädchen wie sie. Über Krankheiten, Schwangerschaften, gebrochene Herzen, Tränen, Bitterkeit, aber vor allem …

Stell dir vor, du wärst ein Paar weiße Handschuhe, sagte Mama und zog einen ihrer Handschuhe mit beiden Händen zu weit auseinander. *Jeder Fleck, der dich beschmutzt, geht in den Stoff über. Egal, wie oft du dich wäschst, du wirst nie wieder reinweiß sein. Und wenn der Fleck von selbst zu verblassen scheint, dann nur, weil er sich in das Garn eingegraben hat, weil er noch tiefer abgesunken ist.*

KAPITEL 5

Rosie

Moskau, Juli 1991

Ich stehe an Alexejs Balkongeländer. Die Nacht ist warm und schwül, und die blendende Gischt von Sternen erinnert mich an den Tag, an dem Mum mit mir zu den Guy-Fawkes-Feiern an der Themse gegangen ist. Sie hielt eine Flasche in der Hand, die so durchdringend roch wie Insektenschutzmittel, aber damals wusste ich nicht, was es war. Sie lächelte viel. Zu viel. Es schmerzte, sie anzusehen, also blickte ich stattdessen nach oben. Das Feuerwerk dauerte etwa eine halbe Stunde, dann hörte es auf, und da kam es mir so vor, als sähe ich zum ersten Mal Dunkelheit.

Das ist also die ganze Zeit über hier gewesen.

Nun hat Mum aufgehört.

Was ist die ganze Zeit über hier gewesen?

Der Gaszähler und der Boiler sind kaputt. Ich statte der Vermieterin einen Besuch ab, und sie sagt, es habe letzten Winter einen Wasserrohrbruch gegeben, sie sei aber gerade im Begriff, alles reparieren zu lassen. Ihr Blick weicht mir aus, und ich kann nicht anders, als zu denken, dass dieser Ort auf allen möglichen Ebenen dabei ist, sich aufzulösen, die Wohnung, das Gebäude, das Land.

Als ich zurück in die Wohnung komme, summt Alexej gerade vor sich hin und gibt sich einen Löffel voll Marmelade in den Tee. Sein Glas steht auf einem vernickelten Untersetzer, wie ich keinen mehr gesehen habe, seitdem wir Russland verlassen haben. Er rührt die Flüssigkeit mit seinem Löffel um.

»Haben Sie die Lektüreliste gesehen, die ich Ihnen hingelegt habe?«, fragt er. »Die meisten der Bücher sollten hier irgendwo herumstehen.«

»Soll ich gleich damit anfangen?«

»Noch nicht sofort.« Er rührt weiter. »Zuerst habe ich Lew meine alte Kartenkiste ausgraben lassen. Wir suchen nach einem Dorf namens Popowka in Tula, und ich sage Ihnen gleich, es ist nicht das Popowka im Bezirk Aleksinski. Es ist ein anderes, viel kleiner. Vielleicht ist es nicht mal auf einer der Karten eingezeichnet – in dem Fall werde ich Sie ins Staatsarchiv schicken.«

»Kein Problem«, sage ich neugierig. »Und was soll ich machen, wenn ich …«

»Kukolka ist auf einem Anwesen dort in der Nähe geboren, Otrada. Es würde sich lohnen hinzufahren, um zu sehen, ob noch jemand übrig ist, der irgendetwas weiß.«

Ich schenke mir ebenfalls eine Tasse Tee ein. Wann wird mir Alexej sagen, wer Kukolka wirklich ist? Für jemanden, der sein ganzes Leben damit zugebracht hat, das Unbeschreibliche zu beschreiben, das Unvorstellbare zu enthüllen, ist er ganz schön zugeknöpft. Oh, und jetzt ist auch noch die Milch gekippt. Ich habe mir schon zu viel eingegossen, nun ist der Tee von weißlichen Fäden bedeckt.

»Mist«, sage ich und schütte alles in den Ausguss.

Funktioniert in diesem verdammten Land eigentlich irgendwas?

Alexej fängt meinen Blick auf und lächelt. »Es wird anfangen wehzutun«, sagt er, »das Nachhausekommen. Weil man dabei seinem alten Ich begegnet. Und das eine muss das andere umbringen.«

Eine Gruppe junger Männer in graublauen Tarnanzügen hat sich vor dem Warenhaus GUM auf dem Roten Platz versammelt und lehnt anmutig lässig an dessen Torbögen. Sie sprechen leise miteinander und halten gelegentlich inne, um Passanten zu mustern. Sie tragen kleine Metallabzeichen an die Brusttaschen geheftet und ovale Aufnäher mit einem gelben Abzeichen am Ärmel. Alexejs Fahrer ist der Einzige in Zivil, aber er sticht nicht heraus. Wer auch immer er jetzt ist, er war einmal einer von denen.

Militär? Eine Art Polizei?

Er schält sich von den anderen los. »Du hast zehn gesagt«, sagt er zur Begrüßung.

»Tut mir leid. Ich habe die U-Bahn-Haltestelle verpasst.«

»Es ist noch ein Stück bis zum Auto.«

»Ich weiß das wirklich zu schätzen«, sage ich.

Wir gehen, ohne zu sprechen. Ich komme mir ganz schief vor, weil ich ständig zu den bunten Kuppeln der Basilius-Kathedrale hinaufstarre, und muss doppelt so schnell laufen wie sonst, um mit ihm Schritt zu halten. Um meine Nerven zu beruhigen, greife ich in meine Tasche und ertaste eine feste Form, den Schwung kleiner Füße, die sandige Konsistenz von Kunsthaar. Die einzige Puppe, die nicht aus Mums Sammlung stammt. Die Puppe, die schon so lange im Dunkeln liegt wie ich.

Lew sagt auch im Auto nicht viel. Er treibt den Mercedes hart an, die Reifen quietschen, wenn er schaltet.

»Ich bin hier geboren«, diene ich mich an. »Ich war nur seit Jahren nicht mehr hier.«

Er nickt, um mir zu bestätigen, dass er mich gehört hat.

»Ich habe mich auf eine Ausschreibung beworben, die Alexej an meiner Universität aufgehängt hat.« Ich lasse meine Tasche zwischen meinen Beinen fallen. Ihr Gewicht sackt gegen meinen einen Knöchel. »Hast du irgendetwas von seinem Werk gelesen?«

»Der letzte Bolschewik.«

»Ich bin zu einer seiner Lesungen gegangen. Es war atemberaubend.«

»Mir hat es nicht gefallen«, sagt Lew.

»Oh. Aber ist das wirklich die Frage? Es sind Lebenserinnerungen.«

»Es ist gut geschrieben«, gibt er zu. »Aber zu vorsichtig. Etwas fehlt. Ich glaube, er hat Dinge ausgelassen, Dinge, die nicht gepasst haben.«

»Vielleicht musste er das. Damit es Sinn ergab.«

Lew zuckt mit den Schultern. »Na gut.«

»Also, meine Mutter mochte es auch nicht«, sage ich. »Irgendjemand hat ihr mal eine Ausgabe geschenkt. Sie hat sie tatsächlich verbrannt, Seite für Seite. Ausgerechnet mit einer Kerzenflamme.«

»Echt?«, sagt er, und ich fühle mich angespornt.

»Ich glaube, sie hatte diese Schnapsidee, dass es Russland schlecht aussehen lässt. Sie war eine ziemliche Patriotin und hat sich immer aufgeregt, wenn jemand die Regierung kritisiert hat. Das ist schon ironisch, denn am Ende sind wir umgezogen nach …«

Mamulja.

Zoja.

Es ist unverkennbar die Stimme meiner Schwester – aber sie hat noch nie zuvor mit mir gesprochen. Nicht ein einziges Mal. Trotzdem ist alles, woran ich denken kann, dass unsere Mutter für mich nicht mehr *Mamulja* ist. Mamulja war schön, weich, vibrierend, mit einer jugendlichen, trällernden Stimme. Mum klang so, als würde das, was ihre Leber zerfraß, ihr den Kehlkopf emporsteigen. *Mamulja* drehte jeden Morgen vor dem Spiegel Pirouetten, kontrollierte sich von jedem Blickwinkel aus. Später hatte Mum keine Winkel mehr, in diesem formlosen Nachthemd, das ihr schließlich zur zweiten Haut wurde.

Mamulja ist vor vierzehn Jahren gestorben. Mum ist im Juni gestorben.

»Umgezogen nach?«, fragt Lew.

»Entschuldigung. Ich habe nur ... ich habe gehört ...« Mir fällt außer der Wahrheit nichts ein. »Ich werde heimgesucht.«

»Heimgesucht«, sagt er.

»Vom Geist meiner Schwester.«

Lew sieht mich zum ersten Mal auf dieser Fahrt an, seine Augen sind ernst, wie die eines Fuchses. »Wie ist sie gestorben?«

Mein Geständnis hallt in meinem Kopf nach. Das habe ich noch niemandem erzählt, nicht einmal Richard. Wie sollte ich auch verständlich machen, dass mir klar war, es ist Zoja, vom allerersten Mal an, als sie mich etwas riechen ließ? Gerüche, jetzt Stimmen. Richard würde glauben, ich hätte eine Art psychotischen Zusammenbruch.

Vielleicht habe ich den.

»Sie ist erschossen worden. Aus kürzester Entfernung.«

Unsere junge Unterhaltung hält diesem letzten Hieb nicht stand. Er lässt sie brachliegen, und ich rutsche in meinem Sitz nach unten. *Ich werde heimgesucht.* Ich frage mich, ob ich mir das jemals selbst eingestanden habe. Ich gebe Lew Wegbeschreibungen. Da rein. Hier entlang. *Ich werde heimgesucht.*

Die Worte lösen sich nicht in Luft auf, auch nicht, als wir den Abschnitt der zweispurigen Rubljowskoje-Chaussee erreichen, an dem sie wie ein Reißverschluss große Waldstücke verbindet. In dieser Gegend wohnen die mächtigsten und einflussreichsten Leute Moskaus – und Menschen, die gerne hinter hohen Mauern leben. Als wir von der Schnellstraße abbiegen, sehen wir ein paar dieser Mauern auftauchen.

Lew wirft mir einen Blick zu und zieht eine neue Zigarette heraus. Er weiß, dass wir nicht hier sein sollten.

»Es ist dieses Haus«, sage ich und zeige auf ein hoch aufragendes Tor und den Soldaten, der mit einem Sturmgewehr in der Hand davorsteht. Als sich unser Auto nähert, gibt der Soldat Lew ein Zeichen, dass er anhalten soll. Durch die schwarzen Gitterstäbe des Tors hindurch ist nun ein Flickenteppich aus Rot und Weiß zu erkennen. Von meinem ersten Besuch erinnere ich mich an ein dreistöckiges Backsteingebäude mit kunstvollen Fensterverzierungen. Damals habe ich den Blick nicht von diesen Verzierungen abgewandt und mich gezwungen, nichts anderes anzuschauen.

Lew kurbelt das Fahrerfenster herunter.

»Was ist, haben Sie sich verfahren?«, fragt der Soldat.

Ich beuge mich vor. »Ich bin hier, um Iwan Wassiljew zu treffen.«

Er blickt finster drein. »Weiß der Oberst, dass Sie kommen?«

»Sagen Sie ihm, Raisa Simonowa ist da.«

Der Soldat zieht ein Funkgerät hervor und blafft hinein. Ein Rumpeln als Antwort, dann beginnt er mit einem gequälten Grunzen das Tor zu öffnen. Lew lässt den Mercedes hindurchgleiten und hält neben einer Flotte von schwarzen BMWs. Er trommelt mit den Fingern auf das Lenkrad. Er hat die Zigarette nicht angezündet.

»Ich dachte, du heißt Rosie«, sagt er. »Und warum sind wir hier?«

»Ich heiße Rosie. Aber du kannst auch Raisa sagen, wenn es dir besser gefällt«, gebe ich zurück, weil ich die andere Frage nicht beantworten kann.

»Gefällt es dir besser?«

Auch darauf habe ich keine Antwort.

Als ich mich abschnalle, sehe ich eine einsame Gestalt auf der das gesamte Haus umlaufenden weißen Veranda. Jetzt kommt sie die Treppe herunter, auf unser Auto zu, auf mich zu. Er ist noch so klein und schlank, wie ich ihn aus meiner Kindheit in Erinnerung habe, und er besitzt immer noch eine Aura furchterregender Macht. Er braucht weder das Tor noch den bewaffneten Wachmann, noch die kugelsicheren deutschen Autos, um unverwundbar zu sein.

Das ist die Art von Macht, für die Menschen buchstäblich sterben würden, und sie entweicht ihm einfach beim Gehen wie leckendes Benzin. Als er näher kommt, kann ich die dunklen Kreise um seine Augen sehen, die an einen Waschbären erinnern.

Iwan Wassiljew. Der Mann, der mich und meine Mutter aus Russland hinausgeschafft hat, der uns gerettet hat. Zumindest fühlte es sich damals so an.

*

In seinem Arbeitszimmer nimmt der Oberst hinter dem großen Schreibtisch Platz und setzt seine Brille auf. Lew muss draußen im Wohnzimmer warten.

»Ich bin froh, dass du gekommen bist«, beginnt Oberst Wassiljew. Er klingt nicht danach. »Es gibt eine wichtige Angelegenheit, die wir besprechen müssen. Bist du lange in Moskau? Wo wohnst du?«

»Den Sommer über. Ich kann Ihnen die Kontaktdaten geben. Ich bin gekommen, um Sie um einen Gefallen zu bitten«, sage ich hastig, bevor mich der Mut verlässt. »Ich suche nach Eduard Daineko.«

»Eduard …« Der Oberst stockt. »Nein. Nein, Raisa. Ich werde dir nicht helfen, diesen Mann zu finden.«

Ich bin fast erleichtert, als der Oberst *dieser Mann* sagt, als wäre er auch für ihn und alle anderen *dieser Mann.* Als wäre es normal, dass ich jeden Tag an diesen Menschen denke, als wäre es in Ordnung, dass ich nie eine ganze Nacht durchschlafe, als wäre es okay, von einer toten Schwester heimgesucht zu werden.

»Er hat etwas zurückgelassen«, sage ich.

1977 war Eduard Daineko ein Auftragskiller für eine aufstrebende kriminelle Organisation. Über Jahre saß er immer wieder im Gefängnis und wurde wieder entlassen. Früher an dem Tag war er in unserem Viertel gesehen worden, und die Dame, die ihn in unser Haus ließ, identifizierte ihn später anhand einer Reihe von Fahndungsfotos. Ihn zu identifizieren war tatsächlich nie das Problem. Das Problem war, dass die Polizei ihm anscheinend uneingeschränkte Wertschätzung entgegenbrachte. Sie sprachen von ihm, als ob uns die Ehre einer seltenen Sichtung eines göttlichen Wesens zuteilgeworden wäre, als ob er nur für diese eine Nacht eine menschliche Gestalt angenommen hätte, um diese Morde zu begehen.

Ich glaube immer noch nicht, dass sie ihn schnappen wollten.

Iwan Wassiljew war derjenige, der dieses göttliche Wesen erst erschaffen hat, zumindest hat er ihm das Töten beigebracht. In seiner Jugend war Daineko der begabte Protegé des Obersts gewesen. Er war bei der GRU Speznas, der Spezialeinheit des militärischen Nachrichtendienstes, zum Scharfschützen ausgebildet worden. Wassiljew hatte ihn auf der ganzen Welt eingesetzt, bevor er in die Fänge einer kriminellen *bratwa* geriet.

Ich weiß, dass der Oberst sich immer noch für das, was passiert ist, verantwortlich fühlt. Ich versuche, ihn nicht dafür verantwortlich zu machen. Ich bemühe mich um die Sichtweise, dass es nicht seine Schuld ist, genauso wenig wie meine, weil ich das Wohnzimmer nicht früher betreten oder irgendetwas anders gemacht habe. Weil ich überlebt habe.

Wassiljew sieht nicht überzeugt aus, also versuche ich es noch einmal. »In dieser Nacht. Daineko hat mich gesehen, und er hat etwas zurückgelassen.«

Er seufzt. »Warum hast du das nicht der Polizei gesagt? Oder mir, als ich auf dich und deine Mutter zugegangen bin?«

»Ich hatte nicht das Vertrauen in die Polizei, dass sie sie nicht vernichten würden.« Ich greife nach meiner Tasche. »Aber vor allem wollte ich wohl nicht, dass meine Mutter sie mir wegnimmt. Sie hat, sie hatte, diese Obsession mit Puppen ...«

»Puppen?«

Ich lege sie flach auf seinen Schreibtisch.

Der Oberst nimmt das etwa einen halben Meter große Spielzeug in die Hand und zieht an einer goldenen Mohairsträhne. Er begutachtet die aufgemalten, wie ein Regenbogen geformten Augenbrauen, den glänzenden Lack des Porzellans, das weiße Brokatkleid, das die Füße mit den Stiefeln verdeckt. Die Hände der Puppe sind nackt, weit ausgestreckt, als wollte sie auf den Arm genommen werden.

Sie ist von mir nie auf den Arm genommen worden. Ich habe sie anderthalb Jahrzehnte lang in einer Schachtel aufbewahrt.

»Du verfolgst also wegen diesem Ding da einen Berufskiller durch Moskau«, sagt Wassiljew und löst seine Finger von der Puppe.

»Wenn Daineko mich hätte töten wollen, hätte er es in jener Nacht getan, aber er tat es nicht. Sie haben selbst gesagt, dass er ein persönliches Motiv haben muss, dass er hinter uns her ist, dass er nie aufhören wird, uns zu verfolgen. Dass niemand wisse warum. Tja, ich weiß, dass es mit meiner Mutter zu tun hatte! Er hat sie gekannt – er hat das hier für sie dagelassen. Ich möchte es nur verstehen, das ist alles. Warum er getan hat, was er getan hat.«

»Woher weißt du, dass sie für Katja bestimmt war? Wieso sollte er ihr eine *Puppe* hinterlassen?«

»Sie hatte eine ganze Sammlung von solchen Puppen!«

»Warum hast du sie nicht einfach gefragt, Raisa?« Iwan Wassiljew legt die Puppe mit dem Gesicht nach unten auf den Schreibtisch. Er mag ein Oberst der sowjetischen Streitkräfte sein, er mag in Afghanistan gekämpft haben, er mag wissen, wie man eine Woche ohne Schlaf auskommt und eine falsche Fährte legt, indem man sich die Stiefel verkehrt herum anzieht. Aber selbst er kann es nicht mit einem Kinderspielzeug aufnehmen, dessen tote Augen nie den Blickkontakt abbrechen.

»Ich habe es versucht. Sie hat sich geweigert, über diese Nacht zu sprechen. Sie hat so getan, als wäre es nie passiert.« Ich stecke die Puppe zurück in meine Tasche. »Und jetzt ist sie tot. Sie ist letzten Monat an einer Lebererkrankung gestorben.«

»Das ist mir bekannt«, sagt Wassiljew in gemessenem Ton. »Und es tut mir sehr leid. Aber mir ist immer noch nicht klar …«

»*Sie* haben uns gesagt, dass wir Moskau verlassen müssen. *Sie* haben uns gesagt, dass wir andere Menschen werden müssen. Tja, es hat funktioniert. Meine Mutter hat sich so verändert, dass ich sie gar nicht mehr erkannt habe.«

Und ich, möchte ich hinzufügen, *sehen Sie nicht, was mit mir passiert ist?*

Iwan Wassiljew nimmt seine Brille ab, seufzt erneut. Das Fenster hinter ihm steht halb offen und lässt murmelnde Geräusche herein. Das hohe Zirpen der Sommergrillen, das Maunzen eines Tieres, das erstickte Rauschen der Funkgeräte seiner Soldaten.

»Du bist kein Kind mehr«, sagt er. »Es ist deine Entscheidung. Ich kann dir sagen, wie du ihn findest.«

*

Alexej bewahrt seine Karten in einem Birkenholzkoffer mit Messingverschluss auf. Die Karten sind groß und unhandlich. Und unsortiert, genau wie der Rest der Wohnung.

Alexej ist mit Freunden Abend essen gegangen, und Lew setzt sich zu mir auf den Boden. Ich breite eine der Karten der Provinzen Moskau und Tula aus und bitte ihn, die Namen der Städte vorzulesen, denn mir schwirrt der Kopf. Er konzentriert sich auf die Karte, und ich ertappe mich dabei, wie ich ihn mustere.

Er ist attraktiv, sehr sogar, auf diese nervtötende Art. Ein Streifen Sonnenlicht fällt durch das Fenster auf sein Gesicht, und der Effekt ist beinahe überwältigend. Als ich versuche, woanders hinzusehen, bemerke ich auf seinem Hals eine Narbe entlang des Haaransatzes, dünn, weiß und tief. Sie sticht jetzt, da er nicht mehr glatt rasiert ist, noch mehr ins Auge.

»Kampfmesser«, sagt er.

Mein eigener Hals fühlt sich heiß an. Wir starren uns einen Moment lang an.

»Warst du mal in Tula?«, frage ich verlegen.

»In Jasnaja Poljana.«

Jasnaja Poljana. Das ehemalige Wohnhaus von Leo Tolstoi, das heute zu seinen Ehren als Museum geführt wird. Meine Mutter und mein Vater stritten sich immer, ob sie hinfahren sollten. Mum hat Tolstoi verehrt, hatte alles gelesen, was er je geschrieben hatte. Papa wollte immer nur unseren einen Jahresurlaub am Schwarzen Meer machen. Er würde keine Zeit damit verschwenden, sich die Teller eines toten Mannes anzuschauen, sagte er zu Mum, bevor er zum Gymnasium aufbrach, in dem er unterrichtete, was dem Streit einen echten Dämpfer versetzte.

Ich glaube, meiner Mutter wäre es lieber gewesen, wenn er ein paar von unseren Tellern an die Wand geworfen hätte, um seinen Standpunkt deutlich zu machen, aber mein Vater war nicht so ein Mensch. Er hat nie gebrüllt, nie die Beherrschung verloren. Meine Mutter war mit Emotionen doppelt so stark aufgeladen wie die meisten Menschen, er überhaupt nicht.

»Wonach suchst du?«, fragt Lew.

»Popowka in Tula, aber nicht das in Aleksinski«, antworte ich und zeige auf die Karte. »Das wäre viel zu einfach.«

»Im Notizbuch deiner Mutter steckt ein Teil einer Karte von Tula. Darauf gibt es ein anderes Popowka.«

»Was?«

»Sie ist rausgefallen, als ich dir neulich abends vorgelesen habe«, sagt er.

»Meine Mutter war noch nie in Tula«, sage ich ausdruckslos.

»Manchmal heben die Leute Karten von Orten auf, an denen sie noch nie gewesen sind.«

Sollte das witzig sein? Ich sehe ihn an, kann seine Miene aber nicht entziffern. Schlimmer als Mums Handschrift. »Warum hast du sie mir nicht gezeigt?«

»Du warst gerade eingeschlafen.«

Ich fasse auf den Nachttisch, zu dem ich den Couchtisch umfunktioniert habe. Das Notizbuch liegt unter einigen der Karten, die ich gerade durchgesehen habe. Ich staube den Ledereinband ab, und als ich das Buch versuchsweise verkehrt herum halte, löst sich eine Seite daraus. Lew hat recht. Es ist eine alte Karte mit tiefen Falzen und so bräunlich vergilbt, dass ich vermute, sie ist einst aus einem Atlas herausgetrennt worden.

Meine Brust fühlt sich eng an, und ich falte die Karte wieder zusammen. »Das ist doch seltsam. Alexej sucht einen Ort namens Popowka, den ich auf keiner Karte finden kann, und dann ist er plötzlich auf dieser hier verzeichnet?«

»Zufall«, sagt Lew.

»Ich glaube nicht an Zufälle. Findest du es etwa nicht unwahrscheinlich?«

Er lehnt sich zurück und reibt sich den Nacken. »Ich glaube, für heute ist deine Arbeit getan.«

KAPITEL 6

Antonina

Petrograd, Februar 1917

In der Eingangshalle des Hauses an der Fontanka bleibt Tonja unter dem glitzernden mehrstufigen Kronleuchter stehen und starrt auf den Schrank, der Dmitris Sammlung von Keramik aus Gschel und Lomonossow-Porzellan enthält. Sie presst eine Hand gegen ihren flachen Bauch. Mamas Warnungen scheinen vor ihren Augen zu tanzen wie schwarze Flecken.

Seit Weihnachten hat sie nicht mehr geblutet. Sie weiß, was das bedeutet. Sie erinnert sich an das erste Mal, als sie geblutet hat, nur wenige Monate, bevor sie Dmitri begegnet ist, und wie Mama sich auf sie gestürzt hat. *Du kannst jetzt Kinder bekommen*, sagte Mama. Mama, die im Laufe der Jahre so viele Babys verloren hatte, noch bevor sie geboren wurden. Fest verschnürte Bündel, die um Mitternacht weggeschafft werden mussten, wobei die bösartigen Hebammen miteinander tuschelten: *Ein Glück, dass das nicht überlebt hat, das traurige Würmchen …*

Tonja ist diejenige, die überlebt hat.

Das Wetter ist warm für Februar. Es fühlt sich an wie Fieber. Die ganze Stadt ist aus den Häusern und Büros und Cafés und Restaurants und Schulen und Museen auf die Straßen geströmt. Männer, Frauen, Kinder, Arbeiter, Ladenbesitzer, Bankangestellte, Taxifahrer. Es ist Polizei da, und bestimmt ist auch Geheimpolizei unterwegs, aber sie können nichts tun. Politische

Demonstrationen hat es in diesem Jahr schon viele gegeben, aber etwas ist heute anders. Etwas, das singt.

Sie kämpft sich die Böschung zur Liteini-Brücke hinauf und sieht, dass die Demonstranten den gesamten Fluss bevölkern. Von der Wyborger Seite aus ergießen sie sich auf das Eis der Newa, das unter ihrem Gewicht knarrt.

Russisches Volk, die Haut unserer Stadt brennt, und bald wird der ganze Körper erfahren …

»Soldaten!«, schreit jemand.

Tonja dreht sich um und stolpert beinahe. Eine berittene Brigade der Kosaken des Zaren bildet vor der Brücke einen Halbkreis. Ein Eisbrocken segelt durch die Luft. Er landet einen Meter vor ihren Füßen. Jemand stößt sie von hinten, und sie fällt nach vorne, schlittert ein Stück auf den Knien und rappelt sich wieder auf. Über ihren Kopf fliegen Eisbrocken, Steine und Stöcke hinweg. Den Pferden der Kosaken steht Schaum vor den Mäulern, ihre Ohren sind nach vorn gestellt.

Ein rotes Band landet auf ihrer Schulter und verhakt sich in ihrem Haar. Sie zerrt daran, ein scharfer Schmerz durchzuckt sie, als es sich löst. Feuchte Hände gleiten an ihr ab, raue Kleidung kratzt an ihr, während sie sich gegen den Strom einen Weg über die Brücke bahnt. Auf der Wyborger Seite stolpert sie am Ufer entlang, immer weiter, bis die Proteste zu einem entfernten Murmeln geworden sind, aber selbst hier in diesen ruhigen Seitenstraßen kann sie erkennen, dass Petrograd aufbegehrt. Hungrig und pulsierend. Pochend. *Lebendig.*

Sie schluckt, um ihre wachsende Übelkeit zu unterdrücken.

Walentins Hof macht einen leeren Eindruck, aber dann sieht sie ihn oben an der Kellertreppe stehen. Er ruft nach ihr, seine Stimme ist heiser, seine Lippen sind blass. Er sieht aus, als hätte er seit Tagen nicht mehr geschlafen.

»Siehst du, was vor sich geht?«, fragt er, ohne Atem zu holen. »Du musst dich der Sache anschließen. Schließ dich uns an.«

»Du solltest schlafen«, sagt sie und tritt näher. »So wirst du noch krank.«

»Ich kann mich nicht ausruhen. Die Menschen brauchen mich. Und sie würden auch dich brauchen.«

Sie lacht. »Jemanden wie mich würdest du im Untergrund nicht haben wollen. Ich würde mich sofort der Ochrana ergeben.«

»Vielleicht hältst du länger durch, als du denkst«, entgegnet er. »Jeder hat Kräfte, von denen er nichts weiß, Tonja, bis der Augenblick dafür kommt. Der richtige Moment und der richtige Ort.«

»Hast du diese Rede schon einmal gehalten?«, fragt sie in dem Versuch, ihn zu necken.

»Nicht diese.« Er greift nach ihr, küsst sie auf die Stirn. Spricht mit den Lippen auf ihrer Haut. »Das ist das allererste Mal.«

Es ist Teestunde, auch inmitten des stadtweiten Chaos, und die Gräfin Burzinowa ist wieder zu Besuch gekommen. Tonja bewirtet Natalja und Nataljas Tochter Akulina im Blauen Salon. Akulina ist elf Jahre alt, dürr und misslaunig, sie kratzt oft an ihren Fingernägeln herum und versteckt sich hinter ihrem roten Haarschopf. Nur das Haar ist ein Hinweis darauf, dass sie überhaupt mit Natalja verwandt ist.

Dmitri ist nicht im Haus. Tonja sitzt auf der Stuhlkante und gibt sich größte Mühe, der Gräfin ihre Aufmerksamkeit zu schenken. Über der Stadt liegt eine Schicht Schießpulver, die so dick ist, dass Tonja sie sogar im Haus schmecken kann. Sie knabbert an einem Stück Leinsamenkuchen, dem einzigen Gebäckstück, das sie noch haben. Sie kann den Geschmack damit nicht vertreiben. Wo ist Walentin jetzt? Ist er in Sicherheit? Ist er am Leben?

»Hörst du mir zu?« Die Gräfin Burzinowa zieht die Augenbraue hoch wie einen Angelhaken.

Tonja lässt ihren Teller sinken.

»Ich habe gerade berichtet, was für ein Bild sich da draußen bietet«, bemerkt Natalja. »Soldaten an allen Kreuzungen und Maschinengewehre auf allen Plätzen. Hattest du keine Angst, Lina?«

Ihre Tochter vollführt so etwas wie ein Nicken.

»Was ist mit dir?«, fragt Natalja Tonja. »Hat es dich von deinen Morgenspaziergängen abgehalten?«

Tonja muss sich hier genauso vorsichtig bewegen wie auf dem brüchigen Frühjahrseis auf der Fontanka. Natalja ist zu sehr eine Fremde, als dass sie ihr vertrauen könnte, und zu vertraut, um abgewiesen zu werden. »Manchmal«, antwortet sie. »Aber ich habe nie das Gefühl, in Gefahr zu sein.«

»Also bitte, Schätzchen.« Natalja wischt sich die Krümel von den Fingern. »Du bist mit Walentin Andrejew gesehen worden.«

»Walentin ist ein Freund von mir.« Tonja spricht mit ausdrucksloser Stimme. »Ich bringe ihm Bewunderung entgegen.«

»Bewunderung«, sagt Natalja. »Was für ein Ausdruck dafür.«

Natalja weiß es.

Sie möchte ihr Fehlverhalten leugnen, es liegt ihr schon auf den Lippen. Doch die Wahrheit hat etwas Köstliches, Ergötzliches. Sie sind nun schon seit über einem Jahr ein Liebespaar. Sie war gestern bei ihm und vorgestern und vorvorgestern und am Tag davor. Sie sind natürlich immer noch vorsichtig. Sie ist immer zum Tee zu Hause. Aber jetzt fragt sie sich, ob sie darauf gewartet hat, entdeckt zu werden, denn wenn sie entdeckt wird, muss eine Entscheidung fallen.

Dieses Leben oder er.

Dieser Palast oder jener Keller.

Adel oder Revolution.

Etwas dreht und wendet sich in ihrem Bauch.

»Ich kann eine gewisse Vernarrtheit nachvollziehen. Nach dem Jungen dreht man sich um.« Natalja gibt ein resigniertes Lachen von sich. »In der Vergangenheit haben viele seiner – nennen wir sie ebenfalls Bewunderinnen – großzügig für seine Sache gespendet.«

»Ich habe ihm keine einzige Kopeke gegeben«, sagt Tonja entschieden.

»Ach, Schätzchen, er liebt dich nicht. Männer wie er sind in etwas Größeres, Vollkommeneres verliebt, als eine Frau bieten könnte.«

»Und wenn ich ihn liebe?«

Nataljas Lächeln wird breiter. »So ist das also.« Ein spitzes Schweigen senkt sich über sie.

Tonjas Hand an dem Teller zittert. Der Kuchen in ihrem Mund ist wie Sägemehl. Dennoch zwingt sie sich, den Blick nicht von der Gräfin abzuwenden, nicht zurückzuweichen.

»Ich werde nicht zulassen, dass du Dmitri verletzt. Du wirst Walentin Andrejew nicht mehr treffen«, sagt die Gräfin sanft. »Nie wieder. Und im Gegenzug werde ich keinen Groll gegen dich hegen. Gleiches Recht für alle.«

Tonja wartet an der Kellertreppe und schiebt mit den Spitzen ihrer Stiefel den schmutzigen Schnee umher, bis sie Schneeränder haben. Möglicherweise taucht Walentin heute gar nicht auf, bei allem, was gerade passiert. Sie macht sich bereit für den Heimweg, ist aber unfähig, den ersten Schritt zu tun.

Würde sie Dmitri verlassen, um mit Walentin zusammen zu sein?

Nein. Das darf nicht geschehen. Sie und Walentin mögen einander begehren, aber was wird, wenn die Leidenschaft nachlässt? Wenn aus dem Geschrei auf den Straßen normale Gespräche werden, wenn es keine Sache mehr gibt, für die er brennt? Sie würden im Elend leben, beide würden abgehärmt sein und gebrochen. Desillusioniert und verbittert. Ihr Groll würde sich gegen den anderen wenden. Sie würde bereuen, so viel aufgegeben zu haben, um mit ihm zusammenzuleben. Er würde sie für ihre Reue verachten.

»Tonja!«

Sie blickt auf und zuckt angesichts der Freude in seinem Gesicht zusammen. Er weiß nichts von ihrem inneren Aufruhr.

»Ich wusste, dass wir das in unserem Leben noch sehen werden«, sagt er. »Ich wusste es.«

So spricht Walentin oft mit ihr. Unser Leben, im Singular. Als ob es bereits um sie beide ginge, gegen den Rest der Welt.

»Ich muss nach Hause«, sagt sie. »Ich hätte gar nicht erst kommen sollen.«

»Bleib heute Nacht bei mir, Tonja.«

Tonja spürt, wie sich etwas in ihrem Unterleib verkrampft und zusammenzieht. Er lädt sie ein, zu bleiben, aber für wie lange? Walentin ist immer in Bewegung, immer unterwegs zu etwas Aufregendem und Wichtigem. Sie gibt vor, zu verstehen, dass er den Wunsch hat, die Monarchie zu stürzen, die Welt aus der Asche neu aufzubauen, oder wie er es in seinen Reden auch ausdrückt. Sie *möchte* an das glauben, woran er glaubt, und manchmal, wenn er vor einer Menge spricht und jedes seiner Worte sie in die Knie zwingt, gelingt ihr das auch fast.

Aber wenn sie allein ist, weiß sie, dass sie keine Sozialistin ist. Sie ist keine Revolutionärin. Sie hat keine Sache. Sie ist nur *Kukolka*, die kleine Puppe, bei sich zu Hause und in ihrem Dorf.

Sie hat noch nie für etwas gestanden. Sie hat noch nicht einmal auf eigenen Beinen gestanden.

»Ich kann nicht«, flüstert sie.

»Dann eben morgen, *milaja.*«

Sie sucht nach einem anderen Thema, vielleicht einem Scherz, um die Stimmung zwischen ihnen aufzulockern, aber nichts scheint ihr noch unbeschwert.

»Kann ich dich nach Hause begleiten?«, fragt er.

»Du kannst bis zum Fluss mitkommen«, sagt sie. Die Newa, die Grenze zwischen ihren Welten, seiner und ihrer. Ihrer gemeinsamen Welt, würde Walentin vielleicht sagen, aber er ist Bolschewik. Er ist ein Träumer.

In der Badewanne zieht Tonja die Knie an die Brust und seufzt. Baden ist beinahe der größte Luxus ihres Ehelebens. Als Kind auf Otrada musste Tonja in einer Wanne stehen, die kaum größer war als ein Eimer, und dann schniefte sie, während ihr eines der Dienstmädchen unter Mamas kritischem Blick Bachwasser über den Kopf schüttete. Hier steht die Wanne auf langen Beinen und ist aus Silber, und das Wasser fühlt sich angenehm und seifig an und duftet nach Parfüm.

Sie schaut zu der Person, die ihr jetzt Gesellschaft leistet. Olenka stammt aus einem Dorf außerhalb Petrograds und schickt den Großteil ihres Geldes nach Hause. Manchmal verspürt Tonja den seltsamen Drang zu sagen, dass sie, Tonja, ebenfalls aus einem Dorf kommt. Dass *sie* in dieser Stadt auch keine Freunde hat. Aber die Zofe wendet sich immer rechtzeitig ab.

So ist es sicher das Beste. Die Dienerschaft liebt Klatsch und Tratsch. Daher weiß Tonja zum Beispiel, dass Olenka früher in den Textilfabriken gearbeitet hat und sich in der Lunge des Dienstmädchens genügend Flusen für eine ganze Garnitur Bettzeug befinden. Eines Tages vor vielen Jahren, so die Geschichte, besuchte Dmitris Mutter im Rahmen einer wohltätigen Veranstaltung zufällig Olenkas Arbeitsplatz. Zu der Stunde war es dort leer genug, dass man den gequälten Husten des Mädchens über das Geräusch der mahlenden Maschinen hinweg hören konnte. Die gutherzige Anastasia *rettete* Olenka und stellte sie als Dienstmädchen in diesem Haus ein. Die Lulikows tun solche Dinge. Sie retten Menschen.

Tonja sollte das perlenbesetzte Taschentuch in Ehren halten, das bald das Einzige sein wird, was ihr von ihrer Schwiegermutter bleibt. Aber jetzt fällt ihr auf, dass sie es seit Monaten nicht mehr gesehen hat. Sie hat keine Ahnung, wo Anastasias Taschentuch geblieben ist.

Sein Verlust ist eine kleine Sache, sorgt aber für eine ungute Vorahnung, und trotz der Annehmlichkeit der Badewanne, die Olenka jeden Moment mit neuem, wärmerem Wasser auffüllen wird, ist Tonja kalt.

Das Rattern der Salven und Maschinengewehre am frühen Morgen ist ohrenbetäubend. Es rasselt in ihren Knochen: *Rat-a-tat-tat!* Walentin bleibt stehen und schaut die Böschung hinunter. Er ist nahe genug, dass Tonja ihn berühren könnte, aber oft fühlt es sich zu hoffnungsfroh an, seine Hand zu nehmen. Als würden sie beide in dieselbe Richtung blicken.

Er hat den Leuten in der Menge einmal gesagt, dass sie zwei Leben haben werden, aber sie selbst lebt bereits jetzt zwei Leben.

»Die Polizeireviere sind alle gefallen«, sagt Walentin und wendet sich ihr zu. »Die Gerichtsgebäude stehen in Flammen. Jetzt muss nur noch Zar Nikolaus abdanken. Es wird Zeit, sich für eine Seite zu entscheiden.«

Tonja umklammert ihren Schal, damit der Wind ihn nicht mitreißt.

»Du könntest nach Hause gehen, einen Koffer packen und mich danach treffen«, sagt er. »Und nie wieder zurückgehen.«

Es war klar, dass er sich nicht mit Stelldicheins in dunklen Gassen und mit gesenkten Gesichtern zufriedengeben würde. Sie kennt ihn inzwischen gut, und er tut nichts halbherzig. Walentin Andrejew glaubt an absolute Dinge, an Recht und Unrecht. Das unterscheidet die bolschewistische Partei von den anderen Revolutionären, den Menschewiken, den Sozialrevolutionären, den Anarchisten. Es wird keine Kompromisse geben.

Seine Bolschewiki bekommen entweder alles oder gar nichts.

»Ich bin verliebt in dich«, sagt er. »Kommst du? Stellst du dich auf meine Seite?«

Sein Gesicht verrät nicht die geringste Unsicherheit. Was auch immer es ist, das über die Stadt hereinbricht, es hat sie beide erreicht. Es steht zwischen ihnen wie eine dritte Partei. Es ist unausweichlich.

»Ich bin nicht wie du«, sagt sie mit gedämpfter Stimme. »Ich habe nicht deine Willensstärke.«

»Empfindest du nicht dasselbe für mich?«

»Ich könnte nie für etwas kämpfen, nicht so wie du.«

»Empfindest du«, sagt er, »nicht dasselbe für mich?«

Walentin hat oft genug gesagt, dass die Menschen sich irren, dass der echte Krieg nicht gegen Deutschland, nicht gegen den Kaiser geführt wird, sondern dass es ein Krieg im Innern ist. Russland gegen sich selbst. Aber auch er irrt sich. Es ist *ihr* Krieg, Tonjas Krieg, gegen sich selbst. Vielleicht schon immer.

»Doch«, sagt sie schwach.

Er stößt langsam den Atem aus. »Ich bin heute Abend da.

An unserer Brücke, ab acht Uhr. Ich bleibe so lange, bis du kommst.«

In der Ferne geben die Maschinengewehre noch immer Schüsse ab: *Rat-a-tat-tat!* Es ist die Musik der Revolution. Petrograd bricht um sie herum zusammen. Er küsst sie, flüstert: *Bis heute Abend, Antonina.* Er gibt ihr das Gefühl, erwachsen zu sein, weltgewandt sogar, aber das ist eine Illusion, denn sie ist jung. Zu jung für eine Seele, um sich selbst zu kennen, würde Mama sagen. Ganz zu schweigen von der Seele eines anderen. Tonja zieht sich ihren Schal vors Gesicht. Walentin geht mit großen Schritten davon. Er dreht sich um, um ihr zuzuwinken, und sie winkt zurück, ihr Inneres schlägt Wellen, ihr Herz rast. Auf der anderen Straßenseite sieht sie eine Reihe der Kosaken des Zaren auf ihren Pferden. Ihre Lanzen glänzen im Sonnenlicht, und die Schwänze ihrer Pferde tanzen im Wind.

Als Tonja nach Anastasia sieht, ist Olenka im Raum, sie steht regungslos am Kamin. Die Vorhänge sind so fest zugezogen wie immer. Sie haben aus diesem Zimmer ein vorzeitiges Grab gemacht. Die Matriarchin der Lulikows liegt auf ihre Kissen gebettet da, ihre Augen werden glasig. Sie klingt so schwindsüchtig wie Olenka, jeder Atemzug ist eine Qual.

»Soll ich Ihnen heute vorlesen, Anastasia Sergejewna?«, fragt Tonja unsicher.

»Ich hatte an meinen Sohn einen Brief geschrieben, weißt du«, sagt Anastasia, ihre Lippen bewegen sich kaum. »Ich hatte ihm geraten, dich nicht zu heiraten. Vor allem nicht ohne seine eigene Mutter als Trauzeugin.«

»Ich …«

»Aber als er dich herbrachte, sah ich, wie sehr er auf dich fixiert war. Mein Mitja ist genau wie sein Vater.« Anastasias gutes

Auge blinzelt heftig. »Ich habe versucht, dir das Gefühl zu geben, willkommen zu sein. Wie sehr ich mich bemüht habe, und das ist nun meine Belohnung!«

Tonja wagt es nicht, näher zu treten. Olenka steht immer noch da, weicht ihr nicht von der Seite.

»Hat Gräfin Burzinowa es Ihnen gesagt?«, fragt Tonja.

»Sie hat mir geraten, dir Olenka heute Morgen hinterherzuschicken. Du bist in der Tat indiskret gewesen, Kind. Aber das ist ja nun offensichtlich vorbei.« Sie schwingt ihre Worte wie Degen. »Sollen wir deinem – diesem abscheulichen Menschen – Geld schicken, damit er dich in Ruhe lässt? Ihm vielleicht einen Brief schreiben und ihn über die Entwicklung hier in Kenntnis setzen?«

»Er wird Ihr Geld nicht annehmen«, sagt Tonja, und bevor sie sich davon abhalten kann: »Ich gehe zu ihm. Ich gehe fort.«

Sie kann kaum glauben, dass sie das gesagt hat, aber sie hat es gesagt, und jetzt kann sie es nicht mehr zurücknehmen. Ihr ist mulmig zumute, ganz eigenartig, aber in letzter Zeit geht es ihr immer schlechter. Ihr Appetit ist so gering wie das Angebot an Essen. Kürzungen, sagen die Leute. Der Raum dreht sich. Sie hat vergessen, wie still es sein kann, wenn niemand spricht und man die Schüsse von draußen nicht hört.

Sie setzt erneut an: »Ich verlasse Dmitri.«

»O, meine Liebe.« Anastasias Oberlippe kräuselt sich.

Tonjas Wangenknochen stechen vor Übelkeit. »Ich komme nicht zurück.«

»Wie kannst du es wagen, so mit mir zu sprechen? Verlass sofort mein Zimmer!«, tobt die alte Frau in neu aufflammender Wut. »Olenka, schaff mir dieses Mädchen aus den … Tonja, was ist mit dir los? Tonja!«

Tonjas Blickfeld beginnt sich zu verengen. Die Welt verdunkelt sich. Sie wird ohnmächtig werden. Sie hat Mama in den ersten Monaten oft in Ohnmacht fallen sehen. Es ist die Schwangerschaft.

Tonja sieht vom Bett aus zu, wie der Arzt die Gegenstände in seiner Tasche neu ordnet. Hohle Schläuche. Ein Stethoskop. Dinge, die aussehen wie Folterinstrumente. Sie spürt ein Pochen in der Schläfe, aber ihr Körper ist gefühllos. Sie blickt auf ihre Hände hinab und hat das Gefühl, es könnten auch die einer anderen sein. Sie überlegt, zu fragen, ob es eine Möglichkeit gibt, ihre Schwangerschaft zu bestätigen, ob es etwas gibt, das sie tun oder lassen sollte, aber Dmitris Anwesenheit am Fußende des Bettes lässt sie schweigen.

»Wie spät ist es jetzt?«, fragt sie dümmlich.

»Kurz nach sechs«, antwortet ihr Ehemann.

»Frauen sind anfällig für solche Ohnmachten«, sagt der Arzt zu Dmitri. »Sie müssen auf sie aufpassen.«

Dmitri küsst Tonjas Hand. Sein Mund auf ihrer Haut fühlt sich kalt an.

Der Arzt informiert Dmitri, dass er nach Anastasia sehen wird, bevor er geht. Tonja wartet, bis die Tür sich hinter den beiden Männern schließt. Endlich allein. Sie steigt aus dem Bett. Es bleibt keine Zeit zum Packen, für Vorbereitungen. Sie wird einfach so gehen müssen, wie sie ist.

Sie hat sich entschieden.

Sie weiß, was für ein Vater Dmitri sein würde. Er würde den teuersten Kinderwagen der Stadt kaufen, Hauben und Bänder aus Paris bestellen, handgefertigtes Holzspielzeug aus Deutschland, Babybadeseife aus England. Sie weiß das, denn er verwöhnt sie auf genau dieselbe Weise, als sei sie eine Statuette, die man täglich aus dem Regal nehmen und abstauben muss. Zur Teestunde.

Aber er könnte sie auch jeden Moment fallen lassen. Sie zerbrechen.

Sie bindet sich das Haar mit einem Band zurück, wickelt sich ihren dicksten Schal um den Hals. Sie hält inne, lauscht, dann drückt sie auf die Klinke. Noch einmal, und dann noch einmal. Der Schal beginnt sich eng anzufühlen, sogar schwitzig. Sie stemmt sich mit dem Körper gegen den Türrahmen und zieht, dann drückt sie. Wären ihr Flüche geläufiger, die klassischen, die Dmitri beim Zeitunglesen ausstößt, oder die farbenfrohen, die Walentin ihr ins Ohr flüstert, dann würde sie sie jetzt benutzen.

Stattdessen sackt sie zu Boden und lässt den Kopf zwischen die Knie sinken.

Die Tür ist abgeschlossen.

Tonja schläft in der Nacht nur eine oder zwei Stunden, aber das ist lang genug für einen ihrer Albträume. Als sie aufwacht, glaubt sie zu ersticken. Sie zündet eine Kerze an, sieht einen Fleck auf dem Laken und denkt verzweifelt, dass es das nun gewesen ist, dass dies *ihr* trauriges kleines Würmchen von einem Beinahebaby gewesen ist, aber das Blut kommt nicht zwischen ihren Beinen hervor. Es stammt von ihren Armen. Sie hat sich im Schlaf mit den Nägeln die eigene Haut aufgerissen. Sie dreht sich zur Seite und weint, und als sie wieder zu Bewusstsein kommt, ist es bereits Morgen.

Olenka kommt mit einem Tablett und einer Zeitung herein. Tonja wirft einen verschlafenen Blick auf die Schlagzeilen. Zar Nikolaus II. hat abgedankt. Die dreihundertjährige Dynastie der Romanows ist zu Ende. Das russische Volk ist befreit worden. Olenka macht einen Knicks, hustet, geht wieder hinaus und schließt Tonja ein.

KAPITEL 7

Walentin

Petrograd, März 1917

Das Licht steigt über den Fluss, und es ist ein Morgen wie kein anderer. Die steinernen Adler der Romanows liegen zerschmettert auf dem Boden, und durch die von Rauchschwaden erfüllte Luft sind die roten Fahnen der Revolution zu erkennen. Das ist alles, was Walentin je wollte, wofür er gearbeitet und wovon er geträumt hat. Und doch ist es nicht genug.

Seine Augen brennen, als hätte er sich die Nacht über im Sand vergraben. Er wirft noch einmal einen Blick über die Brücke, aber er sieht alles doppelt, wahrscheinlich vor Schlafmangel.

Alles und jeden doppelt. Nur nichts von Tonja.

Während er letzte Nacht auf sie wartete, formulierte er im Kopf seine Rede. *Genossen, während das zaristische Regime in der Vergessenheit versinkt, stehen wir vor einem Vakuum. Ein Vakuum, das sich von hier, wo ich stehe, bis zum Winterpalast erstreckt. Aber jemand wird aufstehen, um es zu füllen! Werden wir diejenigen sein? Wirst du es sein?*

Doch es gibt nichts, was dieses Vakuum füllen kann.

Er weiß nicht wie, aber er lässt die Liteini-Brücke hinter sich liegen. Er möchte rauchen, aber er erträgt es nicht zu atmen.

Walentin weiß, wo Tonja wohnt, in einer der vielen wohlhabenden Enklaven entlang der Fontanka, Reihen von stuckverzierten Villen, deren Spiegelungen wie eine Fata Morgana im Fluss schimmern. Vielleicht war sie selbst nur eine Fata Morgana, denn er kann nicht glauben, dass sie jeden Tag, so viele Tage so weit gegangen ist, nur um ihn zu sehen.

Die Straßenkehrer sind die Einzigen, die zu dieser frühen Stunde unterwegs sind, und sie sehen ihn an, als wäre er selbst Müll, als würden sie am liebsten auch ihn wegfegen. Walentin hat das Haus noch nie betreten, aber er hat es von der anderen Flussseite aus beobachtet, pastellrosa und imposant. Tonja zufolge ist es vor nicht allzu langer Zeit als Ersatz für das ursprünglich dort stehende Gebäude erbaut worden. Sie hat gesagt, das Haus sei wie ein Museum. Es gibt mehrere Bibliotheken. Es gibt menschenleere, aber mit Möbeln vollgestellte Schlafzimmer. Es gibt Galerien, in denen der Schnickschnack, die Kleinigkeiten, die Neuheiten von den Reisen ihres Mannes ausgestellt werden.

Die Bürgerlichen lieben es wirklich, Dinge zu besitzen.

Es gibt nur einen Balkon vor dem mittleren Fenster im zweiten Stock. Dahinter bewegt sich ein Schatten, und Walentin wendet sich schnell ab und schlägt den Kragen hoch. Er wird hinten herumgehen. Jedes Haus dieser Art hat eine Vordertür, den Eingang für Familie und Gäste, für Leute mit Visitenkarten, und einen separaten, schäbigen Eingang für alle anderen.

Ein Dienstmädchen öffnet die Hintertür. Ihr Stirnrunzeln sieht aus, als würde sie es nie ablegen. »Lieferung?«, fragt sie.

»Ich habe eine Nachricht für Ihre Herrin«, sagt Walentin. *Barynja.* Solche Allüren gehören verboten. »Antonina Lulikowa. Oder ist es möglich, dass sie mich empfängt?«

»Das bezweifle ich. Wer sind Sie?«

»Ich heiße Walentin Andrejew.«

»Warten Sie hier.«

Auf dem kleinen Hof hinter dem Haus ist es sehr still. Er zündet sich eine Zigarette an und versucht, normal zu inhalieren. Als er Tonja zum ersten Mal sah, beschlich ihn dasselbe beschämende, verstohlen bange Gefühl, wie wenn er durch die Tore hindurch auf den Winterpalast blickt; das Gefühl, nichts anderes tun zu wollen, als immer weiter zu schauen. Das Gefühl, dass er dem, was er vor sich hat, niemals ebenbürtig sein wird, egal, wie laut er das Gegenteil verkündet. Wann wird dieses Gefühl aufhören?

»Ist da jemand?«

Ein anderes Dienstmädchen tritt über die Schwelle, sie trägt ein schlichtes schwarzes Kleid und keine Haube. Sie ist auf wenig bekömmliche Weise alterslos und hält die Hände hinter dem Rücken verschränkt. Das muss Olenka sein, die Zofe, die in der Schuld von Tonjas hinfälliger Schwiegermutter steht. Sie gehört zu der Sorte von Menschen, die am schwersten zu befreien sein werden, wenn die echte Revolution kommt, die so lange in Knechtschaft war, dass sie nicht mehr weiß, wie sie den Blick nach oben richten soll, selbst wenn niemand sie niederhält.

»Mein Herr«, sagt sie mit seltsamer, quakiger Stimme, »Antonina Nikolajewna wünscht nicht, Sie jemals wiederzusehen.«

»Überbringen Sie ihr einfach eine Nachricht von mir«, sagt er. »Bitte.«

»Man hat mir aufgetragen, Sie davon in Kenntnis zu setzen, mein Herr …«

»Wer hat es Ihnen aufgetragen?«

Wortlos holt das Mädchen hervor, was sie hinter ihrem Rücken verborgen hat. Ein Stück Papier, das von einem Briefbogen abgerissen worden ist und in dessen Ecke Tonjas Initialen eingraviert sind. Nur zwei Zeilen stehen auf dem Blatt:

Ich liebte dich: vielleicht ist noch bis heute
In meiner Brust dies Feuer nicht verglüht;
Doch will ich nicht, dass sich dein Schmerz erneute

Sie stammen aus dem berühmten Gedicht von Alexander Puschkin. Tonjas Lieblingsgedicht. Walentin blickt von den Zeilen zu dem erhitzt wirkenden Hausmädchen und wieder zurück auf die Zeilen. Was auch immer er in diesem Moment empfindet, was auch immer das für eine Qual ist, sie ist neu. Es gibt kein Wort dafür, und Walentin hat für alles stets das richtige Wort.

Oft waren Worte alles, was er hatte. Und jetzt bleibt ihm nichts mehr.

»Ein Mädchen wie die ist bloß an Dingen interessiert, die sie nicht haben kann«, sagt Wiktorija. Sie steht von ihm abgewandt, blickt in den Spiegel und schlingt ihr schulterlanges Haar zu einem Knoten. »Du hättest das vorhersehen müssen. Du kannst doch nicht ernsthaft geglaubt haben, dass sie in einem Keller leben würde!«

Aber das hat er. Walentin hat sich selbst von etwas Unmöglichem überzeugt, weil um ihn herum das Unmögliche bereits geschah. Die Verheißung und der Glanz der Revolution haben ihn geblendet, er hat sich eingeredet, er könne alles haben, was er haben will.

»Sie hat nach Zerstreuung gesucht«, sagt Wiktorija und dreht sich um. »Und du bist eine gute Zerstreuung.«

»Ich gehe besser nach Hause, Wika.«

»Ich habe das als Kompliment gemeint«, sagt sie. »Ich verstehe, warum sie dich wollte. Du bist – du bist das Ideal, nach dem wir anderen streben. Ich brauche ein Klavier und viele Jahre Übung, um die Menschen so zu bewegen, wie du es tust.«

Er hält inne, um sie zu betrachten. Wiktorija lächelt ihn auf eine Weise an, für die er einst alles gegeben hätte. Als er sie zum ersten Mal sah, war er erst zehn Jahre alt, und sie war unergründliche fünfzehn. Drei Jahre später sah er sie bei einem Auftritt, war gebannt vom Anblick ihrer über die Tasten fliegenden Finger und beschloss, sie eines Tages zu umwerben, vielleicht sogar zu erobern. Als Walentin sechzehn war und die einundzwanzigjährige Wiktorija von einer Europatournee nach Hause kam, platzte er mit seinen Gefühlen heraus. Sie wies ihn mit solcher Behutsamkeit ab, dass er, wenn er sich nur genug bemüht, seine Verlegenheit immer noch heraufbeschwören kann.

Nun ist er zweiundzwanzig und hat seitdem nicht mehr auf diese Weise an sie gedacht.

»Warum bleibst du nicht über Nacht?«, fragt sie leichthin.

»Nein«, sagt er. »Ich sollte vermutlich besser allein sein.«

Eines Morgens wartet Wiktorijas Vater Pawel vor Walentins Tür, den Gehstock bereits zum Anklopfen erhoben. Der grau melierte Pawel ist eine gepflegte und seriöse Erscheinung, und als er nun seinen Hut abnimmt und Walentin direkt ins Gesicht schaut, klingt auch seine Stimme gepflegt und ruhig.

»Ich muss mit dir reden, Junge.«

»Ich wollte gerade los«, sagt Walentin, aber nur halbherzig. Walentin verdankt Pawel alles und kann ihm nichts abschlagen. Als Zehnjähriger war Walentin gerade von seinem Onkel, einem notorischen Säufer, weggelaufen, schlief in einer Kiste am Kai und hielt sich mit Taschendiebstählen am Leben. Pawel verteilte dort politische Flugblätter und Gedichte an die Matrosen und Straßenverkäufer. Er nahm Walentin mit nach Hause, gab ihm zu essen, kleidete ihn ein, unterrichtete ihn, verschaffte ihm eine Stelle in der Fabrik. Führte ihn in den Untergrund ein.

»Wika hat mir erzählt, was sich mit dem Mädchen zugetragen hat«, sagt Pawel. »Und du bist von der Bildfläche verschwunden. Du hast immer noch Pflichten, Walja, du trägst Verantwortung für die Sache und für deine Genossen. Und mir gegenüber.«

Dein Leben beginnt hier, hat Pawel damals gesagt. *Du bist dabei. Und wenn du einmal dabei bist, bist du für immer dabei. Du wirst alles für uns tun, und wir werden alles für dich tun.*

»Es ist gut, dass das passiert ist«, sagt Pawel. »Jetzt, in deinem zarten Alter. Von nun an weißt du es besser.«

»Es war ein Fehler«, sagt Walentin ausdruckslos.

»Eine Gefährtin für das Leben, das du führen wirst, meine Junge, sollte besser aus unseren Reihen stammen.«

»Ich verstehe.«

»Gut.« Pawel bedeutet Walentin mit dem Stock, näher zu kommen. Die Umarmung des älteren Mannes ist fest. »Fehler hin oder her, du bist mein Sohn«, sagt er. »Ich bin so stolz auf dich.«

»Danke«, sagt Walentin, und seine Stimme bricht leicht dabei. Seine Entgegnung besteht darin, dass er Pawel heftig zurück umarmt. Er ist wiedergeboren worden, nachdem er die Katenins getroffen hatte, nachdem er der Partei beigetreten war. Aber er erinnert sich daran, dass er einmal eine andere Familie hatte, eine Mutter mit warmen Augen und eine Babuschka mit faltigen Händen, er erinnert sich, dass er mit ihnen in einer Wohnung aufwuchs, in der es so viele Kakerlaken gab, dass er das Ungeziefer oft mit der Decke verwechselte. Er weiß, dass er einmal jemand anders war, jemand anders als ein Bolschewik, jemand, der Dinge zu sagen hatte, die nicht einstudiert waren.

Mit Tonja ist er wieder dieser Jemand gewesen.

Er weiß nicht, warum er sich mit ihr so gefühlt hat. Aber eines weiß er jetzt: Seine Vergangenheit ist verloren, weder Tonja noch sonst jemand wird sie wieder aufleben lassen können. Tonja ist letzten Endes nicht mehr als jede andere Großbürgerin. Sie wird dafür bezahlen müssen. Sie werden alle bezahlen müssen.

KAPITEL 8

Rosie

Moskau, Juli 1991

Ich schreibe an Richard einen Brief voller lebendiger Details. Ich berichte, wie unsere Kakerlaken fröhlich in dem kokainartigen Pulver umherwuseln, das sie töten soll. Dass das Stromnetz öfter und verlässlicher zusammenbricht, als es funktioniert. Dass aus dem Fleisch im Supermarkt das Blut läuft, als wäre es gerade frisch aus dem Tier geschnitten worden, und dass die Kassiererin einen Abakus benutzt, um zu berechnen, wie viel ich bezahlen muss. Ich kann mir gut vorstellen, wie Richard, der wunderbare Richard, dies lächelnd liest und sich über den kleinen Einblick in das Moskauer Alltagsleben freut. Aber es ist ein oberflächlicher, touristischer Einblick. Ich könnte auch eine leere Postkarte vom Roten Platz schicken. Die hätte denselben Effekt. Aber was soll ich stattdessen schreiben? Ich kaue auf meinem Stift herum, bis der Deckel abfällt.

»Startklar?« Alexej steckt seinen Kopf in die Küche.

Ich drehe das Papier um. »Ja, lass uns gehen.«

Als ich aufwache, spüre ich feuchten Wind im Gesicht, und durch die geöffneten Autofenster dringt eine verwirrende Mischung von Gerüchen herein: Kiefern und Wildblumen, Holzteer und Benzin. Ich muss auf der Schnellstraße eingeschlafen sein, denn anscheinend sind wir bereits an der Stelle, wo die Stadt in Land übergeht. Wir fahren weiter, und das Unterholz wird dichter, begräbt die Landschaft unter sich. Die Bäume sind jetzt höher, stehen dichter beieinander.

Lew manövriert den Mercedes rücksichtslos über die Schlaglochpisten, lässt einen Arm aus dem Fenster baumeln und raucht. Die Straße wird zu einem unbefestigten Schotterweg. Alexej bedeutet ihm abzubiegen, und das Auto quietscht protestierend, als Lew plötzlich bremst.

Das erste Anzeichen für eine menschliche Besiedelung ist eine kleine Blockhütte, aber sie scheint schon lange verlassen zu sein. Die Tür hängt aus den Angeln, am Türrahmen und am Geländer der Veranda fehlen Holzbretter. Eine lärmende Spatzenfamilie bewohnt das Dach, und etwas huscht vorbei, ein verschwommener brauner Fleck. Ein Stück den Weg hinunter tauchen weitere Hütten auf, alle in demselben Zustand, ein Bild des Verfalls.

»Diese Dörfer sterben oft aus, weil die jungen Leute in die Städte ziehen«, sagt Alexej.

Das sogenannte Dorf starrt uns neugierig entgegen, auch wenn es keine Augen hat. Ich rücke vom Fenster ab. Mum hatte ziemlich viele Geschichten, die auf dem Land spielten, aber ihre Vorstellung vom ländlichen Russland bestand aus Dreigespannen und Teehäusern, silbernen Glöckchen und bemalten Fensterbänken. Wie eine riesige Schaufensterlandschaft aus Lebkuchen zu Weihnachten. Ihre Einzelheiten hatten immer etwas Übertriebenes an sich, so als wüsste sie, dass es zu viel war, könnte sich aber einfach nicht zurückhalten.

»Da ist jemand«, bemerkt Alexej.

Ein alter Mann sitzt in einem Schaukelstuhl auf einer der Veranden. Der Stuhl wippt hin und her. Er wiegt etwas in seinen Armen und sitzt dabei zu aufrecht, so, wie man das Baby von jemand anderem halten würde. Er dreht sich um, und ich sehe, dass sein Gesicht fahl ist. Er mag jünger sein als Alexej, aber er ist schlechter gealtert.

»Lasst uns einen Moment anhalten«, sagt Alexej.

Ich streiche mein Sommerkleid glatt, das mir an den Beinen klebt, als ich aus dem Auto steige. Ich bin nicht richtig angezogen, um durch Brombeergestrüpp zu waten. Die Pilze unter meinen Füßen knirschen. Jetzt nimmt der Gegenstand im Arm des Mannes Gestalt an: Es ist nichts weiter als eine Art Küchentuch, zu einer Kugel zusammengeknüllt.

Die Natur holt sich alles zurück, das Land, das Dorf, die Dorfbewohner, aber diesen Lappen wird sie nie bekommen.

»Guten Tag, mein Freund«, sagt Alexej. »Wir sind auf der Suche nach Otrada. Kannst du uns helfen? Uns den Weg weisen?«

Die Augen des alten Mannes sind eingetrübt vom grauen Star. Mit einer Geste fordert er uns auf, ihm nach drinnen zu folgen, wobei er sich den Lumpenball unter den Arm klemmt.

Das Innere der Hütte ist beengt und trist. Eine Ecke quillt über vor orthodoxen Ikonen und Kerzenstummeln, in einer anderen liegt ein strohbedeckter Sack voll Erde, von dem ich vermute, dass er als Bett dient. Neben dem langen Ofen steht ein wackeliger Tisch, und dahinter türmt sich eine Pyramide von Einmachgläsern, die Mums Sammlung nicht unähnlich ist. Ihr eingelegter Inhalt wirkt monströs, die weißen Zwiebeln wie menschliche Augäpfel, die Gurken wie Föten.

»Auf Otrada ist niemand mehr«, sagt unser Gastgeber.

»Aber könnten Sie uns helfen, den Weg zu finden?«, fragt Alexej.

»Es gibt keinen Weg.« Die Stimme des alten Mannes wird schärfer. »Nicht hin, nicht wieder hinaus.«

Alexej stößt einen kleinen Seufzer aus.

Ich werfe einen Blick auf den Tisch, wo ein paar alte Briefe liegen. *Lieber Kyrill Wladimirowitsch*, beginnt der oberste. Der

Geruch feuchter Erde beginnt an meiner guten Laune zu zehren. Ich schaue ungeduldig durch das Fenster zum Auto.

Und dann rieche ich etwas anderes.

Holzkohle.

Zoja ist hier. Aber egal, wie ich mein Gedächtnis durchforste, mir fällt nichts ein, was zu diesem Geruch passt. Was mir in den Sinn kommt, ist vollkommen fremd, verschwommen nimmt es Gestalt an: Es ist gar keine Erinnerung, sondern das Bild eines Hauses. Kein Haus, nur eine leblose Hülse, deren verbliebene Mauern von gierigen Ranken überwuchert werden. Hinter dieser Ruine liegen verkohlte Felder, auf denen ein wenig Unkraut sprießt, und dahinter erhebt sich ein weißer Birkenwald ohne Rinde an den Baumstämmen, genauso wie die Menschen keine …

Bislang war Zoja nie in der Lage, mich etwas anderes sehen zu lassen als meine eigenen Erinnerungen. Das hier ist anders. Ich war nie an diesem Ort. Ich habe nie zwischen diesen verkohlten Trümmern gestanden.

Ich drehe mich um. Mein Mund fühlt sich eigenartig an. »Ist Otrada niedergebrannt?«

»Was war das, Rosie?«, fragt Alexej.

»Ist es … ist das Haus niedergebrannt?«

Die Pupillen des alten Mannes weiten sich, als er in meine Richtung blickt. Es nutzt ihm nichts, er kann mich trotzdem nicht sehen. »Nimm das«, befiehlt er und lässt den Ball los. Das Tuch ist so schmutzig, so ekelhaft, dass es sich nicht lösen will. Er wiederholt, lauter diesmal: »Nimm es, nimm es!«

Ich weiß nicht, was ich anderes tun kann, als es zu nehmen.

Er öffnet den Mund, und ich denke schon, er will es zurückverlangen, aber stattdessen singt er. Er singt eine Strophe aus einem bekannten Lied aus der Kriegszeit, das meine Mutter sehr mochte, »Das Blaue Kopftuch«, und dann singt er noch eine und noch eine. Irgendwo da drinnen, unter der ledrigen Haut, hinter dem grauen Star und der Demenz, ist jemand, der verzweifelt mehr tun will als nur singen. Ich kann diesen Menschen fast aus seinem Inneren schreien hören.

Er trällert weiter, und das Einzige, was ich in diesem Moment halbwegs klar denken kann, ist, dass das Tuch, das er mir gerade gegeben hat, nicht blau ist. Es gehört in ein farbliches Niemandsland. Schon vor zu langer Zeit ausgebleicht.

»Na gut«, sagt Alexej, »danke für die Gastfreundschaft …«

Der alte Mann geht auf ihn los. »Ich weiß, wer du bist! Denk bloß nicht, ich wüsste es nicht!«

Alexejs Gesicht wird so grau wie der Lappen.

Der alte Mann spuckt aus und bekreuzigt sich. Dann hält er inne. Ein Lächeln erscheint auf den verkrusteten Lippen, das so leer ist, dass es fast unheimlich wirkt. Falls jemals eine Chance bestanden hat, ist sie nun dahin. Er hat sich an den Zufluchtsort zurückgezogen, den er für sich in seinem Kopf gefunden hat.

Der Himmel leuchtet in einem strahlenden Lila und kündigt den romantischen Teil des Abends an, bevor das Licht schwindet und das Dorf in einen Friedhof verwandelt. Alexej gibt sich schließlich geschlagen. Wir sind gefahren, wir sind gewandert, wir haben uns sogar kurz verirrt. Wir können Otrada nicht finden. Es liegt irgendwo im Wald und ist auf keiner Karte verzeichnet, sagt er müde und klappt die Karte aus Mums Notizbuch zu, die ich ihm gegeben habe, und steckt sie in die Tasche. Der Mercedes knurrt, als Lew ihn zurück auf einen Weg voller Krater zwingt, die Reifen bleiben hängen, das Getriebe knirscht. Alexej sagt kein weiteres Wort mehr.

Nach etwa vierzig Minuten Fahrt stelle ich fest, dass er eingeschlafen ist. Wir sind noch weit von Moskau entfernt.

»Geht es dir gut?«, fragt Lew vom Fahrersitz aus.

»Mir geht's gut«, sage ich und bereue es. Mir geht es nicht gut. Die da spricht, ist nur meine britische Schicht, die oberste Schicht. Es ist eine Sache, wenn Zoja mich dazu zwingt, mich an Dinge zu erinnern, aber was in der Hütte passiert ist, war eine schlimme Grenzüberschreitung. Sie hat von meinem Verstand Besitz ergriffen, nicht, um etwas Altes hervorzuholen, sondern um etwas Neues hineinzustopfen.

»Machen wir nächstes Wochenende wieder einen Ausflug zu deinem Oberst vom GRU?«, fragt Lew.

»Du hast gemerkt, dass er zum Nachrichtendienst gehört?«

»Ich war bei der Nationalgarde des Innenministeriums, der OMON. Bis vor ein paar Monaten.«

Ich sehe ihn an, aber er blickt auf die Straße. Die OMON? Das sind für Menschenmassen zuständige Ordnungshüter. Bereitschaftspolizei für Aufstände. Sie sind Teil der repressiven Maschinerie des sowjetischen Staates und dazu da, das Volk unter Kontrolle und den Mächtigen auf Armeslänge – oder besser gesagt, auf Scharfschützenlänge – vom Leib zu halten. Ich kenne sie nur vom Hörensagen: Die »Schwarzmützen«. Näheres möchte man gar nicht wissen.

»Deine Freunde auch«, sage ich. »Wir haben uns auf dem Roten Platz getroffen.«

»Ehemalige Kollegen.«

»Du hast gekündigt?«

»Ich bin vorübergehend versetzt worden«, sagt er etwas säuerlich. »Hierher.«

»Warum?«

»Warum hast du den Oberst besucht?«

Wir sind jetzt auf der Schnellstraße. Der Lärm, der Verkehr können ein Gespräch ganz gut ersetzen. Ich muss nichts weiter sagen. Wir können in dieser Sackgasse stehen bleiben, vor derselben roten Linie, die ich bei diesem Thema immer ziehe. Lew dreht am Radio herum und versucht eine Aufnahme von *Schwanensee* hereinzubekommen. Das Orchester hält gerade auf einen dramatischen Höhepunkt zu. Als die Töne wie Flusswasser durch einen zusammenbrechenden Damm bersten, strömt auch aus mir alles heraus.

»Meine Schwester und mein Vater wurden 1977 ermordet«, sage ich. »Von einem Mann namens Eduard Daineko. Das war ein Scharfschütze, der für eine mafiöse *bratwa* gearbeitet hat. Alle seine Opfer davor waren Kriminelle.« Ich blicke auf meine Hände hinunter. Sie sind zu Fäusten geballt. »Er hat meine Familie hingerichtet.«

»Dein Vater war kein Krimineller?«

»Mein Vater war Lehrer an einer Schule. Es tut mir leid, dass ich dir das alles erzähle, ich …«

»Du musst dich nicht ständig entschuldigen.«

Wir sind fast wieder in Moskau, und die Nacht bricht herein. Je weniger ich sehe, desto mehr höre ich: das Läuten der Straßenbahnglocken, das Hupen der Lastwagen, die Rufe der Fußgänger, die bellenden Hunde. Aber ich fühle mich ruhig und ausgeglichen, ich habe ein Ventil geöffnet und laut über meine Familie gesprochen. Ein gewisser Druck muss sich gelöst haben.

»Ich war mit jemandem liiert, einer Journalistin«, sagt Lew. »Sie hat mich benutzt, um an Informationen über meine Vorgesetzten im Innenministerium zu kommen. Sie wurde enttarnt. Unsere Beziehung endete. Jetzt bin ich hier. Aus der OMON entfernt, bis das Ministerium darüber entschieden hat, ob ich vertrauenswürdig bin.«

»Ich hoffe, es ist nicht zu schlimm.«

»Es ist nur eine leichte Strafe.«

Sein Blick trifft im Rückspiegel meinen. Ich ringe mir ein Lächeln ab. Wenn ich an die OMON denke, stelle ich sie mir als ein Wesen, eine Einheit vor. Hinter ihren Schilden und unter ihren Sturmhauben sind sie immer gesichts- und eigenschaftslos. Es ist seltsam, sie sich als Individuen vorzustellen. Als Menschen.

Was wird Zoja mir zeigen, jetzt, wo sie mir alles zeigen kann? Wo wird es enden?

Ich hätte sie besser kennenlernen sollen, als sie noch am Leben war. Dann wüsste ich vielleicht, was sie jetzt von mir will. Aber wir standen uns als Kinder nie nahe.

In unserem Viertel gab es einen Spielplatz, dessen Geräte alle aus Metall waren, die Rutschen, die Reifen, die Stangen. Ich wollte oft anhalten und dort spielen. Zoja tat das nie. Sie musste immer los zu Freunden oder später zu irgendeinem neuen Jungen. Zu mir sagte sie, ich solle allein spielen. Dann lief sie weg, und ich glaubte es auch in ihr zu sehen: etwas Metallisches. Unter dem gewinnenden Lächeln, der strahlenden Haut, dem glänzenden Haar war meine Schwester aus Metall.

Ich habe alle Lampen ausgeschaltet, aber ich kann es nicht dunkler werden lassen: die Hülse eines Hauses, die ausgreifenden Kletterpflanzen, die nackten Birken. Ich ziehe meine Decke höher und wünschte, ich könnte sie mir über den Kopf ziehen.

»Kannst du wieder nicht schlafen?«, fragt Lew.

Ich hatte keine Ahnung, dass er auch wach ist. Er kann so lange still bleiben. Wie ein Tier, das sich tot stellt.

»Es ist immer ein bisschen blöd, heimgesucht zu werden, aber besonders nachts.« Ich schweige kurz. »Meine Schwester hieß Zoja.«

»Kein sehr häufiger Name«, bemerkt er. »Wie Raisa.«

»Meine Mutter hat unsere Namen ausgesucht. Sie wollte immer gerne auffallen.«

»Du nicht?«

»Namen sind nur Etiketten.«

»Aber sie können viel Macht haben.«

»Ich glaube, Zoja will, dass ich die Wahrheit herausfinde«, sage ich mit dünner Stimme. »Damit ich verstehe, was in der Nacht geschah, als sie getötet wurden.«

»Oder vielleicht will sie dich auch davon abhalten.«

Mir ist nicht klar, ob er es ernst meint. »Ich glaube, sie weiß, wenn es irgendjemand enträtseln wird, bin ich das.«

»Bist du Kriminalbeamtin in England?«

»Doktorandin. Ich forsche zu Codes, Chiffriersystemen.« Ich starre an die Decke. »Mein Vater war Hobbykryptograf. Er hat mir beigebracht, ungewöhnliche Muster zu erkennen, Brüche, Puzzleteile, und wie man sie umherbewegt, sie im Kopf behält und wieder zusammensetzt.«

»Das klingt nach einer praktischen Fähigkeit, wenn man Rätsel lösen will.«

»Ja, aber dadurch halte ich mich oft mit Winzigkeiten auf. Mustern, die keine Rolle spielen. Oder die nicht einmal vorhanden sind. Ich bin übersensibel geworden, schätze ich.« Ich schneide eine Grimasse, auch wenn er es nicht sehen kann. »Vielleicht hat Zoja mich deshalb ausgesucht, weil ich diejenige bin, die sie spüren kann. Aber sie weiß auch …« Ich unterbreche mich und sage dann etwas heiser: »Ich werde niemals aufgeben. Es gibt eine Antwort auf die Frage, was mit meiner Familie geschehen ist, und ich werde weitersuchen, bis ich sie finde. Egal, wie lange es dauert.«

»Ach so«, sagt er. »Jetzt verstehe ich, warum du nicht an Zufälle glaubst.«

Ich wende den Kopf ab. Ich sollte Lew nicht noch mehr aufbürden. Ich bin hier, um mich von meiner Vergangenheit zu befreien, nicht, um andere damit zu vergiften. Und er hat bestimmt seine eigenen Dämonen. Keiner landet zufällig bei der OMON.

Außerdem ist es nicht nur Zojas Einmischung, die mich wach hält. Es ist nicht einmal die Karte oder irgendein »Zufall«.

Ich habe zwar nicht Geschichte studiert, und ich weiß, dass dies kein normales Forschungsprojekt ist, aber irgendetwas an meiner Rolle als Alexejs Assistentin kommt mir komisch vor. Alexej erzählt mir immer noch nicht viel, und abgesehen von heute war er kaum da. Meine Exzerpte aus den allgemeinen Lehrbüchern sind offensichtlich nur Makulatur. Alexej hat all die Dinge in diesen Büchern selbst erlebt. Er braucht meine Hilfe nicht, um sie zu verstehen.

Wozu braucht er mich überhaupt?

»Hey«, sagt Lew, »soll ich dir noch eine Geschichte vorlesen? Aus dem Notizbuch deiner Mutter?«

Das große und schreckliche Ungeheuer

In einem fernen Königreich, in einem längst vergangenen Land fürchteten sich die Stadtbewohner vor einem Ungeheuer, das angeblich unter der Erde lebte, in den Abwasserkanälen. Sie raunten einander zu, wie hungrig und grausam es sei, seine Zähne seien wie Nadeln und seine Fingernägel wie Fleischerhaken.

Eines Tages brach das Ungeheuer aus der Gosse hervor und begann sein Unwesen zu treiben. Es schnappte zu und tötete. Es war schlimmer, als die Menschen befürchtet hatten, denn es sah nicht so aus, wie sie es sich vorgestellt hatten. Es sah aus wie einer von ihnen. Es hatte keine Fleischerhaken als Fingernägel oder Nadeln anstelle von Zähnen. Als die Soldaten des Königs kamen, um die Stadt zu verteidigen, wussten sie nicht, wen sie töten sollten. Und so konnte das Ungeheuer tun, was es wollte, und alles, was die Stadtbewohner prophezeit hatten, bewahrheitete sich.

Das geschah, als eine Frau in der Stadt ihren Mann ermordete.

Sie erstach ihn mit einem Messer und warf ihn über eine Brücke in den Fluss. Die Leiche ihres Mannes versank im Wasser, und sie dachte, dass sie zu keinem anderen Zeitpunkt damit durchgekommen wäre. Doch jetzt würde der Tote, selbst wenn er flussabwärts angespült würde, neben hundert anderen aufgeschwemmten Leichen zu liegen kommen. Herzöge und Herzoginnen, Lehrerinnen und Schiffshändler, Käsehersteller und Leichenbestatter.

Er wäre nur eine weitere Leiche, die niemand bemerkte.

KAPITEL 9

Antonina

Petrograd, Frühjahr 1917

Die Dienerschaft hat Tonjas Schlafzimmer leer geräumt. Ihre Möbel sind fortgeschafft, ihre Regale, ihre Vasen, sogar die Rosenöllampen. Nur ein Nachttopf und ein paar Bücher zur Unterhaltung sind geblieben. Hat ihr *Eugen Onegin* nicht immer so gut gefallen? Die Balkontüren sind nun ebenfalls abgeschlossen. Olenka bringt ihr Zeitungen und Mahlzeiten auf einem Tablett, aber Tonja isst so wenig und erbricht sich so oft, dass der Wind sie, wenn sie es denn auf den Balkon schaffen würde, wegtragen könnte.

Nachts liest sie *Eugen Onegin*, liest laut, bis ihre Lippen so trocken sind, dass sie aufreißen.

Mein Leben war bis jetzt nur ein Versprechen / Von unserer prophetischen Begegnung …

Sie muss einen Brief an Walentin hinausschmuggeln. Sie weiß, an Olenka kann sie sich nicht wenden. Aber wenn sie einen Brief auf die Straße würfe, könnte ein Fremder ihn vielleicht finden und etwas Mitleid mit ihr haben. Sie könnte auf die Ränder von *Eugen Onegin* schreiben, wenn sie nur einen Stift besäße. Sie wird ihr eigenes Blut benutzen, wenn das alles ist, was sie hat.

Dmitri trinkt immer noch Tee mit ihr, jeden Tag um vier, nur wird das Teeservice jetzt in ihr Boudoir gebracht. Jeden Tag fällt Tonja ihm zu Füßen.

»Nur der Balkon«, fleht sie. »Ich brauche das Licht!«

»Es ist fast Sommer«, sagt er. »Dann wird es überhaupt gar nicht mehr dunkel.«

»Nein, bitte! Bitte, ich flehe dich an!«

Aber er nippt nur an seinem Tee und lächelt. Dann geht er, und sie schlägt hinter ihm ihre Fingernägel in die Tür. Sie reißt sich die Haut von den Händen, übergibt sich, schläft in ihrer eigenen Galle ein, aber das ist kaum von Bedeutung. Inzwischen hat sie seit Wochen kein Bad mehr genommen, geschweige denn ein parfümiertes. Sie ist klebrig und riecht sauer, ihr Haar ist verfilzt wie Wolle.

Irgendwann taucht der Hausarzt auf und erklärt sie für hysterisch. Dmitri erwähnt Tonjas Albträume, und der Arzt empfiehlt, sie solle keine Bücher oder Zeitungen mehr lesen. Sie würden nur weitere psychische Störungen hervorrufen.

Jeden Tag schreit Tonja, bis sie ihre Stimme verliert. Sie hat nicht mehr viel zu verlieren. Vielleicht ist der Balkon deshalb abgeschlossen. Vielleicht denkt Dmitri, sie würde springen.

Der einzige Besuch, den man Tonja gestattet, ist die Gräfin Burzinowa. Natalja hat dem Arzt getrotzt und Nachrichten von der Außenwelt mitgebracht: In Russland herrscht nun eine provisorische Regierung, in der viele Minister und Beamte dieselben sind wie im zaristischen Regime. Die Gräfin klingt nicht beunruhigt, lediglich fasziniert davon, dass Nikolaus und die anderen Romanows in den Alexanderpalast in Zarskoje Selo verbannt worden sind.

Tonja setzt sich im Bett auf und reibt sich die geschwollenen Augen.

»Der einzige Grund dafür, dass du deine jetzige Situation beklagst, Liebes«, sagt Natalja, »ist der, dass du nicht genug gesehen hast. Es ist besser, es bequem zu haben, selbst unter

Kontrolle, als frei zu sein und kämpfen zu müssen, zu hungern und sich für einen Laib Brot zu verkaufen. Du bist ein von Hand gefüttertes Schoßhündchen, Tonja, das davon träumt, in der Wildnis Elche zu jagen, und das keine Ahnung hat, was es zum Überleben braucht.« Natalja seufzt. »Tja, du hast Dmitris Mutter auf deiner Seite.«

»Es war …« Tonja hat Mühe zu sprechen. »Es war Anastasia, die ihm von meiner Affäre erzählt hat. Wie es mir geht, ist ihr egal.«

Natalja reibt über ihre silberne Halskette. »Vielleicht bereut sie, es ihm erzählt zu haben.«

»Oder warst es du, die es ihm erzählt hat?«, fragt Tonja krächzend.

»Sicher nicht, Liebes. Ich gehe die Dinge etwas subtiler an. Vielleicht war es diese Zofe von dir, die sich anhört, als hätte sie einen Schuh verschluckt? War sie nicht diejenige, die man dir nachgeschickt hat?«

»Bitte«, sagt Tonja, sie beißt sich bei ihrer Bitte fast die Zunge ab, »würdest du mir helfen?«

Ein kehliges Lachen. »Wobei?«

»Würdest du Walentin Andrejew finden und ihm sagen, was aus mir geworden ist?«

»Ich werde nichts dergleichen tun«, sagt die Gräfin, die nun nicht mehr lacht. Auch wenn die Ereignisse der letzten Monate, die Gründung der neuen Regierung, die Verbannung des Zaren aus der Stadt, der Aufstand der Massen, Leuten wie Natalja amüsant vorkommen, so ist es für solche Leute natürlich weniger amüsant, wenn es bei ihnen zu Hause geschieht. Eine Revolution auf den Straßen, das mag ja sein. Aber eine Revolution im Inneren, *hier*, das ist etwas ganz anderes.

Dmitri steht in der Tür. Schlaftrunken fällt Tonja auf, dass ihr Mann ein Abendjackett trägt, als käme er gerade von einer Vorstellung im Mariinski. Sein Haar ist mit Pomade frisiert und zurückgekämmt, die Krawatte sitzt hoch und straff. Der süßliche Geruch von Alkohol bildet um ihn eine Wolke.

»Ich habe dich von unten gehört, Tonja«, sagt er und nähert sich dem Bett. »Hattest du wieder einen Albtraum?«

An dem Tag, als Tonja Dmitri zum ersten Mal begegnet ist, war sie fünfzehn Jahre alt. Es war Frühling, und die Obstbäume auf Otrada begannen zu blühen. Tonja kam mit Nelly vom Bach, sie hatten beide ihre Röcke gerafft und die Bastschuhe in der Hand und kicherten wie von Sinnen. In der freien Hand trug sie einen Strauß Wildblumen. Und dann drehten sie und Nelly sich um, genau an der Stelle, wo Otrada in Sicht kam, und da stand ein Fremder.

Im Augenblick ist er ihr einziger Albtraum.

»Ich fühle mich nicht gut. Könnten wir morgen früh sprechen?« Tonja ist nicht in der Lage, ihre Stimme zu heben, um eine Frage daraus zu machen. Er ist bereits dabei, ihre Bettdecke aufzuschlagen. Er ist seit Monaten nicht mehr auf diese Weise zu ihr gekommen. Länger. Vielleicht hat er sich vor dem Rattennest in ihrem Haar, den aufgesprungenen Lippen und der nackten Verzweiflung in ihren Augen geekelt. Sie ist zu etwas geworden, das er sich vom Schuh kratzen würde.

Aber heute Abend scheint er genug getrunken zu haben. Er nimmt seine Krawatte ab. Sein Atem riecht streng und säuerlich. »Von allem, was ich je mit nach Hause gebracht habe, von allem, was ich gesammelt habe«, sagt er, »bist du das Schmuckstück.«

Vor drei Jahren stellte sich der Fremde vor, nachdem Nelly kichernd weggelaufen war. Er käme aus der Hauptstadt. Er sei gerade in der Gegend und wolle Mama und Papa seine Aufwartung machen. Sein Name sei Dmitri Lulikow, und jemand aus dem Dorf habe ihm von Kukolka erzählt, dem Mädchen, das aussah wie eine Puppe, nur habe er es nicht geglaubt. Jetzt glaube er es, sagte er. Er bot Tonja seinen Arm an.

Als sie ihn nahm, das fällt ihr jetzt zum ersten Mal wieder ein, ließ sie ihre Wildblumen fallen. Sie fragt sich, wie sie später ausgesehen haben mochten, verwaist auf der weichen Erde, mit gebrochenen Stielen, verblassten Farben, die Blütenblätter zertreten.

Im Arbeitszimmer ist es düsterer als je zuvor. Das Feuer ist längst erloschen, auch wenn der Kaminrost noch zittert. Anastasia liegt flach unter ihren Decken. Selbst die Kissen lagern ihren Kopf nicht mehr höher. Sie beginnt schief zu summen. Sie hat zu viel Morphium bekommen. Bei zu viel Morphium beginnt der Körper zu tönen. Das Gehirn arbeitet langsamer. Tonja hat nach Mamas Tod bei Papa erlebt, wie die Augen eines Menschen über alles hinweggleiten und an nichts hängen bleiben können.

Anastasias Blick wendet sich in ihre Richtung. »Mein Sohn hat dich herkommen lassen.«

»Er sagt, du hättest nach mir gefragt.«

»Als letzten Wunsch. Ach, Kind, sieh dich nur an.«

»Ich war krank, Anastasia Sergejewna.«

»Ich hätte es ihm nicht sagen sollen. Natalja hatte recht. Sie sagte, man müsse Mitjas Gefühle an erste Stelle setzen. Ich dachte nur, es wäre das Beste, wenn er es erfährt.« Die Stimme der alten Frau klingt brüchig. »Olenka hat mir erzählt, dass deine Menstruation aufgehört hat, schon seit Monaten. Darf ich das so verstehen, dass du schwanger bist?«

»Ich glaube schon«, sagt Tonja und wendet den Blick ab.

»Warum hast du es meinem Sohn nicht gesagt? Ein Baby kann so wichtig sein für eine Ehe.«

»Es ist nicht von ihm.«

»Wie kannst du das wissen?«

»Er ist im Dezember abgereist, Anastasia Sergejewna, und war über einen Monat lang fort. Ich habe zuletzt um Weihnachten herum geblutet.«

Seitdem war er nicht mehr fort.

Es folgt ein langes Schweigen, in dem Tonja schon denkt, Anastasia sei vielleicht eingeschlafen, doch dann hebt die alte Frau den Kopf. »Du musst so tun, als wäre es seins, Tonja. Du darfst ihm nichts anderes sagen.«

»Warum nicht?«

»Zum Wohle aller. Zum Wohle des Babys.« Anastasias Kopf sinkt wieder hinab. »Mitja ist wie sein Vater. Du hast meinen Mann nicht kennengelernt, aber ihm fehlte … ich wage zu behaupten, ihm fehlte die Fähigkeit, sich um andere zu kümmern oder auch nur an andere zu denken. Als wir jung verheiratet waren, dachte ich, es läge nur an seiner Erziehung, seinen Privilegien. Hätte ich gewusst, dass sein Temperament, seine Charakterzüge, auf seine Nachkommen übergehen werden, hätte ich vieles anders gemacht! Aber jetzt ist es zu spät, und wenn du erst selbst Mutter bist, wirst du es verstehen. Du wirst sehen, wie hilflos wir in der Liebe zu unseren Kindern sind. Wer auch immer dein Kind ist, du wirst ihm alles verzeihen.«

»Nein«, sagt Tonja benebelt, »das werde ich nicht.«

»Ich verspreche dir, das wirst du.« Aus dem guten Auge kullert eine Träne. »Und jetzt lies mir etwas vor, Kind, bevor du gehst, so, wie du es immer getan hast.«

Tonja erklärt sich bereit zu lesen, hauptsächlich, weil sie nicht in ihr Zimmer zurückmochte. Es sind jedoch keine Bücher da, und das Licht ist ohnehin zu schlecht zum Lesen, also schließt sie die Augen und rezitiert aus dem Gedächtnis Puschkin: *Du bist mir oft im Traum erschienen … Und deine Stimme klang tief in mir längst …*

Sie sieht nach, ob Anastasia noch wach ist. Anastasias Augen sind geöffnet. Das schlechte ist klarer als das gute. Es ist keine so schlechte Art zu sterben, während man Puschkin lauscht, und Tonja spricht weiter für den Fall, dass der Geist ihrer Schwiegermutter noch im Raum ist und mehr hören will.

Dmitri bedeutet ihr mit einer Geste, im Bett Platz zu machen. Er trinkt in letzter Zeit immer mehr. Vielleicht als Ersatz für das Reisen. Tonja rutscht zur Seite, sie fühlt sich bereits wie betäubt. Er sagt, er wolle ihr von Anastasias Beerdigung erzählen, davon, wie sie in der Kirche neben ihrer Datsche eine kleine *litia* für sie gelesen haben. Nur wenige Leute waren da. Die meisten von Anastasias Freunden und Verwandten sind tot. Die anderen sind im Zuge der Revolution aus Russland geflohen.

Dmitri kneift ihr sanft ins Kinn, dreht ihr Gesicht zur Seite. »Der letzte Wunsch meiner Mutter«, sagt er, »war ein Enkelkind.« Es ist keine Frage, und Tonja antwortet nicht. »Wünschst du dir kein Baby? Mein Baby?«

Mein Baby. Es würde sein Baby sein und nicht ihres. Er kann sich gar nichts anderes vorstellen, denn alles andere ist seins. Nikolaus II. mag nicht mehr an der Macht sein, doch in dieser Stadt gibt es noch viele andere, die ihren Thron nicht aufgegeben haben, die immer noch über ihre eigenen Königreiche herrschen. Vielleicht wird es noch eine weitere Revolution geben müssen, bevor die Menschen wirklich etwas für sich haben können. Selbst ihre Babys.

»Ich mag Kinder nicht übermäßig, aber mir gefällt die Vorstellung, dass jemand all das erbt, was ich zu meinen Lebzeiten zusammengetragen habe.« Dmitri wischt ihr etwas von der Wange. »Wenn du wieder bei Kräften bist und zu dir selbst zurückgefunden hast, können wir weiter darüber reden. Soll ich Olenka rufen, damit sie dir ein Bad einlaufen lässt? Oder soll ich dir die Haare bürsten? Was immer du willst, Tonjetschka. Du bist jetzt die einzige Herrin im Haus.«

Anastasia war das Bollwerk, begreift Tonja, das Dmitris brutalste Seite in Schach gehalten hat. Aber nun ist Anastasia fort und mit ihr alle Vorspiegelungen. Tonja war niemals Ehefrau. Sie war immer eine Gefangene. Dmitri war immer ihr Gefängniswärter, und er wird ihr Geheimnis auf die eine oder andere Weise herausfinden.

»Ich lasse dich jetzt schlafen«, sagt er.

»Ich bin bereits schwanger.«

Dmitri sieht sie an, als hätte er nicht verstanden.

»Es ist von Walentin Andrejew.« Tonja stellt fest, dass sie jedes Wort genießt. »Weißt du, wer Walentin ist? Er ist der Anführer des Wyborger Komitees. Er ist dessen Sprecher in der Gewerkschaft. Er ist der Anführer der Arbeitermiliz …«

Er schlägt ihr hart ins Gesicht, und dann noch einmal, diesmal rinnt ihr Blut aus der Nase.

»Ich liebe ihn«, schreit sie, »und es ist egal, wie lange du mich hier festhältst, du wirst mich niemals davon abhalten können! Ich werde nie die Deine sein! Ich werde nie dir gehören!«

Der Alkohol in seinem Körper ist abgeebbt. Sie merkt es daran, wie er rittlings auf sie steigt, so wie er eine Schachfigur bewegen würde. Mit akribischer Sorgfalt. Er drückt ihre Knie auseinander, und sie spreizt die Beine, weil sie will, dass es so schnell wie möglich vorbei ist, aber er hält sie fest. Tonja öffnet den Mund, um zu schreien, aber es kommt kein Ton heraus, ihre Stimme ist zu schwach, also beißt sie sich auf die Zunge, bis auch sie blutet – doch sie gibt noch immer keinen Laut von sich, auch wenn die Schläge anders sind, tiefer, in der Absicht, Schaden anzurichten.

Sie beginnt sich verworren zu fühlen, sie könnte jetzt kein Wort mehr sagen, selbst wenn sie es wollte, weil sie nicht mehr weiß, wo ihr Mund ist, wo überhaupt irgendetwas ist, ob sie in zu viele Teile zersprungen ist, um jemals wieder repariert werden zu können.

»Bitte trinken Sie, Antonina Nikolajewna.« Es ist Olenka. »Sie haben schon einen Tag lang nichts mehr getrunken.«

Tonja dreht sich mit einem Stöhnen im Bett um. Sie nimmt den Becher entgegen und verschüttet Wasser über ihr Nachthemd, aber das Laken ist es bereits nass. Sie taucht ihre Hände in diese blaurote Flüssigkeit und hält dann ihre Finger hoch. Sie sind mit Blut benetzt.

»Es ist schon weniger geworden«, sagt Olenka niedergeschlagen.

»Warum bin ich …?«

Olenka lässt den Kopf hängen. »Der Arzt meint, Sie hätten Ihr Kind verloren.«

Tonja starrt auf ihre Hände. Dmitri hat das Baby getötet. Bei Mamas Vorgeschichte konnte es kaum richtig festsitzen in ihr, und er hat es losgerüttelt. Ja, Dmitri hat das Baby getötet – aber sie ist diejenige, die zu lange gewartet hat. Sie hätte vor ihm weglaufen sollen, bevor all das passierte.

Sie blickt Olenka an, die entsetzt wirkt und begonnen hat zu husten.

»Olenka«, sagt Tonja, »du musst mir helfen.«

Das Dienstmädchen hustet nur noch heftiger.

»Olenka«, sagt Tonja, »ich werde sterben, wenn ich noch länger hierbleibe. Du musst mir helfen. Du musst mir heute Nacht die Tür aufschließen.«

»Oh.« Olenkas Augen sind groß und gequält. »Ich kann nicht …«

»Hat es in deinem Leben noch nie Zeiten gegeben, in denen du auf jemanden angewiesen warst, der sich deiner erbarmte, auch wenn es sonst niemand tat? Bist du noch nie durch die Güte einer anderen Seele vor dem Abgrund gerettet worden?«

»Ich kann nicht, Antonina Nikolajewna.«

»Du kannst«, beharrt Tonja. »Anastasia ist tot. Es gibt nichts, was dich noch hier hält. Du solltest so viel mitnehmen, wie du tragen kannst, und dieses Haus verlassen. Geh nach Hause zu deiner Familie.«

Olenka beginnt zu weinen. Einen verrückten Moment lang denkt Tonja, dass sie das Dienstmädchen mit Drohungen überwältigen könnte, da sie wohl aussieht wie eine Geisteskranke, eine Mörderin, in diesen befleckten Laken, mit diesen befleckten Händen. Es kommt tatsächlich vor, dass Frauen zerbrechen, nachdem sie ein Baby verloren haben. Ein wenig ist das auch Mama passiert, immer wieder. *Lass die Tür auf, Olenka, sonst ist das erste Leben, das ich mir anstelle des verlorenen holen werde, deines!* Sie spürt, auch wenn sie es nicht ausspricht, wie der Wahnsinn in ihr anschwillt.

»Du und ich«, sagt sie leise, »wir hätten dem Land nie den Rücken kehren dürfen, das ist das Problem. Dort war unser wirkliches Leben, Olenka, und all das hier ist nur ein schlechter Traum. Lass uns endlich daraus erwachen.«

Es muss kurz vor Mitternacht sein, aber der Nachthimmel ist nur von einem tiefen Weinrot, das durch den Nebel verschleiert wird. Der Frühling wird bald in den Sommer übergehen, wie lange ist sie schon hier drin? Wochen? Monate? Sie hätte sich die Tage merken sollen, hätte mit den Nägeln Markierungen an die Wände ritzen sollen, anstatt sie sich bei dem Versuch abzubrechen, damit die Tür aufzukratzen. Tonja drückt versuchsweise die Klinke, wagt nicht zu hoffen.

Sie ist nicht abgeschlossen. Olenka hat sie offen gelassen, und Dmitri scheint keine weiteren Vorkehrungen zur Verhinderung eines Fluchtversuchs getroffen zu haben. Tonja ist unsicher auf den Beinen, und als sie die Treppe hinuntergeht, knickt sie schmerzhaft mit einem Knöchel um. Ihr Körper fühlt sich an, als wäre er nicht im Gleichgewicht. Sie schafft es bis zur Eingangshalle, und als sie einen Blick hinter sich wirft, sieht sie die Blutspur hinter sich.

Sie trottet weiter wie ein verletztes Tier. Draußen leuchtet der Mond durch den Nebel und erhellt den Weg. Es ist kühl, aber nicht kalt. Bis zur Newa wird sie am Ufer der Fontanka entlanggehen, bis Wyborg wird sie sich dicht am Wasser halten. Früher hat Walentins Kellerraum sie an eine Maulwurfshöhle oder ein Verlies erinnert, aber das ist nicht mehr der Fall. Es wird ein hellerer, liebevollerer Ort sein als irgendein anderer auf der Welt.

Auf den Straßen ist außer dem Zwitschern der Vögel und dem Plätschern des Flusses kaum ein Geräusch zu hören.

»Tonja!«, ruft jemand hinter ihr.

Ihr ist schwindelig, sie fühlt sich unsicher auf den Beinen. Sie geht weiter.

»Tonja, bleib stehen!«

Dmitri. Wie kann das sein? Wie konnte er es wissen? Wie konnte er es gehört haben? Oder schläft er nun überhaupt nicht mehr, unterbricht seine Wache nie? Ihre Panik schwillt an und

und verebbt ebenso schnell. Sie will weglaufen, kämpfen, aber ihre Kraftaufwallung ist zu Ende. Den ganzen Weg vom Haus hierher hat sie geblutet. Sie hat ihn direkt zu sich geführt.

»Tonja.« Dmitri packt sie fest an der Schulter.

Sein Griff ist eisern. Sie versucht zu erschlaffen, hofft, dass er ihn lockert. Er tut es nicht.

»Komm nach Hause«, sagt er. »Du bist schwach, Tonjetschka. Man muss sich um dich kümmern.«

Sie will gerade etwas erwidern, ihn bitten, sie zu töten, weil sie lieber sterben würde, als in dieses Haus zurückzukehren, aber bevor sie sprechen kann, nimmt sie im Nebel eine Bewegung wahr. Etwas Rotes blitzt auf. Leuchtend, lodernd wie ein Lagerfeuer. Da kommt jemand.

Jetzt hört sie eine neue Stimme. Es ist ihre eigene.

»Hilfe!«, schreit sie. »Helft mir!«

»Sei still«, sagt Dmitri. »Komm mit. Lass uns nach Hause gehen.«

»Helft mir! Bitte, helft mir!«

Sie weiß nicht, ob sie helfen werden. Sie weiß nicht, wer sie sind. Aber sie sieht, wie sie sich nähern. Vagabundierend, als wären sie auf der Suche nach Beute. Junge Männer, spindeldürr und mit leeren Augen unter ihrem wirren Haarschopf. Sie sieht wieder das Rot: Es sind die Bänder der Bolschewiken, die sie sich um die Oberarme gebunden haben. Einer von ihnen hält in der ausgestreckten Hand ein Jagdmesser mit Birkenholzgriff, wie es ein Bauer zum Ausweiden eines Tieres verwenden würde. Er ist eindeutig der Anführer.

»Was ist hier los?«, fragt er.

»Eine private Angelegenheit«, sagt Dmitri grob. »Sie ist meine Frau.«

Tonja sieht, wie die Jugendlichen sich anspannen. Sie glauben nicht an Privates, vielleicht nicht einmal an Ehefrauen. Dmitri kann sie vielleicht nicht einschätzen, sie aber schon; sie hat einen von ihnen aus nächster Nähe gesehen, so nah, dass sie manchmal nicht wusste, wo ihr eigener Körper aufhörte und wo seiner anfing.

Ich wusste gar nicht, dass du Geschichten erzählst …

»Er ist der Arbeitgeber meines Mannes«, schreit sie. »Und er hat meinen Mann ermordet, um mich für sich zu beanspruchen! Mein Mann ist einer von euch! Bitte, Genosse! *Alle Macht den Sowjets*!«

Es reicht. Vielleicht ist es das, wonach sie gesucht haben. Die jungen Männer umringen sie und Dmitri, zwei von ihnen packen Dmitri an den Armen, und Tonja ist sofort frei. Sie sieht zu, wie der Bewaffnete das Messer in Dmitris Seite stößt. Einmal, fest. Tief.

In ihrem Mund schmeckt es nach Kupfer. Dmitri schwankt wie eine Taschenuhr an einer Kette, bevor er umfällt. Einen Moment herrscht Stille, dann schleifen die anderen ihren Mann an das Geländer und lassen ihn dort zu Boden sacken. Tonja bittet sie, ihm den Mantel abzunehmen. Sie zieht ihn über ihr besudeltes Nachthemd und wendet sich ab. Der junge Mann mit dem Messer wischt die Klinge an seiner Armbinde ab, rot auf rot. *Wenn die wahre sozialistische Revolution kommt, wird Blut durch diese Stadt fließen wie durch jeden anderen Fluss*, hat Walentin einmal zu ihr gesagt. Eine Warnung.

Sie wird schlafen, wenn sie ankommt. Sie muss es nur bis dorthin schaffen. An jeder Ecke beschwört sie sich, noch eine Straße weiterzugehen. Eine nach der anderen. Sie hat keine Ahnung, wie spät es ist, merkt nur, dass es jetzt dunkler ist, dass der Mond hinter grauen Wolkenschlieren verschwunden ist. Als Tonja in Walentins Hof einbiegt, beginnt es zu regnen. Sie atmet durch die Zähne aus. Die Treppenstufen, die nach unten führen, sind am schwierigsten. Die Straßen haben Löcher in ihre Pantoffeln gerissen.

Sie klopft an seine Tür. Keine Reaktion.

»Walentin?«, ruft sie mit schwacher Stimme.

Der Regen zeigt keine Anzeichen, nachlassen zu wollen. Es kommt eine Flut, die alles aus der Tiefe nach oben schwemmen wird, hat Walentin immer gesagt. Und sie wird alles mit sich reißen, was jemals an der Oberfläche gelebt hat. Der Donner rollt, grollt über ihr. Sie spürt ein weiteres Rinnsal von Blut an ihrem Innenschenkel.

Die Tür öffnet sich zur Hälfte.

»Was machst du denn hier?«, fragt Walentin. Er klingt nicht erfreut.

Regen ist in ihren Augen, auf ihren Lippen. »Ich bin gekommen, um mit dir zu sprechen«, stammelt sie.

»Warum?«

Tonja kann nicht erklären, was alles passiert ist, seit sie sich das letzte Mal gesehen haben, was alles auch nur heute Nacht passiert ist, und doch muss sie es tun. Er wird es verstehen, natürlich. Sie geht auf ihn zu, aber er weicht zurück. »Diese Nacht im Februar«, sagt sie. »Ich wollte …«

»Lass«, sagt er. »Es spielt keine Rolle mehr.«

Der Regen prasselt auf alles um sie herab, unterstreicht seine Worte. Ihre Kehle schnürt sich heftig zu. Sie will nicht mehr reden, will nur noch in seiner Nähe sein, ihn küssen, nie wieder loslassen.

Er hat sie nicht hereingebeten. Sie ist durchnässt. Beinahe entkräftet.

»Es ist wichtig«, beharrt sie. »Ich muss es dir sagen … ich muss dir erklären …«

Die Tür öffnet sich weiter. Und dort steht mit schweißnassem Haar, nackten Armen und Schultern und einem Laken um ihren Körper geschlungen Wiktorija Katenina. Wiktorija wagt sich nicht so weit heraus wie Walentin, vielleicht um vor dem Regen geschützt zu sein, und ihr sirupartiges Lächeln tropft von ihrem Gesicht.

»Oh«, sagt Tonja sprachlos. »Oh.«

»Wie kannst du sie nur da stehen lassen, Walja?«, schimpft Wiktorija. »Tonja, du siehst aus wie eine ersoffene Ratte! Du musst hereinkommen und dich aufwärmen. Ich gehe mir etwas anziehen.«

»Nein«, sagt Tonja, »danke.« Das ist alles, was sie zustande bringt. Sie schüttelt den Kopf, als Wiktorija es ihr erneut anbietet, schüttelt immer wieder den Kopf, sodass ihr die nassen Haare ins Gesicht fallen und sie nicht gut genug hindurchsehen kann, um zu erkennen, ob Walentin überhaupt noch da oder ob er schon hineingegangen ist. Sie geht rückwärts die Kellertreppe hinauf, dreht sich um und zwingt sich weiter. Den Weg zurück, den sie gekommen ist, einen Fuß vor den anderen. Jetzt fällt der Regen hart wie Kugelhagel. Wenn er nach ihr ruft, ihren Namen sagt, wenn er irgendetwas sagt, wird sie sich umdrehen, aber er tut es nicht.

Walentin Andrejew, der große bolschewistische Redner, ist verstummt.

Alles, was sie ihm sagen wollte, sagt Tonja auf dem einsamen Weg zurück zum Haus an der Fontanka stattdessen sich selbst. Dass sie ihn vermisst. Dass sie jeden Tag an ihn denkt. Dass sie in ihrem gemeinsamen Leben vielleicht einmal zusammen ein Baby bekommen hätten. Aber ihr gemeinsames Leben hat es nicht gegeben. Oder aber es ist schon vorbei.

In den darauffolgenden Tagen bereitet sich Tonja auf ihre Abreise nach Otrada vor. Sie verkauft Dinge, verschachert so viel von Dmitris wertvollen Sammlungen, wie sie nur kann. Mit dem Erlös zahlt sie den Dienstboten ihren Lohn im Voraus, und dann sagt sie ihnen, sie sollen ihre Sachen packen und gehen. Sie führt für die Abwesenheit ihres Herrn keine Erklärung an. Das ist auch nicht nötig. Sie hat jetzt die Zeitungen gelesen. Ganz Petrograd ist in solchem Aufruhr, dass die Leute oft mitten in der Nacht packen und fliehen. Die Reichen sind in Scharen abgereist.

Die Gräfin Burzinowa und ihre Tochter Akulina statten ihr kurz vor Tonjas Aufbruch einen Besuch ab. Tonja hat ihren letzten beiden Gästen nichts mehr anzubieten. Heute Morgen hat sie ihre letzten Scheiben Roggenbrot gegessen, mit Sonnenblumenöl getränkt und in Wasser eingeweicht. Möglicherweise bekommt sie erst wieder etwas zu essen, wenn sie in ihrem Dorf angekommen ist.

»Wo ist dein Mann?«, fragt Natalja scharf und blickt von der einen Seite des Blauen Salons zur anderen, als könnte er sich in einer Ecke verstecken.

»Er ist weg«, sagt Tonja. »Dmitri ist über Nacht weggegangen, vor einer Woche.«

»Weg?«

Tonja nickt. Natalja ist unerwartet aufgetaucht, wie immer, wenn Tonja am wenigsten auf sie vorbereitet ist. Sie starrt unverwandt auf die gemalten Wellen der Tapete. Sie soll nach einem Meer aussehen. Die Menschen sollen darin eintauchen können. Tonja fühlt sich tatsächlich ein wenig wie unter Wasser.

»Er hat nicht gesagt, wohin?«, fragt Natalja.

»Ich bin aufgewacht, und meine Tür war nicht abgeschlossen. Von den Bediensteten habe ich erfahren, dass er fort ist. Mehr als das wussten sie nicht.«

»Das ist doch nicht zu fassen.« Nataljas Stimme klingt wie eine Peitsche. »Dmitri würde nicht weggehen, ohne es mir zu sagen. Wir besprechen alle seine Reisepläne. Dann lass mich selbst mit den Bediensteten sprechen. Wollen wir doch sehen, ob ich es mit Drohungen nicht aus ihnen herausbekomme. Wo sind sie denn? Oder sind sie auch alle weggelaufen?«

»Ich musste sie entlassen.«

»Sie entlassen!«

Das Gespräch entgleitet Tonja. Sie ringt nach Worten und kann sich mit dem, was sie sagt, nicht richtig verständlich machen. Sie sieht zu Akulina hinüber, die mit verschränkten Armen dasitzt und verdrießlich dreinblickt. Tonja atmet tief ein, richtet sich auf, denn die Dinge, die ihrer Welt einst zugrunde lagen und ihr wie Naturgesetze erschienen – der Zar, das zaristische Russland, Mama, ihre Ehe –, haben sich als menschengemacht und zerstörbar erwiesen. Eins nach dem anderen sind diese Dinge vor ihre Füße gestürzt. Alles, was je Bestand hatte, könnte in diesem Sommer niedergerissen werden. Sogar die Gräfin Burzinowa.

»Du warst unpässlich, Liebes«, sagt Natalja, »aber hat Dmitri dir von den Problemen in der Fabrik erzählt? Den Streiks, der Gewalt?«

»Ich weiß einiges davon«, sagt Tonja.

»Der Vorarbeiter ist aus der Stadt gejagt worden. Die Gewerkschaft hat zu den Waffen gerufen. Viele haben sich der Roten Garde angeschlossen.« Nataljas Finger kneten ihre silberne Halskette. »Es passiert überall, aber in Wyborg ist es am schlimmsten. Ich habe das Gefühl, Tonja, dass Dmitri etwas zugestoßen ist. Denn er würde nicht einfach so weggehen. Das würde er nicht tun. Er geht streng methodisch vor.«

»Ich verstehe nicht …«

»Seine Arbeiter.« Die Antwort kommt wie ein Peitschenhieb. »Sie könnten ihn entführt haben.«

»Du glaubst, sie würden ihm etwas antun?«

Nataljas Augen haben sich zu Nadelköpfen verengt. »Oder vielleicht auch nur ein Arbeiter, der seine Gründe hat.«

Tonja verbirgt die zitternden Hände in ihrem Schoß.

»Wenn es Walentin Andrejew war, wenn er es gewagt hat, deinem Mann ein Haar zu krümmen«, sagt Natalja plötzlich ganz ruhig, »dann wird er dafür büßen. Wenn jemand Dmitri etwas zugefügt hat, werde ich es ihm heimzahlen.«

»Walentin würde nicht für mich töten«, sagt Tonja im Flüsterton, »falls du das meinst. Er würde vielleicht für seine Prinzipien töten. Aber nicht für mich.«

»Überlass das mir, Schätzchen. Ich habe so meine Methoden, die Wahrheit herauszufinden. Und was soll in der Zwischenzeit aus dir werden? Komm und zieh bei mir ein. Sieh dich nur an. Du bist schon so dünn wie ein Blatt.«

»Ich fahre nach Otrada«, sagt Tonja.

»Wo in aller Welt ist das?«, fragt Natalja voller Abscheu.

»Es ist das Haus meiner Familie. In Tula.«

»Und wie erreiche ich dich dort, falls das nötig ist?«

Auf Otrada gibt es keinen Telegrafen. Die Post kommt bestenfalls unregelmäßig. Die meisten Leute holen ihre Zeitungen im nächstgelegenen *selo* oder in dem um einiges größere Kalasi ab. Tonja holt einen der Atlanten, reißt eine Karte der Provinz Tula heraus und zeigt auf das Dorf Popowka. Natalja nimmt die Karte, aber Tonja bezweifelt, dass die Gräfin nach dem Gespräch jemals wieder einen Gedanken an sie verschwenden wird. Natalja bietet ihr etwas Geld an, und Tonja nimmt es entgegen, obwohl Geld heutzutage angesichts der Inflation beinahe nutzlos ist. Sie begleitet ihre Gäste in die Eingangshalle. Sie sieht, wie

Natalja auf die Vitrinen starrt, in denen früher die Keramik und das Porzellan standen.

Jetzt ist alles leer, möchte Tonja sagen. Genau wie ihr Schoß.

Petrograd hat sich verändert. Scharlachrote Fahnen und Bänder hängen aus jedem Fenster, sind über alle Dächer gespannt. Schlangen vor den Brotausgaben winden sich die Straßen entlang. Viele der Wartenden haben Schemel mitgebracht, auf denen sie sich ausruhen. Die Straßen sind mit Abwasser bedeckt, und an allen Ecken bieten sich Prostituierte ganz offen an. Sie mögen jünger sein als Tonja, aber sie bewegen sich wie alte Frauen.

Tonja geht zu Fuß weiter zum Bahnhof.

Die Welt da draußen, sagte Mama vor vielen Jahren, *hält nichts als Leid bereit.* Mama saß an ihrem Toilettentisch mit der Staffelei dahinter, als sie dies sagte. Der Tisch und sein Glas waren goldgerändert und silbern, ebenso wie Mamas Haar. Tonja erinnert sich, wie sie das Silber in den kindlichen blonden Locken zum ersten Mal bemerkte, ein Zeichen des Alters. Mama hatte es auch bemerkt.

Wahrscheinlich dachte sie deshalb in diesem Augenblick an das Leid der Menschen.

Mama hob ihre Wangen an, seufzte und ließ sie wieder herabsinken. *Schmerz und Leid werden an deinen Röcken hängen bleiben wie Pollen, wenn du durch diese Welt gehst*, sagte sie. *Du denkst, du kannst sie später abschütteln. Aber das denkst du nur. Deshalb ist es, egal was dein Vater sagt, hier besser für dich. Auf Otrada. Bei mir.*

KAPITEL 10

Rosie

Moskau, Juli 1991

An einem sonnigen Samstagmorgen ist der Freiluftflohmarkt in Ismailowo von Touristen überlaufen. Die Kameras baumeln ihnen um den Hals, und ihre Stadtpläne flattern im Wind. Sie bestaunen die Tscheburaschka-Plüschtiere, die Birkenrindenkörbe und die milchigen Stolitschnajaflaschen, während die erfahreneren Kunden, die einheimischen Moskauer, mit den Verkäufern feilschen. Der Duft von Kaffee und röstenden Maronen erfüllt schnell jede Lücke in den engen Gassen.

Mum ist oft mit uns hergekommen, als Zoja und ich Kinder waren. Sie schien alle bestens zu kennen: Ein Ehepaar, das Samoware verkaufte, zum Beispiel, sie waren große Ballettfreunde. Sie ging mit uns an ihrem Stand vorbei und plauderte mit ihnen, lachte mit ihnen, als ob sie etwas verkaufen wollte und nicht umgekehrt. Aber so war Mum. Wenn ihre Fangemeinde sie mit Lob überhäufte, sank sie immer in einen tiefen Knicks. Immer hielt sie den Atem an, um zu sehen, ob der Beifall sie überdauern würde.

Lew und ich gehen an einer Anordnung sackartiger Schals vorbei auf eine blitzende Sammlung von Armbanduhren zu, gefolgt von Schalen voller falscher Diamantohrringe, dann kommen Armbänder und Halsketten aus grünblauer Emaille und Holzgegenstände mit Chochlomamalerei.

»Das könnte es sein«, sagt er und zeigt auf den nächsten Tisch.

Eine mollige Frau mit breiten Gesichtszügen und dunkel behaartem Kinn breitet die Arme aus, um ihre Waren anzupreisen, eine Auswahl an Lackminiaturen und Matrjoschkapuppen. Sie nimmt eine Matrjoschka und balanciert sie auf ihrer Handfläche. Das Gesicht sieht gewöhnlich aus, leuchtend blaue Augen, zwei Punkte als Nase und rubinrote Lippen. Aber die Szene unterhalb des Gesichts auf dem Körper der Puppe ist sehr detailliert gemalt: der Feuervogel mit seinem weinroten und orangefarbenen Federkleid, der gerade zum Flug ansetzt.

»Darf ich mal sehen?«, frage ich.

Sie legt sie mir in die Hand. Ich drehe sie um: *E. N. Daineko*, in Druckbuchstaben. Mörder und Auftragskiller der Mafia – sowie Hersteller von Holzarbeiten und Maler. Kein Wunder, dass das prächtige Rot der Flügel des Feuervogels so sehr nach Blut aussieht. Ich drehe die Puppe immer weiter. Was ist das für ein Mensch, der ebenso viel Talent hat für die Erschaffung von Dingen wie für den Tod? Wer malt mit solcher Sorgfalt künstliche Gesichter und beseitigt ohne Bedenken echte? Steht jedes Objekt für jemanden, den er getötet hat, für ein Leben, das er ausgelöscht hat? Versucht er, seine Opfer auf makabre Weise wiederzuerwecken?

»Er stammt aus Fedoskino, daher sind die Lackschachteln sehr authentisch«, sagt die Frau. »Das liegt ihnen im Blut, wissen Sie. Sehen Sie sich nur diese Malerei hier an!«

Fedoskino, tatsächlich. Sie erzählen einem wirklich alles, um ein Geschäft zu machen. »Ich würde ihn gerne kennenlernen«, sage ich mit einer Selbstsicherheit, die ich nicht ganz verspüre. »Vielleicht besitze ich sogar etwas, das er gemalt hat.«

»Was denn?«, fragt sie ein wenig enttäuscht.

Ein pummeliges Bein der Puppe lugt bereits aus meiner Tasche hervor. Ich streiche alles an ihr glatt und reiche sie der Verkäuferin zur Begutachtung.

»Das glaube ich nicht.« Die Frau runzelt die Stirn, die Leberflecken um ihren Mund zittern. »Aber ich kann ihn ja mal fragen. Kommen Sie nächstes Wochenende wieder. Wie heißen Sie?«

»Raisa«, sage ich. »Raisa Simonowa.«

»Und werden Sie heute etwas kaufen?« Die Frau sucht eine andere Matrjoschka aus. Diese trägt einen Korb Erdbeeren im Arm. Ich habe genügend von den Puppen geöffnet, um zu wissen, dass jede der kleineren Puppen darin etwas anderes hält, einen Blumenstrauß, einen Teekessel, ein Baby. Die letzte Puppe hat möglicherweise etwas in der Hand, was nur der Künstler sehen kann.

Woher soll die Frau auch wissen, dass ich vor Kurzem genug Puppen geerbt habe, um meinen eigenen Stand zu eröffnen? Ich reiche ihr ein Bündel Rubel, das sie eifrig einsteckt, wobei sich ihr sonnenverbrannter Mund zu einem Lächeln verzieht.

»Bist du sicher, dass das eine gute Idee ist?«, fragt Lew, als wir uns wieder in die vorbeiziehenden Menschenmassen einreihen.

»Ich habe vierzehn Jahre gewartet. Ich glaube, eine Woche kann ich es noch aushalten.«

»Hier ist es jetzt anders als damals, als du gegangen bist«, sagt er kryptisch. »Es könnte sein, dass es nicht so kommt, wie du es erwartest.«

Ich habe in den letzten Wochen gemerkt, wie anders alles geworden ist. Als ich ein Kind war, gab es keine Parlamentsdebatten im Fernsehen. Keine liberalen Politiker, die es wagten, sich mit den kompromisslosen Kommunisten anzulegen, keine unabhängigen Zeitungen, die man an den Kiosken kaufen kann. Nur *Prawda* und *Iswestija*, die dem Staat gehörten und vom Staat kontrolliert waren. Aber es gibt auch andere Seiten, da bin ich mir sicher. Ich bin nicht in einer Welt aufgewachsen, die von Mängeln oder Engpässen bei Grundnahrungsmitteln und Waren des alltäglichen Gebrauchs so stark geprägt war. Die Schlangen waren nie so lang.

Wir sind an den Rand des Marktes gekommen. Eine Gruppe europäischer Touristen blockiert die Holzbrücke, die zu dem kleinen Kreml führt. Lew sagt nichts mehr, aber ich weiß, was er denkt: Als Touristin hätte ich es auch besser. Aber ich kann hier in Moskau keine Touristin sein. Entweder ich stelle meine Fragen, oder ich säße schon wieder in der Aeroflot und sähe beim Landeanflug auf Heathrow die verschwommenen Lichter unter mir. Richard würde am Gate auf mich warten.

Willkommen zurück in deinem richtigen Leben, Ro.

Wenn ich daran denke, bekomme ich schmerzhaftes Heimweh. Aber ich tue all dies auch um Richards willen. Um unserer gemeinsamen Zukunft willen.

»Wenn es das ist, was du tun musst«, sagt Lew grimmig.

»Sie sind diejenigen, die gestorben sind«, sage ich. »Ich sollte diejenige sein, die lebt.«

Alexej setzt sich mir gegenüber an den Küchentisch. Er trägt einen schwarzen Anzug und ist auf dem Weg zu einer offiziellen Veranstaltung, einer weiteren Feier seines Lebenswegs. Seit unserer Ankunft gab es einen unerschöpflichen Strom von Einladungen, Verabredungen und Anrufen. Alexej Iwanow hat es möglich gemacht, über den Gulag in Russland zu sprechen, und jetzt erwarten die Leute, dass er niemals mehr damit aufhört.

»Haben Sie gelesen?«, fragt er.

»Ich habe bisher vier von der Liste geschafft.« Ich zeige auf meinen Stapel Bücher und Papiere. »Möchten Sie meine Notizen sehen?«

»Ich lenke Sie nur ungern ab, aber ich habe etwas anderes im Sinn.«

Ich lege meinen Stift weg. Ich ahne schon, dass es sich um etwas Geheimnisvolles und Langwieriges handelt. Noch mehr Landkarten vielleicht.

»Das hier habe ich neulich zufällig entdeckt.« Alexej holt ein weiteres Buch hervor. Sein Schutzumschlag ist nagelneu und glänzt grell im Vergleich zu den Einbänden, die vor mir liegen. »Es sind die Bürgerkriegserinnerungen einer Aristokratin namens Natalja Burzinowa. Sie war damals berühmt oder berüchtigt. Sind Sie mit den Jahren des Bürgerkriegs vertraut?«

»1918 bis 1922?«

»Ich habe nur die Einleitung gelesen. 1920 wurde sie von der Petrograder Tscheka wegen Schmuggels und Spekulation verhaftet. Sie hat diese Memoiren im Gefängnis geschrieben.« Alexej klingt einen Moment abwesend, abgelenkt. »Ich lese so viele Memoiren, wie ich nur kann, wissen Sie. Es gibt so viele interessante Menschen, die von der Geschichte vergessen werden.«

Er selbst, Alexej Iwanow, wird nie vergessen werden.

»Dieser Text – das handgeschriebene Original – ist offenbar vor ein paar Jahren in einem Keller entdeckt worden.« Alexej wendet seine Aufmerksamkeit wieder mir zu. »Finden Sie heraus, wessen Keller das war.«

»Oh«, sage ich und kann meine Überraschung nicht verbergen. »Ich soll mich also an den Verlag wenden?«

»Das habe ich bereits getan. Sie haben das Manuskript von Nataljas Tochter bekommen. Ihr Name ist Akulina Burzinowa. Sie lebt hier in Moskau. Ich möchte, dass Sie persönlich zu ihr gehen und mit ihr sprechen.«

Warum?, möchte ich fragen, aber seine Stimme ist zu ausdruckslos, sein Gesichtsausdruck so poliert wie der Einband des Buches. Er wird es mir nicht sagen.

»Ich bin dann weg.« Alexej lächelt mich an. »Ich muss dieses Wochenende verreisen, das hatte ich, glaube ich, schon erwähnt.«

Lew liest wieder aus Mums Notizbuch vor, dieses Mal, ohne zu fragen. Die heutige Geschichte, »Die silberne Königin«, handelt von einer Königin mit einer magischen Silberkette, die ihr das ewige Leben schenkt. Ohne die Kette muss sie sterben. Die Geschichte ist kurz, und es versteht sich von selbst, dass keiner von uns danach schlafen kann. Die Nacht fühlt sich zu weich an, zu sommerlich, so als sollten wir am Fluss etwas trinken, rauchen, obwohl ich nicht rauche. Lachen, obwohl ich auch das nicht besonders oft mache.

»Kennst du das Märchen von Koschtschei dem Unsterblichen?«, fragt Lew. »Diese Geschichte mit der Halskette erinnert mich daran.«

Jedes Schulkind in Russland hat schon von Koschtschei dem Unsterblichen gehört, der sein Leben in Gegenständen aufbewahrt, böse Streiche ausheckt, Frauen stiehlt, Rivalen tötet.

»Meine Mutter hat gern ihre eigene Version von Koschtschei erzählt«, sage ich. »Er hat sich verliebt oder so.«

»Du magst diese Geschichten nicht«, sagt er. »Das merke ich. Warum lesen wir sie dann?«

»Ich habe es ihr versprochen. Und es ist nicht so, dass sie mir nicht gefallen, es ist nur … du weißt schon, was soll das alles?«

»Was alles?«

»Geschichten. Dichtung. Fantasie. Meine Mutter hat ständig Romane gelesen, Tagträumen nachgehangen, sich Dinge ausgedacht. Sie hat ihre gesamte Zeit lieber in dieser unechten Welt verbracht. Das ist wahrscheinlich auch einer der Gründe, warum ihr *Der letzte Bolschewik* nicht gefallen hat.« Ich lehne mich zurück und spiele mit meinem Haargummi. »Weil es wirklich passiert ist.«

»Vielleicht nimmst du sie zu wörtlich«, sagt Lew. »Die Geschichten könnten allegorisch gemeint sein. Deine Mutter schreibt vielleicht über echte Ideen oder sogar echte Menschen und nicht über Ungeheuer und Königinnen.«

»Möglich. Aber Mum war kein subtiler Mensch. Ich glaube, ihre Geschichten dienten hauptsächlich der Unterhaltung. Der Flucht.«

»Sie hat ihre Worte mit Bedacht gewählt«, gibt er zu bedenken. »Mir sind viele Stellen aufgefallen, an denen es so aussieht, als hätte sie das ursprüngliche Wort ausradiert und ein anderes hingeschrieben.«

»Das klingt nicht nach meiner Mutter.« Ich schiebe das Haargummi wieder um mein Handgelenk. »Ausradiert? Sie hat mit Kugelschreiber geschrieben.«

»Nur die erste Seite«, sagt er. »Den Hinweis für den Leser.«

Ich verstumme, als er das Licht ausschaltet. Bleistift. Mum hat nicht oft Bleistifte benutzt, die Radiergummis ließen ihre Augen jucken. Irgendeine Art von Allergie.

»Ich war früher eine Leseratte«, sagt Lew mit neutraler Stimme. »In der Schule. Bevor ich zum Militär gegangen bin.«

Meine Augen haben sich so weit an die Dunkelheit gewöhnt, dass ich ihn am anderen Ende des Zimmers sehen kann, er sitzt mit dem Rücken zur Wand auf dem Klappbett und starrt in die Ferne. Inzwischen weiß ich, dass er siebenundzwanzig Jahre alt ist und neun Jahre beim Militär war, die letzten fünf bei der Moskauer OMON. Was hat er an den meisten Tagen wohl gemacht, frage ich mich. Ist er durch die Fenster brennender Gebäude geklettert? Hat er mit bloßen Händen Barrikaden niedergerissen? Ich kenne die Antwort bereits. Er hat alles getan, was man ihm befahl.

Vor Jahren hatte meine Familie hier in Moskau einen älteren Nachbarn, der Samisdat sammelte, illegale Veröffentlichungen von Dissidenten, die vom antisowjetischen Untergrund verbreitet wurden. Manchmal, wenn Zoja und ich von der Schule nach Hause kamen, hat er sie uns gezeigt. Gedichte, Romane, sogar Tagebücher. Und obwohl ich zu jung war, um viel davon zu verstehen, erfasste ich die Botschaft, die er aus jeder Pore verströmte: Es gibt *die*, und es gibt uns. Lew ist einer von *denen*.

*

Im Jahr 1895 ist Natalja, die zukünftige Gräfin, eine unbeholfene und sozial minderbemittelte Sechsjährige mit – ihren eigenen Worten zufolge – karottenrotem Haar und zischendem Lispeln. Ihr einziger Freund ist ein kleiner Junge, dessen Eltern eines Tages zu einer Feier ins Haus kommen und der sich mit ihr zusammen im Treppenhaus versteckt. Im selben Jahr stirbt Nataljas bereits kränkliche Mutter an der Schwindsucht, und ihr Vater heiratet überstürzt ein zweites Mal. Ihre neue Stiefmutter ist eine opiumsüchtige Frau, die rauschende Salonpartys veranstaltet und sich verzweifelt wünscht, in die Gunst der kaiserlichen Familie aufgenommen zu werden. Im Laufe der Jahre entwickelt sich Natalja zu einer eigenständigen Persönlichkeit. Sie ist nicht länger unbeholfen, als sie in ihren späten Jugendjahren feststellt, dass sie in ihren ersten Freund verliebt ist, der kein kleiner Junge mehr ist. Sobald ihre Stiefmutter davon Wind bekommt, arrangiert sie eine Heirat mit dem viel älteren, zweimal verwitweten Grafen Burzinow.

Es war keine Schwäche, die mich den Wünschen meiner Stiefmutter nachgeben ließ. Es war Angst. Ich vermochte dem Mann, den ich liebte, meine Gefühle nicht zu gestehen.

Nataljas wertvollster Besitz ist das silberne russische Kreuz ihrer Mutter, das sie an einer Kette um den Hals trägt. Angesichts der Beziehung zu ihrer Stiefmutter kann ich gut verstehen, dass sie an diesem kleinen Andenken ihrer leiblichen Mutter hängt. An der Vorstellung eines Elternteils, den sie verloren hat, eines Lebens, dessen sie sich beraubt gefühlt haben muss.

Ich bin keine Gräfin, aber ich verspüre plötzlich einen gewissen Kameradschaftsgeist mit ihr.

Die nächsten Kapitel der Memoiren widmen sich ihrem Familienleben. Der Graf ist ein langweiliger Mann. Schnell bekommen sie zwei Kinder. Natalja liebt ihre Kinder, empfindet die Mutterschaft aber als unbefriedigend. Sie stürzt sich in den Strudel der Petersburger Gesellschaft und stellt fest, dass sie sich ausgerechnet in ihre Stiefmutter einzufühlen vermag.

Wenn alle Augen auf uns gerichtet sind, können wir den einen Menschen vergessen, dessen Aufmerksamkeit wir nicht erregen konnten.

Sie ist bitterlich einsam. Natalja tut sich schwer, eine Beziehung zu ihren Kindern aufzubauen, insbesondere zu ihrer Tochter Akulina, die beiden sind sehr unterschiedlich. Die Gesundheit des Grafen nimmt unterdessen ab. Sie nimmt sich Liebhaber, hört aber nie auf, sich nach ihrem Freund zu sehnen. Er zeigt kein romantisches Interesse an ihr, und ich beginne zu vermuten, dass diese Unerreichbarkeit teilweise der Grund dafür ist, dass sie all ihre intensiven Gefühle auf ihn konzentriert. Sie weiß nicht, wie es ist, zurückgeliebt zu werden.

Während ich lese, kommt Lew herein. Er hat Alexej gerade am Bahnhof abgesetzt.

»Möchtest du was trinken?«, fragt er. Ich nicke.

Im Sommer 1914 kommt es zu einer unerwünschten, wenn

auch vorhersehbaren Wendung der Ereignisse: Der Mann, den Natalja liebt, heiratet schließlich eine andere.

Seine Braut war das dekorativste Geschöpf, das je gesehen wurde. Aber da war etwas in ihrem Blick, das mein Misstrauen erregte. Es erinnerte mich daran, dass seltene Juwelen hinter Glas aufbewahrt werden, nicht nur, weil man sie schützen will, nicht nur, um Diebstähle zu verhindern. Sondern auch, weil sie verflucht sind.

Ich lese weiter bis zum Jahr 1918, den Beginn des Bürgerkriegs, der Natalja zwingt, sich den Realitäten der Ereignisse in Russland zu stellen. Die ganze Zeit über war sie fest davon überzeugt, dass der Zar oder sein Bruder als konstitutioneller Monarch zurückkehren würde, jetzt scheint sie Angst zu haben. Sie schließt sich den Unterstützern der Weißen Armee an, was sie schließlich ins Gefängnis bringt, und damit kommen die Memoiren in ihrer Gegenwart an: Es ist das Jahr 1920. Die Gräfin schreibt aus einer Gefängniszelle in dem von den Bolschewiken beherrschten Petrograd. Sie bekommt von den Wärtern verschiedene Vergünstigungen, unter anderem Papier. Sie wird nicht schlecht behandelt, aber man hat ihr gerade mitgeteilt, dass ihr die Hinrichtung droht.

Sie haben mir mein Hab und Gut genommen, meine Kinder, mein Heim, meine Freiheit. Ich habe nichts als das silberne Kreuz um meinen Hals. Nehmen sie mir das fort, haben sie mich umgebracht.

Eine silberne Halskette, die sie bis in den Tod tragen wird. Wie in »Die silberne Königin«, der Geschichte von Mum, die Lew und ich erst gestern Abend gelesen haben.

Noch ein Zufall?

Ich schaue auf, Lew ist zurück. Ich erläutere es ihm, so gut ich kann: Erst die Karte von Popowka, und jetzt das hier. Auf gewisse Weise ist es mir lieber, wenn Dinge offensichtlich sind, wenn überall Blut ist, deine Mutter schluchzt, die Polizei herumbrüllt und überall in der Wohnung die Schuhabdrücke eines Mafiakillers sind.

Ungewissheit kann ich nicht ausstehen. Wenn man nicht weiß, was nicht stimmt, aber trotzdem einfach weiß, dass etwas nicht stimmt.

»Ich glaube an Zufälle«, sagt Lew.

»Wie das?«

»Manchmal passieren einfach Dinge, die zu unwahrscheinlich sind oder sogar unmöglich erscheinen.« Er hält meinem Blick stand. »Es ist schon komisch. Du bist diejenige, die glaubt, dass sie heimgesucht wird, aber gleichzeitig bist du auch die Skeptischere von uns beiden.«

»Glaubst du wirklich, es könnte Zufall sein? Bedeutungslos?«

»Ich habe nicht bedeutungslos gesagt. Vielleicht hat deine Mutter von dieser Frau gehört, dieser Gräfin, wenn sie so berühmt war. Oder sogar diese Memoiren gelesen.«

»Ich habe dir doch gesagt, dass sich meine Mutter nicht für Sachbücher interessiert hat. Hier passiert irgendetwas anderes.«

Lew lächelt schwach. »Ich sehe, dass du immer versuchst, die Dinge zusammenzufügen«, sagt er. »Nicht nur das, was mit deiner Familie passiert ist, sondern alles um dich herum.«

Ich weiß nicht, was ich sagen soll, also senke ich den Blick auf meine Hände und verschränke sie.

»Ich habe nicht gesagt, dass das etwas Schlechtes ist, Raisa.«

Ich schaue wieder auf, und diesmal schenkt er mir ein echtes Lächeln. Zu meinem Entsetzen spüre ich ein leichtes Kribbeln den Rücken hinunter, wie sich in meinem Magen ein Knoten löst, dessen ich mir nicht einmal bewusst war.

Oh, nein, nein.

»Ich gehe kurz raus und erledige ein paar Telefonate«, sage ich schnell.

»Kein Problem. Ich muss noch zum Supermarkt«, sagt er.

Alexejs Telefon steht auf einem dreibeinigen Hocker im Flur. Ich halte den Hörer in der Hand, während Lew sich die Schuhe anzieht. Mit dem Geräusch seiner Schritte verklingt auch das Kribbeln. Ich muss vorsichtiger sein. Ich grabe tief in der Vergangenheit, ich will dabei nichts anderes umstürzen. Um es zu bekräftigen, sage ich mir mehr als einmal, dass es nicht an Lew lag, dieses flüsternde kleine Gefühl. Es lag nur daran, dass ich meinen früheren Namen auf diese Weise zu hören bekam, wie er ihn aussprach. Als wäre ich niemals Rosie gewesen.

Die Vermittlung stellt mich durch. Zum Glück ist Wochenende und Richard ist zu Hause, und ich kauere mich in den Spalt zwischen Hocker und Wand und sage ihm all die Dinge, die ich in meinen Briefen schreiben wollte. Er lacht über die Vorstellung von fröhlichen Kakerlaken und sagt, er habe eine Maus in unserer Wohnung entdeckt. Sie hat ein Loch in einen der Schränke gefressen, und er will eigentlich den Kammerjäger anrufen, aber gleichzeitig hat er ein schlechtes Gewissen. Vielleicht wartet er damit, bis ich nach Hause komme.

Zu Hause, dieses Leben in England, das dort auf Eis liegt. Auf mich wartet.

Ohne Rosie führt kein Weg von hier fort.

KAPITEL 11

Antonina

Provinz Tula, 1917

Die Reise mit dem Zug dauert über einen Tag. Stunde um Stunde geht ins Land, und schließlich beginnt Tonja den würzigen Kohlegeruch und den unablässigen Rhythmus der Räder zu genießen. Sie legt sich auf ihre Holzbank, um zu schlafen, und dabei spürt sie ein Zucken im Bauch. Ein seltsames Gefühl, fast unheimlich. Sie dreht sich um, und da ist es noch einmal. Vorsichtig streicht sie mit der Hand über ihr Kleid, die Rippen entlang über den Bauchnabel bis zum Hüftknochen. Aber was auch immer es war, es ist schon wieder vorbei.

Die letzte Etappe ihrer Reise legt sie in einer Kutsche zurück, die sie in Popowka am Haus von Kyrill Wladimirowitsch absetzt. Kyrill hat früher in Otrada als Stallknecht gearbeitet, als Papa sich noch viele Pferde leisten konnte. Er ist einer ihrer engsten Freunde, die andere Freundin ist Nelly.

Und zu Tonjas Erstaunen sind er und Nelly jetzt verheiratet. Die schmächtige, alberne Nelly ist zu einer richtigen Ehefrau und Matrone geworden. Eine, die Tonja Suppe und Tee mit Honig anbietet und einen Platz am *petsch*, dem gemauerten Ofen, und die atemlos verkündet, Kyrill sei draußen bei den Windmühlen.

»Ich habe ihn immer angebetet«, sagt Nelly und öffnet ihr Kopftuch. »Das weißt du doch.«

»Ich dachte, auf dieselbe Weise wie ich«, sagt Tonja erstaunt. »Wie einen Bruder!«

»Ich habe schon einen Bruder«, sagt Nelly sachlich. »Und er sieht nicht aus wie Kyrill.«

»Ich möchte morgen nach Otrada fahren«, wechselt Tonja das Thema. »Papa weiß nicht, dass ich komme. Wie kommt er zurecht, Nelly?«

Nelly antwortet nicht. Tonja bemerkt, dass Nelly die *panjowa* der Bauern trägt, einen langen karierten Rock. Der Stoff ist grob, plump, unkleidsam. Es ist die Kleidung erwachsener Frauen. Diese ganze Szene ist unwirklich und gleichzeitig vertraut, das einfache Holzhaus mit dem Strohdach, der Lärm der Tiere draußen im Hof, die Art und Weise, wie Nelly sich ans Spinnrad setzt. Sie spinnt Hanf, und die Öllampe gibt schwermütiges Licht ab.

Das sind die Anblicke und Gerüche von zu Hause, hierher, genau hierher gehört Tonja doch. Sie sitzen da, ohne sich weiter zu unterhalten, und Tonja wird langsam schläfrig.

»Bist du das, Tonja?«

Sie richtet sich ruckartig auf und verschüttet dabei fast ihren Tee. Kyrill kommt zu ihrem Sitzplatz und gibt ihr einen Kuss auf den Kopf. Er ist immer noch breitschultrig und strahlend, derselbe Junge, der Tonja das Reiten, das Fischen und sogar das Rechnen beigebracht hat, nachdem Mama und Papa es ablehnten, sie in die Dorfschule zu schicken. Der einst so furchtbar in Mama vernarrt war, dass ganz Popowka davon wusste.

»Was für einen Bart du jetzt hast«, sagt Tonja liebevoll, als Kyrill sich einen Stuhl an den Tisch zieht.

Ein neuer Geruch liegt in der Luft, zerkocht und abgestanden. Nelly hat aufgehört zu spinnen. Irgendetwas stimmt nicht.

»Ich muss dir von deinem Vater erzählen«, sagt Kyrill.

Tonja blickt zwischen den beiden hin und her. Seit Jahren hat sie nichts mehr von Papa gehört, aber das ist nicht weiter verwunderlich. Nach Mamas Tod bei der Geburt eines Kindes nur wenige Monate, bevor Tonja Dmitri heiratete, hatte Papa fast ganz aufgehört zu sprechen. Bei Tonjas Abreise gab es keinen richtigen Abschied, er blickte nur von seinen Gewächshausrosen auf und hob kurz die Hand. Möglicherweise wollte er auch nur nach seiner Gartenschere greifen.

Leise berichtet Kyrill, dass sich kurz nach der Revolution im Februar ein paar Dorfbewohner zusammenrotteten. Mit nichts als Bauerngerät bewaffnet, marschierten sie zu den Anwesen des Landadels, hängten die Bewohner dieser Anwesen auf, raubten, was sie brauchten, und setzten Bibliotheksbestände in Brand, die älter waren als Russland selbst. Tausend Jahre Rache verübt in einer einzigen Nacht.

»Sie haben Otrada geplündert«, sagt Kyrill. »Aber wenigstens haben sie es stehen lassen. Sie haben den Fürsten getötet.« Seine Stimme klingt erstickt. »Im Gewächshaus. Seine blutigen Handabdrücke waren überall auf dem Glas.«

Tonja will wissen, was mit Papas Leiche geschehen ist, wo er begraben liegt. Auch wenn Papa nie etwas mit ihr zu tun haben wollte, würde sie es gerne wissen. Aber die Worte kommen nicht richtig zustande, und obwohl sich auf Kyrills und Nellys Gesichtern Mitgefühl abzeichnet, erinnert sich Tonja noch an etwas anderes. Die Familie auf Otrada, haben die Dorfbewohner immer gesagt, sei alt und erlaucht, ihre Linie ließe sich bis in die Tage des alten Moskowien zurückverfolgen. Aber ihr Blut sei geronnen, es sei faul. Das ist der Grund, warum der Fürst und die Fürstin nach Kukolka keine Kinder mehr bekommen haben. Weshalb all die Babys tot geboren wurden. *Die Familie ist verflucht.*

Solche Gerüchte haben Mama nie beunruhigt. *Sie sind einfache, abergläubische Leute, die* mushiki, lautete Mamas Kommentar, während sie sich im Spiegel betrachtete. *Sie sind neidisch auf alles, was schön ist. Sie fürchten sich, und alles, was sie haben, sind ihre Mistgabeln.*

Mama hatte bestimmt recht, aber es gibt Momente, in denen Tonja sich fragt, ob das Dorf ihre Familie nicht doch am besten kannte.

Die Wochen vergehen wie im Flug. Tonja schläft schlecht, liegt stundenlang auf dem Schlafplatz über dem Ofen. Zum ersten Mal in ihrem Leben beginnt sie, *in* ihren Albträumen zu erwachen. In diesen Träumen findet sie sich oft in den Obstgärten von Otrada wieder. Sie hört das Bellen von Papas Barsois. Die Terrassentüren stehen offen. Etwas Weiches streicht zwischen ihren Beinen hindurch. Es ist Seri, die Katze der Familie. In der Tür ist der Umriss einer Gestalt zu sehen. Mama. Tonja reißt die Augen auf.

Da ist es wieder, dieses Ziepen in ihrem Unterleib. Sie tastet ihren Bauch auf und ab, und dabei wird ihr immer schwummriger. Der seltsame Traum ist augenblicklich vergessen. So eine harte Schwellung hat sie schon einmal gespürt, aber von außen. Dicker als so wurde Mama nie.

Das Baby? Könnte es sein, dass sich der Arzt der Lulikows geirrt hat? Aber was hat sie dann in all dem Blut verloren, das klumpig war wie Kaschagrütze?

Nelly, die ihr anvertraut, sie hoffe, selbst schwanger zu werden, schlägt vor, die Dorfhebamme zu fragen. Tonja weiß genau, dass Mama einmal gesagt hat, man nehme in der Schwangerschaft alle Gerüche stärker wahr als sonst, und beim Geruch von Nellys Kerzen nach verbranntem Laub möchte sie sich beinahe erbrechen. Manchmal kann sie sogar die ungeernteten Obstgärten von Otrada riechen, hitzig und schmutzig, der Gestank des Anwesens hängt über dem Dorf. Es erinnert sie an Dmitris Eau de Cologne. Als wäre er ihr hierher gefolgt.

Die Hebamme berührt Tonjas Bauch, sagt: *Oh, schauen Sie, ich glaube, Ihr Baby ist wach*, und Tonja versucht, die Bewegung in ihrem Inneren zu erfassen. Die Hebamme sagt: *Haben Sie noch nie ein Baby gespürt, wissen Sie denn nicht, dass sie so schwimmen*, aber Mamas Babys haben sich nie so bewegt. Die Hebamme ist sich nicht sicher, woher die Blutung vor einem Monat kam, aber sie sagt, sie habe so etwas schon erlebt. Das Platzen irgendeiner Blase in den ersten Wochen bis zur Schwangerschaftsmitte, aber dem Baby gehe es gut.

»Wunderbare Neuigkeiten!«, ruft Nelly aus. »Stell dir vor, wir könnten Kinder in ganz ähnlichem Alter haben, Tonja!«

Tonja legt die gespreizten Hände schützend über ihre Körpermitte.

»Bevor du gehst, Schura«, wendet sich Nelly an die Hebamme. »Du sprichst ja mit allen. War in letzter Zeit jemand in Otrada oder hat gesehen, in welchem Zustand es ist?«

Die Hebamme nickt. »Ein paar Kinder haben behauptet, sie hätten eine Rauchfahne aus dem Schornstein kommen sehen.«

»Hausbesetzer? Arbeitsscheues Gesindel?«

Tonja hört nur halb zu, ihre Gedanken flattern wie das Baby, ihr Herz pocht. Da sie das Kind noch hat, soll sie Walentin schreiben? Soll sie es ihn wissen lassen? Aber mit welchen Worten?

»Das sind bloß Kinder, die Märchen erzählen, das ist alles. Sie sagen, sie hätten jemanden vor dem Haus gesehen, bei den Weiden. Eine Frau, die ein Paar Kinderfäustlinge in der Hand hielt. Und kein Baby weit und breit.« Die Hebamme klingt verärgert. Es bringt schreckliches Unglück, wenn man für ein Baby vor der Geburt Geschenke anfertigt, und niemand weiß das besser als eine Hebamme. »Die Frau hätte lockiges, aufgestecktes Haar mit Blumen darin, haben sie gesagt. Sie habe ein Leinenkleid mit Borten getragen. Die erzählen den Leuten, es sei ein Geist.«

Die Hebamme spricht es so aus, als würde sie nicht an Geister glauben, aber hier werden sie alle dazu erzogen, an Geister zu glauben. An Hexen, Waldkobolde, sprechende Tiere, Wassergeister, Hausgeister. An Zauberei.

Tonja streicht sich mit der Hand wieder über den Bauch, der sich fester und straffer anfühlt als zuvor. Auch sie ist hier aufgewachsen, aber sie hat nie an Zauberei geglaubt. Zumindest nicht bis jetzt. Nicht bis heute.

Langsam und heiß vergeht der Sommer. Walentin antwortet auf keinen ihrer Briefe, und die Schwangerschaft hat Tonja in eine Art Trancezustand versetzt. Darin nimmt sie keine anderen Gefühle wahr als die Tritte des Babys, ihren Hunger, das Pochen in ihren Armen und Beinen, während sie zum ersten Mal in ihrem Leben auf den Erntefeldern arbeitet. An Walentin wird sie später denken, wenn der Bann gebrochen ist.

Es geschieht plötzlich, an einem fahlen Abend im September. Als Tonja vom Schaukelstuhl aufsteht, durchfährt ein stechender Schmerz ihren Körper. Nelly schaut vom Spinnrad auf. Auch das Zimmer dreht sich. Das Baby war den ganzen Tag über ungewöhnlich ruhig, und ein Band aus Angst zieht sich um Tonjas Brustkorb zusammen. Vielleicht hat sie heute zu lange gearbeitet. Aber alle Bäuerinnen arbeiten bis zur Geburt, manche versuchen sogar, während der Wehen zu arbeiten. Mama hat nie gearbeitet, hat, wenn sie schwanger war, kaum das Schlafzimmer verlassen, manchmal nicht einmal das Bett.

Das ist der andere Gedanke, den Tonja in all den Monaten neben dem Gedanken an Walentin nicht zugelassen hat. Mamas Babys.

Da ist wieder der Schmerz, schärfer diesmal, wie Fingernägel, die über eine Wunde kratzen, und Tonja keucht auf. Kyrill ist nicht zu Hause. Die Hebamme kann zwischen Kalasi und hier überall sein.

»Kommt es?«, fragt Nelly.

»Ich weiß nicht«, sagt Tonja und ringt nach Luft.

»Ich hole die Hebamme«, sagt Nelly. »Leg dich hin, ich bin gleich wieder da.«

Außer Atem, tut Tonja, was ihr gesagt wird. Es kann nicht das Baby sein, aber natürlich ist es das, es ist an der Zeit, auch wenn Walentin keinen ihrer Briefe beantwortet hat, auch wenn sie noch keinen Namen ausgesucht hat, auch wenn sie selbst noch ein Kind ist, noch keine neunzehn. Aber diese Zweifel werden bald von einer weiteren Welle aus Schmerzen weggesprengt, und sie stöhnt. Ein kurzer Moment der Erleichterung, und dann noch einmal und dann wieder.

Nein, noch nicht, noch nicht …

Es wird nur noch schlimmer. Der Schmerz und der Schrecken. Tonja hat keine Ahnung, wie man ein Baby bekommt, zumindest kein lebendiges. Sie hat nur gesehen, wie all die toten aus Mama herauskamen, zu viele, und nichts anderes sieht sie jetzt noch vor sich, die bläulichen Babys, pelzig, mit dicken, grauen Schnüren um den Hals. Die Hebamme hat diese schlaffen Stränge mit Leinen abgebunden und auf die kleinen Gesichter gepustet, auf die Hände, die Füße, während Mama sich auf die andere Seite wälzte wie ein Fisch, als wäre sie diejenige, die keine Luft bekam.

Nein, nein, nein …

»Lass mich helfen«, sagt eine Stimme. Eine männliche Stimme.

Tonja reißt ein Auge auf.

»Ich bin draußen vorbeigekommen und habe deine Schreie gehört«, sagt der Fremde. »Es ist leichter, wenn du dich aufrichtest und gegen mich stemmst.«

Sie ist nicht bei sich, hat keine Zeit, sich zu fragen, wer er ist. Sie stößt ein Schluchzen aus, wischt sich den Schweiß vom Gesicht.

»Atme«, sagt die Stimme weiter. »*Tische jedisch, dalsche budisch.* Stimmt's?«

Tonja sieht ihn an, ohne etwas zu sehen, und versucht, die Bedeutung dieser alten Bauernweisheit aufzunehmen. *Je langsamer du fährst, desto weiter kommst du.* Stattdessen dringt ein Brüllen aus ihr heraus, ein Urlaut. Er sieht aus, als würde er verstehen. Sie hat das unbestimmte Gefühl, dass sie ihn von irgendwoher kennt, aber bevor sie darüber nachdenken kann, woher, passiert es schon wieder. Sie schreit laut genug, um die Fenster auffliegen zu lassen.

»Da ist der Kopf. Jetzt dauert es nicht mehr lange.«

Etwas reißt, schwillt an. Tonja fällt zurück gegen das Bett und spürt, wie ihre Zunge aus dem Mund fährt und wieder hinein. *Lebt es?*, versucht sie zu fragen, und der Fremde lächelt. »Ein kleines Mädchen«, sagt er. »Es kommt noch die Nachgeburt.«

»Nachgeburt?«

Er wickelt das Baby bereits in ein Tuch, und es beginnt zu schreien. Tonja streckt die Arme nach ihrer Tochter aus, und dann ist plötzlich Nelly da und auch die Hebamme, und bald weiß Tonja nicht mehr, wer weint und wer nicht. Sie kommt sich unbeholfen vor, als sie zum ersten Mal auf ihr eigenes Kind hinunterblickt: rotgesichtig und wütend, aber auch milchig weiß und warm, mit Kolibri-Atemzügen.

»Oh, Tonja«, sagt Nelly und streicht mit dem Finger über das glatte Köpfchen. »Ach, ich muss auch eins haben, ich muss.«

»Wer hat mir geholfen?«, fragt Tonja heiser. »Ich möchte mich bei ihm bedanken.«

Nelly wendet den Blick ab. »Niemand, den ich kenne«, sagt sie. »Muss ein guter Samariter gewesen sein, der auf der Durchreise war.«

Tonja beschließt, das Baby Lena zu nennen. Im Schlaf sieht Lena unwirklich aus, wie eine Fee, aber wenn sie wach ist, hört sie nicht auf zu schreien. Nelly kann sie viel besser beruhigen als Tonja, sie schnalzt mit der Zunge und gurrt und flüstert, dass auch sie bald ein Baby haben wird, hoffentlich, einen Freund oder eine Freundin, mit der Lena spielen kann.

Im Winter ist die Welt weiß geputzt. Die Bäume tragen den Schnee wie Königinnen. Endlich kommen neue Zeitungen nach Popowka, und Kyrill liest mit düsterer Stimme vor: Es gibt jetzt keine provisorische Regierung mehr, keine imperialen Minister, keinerlei Verbindung mehr zur Zarenherrschaft. Es hat eine weitere Revolution gegeben. Einen weiteren Putsch. Der Winterpalast selbst ist eingenommen worden. Petrograd gehört den Bolschewiki.

Kurz nach dem Tauwetter im Frühling trifft eine Brigade von Tschekisten im Dorf ein. Die Tscheka soll die neue bolschewistische Geheimpolizei sein, aber niemand weiß, was das bedeutet. Die Brigade schlägt im Dorf ihr Quartier auf, und Tonja sieht sie manchmal auf den Gassen in ihren einheitlichen Ledermänteln und mit ihren ausgewaschenen Gesichtern.

Jede Nacht liegt Tonja erschöpft über dem *petsch*, während das Baby sich auf ihrem Bauch windet und nach einer Brustwarze sucht. Sie spürt, wie ihre Eingeweide brennen, Milch aus ihren Brüsten sickert und wie vielleicht ihr Herz bricht, was auch immer davon übrig ist. Falls Walentin ihre Briefe tatsächlich erhalten hat, hat er sich noch immer nicht zu einer Antwort herabgelassen. Walentin Andrejew ist in der Zukunft angekommen, in *seiner* Zukunft, und sie ist in der Vergangenheit, und die Kluft zwischen ihnen ist unendlich groß.

Von draußen ertönt Geschrei, aber niemand klopft. Lena ist auf allen vieren im Kinderbett und schluchzt, und Tonja muss sie herausheben und sich auf die Hüfte setzen. Nelly rollt sich auf ihrer Matratze zur Seite. Nelly ist noch launischer als sonst. Kyrill und Nelly versuchen ein Baby zu bekommen, und Tonja unternimmt mit Lena jeden Tag lange Spaziergänge, um ihrem Liebesleben zu entgehen. Sie muss sich eine eigene Unterkunft suchen.

Ein Befehl erklingt: »Aufmachen, Genossen!«, aber die Tschekisten stürmen schon herein.

Der Anführer erklärt, dass sie wegen des Getreides hier seien, wegen des überschüssigen Getreides, das in diesem Dorf in jedem Haus versteckt gehalten wird. Seine Soldaten beginnen, die landwirtschaftlichen Geräte und die Pferdegeschirre umzuwerfen. Sie zerreißen und durchwühlen alles, was sie finden, die Kessel, die Töpfe, das Butterfass. Sie stehlen eine Flasche Gerstenschnaps. Abgesehen von ihrem Anführer sind sie offensichtlich alle betrunken, so betrunken, dass sie überschüssiges Getreide nicht einmal erkennen würden, wenn es ihnen wie Schnee aufs Gesicht rieseln würde.

Lena brüllt jetzt lautstark. Erschöpft geht Tonja mit ihr zum Schaukelstuhl und versucht, sich das Baby anzulegen, aber Lena hat sich in einen Wutanfall hineingesteigert und windet sich nur an der Brust.

Nelly starrt die Eindringlinge an, ihr Gesicht ist bleich. »Raus aus meinem Haus«, schnauzt sie.

Einen Moment lang glaubt Tonja, ihre Freundin meint sie.

»Es sind keine normalen Zeiten. Wir befinden uns im Krieg«, antwortet der Anführer der Tscheka emotionslos.

»Sie meinen mit Deutschland, mit dem Kaiser?«, fragt Tonja über Lenas Heulen hinweg.

»Nein.« Er spuckt aus. »Wir haben mit Deutschland gerade einen Friedensvertrag geschlossen. Wir befinden uns im Krieg mit der Weißen Armee, Genossin, mit den Truppen, die für den Zaren kämpfen. Wladimir Lenin hat das russische Volk aufgerufen, mitzuhelfen, alle Feinde der Revolution auszurotten.«

Tonja nimmt das Baby von ihrer Brust. Nachdem sie stundenlang gestillt hat, ist Lena endlich schniefend eingeschlafen. Im Zimmer ist es still. Nelly sitzt am Rad und spinnt Hanf, ihre Augen starren blicklos ins Nichts. Kyrill steht mit gesenktem Kopf vor dem kleinen Schrein des heiligen Nikolaus. Er spricht immer wieder dasselbe Gebet, einen der Psalmen: *De profundis clamavi ad te, Domine.* Aus der Tiefe rufe ich, Herr, zu dir.

Nelly hat ihre monatliche Blutung bekommen. Eine Woche zu spät, und Nelly hatte so große Hoffnungen. Tonja möchte ihrer Freundin sagen, dass sie mehr essen soll. Mehr lächeln. Dass sie nicht mehr zu den wöchentlichen Treffen mit den Frauen des Dorfes gehen soll, die sie mit neuen Anweisungen überhäufen, was Nelly tun muss, um schwanger zu werden: Nimm diese Kräuter zu dir und nicht jene. Setz dich nicht mehr auf kalte Oberflächen. Dreh das Spinnrad soundso oft, bevor du aufhörst.

Sag Kukolka, sie soll dein Haus für immer verlassen.

»Lass uns einen Moment allein, Tonja«, sagt Kyrill, ohne sie anzusehen.

Lena scheint zwischen ihren Decken zur Ruhe gekommen zu sein, also legt sich Tonja ihren Schal um die Schultern und schlüpft nach draußen. Der Nachthimmel hängt tief, und der Mond taucht das Dorf in ein eisiges Licht, aber die Luft ist frisch und kribbelt. Ein Zeichen des Frühlings. Der Zeitpunkt muss grausam sein für Nelly, denn der Frühling steht für neues Leben. Neuanfänge.

Vielleicht nächsten Monat.

Hinter den Häusern von Popowka, jenseits der Bäume, liegt der Weg, der nach Otrada führt. Einst war er breit und so gepflegt, dass Kutschen und Schlitten darauf fahren konnten, und einst gab es Erntefeste und Abendessen mit den benachbarten Adelsfamilien, Musik und Heiterkeit. Der Wandel vollzog sich im Laufe von Tonjas Kindheit schleichend. Die Felder wurden schlammig. Der Wald wurde dunkler. Mama wandte sich nach innen.

Ein oder zwei Menschen könnten leicht von dem Land auf Otrada leben. Die Gemüsebeete, die Obstgärten, die tiefen Vorratskammern – Tonja kennt das alles besser als jeder andere. Und niemand würde sie stören. Vielleicht würde die Welt bald vergessen, dass es das Anwesen überhaupt gab.

Neuanfänge.

Da ist ein Geräusch. Jemand in einem Schafspelzmantel kommt die Dorfstraße herauf und führt ein Pferd am Zügel. Es ist der Fremde von dem Tag, an dem Lena geboren wurde. Er lüftet seinen Hut und gibt den Blick auf kurzes weißblondes Haar frei. Seine Augen sind verblüffend hell. Er ist jünger, als sie ihn in Erinnerung hat, vielleicht nicht einmal dreißig.

»Du bist es«, sagt sie schlicht. »Ich wusste nicht, wie ich dich finden sollte.«

»Hast du nach mir gesucht?«, fragt er.

»Ich wollte mich bei dir bedanken. Meine Tochter ist sechs Monate alt. Ich weiß nicht, was ich ohne dich getan hätte. Ich bin Tonja«, fügt sie hinzu.

»Sascha«, sagt er. »Sascha Oschereljew.«

Er wünscht ihr einen guten Abend, und Tonja erwidert den Gruß, während sein Name in ihrem Gedächtnis aufflackert. Sascha Oschereljew. Ein Ausgestoßener im Dorf, der seine Frau und ihren Liebhaber ermordet haben soll, schon vor Jahren muss das gewesen sein. Er ist in die Wildnis verbannt worden und kommt selten ins Dorf, nur um höhnisch wieder vertrieben zu werden.

Aber vielleicht hat ihm die Anwesenheit der Tscheka Mut gemacht. Die Dorfbewohner sind nicht mehr die einzige Autorität.

»Sascha Oschereljew ist schon vor den Tschekisten immer wieder hergekommen«, sagt Nelly. »Mindestens seit der Abdankung des Zaren. Ich glaube, er hat etwas mit den Überfällen auf die Landgüter zu tun, Tonja. Es würde mich nicht wundern, wenn er derjenige ist, der deinen Vater umgebracht hat.«

»Gibt es Grund zu der Annahme, dass er Papa getötet hat?«, fragt Tonja.

»Er ist ein Mörder! Was brauchst du noch für einen Grund?«

Wäre Nelly sie selbst und nicht dieses unglückliche Wesen, würde Tonja ihr jetzt anvertrauen, dass auch sie eine Mörderin ist. Dass Dmitri ihretwegen gestorben ist. Aber in Popowka wird über sie schon genug getuschelt, inzwischen sogar mehr als über Sascha Oschereljew. *Nelly und Kyrill werden kein Kind bekommen, bis Tonja weg ist*, sagen die Dorfbewohner, *vielleicht will Kukolka Kyrill für sich haben! Es ist falsch, dass er sie bei sich wohnen lässt, aber er hatte schon immer eine Schwäche für diese Familie, nicht wahr! Arme, arme Nelly!*

»Vielleicht ist an seiner Geschichte mehr dran«, sagt Tonja stattdessen.

»Da ist nichts«, gibt Nelly zurück. »Manche Leute gehören einfach nicht hierher.«

Als der Frühling zu Sommer wird, arbeitet Tonja mit den anderen wieder auf den Feldern. Der Boden ist nachgiebig und weich wie frischer Lehm. Sie bindet, drischt und jätet Unkraut, bis sich ihre Haut in Fetzen von den Händen löst. Lena hat früh begonnen zu laufen, und sie folgt Tonja auf dem Fuß wie ein Hund. Sie weigert sich, bei jemandem zurückzubleiben. Die Bauern sind zunehmend verstimmt, sie ärgern sich über die Forderungen der Tschekisten. Tonja spürt beim Arbeiten die Wut der anderen, und hier draußen, wo die Stunden und die Felder lang und die Menschen müde sind, werden aus dem Gemurmel laute Stimmen: *Das liegt an Kukolka, das ganze Pech! Und wo ist Nelly, warum kommt sie nicht zur Arbeit? Wo ist Nelly?*

Diese Frage stellt sich auch Tonja, wenn sie Nelly zu Hause einen Schal nähen sieht, der kein Ende zu nehmen scheint. Nelly schaut Lena an und dann Tonja, und ihr Blick sagt: *Manche Leute gehören einfach nicht hierher.*

Endlich erhält Tonja mit der Post eine Antwort. *Walentin ist an die Front gegangen*, steht da. *Ich werde alle Nachrichten an ihn weiterleiten, wenn er zurückkommt. Mit freundlichen Grüßen, Wiktorija Andrejewa.* Tonja starrt auf den Zettel, die geschwungenen Buchstaben. Wiktorija Andrejewa. Sie erinnert sich an Wiktorija Katenina mit den großen Augen. An Wiktorija Andrejewa erinnert sie sich nicht.

Walentin ist verheiratet.

Sascha Oschereljew setzt sich an den Tisch, lehnt aber das Angebot von Brot oder Tee ab. Lena isst gerade eine Ofenkartoffel, die sie sich mit beiden Händen in den Mund schiebt, und Sascha greift in seinen Mantel und holt einen Miniaturschlitten aus Holz hervor. Das Baby wirft sich nach vorne, er fängt sie auf und setzt sie sanft auf dem Boden ab. Lena zieht mit ihrer Beute in der Hand davon, und Tonja verkneift sich ein Lächeln.

Kyrill ist im Kornspeicher, und Tonja weiß einfach, dass Sascha diesen Moment ausgesucht hat, dass er sie allein erwischen wollte.

Relativ allein natürlich, denn Nelly ist da und pikst an dem Schal herum, den niemand braucht.

»Die Leute reden über dich«, sagt Sascha. Er blickt Tonja an, und sie ertappt sich bei der Feststellung, dass seine Augen leuchten. Sein Gesicht hat etwas Undurchdringliches, aber er sieht nicht aus wie ein Mörder. Er sieht nicht aus wie jemand, der zufällig an der Wand des Kuhstalls auf seine Frau und einen Nachbarn gestoßen ist, während die Kühe nur wenige Meter entfernt muhten und ihr Keuchen übertönten. Nicht wie jemand, der in einem Anfall von Raserei so schnell mit der Sense zuschlug, dass die beiden keine Zeit mehr hatten, auch nur einen weiteren Laut von sich zu geben, sei es aus Wonne oder aus Schmerz.

Tonja wischt Kartoffelstücke vom Tisch. »In Popowka gibt es nicht viel zu reden.«

Nelly stößt einen Laut aus, der einem Lachen näher kommt als irgendetwas anderes, was Tonja in den letzten Wochen von ihr gehört hat.

»Ich denke oft daran, wegzugehen«, sagt Sascha.

»Wohin würdest du gehen?«, fragt Tonja.

»Ich würde gerne in einem Haus an einem breiten Fluss leben. Ich habe Vettern in Saratow.«

Saratow. Saratow liegt an der Wolga, dem mächtigen Fluss, der dieses Land in Ost und West teilt. Walentin hat oft von dieser Stadt gesprochen, dem Geburtsort vieler berühmter radikaler Schriftsteller und Revolutionäre. *Es gibt dort einen fruchtbaren schwarzen Boden, der in der Region einzigartig ist*, hat er gesagt, *den fruchtbarsten Boden, den die Menschheit kennt. Auf solch ertragreicher Erde kann alles wachsen, selbst eine so unwahr-*

scheinliche Sache wie die unsere. Alles, was es braucht, ist ein einziges Samenkorn.

Aber so hat Walentin die Dinge immer erklärt. Er hat schlichte Fakten in Poesie verwandelt. Sie verdreht.

»Wir werden leben, wir werden sehen«, fährt Sascha rätselhaft fort. Er greift nach seinem Hut, als wäre das alles, was er zu sagen vorhatte. »Die Tschekisten interessieren sich für Otrada«, fügt er hinzu. »Sie sind auf der Suche nach einem Ort, den sie für ihre Zwecke beschlagnahmen können. Möchtest du, dass ich sie woandershin umlenke?«

»Warum sollten sie auf dich hören?«

»Ich habe ihnen schon hier und da geholfen.«

»Dann sag ihnen, sie sollen Otrada in Ruhe lassen.«

Einer seiner Mundwinkel hebt sich zu einem Lächeln. »Das mache ich.«

Als Sascha gegangen ist, beginnt Nelly den Schal aufzuwickeln. Schließlich bricht sie ihr verdrießliches Schweigen. »Du solltest dich von ihm fernhalten.«

»Warum?«, fragt Tonja. »Weil das Dorf ihn hasst?«

»Weil mit ihm etwas nicht stimmt. Das merkt man schon beim Hinsehen. Er ist kaltblütig. Entmenschlicht.«

»Er hat geholfen, Lena zur Welt zu bringen. Er kann nicht bösartig sein.«

»Er hat seine Frau ermordet!«

»Hat er das?«, blafft Tonja zurück. »Hat er ihre Leiche durchs Dorf geschleift? Sie und ihr Liebhaber sind verschwunden, Nelly. Nach allem, was wir wissen, sind sie zusammen durchgebrannt.«

»Und ihr Kind hat sie zurückgelassen? Das war nämlich das erste Kind, dem er auf die Welt geholfen hat, weißt du! Und wo ist das Kind jetzt? Niemand weiß es. Seit Jahren hat den Jungen keiner mehr gesehen. Es ist viel passiert in Popowka, seitdem du dich davongemacht hast in die Hauptstadt, Tonja!« Nelly schreit. »Aber du glaubst, du kannst einfach zurückkommen, hier hereinschweben und alle auf deine Seite ziehen!«

»Ich habe nichts dergleichen getan! Sie verabscheuen mich!«

»Sie verabscheuen dich nicht, du Trottel. Sie beneiden dich. Sie begehren dich. Du bist immer noch eine Prinzessin und wirst es immer sein. Und wie war es wohl für mich, mein ganzes Leben lang neben dir zu stehen? Kannst du dir das auch nur ansatzweise vorstellen? Ich war froh, als du weggegangen bist! Ich wünschte, du wärst für immer fortgeblieben!« Tränen strömen über Nellys Gesicht. »Alle wissen, dass Kyrill in deine Mutter verliebt war. Da er sie nicht haben konnte, warum dann nicht dich? Unsere kleine Kukolka?«

Stille. Lena lässt ihr neues Spielzeug fallen und beginnt zu weinen.

Nelly wendet sich wieder ihrem Schal zu. Tonja bleibt zitternd zurück. Kyrills Zuneigung ist eine verwandtschaftliche, von etwas anderem kann keine Rede sein, aber sie fühlt sich erschöpft, zerschunden. Heute Nacht wird sie unruhig und flüchtig schlafen, und morgen wird sie wieder auf den Feldern stehen und die Blicke der Dorfbewohner in ihrem Rücken spüren, heißer als die tief stehende Sonne.

Nelly ist eingeschlafen, und Tonja flickt ein Loch in Nellys *panjowa*. Sie zerrt an dem Faden, zieht ihn hindurch. Ab und zu reißt er. Tonja erinnert sich daran, dass Dmitri sie kurz nach ihrer Verlobung mit auf die Felder nahm, um den Dorfbewohnern bei der Arbeit zuzusehen. Anstelle von Sonnenblumenkernen, sagte er, würde sie bald Antonowka-Äpfel und Pflaumen zu naschen bekommen. Anstelle ihres eigenen Schweißgeruchs würde sie

Parfüm aus Paris riechen. Anstelle der ländlichen Kleider würde sie Ballkleider besitzen, die mit denen der Zarin Alexandra mithalten könnten.

Und doch sitzt sie hier und flickt das Loch in einer *panjowa*, weil es das Einzige ist, was sie flicken kann.

Kyrill kommt herein und setzt sich neben den Schrein. Tonja sieht ihm an, wie sorgenschwer er geworden ist. Es ist nicht nur sein Bart, der jetzt weiß überhaucht ist. Auch sein Haar, der Blick in seinen Augen. Er sagt nichts und zündet eine Kerze für die Heiligen an.

»Ich bin zu lange geblieben«, sagt Tonja leise.

»Du kannst nirgendwo anders hin«, sagt Kyrill nun mit geschlossenen Augen.

»Doch«, sagt sie. »Ich gehe nach Hause.«

Tonja spürt, dass in ihren Albträumen etwas auf sie wartet, nur versperrt ihr Mamas Gestalt immer die Sicht.

Ich träume, das ist nur ein Traum, sagt sie sich, während sie sich Otrada von hinten nähert, durch die Obstplantagen, so wie jedes Mal. Sie weicht den Ästen aus. Die Veranda liegt vor ihr. Seri umstreicht ihre Knöchel und schnurrt so leise, dass es nur vibriert. Wenn Tonja näher kommt, wird sie Mama sehen, das weiß sie schon. Heute Abend versucht sie etwas anderes. Sie geht um die Rotunde herum in Richtung Gewächshaus.

Die Tür zum Gewächshaus steht offen. Die Katze im Traum folgt ihr hinein, obwohl die echte Seri nie einen Fuß in dieses Glashaus gesetzt hat. Einst war es mit Papas exotischen Blumen und Übelkeit erregenden süßlichen Düften erfüllt und das ganze Jahr über dunstig. Jetzt gibt es hier keine Blumen mehr. Der Boden ist mit Efeu überwuchert. Papa hat keinen Efeu gezüchtet. Der Efeu ist die Wände hinaufgeklettert und stranguliert alle Balken. Er wächst noch immer, selbst jetzt, während Tonja dasteht und ihn beobachtet.

Jemand kommt durch den anderen Eingang ins Gewächshaus, aus dem Inneren des Hauses.

Es ist ein Mädchen, ein junges Mädchen, in dessen Haar weiße Bänder eingeflochten sind. Mit einem dumpfen Gefühl des Entsetzens sieht Tonja, dass der Efeu auch das Mädchen überwuchert, aber von innen, wie schwarze Adern, die man durch die Haut hindurch sehen kann. Das Mädchen sieht sie an. *Hilf mir*, sagt sie zu Tonja, aber als sie den Mund öffnet, gleitet der Efeu heraus.

Tonja beginnt zu schreien.

KAPITEL 12

Walentin

Südrussland, 1919

Sie lassen das flache, ausgedörrte Grasland der Steppe hinter sich. Es kommen keine Bauern mehr vorbei, die ihr dürres Vieh an der Leine führen, keine wackeligen Karawanen, die mit zu vielen Habseligkeiten beladen sind. Hier ist das Land noch nicht von Besatzung und Krieg verwüstet, hier hat es Formen, Hügel und Furchen und flache Täler, die es von dem flächigen, einfarbigen Himmel unterscheiden.

Am späten Nachmittag schlagen sie ihr Lager auf einer kleinen Anhöhe auf, und Walentin hält inne, um ein Russland zu betrachten, wie er es nie kennengelernt hat.

»Was sind das für weiße Dinger da drüben?«, fragt er den Mann neben sich.

»Kapellen«, antwortet sein Mitgefangener und mustert ihn seltsam. »Willst du auch wissen, was das für eine blaue Linie ist?«

Die Linie ist ein Fluss, der sich zwischen ein paar verstreuten Holzhäusern hindurchschlängelt. Walentin bleibt bewegungslos stehen, lässt sich den Wind ins Gesicht wehen. Seine Füße und Beine erwachen wieder zum Leben. Er fühlt sich schwer und erhitzt. Eine Bremse summt an seinem Ohr vorbei, und er schaut hinüber zu den anderen Kriegsgefangenen, die mit staubgrauen Gesichtern so dicht vor dem wärmenden Lagerfeuer sitzen, dass sie sich gerade eben nicht verbrennen. Ein Krug Wasser geht im Kreis herum. Walentins Kehle fühlt sich an, als wäre sie mit demselben Staub bedeckt. Er hat nun immer Durst. Er könnte den gesamten Fluss dort drüben austrinken, und der Durst wäre noch immer nicht gestillt.

»Suchst du da draußen etwas, Bruder?«, fragt der andere Mann trocken, wobei die Betonung auf *Bruder* eine Verhöhnung der Anrede ist, mit der die Donkosaken einander ansprechen.

Walentin schüttelt den Kopf. Ein Geräusch erhebt sich über das aufgeregte Surren der Insekten hinweg. Es sind die Weißen Offiziere, die wieder singen. Wie oft kann man dieselben volkstümlichen Balladen über Maria und ihre wahre Liebe anstimmen? Wie oft kann er sie noch hören, bevor seine Ohren zu bluten beginnen? Aber heute Abend ist der Gesang schnell vorbei, und sie beginnen, ausführliche, leidenschaftliche Trinksprüche auszubringen: Auf die Größe des Zaren! Auf den Ruhm des Reiches! Auf diese Primaballerina, die vor drei Jahren auf der Bühne stand, und ihren blassen schlanken Hals! Auf den Honigduft der Traubenkirschbäume, den ersten Anblick der Heimat aus dem Augenwinkel, wenn man um die Kurve vor dem Haus biegt …

Walentin wischt sich etwas Nasses von den rissigen Lippen. Er weint. Die wenige Flüssigkeit, die er noch im Körper hat, verschwendet er auf sie, die Feinde, aber er kann nicht anders. Er kann sie sich auch vorstellen, diese Welt, in all ihrer Dekadenz, eine obszöne Maske der Schönheit, die die hässlichen, dampfenden, brodelnden Massen darunter verdeckt, und mittendrin er und …

Tonja.

Die Trinksprüche verwandeln sich in Flüche, der trunkene Jubel in entrüstete Wut. Die Heimat gibt es nicht mehr, nicht mehr so, wie sie war, denn die Bauern haben das Gut geplündert, von den Traubenkirschbäumen sind nur rauchende Reste übrig. Der Zar ist gefallen.

»Gehen wir ins Dorf!«, schreit jemand wütend.

Die Stimmung unter den Gefangenen verändert sich. Sie wissen, was das bedeutet, was passieren wird. Man wird sie einladen, zu viele von ihnen auf einen Wagen. Menschliche Fracht. Unten im Dorf wird man sie in Scheunen sperren und im Dunst des Pferdemists fast ersticken lassen, während die Weißen irgendein Haus stürmen. Was auch immer sie finden werden, wen auch immer sie finden, sie werden alles mitnehmen. Der Schrei eines einzigen Kindes wird lauter sein als alle kämpfenden Armeen Russlands zusammengenommen.

Walentin schließt die Augen. Er sucht nach einem Gedanken, einem Satz, einer Überzeugung, die ihn trösten könnte, aber alles, was ihm heute Nacht einfällt, ist diese Landschaft und der leichte Wind, der durch sie hindurchfegt, der ihn wie aus dem Nichts gestreift hat und ihre Berührung mit sich trug.

Sein Hals beginnt zu kratzen, besonders nachts. Er beteiligt sich nicht mehr an den Gesprächen mit den anderen Gefangenen. Unter ihnen sind Einheimische, Versprengte, Deserteure, sie alle sind kriegsmüde. Viele erinnern sich daran, wie ihre Heimatdörfer von den Weißen niedergebrannt, die Frauen und Töchter vergewaltigt, die Juden und Tataren zu Tode geprügelt wurden. Andere behaupten, die Rote Armee tue all diese Dinge ebenfalls.

Walentin will seine Seite verteidigen. Die Roten handeln aus Prinzip. Falls es zu Gewalt kommt, handelt es sich um die Sorte, die notwendig ist. In den Annalen der Geschichte, einige Jahrhunderte weiter, wird die Berechtigung der kommunistischen Sache für alle augenfällig sein. *Wir dürfen nicht zulassen, dass die Vergangenheit den Sieg über die Zukunft davonträgt!* Aber er ist zu durstig, um zu sprechen.

Walentin ist seit letztem Winter in Gefangenschaft. Vor seiner Gefangennahme war er Kommissar der Roten Armee und hatte die Aufgabe, die Moral der Bauern in seinem Regiment zu heben, die sich weder mit den Roten noch mit Russland selbst identifizierten. Das ist ihm nicht gelungen. Er hatte zuvor noch nie versagt.

Die Gefangenen schlafen jetzt die meisten Nächte unter freiem Himmel, weil etwas ausgebrochen ist, das die biwakierenden Offiziere als *die Grippe* bezeichnen. Je länger er hier draußen verweilt, wie die nomadischen Horden der Steppe lebt und in den Sternenhimmel blickt, desto mehr lastet dieses Versagen auf ihm. Je mehr er die Orientierung verliert. Je mehr er sich fragt, wie er überhaupt hierhergekommen ist. Je mehr sein Hals schmerzt.

Die örtliche Grippe ist Typhus, sagen sie. Walentin wird kurzerhand in eine gesonderte Baracke verlegt und kann nicht weiter mit den anderen Züge beladen. Niemand scheint zu wissen, wie viele sich von Typhus erholen. Vielleicht sind die Leute, die es wissen, alle tot.

Wochenlang kämpft er in der Obhut einer Krankenschwester mit ausländischem Akzent gegen ein hohes, gieriges Fieber an. Du bist in Samara, erklärt sie ihm. Östlich der Wolga. Er kann sich nicht einmal daran erinnern, die Wolga überquert zu haben. Er leidet unter Delirien, Wahnvorstellungen, Krämpfen. Die lichten Momente dazwischen werden immer seltener. Die Stimme der Krankenschwester klingt, als würde jemand auf dem Bund einer Balalaika spielen. Manchmal glaubt er zu hören, wie die Männer neben ihm über seinen Kopf hinweg ihre Flucht aus dieser Baracke und aus Russland planen: *an der Brücke vorbei, ins Dorf, auf ein gestohlenes Pferd …*

Er ist in dem Raum zwischen Tag und Nacht gefangen. *Dazwischen.* Früher hat Walentin nicht einmal an die Existenz des Dazwischen geglaubt. Nur an das eine und das andere. An Gegensätze.

Walentin. Plötzlich spürt er eine kühle Hand auf seiner heißen Stirn. Er sieht Tonja vor sich, ein weißes Tuch ist wie ein

Heiligenschein um ihr Haar gebunden. Über ihrem Kopf geht der Mond auf, und als sie lächelt, ist nicht zu unterscheiden, ob sie im Licht steht oder ob sie es ist, die Licht ausstrahlt. Ob sie alles Licht ist, was er je erfahren hat.

»Nimm einen Löffel. Das ist Kefir.« Die Krankenschwester fuchtelt mit einem Löffel vor seiner Nase herum. »Ich schreibe deiner Liebsten, mein Junge, wenn du mir ihren vollständigen Namen sagst.«

Walentin hustet, verschluckt sich an den Silben. Das Bild verblasst. Er will ihm nachlaufen, es einholen, aber seine Füße sind bleiern. Licht lässt sich ohnehin nicht einfangen. Man kann es nicht einmal festhalten. Es ist zu spät.

»Tonja«, hilft ihm die Krankenschwester auf die Sprünge. »Du hast nach ihr gefragt.«

Nein, versucht er zu antworten, *meine Frau heißt Wiktorija. Meine Frau und ich haben dieselbe Berufung. Meine Frau ist diejenige, die ich liebe* – doch noch während er es denkt, es mit seinen Lippen formt, weiß er, dass es nicht wahr ist. Vielleicht hat es vorher keine Rolle gespielt, dass er sie nicht liebt. Es spielte keine Rolle an dem Tag, an dem sie geheiratet haben, als sie zum Standesamt gingen und Wiktorija an seinem Arm sagte, wie vollkommen sie zueinanderpassten, wie sehr das alles Hand und Fuß habe, und dagegen gab es nichts zu sagen, ebenso wenig wie gegen ihre Seligkeit auf dem Nachhauseweg. Er hat Wiktorija gern. Er will, dass sie glücklich ist.

Aber wenn es damals keine Rolle gespielt hat, so spielt es doch jetzt eine Rolle, jetzt, wo Walentin sterben wird.

Ich habe einen furchtbaren Fehler gemacht, sagt er der Krankenschwester, aber als Antwort vernimmt er nur mitfühlendes Gemurmel, ein gerauntes Versprechen, vielleicht auf Russisch, vielleicht in ihrer Muttersprache: *Bald ist es vorbei, mein lieber Junge.*

KAPITEL 13

Rosie

Moskau, Juli 1991

Ich mache mir eine neue Tasse Tee und ziehe einen der Küchenstühle in den Flur neben den Hocker. Ich kann mir nicht vorstellen, dass die Tochter einer Gräfin tatsächlich irgendwo in dieser Stadt lebt, aber als ich die Moskauer Auskunft anrufe, gibt mir die Telefonistin eine Telefonnummer für Akulina Burzinowa. Bei so einem Namen ist es nicht verwunderlich, dass es nur eine gibt. Ich drehe vorsichtig die Wählscheibe. Mein Tee zieht vor sich hin, ich habe ihn schon vor einer Weile aufgegossen. Ich will gerade auflegen, als sich jemand meldet. Sie hat eine knackende Stimme, wie ein Holzscheit im Feuer. Ich sage ihr, dass ich die Assistentin eines Historikers bin und über die Ära ihrer Mutter recherchiere. Ob sie bereit wäre, mir ein paar Fragen zu deren Memoiren zu beantworten?

»Wenn Sie zu mir kommen können«, sagt Akulina mit einem harten Husten. »Ich reise nicht.«

In diesem Moment höre ich es. Die mühsame Wiedergabe eines klassischen Klavierkonzerts. Tschaikowskis erstes. Es kommt aus keinem Zimmer der Wohnung, nicht durch die Wände oder aus dem Treppenhaus draußen, nicht durch die Telefonleitung. Es ist einfach da, als säße ich im Orchestergraben des Moskauer Konzertsaals.

Zoja.

Jetzt kann sie mich Dinge riechen, sehen und hören lassen. Keiner meiner Sinne ist sicher. Ich bin nicht sicher.

»Frau Simonowa?«

Es war das Lieblingsmusikstück meines Vaters. Er spielte es auf den weinbefleckten Tasten unseres Klaviers, während Zoja sich mit den Händen die Ohren zuhielt und jammerte, die Musik sei zu deprimierend, zu alt, zu wortlos. Mum war in der Küche, summte mit und lächelte, während sie sich um die *ucha* kümmerte, Papas liebste fettige Fischsuppe, denn klassische Musik war das einzige Feld, auf dem sich die Interessen meiner Eltern trafen. Später beim Abendessen ruinierte Papa die Stimmung, indem er einen seiner Monologe darüber hielt, dass Musik letztlich nichts als Mathematik sei, und Mama wurde wütend: *Wie kannst du das nur sagen, Antoscha! Musik ist Kunst, sie ist Schönheit, sie ist Natur, sie ist Leben!* Und Papa sagte, dass all diese Dinge auch nur Mathematik seien, und dann hörten sie auf zu streiten, aber die Stille war immer schlimmer.

Zoja versuchte sich einmal einzumischen, indem sie sagte: *Wenn das stimmt, Papa, warum komponierst du dann keine Musik?*

Eines Tages werde ich es versuchen, antwortete er. *Ich probiere gern neue Dinge aus.*

Du könntest sogar einen Code einbauen, sagte Zoja, denn sie witterte eine Gelegenheit, ihm zu gefallen.

Ja, sagte er und sah direkt mich an. *Das könnte ich.* Einen Code.

»Hallo? Hallo!«

Ein Crescendo, der Höhepunkt, und dann verklingen die Akkorde so diskret, wie sie begonnen haben. Ich spüre, wie sich das Gewicht des gegenwärtigen Augenblicks wieder auf meine Schultern legt, so wie es sich nach einem langen Film anfühlt.

»Ist da jemand?«, blafft Akulina Burzinowa.

»Verzeihung«, sage ich. »Ja, ich kann zu Ihnen kommen.«

Ich beuge mich vor und greife nach einem Stift, um mir ihre Adresse aufzuschreiben. Die Teetasse vor mir kippt über den Rand des Hockers und ergießt sich auf meine nackten Füße. Die lauwarme Flüssigkeit rieselt zwischen meine Zehen. Akulina berichtet mir, sie lebe in einem Randbezirk der Stadt, der gerade noch zu Moskau gehört. Gerade noch. Ganz knapp. Ich muss die Tasse gerade noch berührt haben.

Es sei denn, Zoja kann nun materielle Dinge bewegen.

Nein. Nein. Das kann sie nicht. Das ist nicht möglich. Ich klicke mit meinem Kuli, beiße mir auf die Lippe. Ich schreibe die Adresse auf. Lasse ihn wieder klicken. Nein.

Zoja war meine Schwester, mein einziges Geschwisterkind. Jedenfalls habe ich sie geliebt, und ich glaube, dass sie mich geliebt hat. Ich wünschte, sie wäre nicht gestorben. Aber gleichzeitig wünsche ich mir auch, sie würde es tun.

Durch die Schlitze der Durchgänge erspähe ich ein paar Spielplätze und Freiflächen, aber nichts, was mir einen Hinweis darauf gibt, wo es hingeht. Falls Lew genauso orientierungslos ist wie ich, lässt er es sich nicht anmerken. Er hält sich im Hintergrund, fügt sich allzu gut in die Kulisse aus stillen Hochhäusern, dunklen Betonsilos ein, die dieses Viertel dominieren. Ich trete in eine Pfütze, weniger als fünf Zentimeter tiefes Wasser. Es fühlt sich aber nach mehr an. Vielleicht finde ich nie mehr aus dieser monolithischen Zersiedelung heraus.

»Es muss doch jemanden geben, den man nach dem Weg fragen kann«, sage ich sinnloserweise und schaue die Straße entlang, aber da sind nur Kinder, die gegen ein paar ausrangierte Reifen treten. Zu jung, um sich auszukennen. Zu jung, um allein zu spielen. Irgendwoher nimmt der Wind etwas Kühles auf und weht gegen meinen dünnen Mantel. Ich komme mir klein vor, eingezwängt in den Durchgängen zwischen diesen hohen Gebäuden. Ich knöpfe meine Jacke bis oben hin zu.

Als wir Akulina Burzinowas Tür finden, die aus Stahl ist und mit Obszönitäten besprüht wurde, haben wir eine Stunde Verspätung. Es gibt mehrere Klingelknöpfe, keiner davon ist beschriftet. Die Tür öffnet sich und gibt den Blick auf eine grauhaarige Frau frei, deren Gesicht eine Landkarte aus Furchen und Kratern ist. Sie kaut auf etwas herum, ein monotones, fast manisches Kauen, wie bei einer wiederkäuenden Kuh.

»Ich haben Sie gesehen von meinem ...« Sie unterbricht sich und starrt mich aus grünen Augen an, die in tiefen Höhlen liegen. »Sie«, sagt sie. »Sie sind das Mädchen, das mich angerufen hat?«

»Ich bin Raisa. Vielen Dank, dass Sie sich mit mir treffen«, sage ich. »Es tut mir leid, dass wir zu spät kommen.«

»Nicht zu spät«, sagt sie. »Kommen Sie herein.«

Der Eingang ihres Gebäudes ist muffig und schäbig. Akulina schüttelt in Richtung der Reihen von Briefkästen den Kopf, als fände sie das alles unschicklich. Wir erklimmen das Treppenhaus, wobei Akulina alle paar Sekunden hustet und sich bewegt, als hätte sie Schmerzen. An ihrer offenen Tür hält eine grauweiße Katze Wache, deren Schwanz sich um meine Knöchel schlingt, als ich an ihr vorbeigehe.

»Am Fenster ist es am besten«, sagt sie und führt uns in ihr Wohnzimmer. »Da kann ich besser atmen.«

Die Katze folgt ihr wachsam. Ich werfe einen Blick aus dem Fenster und sehe die Straßen unter uns, die luftleeren Reifen, die Müllhaufen, die von oben ganz anders aussehen und in der Sonne glitzern. Als ich dort unten war, habe ich überhaupt kein Licht wahrgenommen. Lew ist direkt hinter mir und sieht ebenfalls hinaus, und ich ducke mich schnell unter seinem Arm hindurch, denn ich erinnere mich nur zu gut an den aufgeladenen Moment zwischen uns gestern. Wie er gelächelt hat. Wie mein Magen auf Talfahrt gegangen ist.

Ich überreiche Akulina eine Schachtel Pralinen, die mit einer Schleife verschnürt ist, und sie nickt mit noch immer malmendem Kiefer. Ich hätte Kaugummi mitbringen sollen.

Akulina bittet uns, auf ihrem Sofa Platz zu nehmen. Sie hat mehr als die übliche zur russischen Gastfreundschaft gehörige Verkostung vorbereitet, Brote und Brötchen und Kekse mit Marmelade. Sie verschwindet wieder, um Getränke zu holen. Die Katze streckt sich zu meinen Füßen aus, ihr Schwanz wickelt sich fest wie eine Manschette um meine Wade. Ich sitze da mit kerzengerade durchgedrücktem Rücken. Das ist sie. Die Tochter der Gräfin. Wir werden gleich mit einer Aristokratin aus der Zarenzeit Tee trinken.

Akulina bleibt auffallend lange fort. Als sie zurückkommt, bin ich nervös geworden. Sie setzt sich in den Sessel. »Sie sagten, es gehe um meine Mutter«, beginnt sie. »Sie hätten mir die Wahrheit sagen sollen.«

Ich spüre, wie Lew sich neben mir anspannt.

Sie hustet hart und rasselnd. Ich bekomme das Gefühl, auch etwas in der Luftröhre stecken zu haben. Ich warte auf eine Erklärung, aber sie fängt nur wieder an zu kauen. Ihr gesamtes Gesicht wirkt wie aus den Angeln gehoben.

Ich hole tief Luft. »Ich bin mir nicht sicher, was Sie … ich bin die wissenschaftliche Mitarbeiterin eines Historikers. Er interessiert sich für die Memoiren Ihrer Mutter. Genauer gesagt möchte er wissen, wo das Original gefunden wurde. In einem Keller?«

»Es wurde mir zugeschickt«, sagt sie kühl. »Vor ein paar Jahren.«

»Geschickt? Sie meinen mit der …«

»Mit der Post.«

»Von wem?«

»Von demjenigen, der es gefunden hat, nehme ich an.« Akulina spuckt etwas in ihre Hand. Ein Kaubonbon. »Ich dachte, dass ich nach der Veröffentlichung des Buches vielleicht wieder von diesem anonymen Spender hören würde, aber das habe ich nicht.«

»Verzeihen Sie mir die Frage«, sage ich und versuche, nicht zynisch zu klingen, »aber wenn Sie das Manuskript anonym mit der Post erhalten haben, woher wussten Sie dann, dass es echt war? Und keine Fälschung? Ihre Mutter war ja im Bürgerkrieg eine relativ bekannte Persönlichkeit …«

»Weil«, antwortet sie und gleicht ihren Tonfall meinem an, »sie mir die Halskette meiner Mutter mitgeschickt haben.«

»Sie meinen die silberne? Das Kreuz?«

»Das Kreuz war ein Medaillon. Darin befand sich eine Gravur. Meine Mutter hat sie mir einmal gezeigt. Man könnte vielleicht Lebenserinnerungen fälschen, obwohl ich nicht wüsste, warum das jemand tun sollte. Aber diese Halskette ist nicht zu fälschen. Und das mit dem Keller war nur die Idee des Verlegers, verstehen Sie. Heutzutage werden ständig Bücher in Kellern gefunden. Das ist eine Verkaufsstrategie. Lässt es so aussehen, als wären die Schriften mit Absicht versteckt worden. Als wären sie möglicherweise verboten oder illegal.« Akulina räuspert sich. »Haben Sie die gesamten Memoiren gelesen?«

Ich bin immer noch dabei, alles aufzunehmen, was sie gesagt hat. »Ja. Sie war eine gute Schriftstellerin …«

»Sie war eine schreckliche Mutter.« Akulina hält inne, dann sagt sie ruhig: »Nach den Revolutionen, als mein Bruder und ich noch Kinder waren, begann sie zu arbeiten, sich an Verschwörungen gegen die Bolschewiki zu beteiligen. Ich flehte sie an, um unseretwillen damit aufzuhören. Es war gefährlich. Aber sie hörte nicht auf. Schließlich wurde sie verhaftet. Ich fand sie so egoistisch. Ich schwor mir, ihr niemals zu verzeihen.«

Die Katze springt mir auf den Schoß, sodass ich nicht aufstehen kann. »Aber jetzt haben Sie es doch getan?«, frage ich.

»Die Memoiren haben mir geholfen, sie zu verstehen. Meine Mutter litt unter einer großen, unmöglichen Liebe. Ich selbst habe das Gleiche erlebt. Und manche Frauen sind einfach nicht dafür geschaffen, Mütter zu sein. Wieder gehöre auch ich dazu. Wir beide hatten also doch einiges gemeinsam. Ich habe auch zum ersten Mal begriffen, wie es für sie gewesen sein muss, einer Welt anzugehören, die mit der Oktoberrevolution von einem Tag auf den anderen aufhörte zu existieren.« Akulina spricht völlig freimütig. »Deshalb bin ich der Person dankbar, die mir ihre Niederschrift und ihre Halskette geschickt hat.«

»Wie ist Ihre Mutter gestorben?«, frage ich und zucke dann zusammen. Ich weiß es bereits, es steht in den Memoiren im Vorwort des Herausgebers. Unser Gespräch hat mich aus dem Gleichgewicht gebracht. Ich kann nicht mehr klar denken.

»Sie wurde hingerichtet«, sagt Akulina voller Verachtung. »Von der Tscheka, im Jahr 1920. Das weiß Ihr Historiker nicht?«

»Richtig. Doch, natürlich.«

»Es gibt gar keinen Historiker, nicht wahr?«

»Wie bitte?«, frage ich nervös.

»Sie lügen über den Grund Ihres Besuchs. Sie wollen über Tonja sprechen.«

»Es tut mir leid. Wie bitte?«

Akulina greift in die Tasche ihrer mausgrauen Strickweste. »Das habe ich gerade für Sie ausgegraben. Ich hoffe, Sie wissen es zu schätzen.«

Ich strecke über ihre Katze hinweg den Arm aus und komme mir ein wenig so vor, als würde ich nach einem Ausstellungsstück im Museum greifen. Akulina lässt einen Gegenstand in meine Hand fallen. Ein kleiner Holzrahmen, nicht viel größer als eine Ikone, morsch und abgestoßen. Das Foto darin ist schwarz-weiß, hinter Glas, das wie neu aussieht, und zeigt vier Personen: zwei Kinder, daneben ein junges Mädchen mit krausem Haar, das Akulina eine Spur ähnlich sieht, und eine junge Frau in einem weißlichen Kleid, das an der Taille gegürtet ist.

Die junge Frau bin ich.

»Was …«, setze ich an. Das kann nicht ich sein. Ich besitze keine knöchellangen Kleider. Ich habe mein Haar noch nie unter dem Kinn abgeschnitten und die Locken mit einem Haarband aus Spitze gebändigt. Ich habe diese Kinder noch nie gesehen. Wer auch immer das ist, sie lächelt auf eine Art in die Kamera, die mir sagt, dass ihr Lächeln unecht ist. Ich würde so ein Lächeln auch nicht ernst meinen.

Lew nimmt mir das Bild ab. Er stößt einen leisen Pfiff aus, keinen bewundernden.

»Jetzt gehört es Ihnen«, sagt Akulina prompt. »Ich werde Ihnen sagen, was ich weiß. Tonja und meine Mutter kannten sich schon lange vor den Revolutionen. Später, nach dem Tod meiner Mutter, hat Tonja mich und meinen Bruder adoptiert und sich ein paar Jahre lang um uns gekümmert. Sehen Sie, der kleine Junge da ist er.«

»Wer ist Tonja?«, stottere ich.

Akulina bricht in Husten aus. Als sie mich wieder ansieht, sind ihre Augen rot gerändert. »Offensichtlich eine Verwandte von Ihnen. Seht euch nur an! War Lena Ihre Mutter?«

»Lena?«

Ihre Nasenflügel blähen sich auf. »Tonjas Tochter. Sie ist auch auf dem Bild.«

Mein Kiefer knirscht. »Meine Mutter hieß Katja. Sie irren sich. Das ist alles ein Missverständnis.« Meine Stimme wird lauter. Ich bin nicht hierhergekommen, um mit so einem Bild konfrontiert zu werden. Um überrumpelt zu werden. Das samtene Fell der Katze fühlt sich plötzlich an wie aus Nadeln. »Und ich kenne keine Tonja. Ich weiß nicht, warum sie … ich weiß nicht, warum das … ich bin …«

»Darf ich noch jemandem Tee einschenken?«, fragt Lew in einem höflicheren Ton, als er ihn je zuvor verwandt hat, und Akulina antwortet, lächelt und entblößt eine Reihe verfärbter Zähne. Mir aber kommt es vor wie Schadenfreude, als würde etwas hinter ihren Zügen aufleuchten wie ein Schimmer von Blattgold unter Lack.

Alexej hatte uns geraten, bei diesem Besuch nicht den Mercedes zu nehmen, um in dem Stadtteil nicht zu viel Aufmerksamkeit auf uns zu lenken, aber jetzt wünschte ich, wir hätten das Auto dabei. Stattdessen müssen Lew und ich in einen Minibus steigen und die Rückfahrt durch den Dschungel der Wohnkomplexe ertragen. Ich muss die Augen schließen und den Kopf freibekommen. Akulinas Fotorahmen steckt in meiner Tasche, deren Riemen mir die Schulter versengt. Ich bin in Moskau, um Eduard Daineko zu finden. Und nichts anderes ist wichtig, nicht die Karte, nicht die Silberkette, nicht das Bild von Tonja. Es spielt keine Rolle, dass ich keine Ahnung habe, warum Alexej mich wirklich zu Akulina geschickt hat.

Nichts ist wichtig, außer dass ich *meine* Antwort bekomme und für immer von hier verschwinde.

»Du denkst zu viel nach«, sagt Lew. »Ich kann fast sehen,

wie dir der Dampf aus den Ohren kommt. Ich habe Freunde, die hier gleich um die Ecke wohnen. Lass uns aussteigen und Hallo sagen.«

»Macht man das so?«, frage ich und schlucke.

»Freunde haben? Ja«, sagt er mit unbewegter Miene. »Und man trifft sich. Sogar mit Essen.«

Es ist bereits früher Abend. Der Tag ist versickert, und ich bin dankbar für die Ablenkung. Die Wohnung der Freunde gehörte früher einer berühmten Tänzerin, erzählt Lew auf dem Weg dorthin. Sie sieht aus wie eine Behausung, die Mum gefallen hätte: hohe Decken, viele Fenster, viel Platz. Genug, um eine Show abzuziehen. Lews Freunde, ein redseliges Paar, führen uns mit bescheidenem Stolz durch alle Zimmer, und dann stellen sie mehr Schnäpse auf den Tisch, als sich selbst Mum mit gutem Gefühl einverleiben könnte.

Die Frau stellt mir Fragen über das Leben in England, während sie Knabbereien auftischt, die einem die Zunge versengen, Gurken und salzigen Fisch. Während sie spricht, schlürfe ich Himbeerkwas, und der Alkohol beginnt in meinen Adern zu summen. Ich hätte genauso eine Frau sein können wie sie, wäre da nicht in jener Nacht *dieser Mann* gewesen. Ich könnte gesprächig und fröhlich sein. Vielleicht würde es mir nichts ausmachen, in einer Wohnung zu leben, die einst einer Tänzerin gehörte.

Auf dem Heimweg in der Metro verschwimmen die Sitze und Menschen vor meinen Augen, und als wir aussteigen, ist die Nachtluft ungewöhnlich frisch. Die Gemütlichkeit der Wohnung der Freunde ist nur mehr eine entfernte Erinnerung. Wir erreichen Alexejs Haus. Meine Haut fühlt sich an wie Sandpapier.

An der Tür dreht sich Lew um und sieht mich an. Es herrscht eine knisternde Stille, als wollte er etwas Wichtiges sagen. Er neigt den Kopf, sodass seine Stirn fast meine berührt, und plötzlich weiß ich, was er sagen will. Ich weiß nicht, wie ich ihn aufhalten soll. Ich weiß auch nicht, wie ich mich selbst aufhalten soll.

»Ich glaube, mein Vater hat das Notizbuch mit den Geschichten geschrieben und nicht meine Mutter«, platze ich heraus. Es ist das Erste, was mir einfällt.

Er lächelt. »Erzähl es mir.«

»Ich glaube, er hat sie in einer Art Chiffre geschrieben. Vielleicht ahnte er, dass ihn jemand umbringen wollte. Vielleicht wusste er sogar warum, aber er hatte Angst, mich in Gefahr zu bringen, wenn er es offen aussprach, also hat er diese Geschichten verschlüsselt und sie für alle Fälle in das Notizbuch geschrieben, weil er wusste, dass ich eines Tages in der Lage sein würde, den Code zu knacken.«

»Aber er war nicht derjenige, der es dir gegeben hat«, sagt Lew.

»Vielleicht wusste meine Mutter es. Sie könnte die Geschichten versteckt haben. Vielleicht hatte sie einen Grund, warum sie nicht wollte, dass ich die Wahrheit erfahre, nur hat ihr Gewissen sie am Ende eingeholt. Sie musste sie mir geben, bevor sie starb.« Ich weiß, wie versponnen, wie unplausibel das klingt, aber ich rede weiter. »Was ich damit sagen will, ich muss mir das Notizbuch noch einmal ansehen. Ich muss … ich muss …«

»Ich verstehe«, sagt er. Er streicht mir eine Haarsträhne aus dem Gesicht. Seine Hand bleibt dort liegen. »Du hast viel zu tun.«

Wieder Schweigen.

Jetzt braucht er es nicht mehr zu sagen.

Ich bin vielleicht ein bisschen beschwipst, aber nicht betrunken genug, um es auf den Alkohol zu schieben. Ich möchte mein Gesicht heben, ihn küssen, mich ihm ganz hingeben. Ich habe nie besonders viel *gewollt*, jedenfalls hat es sich nie so angefühlt. Es ist, als ob etwas unter meiner Haut atmet. Als ob es mich lebendig auffressen könnte. Es ist das Gegenteil von dem, was ich bei Richard empfinde. Richard.

Ich spüre, wie ein Lachen meine Kehle heraufblubbert. Da ist die Beschwipstheit wieder. Kein Wunder, dass meine Mutter ständig grundlos lachen konnte. Auf dem Kopf stehend, sieht alles lustig aus.

»Ich bin verlobt«, sage ich.

»Du bist …« Lew hält inne.

»Ich werde im September heiraten.« Ich zeige ihm meine linke Hand. »Elegant, ich weiß. Ein Familienring. Ich sollte wohl besser darauf aufpassen.«

»Du trägst ihn an der falschen Hand«, bemerkt er tonlos.

»In England tragen wir ihn links, nicht rechts.«

»Hm«, sagt er. »Das habe ich nicht gewusst.«

»Woher auch?«

Lew antwortet nicht. Er holt den Schlüssel heraus und schließt uns auf, und dann müssen wir die ganze Treppe hoch. Das kribbelnde Gefühl auf meiner Haut verschwindet nicht, auch nicht, als ich mich auf das Sofa fallen lasse, auch nicht, als das Licht ausgeht. Ich bin versucht, auf das Feldbett neben Lew zu kriechen und mich dem Gefühl zu überlassen, aber natürlich tue ich es nicht. Ich drehe mich zur Wand, mir ist ganz schwindlig vor Abscheu vor mir selbst. Lew spricht nicht mehr mit mir.

Als ich die Augen schließe, wird mir bewusst, dass ich an diesem Abend nicht von der Vergangenheit heimgesucht worden bin, nicht einmal von Zoja. Mum hatte den Bogen raus, dort in England: Alkohol hat so seine Art, die Dinge auszulöschen, zumindest für eine Weile. Nur hat sie vergessen, nach einer Weile damit aufzuhören.

Ich öffne halb ein Augenlid und sehe Alexej im Wohnzimmer in dem gepolsterten Sessel sitzen. Ich blinzle heftig, und sein Bild wird schärfer. Mein Mund fühlt sich pelzig an, ich habe gestern Abend vergessen, mir die Zähne zu putzen. Alexej blättert in Zeitschriften und scheint nicht bemerkt zu haben, dass ich wach bin. Er seufzt, legt sie auf den niedrigen Tisch und greift nach einem der Sofakissen, die ich auf den Boden verbannt habe. Unter dem Kissen liegt das gerahmte Foto der jungen Frau namens Tonja und der Kinder.

Ich kann mich nicht erinnern, es gestern auf den Boden gelegt zu haben. Alexej hält den Rahmen in der Hand, starrt das Bild an, und sein Gesichtsausdruck wird so leer, als hätte jemand den Stöpsel aus einer Badewanne gezogen. Schnell schiebt er den Rahmen zurück unter das Kissen. Er wischt sich die Hände ab und steht auf, aber es ist zu spät. Jetzt bin ich mir sicher.

Da ist etwas hinter seiner Oberfläche, seinem öffentlichen Auftritt. Etwas Brüchiges, Scharfes. Es bewegt sich, wie Nessie in den Tiefen von Loch Ness, ohne dass sich an der Oberfläche auch nur eine Welle zeigt.

»Es ist nicht die Verkäuferin vom letzten Mal.« Lew hebt die Hand hoch, um die Sonne abzuschirmen, die über dem Flohmarkt lodert. »Aber da wartet jemand.«

Wir sind weit genug entfernt stehen geblieben, um umkehren zu können, ohne gesehen zu werden.

»Wir könnten einfach gehen«, fährt er fort. »Wir könnten stattdessen ein Eis essen.«

»Ich habe Moskau verlassen, als ich zehn war«, sage ich. »Ich bin nicht mehr zehn.«

Der Mann, der am Matrjoschkastand steht, hebt sich nur schemenhaft von der Sonne ab, sodass ich nicht genau erkennen kann, wie er aussieht, aber das ist ein gutes Zeichen. Eduard Daineko wird einen seiner Lakaien vorgeschickt haben, ein schlaksiges, junges und schlecht gelauntes Bandenmitglied, das mich fragen wird, wer ich bin und warum ich *den Künstler* treffen will. Der Oberst hat mich gewarnt, dass Druck, Geduld und Taschengeld nötig sein werden, um ein Treffen mit Leuten von der Spitze der Nahrungskette zu erreichen, aber ich werde dorthin vordringen.

»Guten Morgen«, sagt der Mann, als wir näher kommen.

Es ist alles falsch.

Lew stellt sich vor mich, als könnte er das auch spüren, aber meine Gedanken sind schon ganz woanders. Ich bin zehn. Ich bin immer noch zehn Jahre alt, nach all diesen Jahren. Ich stehe immer noch in diesem Wohnzimmer. Ich schaue immer noch einen Mann in dunkler Kleidung an, der eine Pistole in seiner behandschuhten Hand hält. Er selbst ist eine Insel inmitten all des Blutes, sein Blick ruht auf mir, als wollte er, dass ich ihn sehe. Als wolle er erwischt werden.

Offensichtlich möchte er das immer noch.

»Sie erinnern sich vielleicht nicht an mein Gesicht«, sagt er. »Ich bin Eduard Daineko.«

TEIL 2

Der neue König

In einem fernen Königreich, in einem längst vergangenen Land begann Regen zu fallen. Der neue König blieb trocken in seinem Schloss und gab seinen Soldaten besondere Mäntel, mit denen sie sich schützen konnten. Aber die Stadtbevölkerung bekam keine Mäntel. Die Bürger lernten, einander nicht in die Augen zu sehen, damit sie keinen Regen in die Augen bekamen.

Eines Tages blieb ein Soldat stehen, um mit einer der Bürgerinnen zu sprechen.

»Ich bin sicher, dass der Regen bald vorbei sein wird«, beruhigte der Soldat sie.

»Ich habe gehört«, sagte sie, »dass nun selbst Soldaten nicht mehr sicher sind. Dass unser neuer König dir deinen Mantel wegnimmt, wenn ihn der Jähzorn überkommt.«

»Das ist wahr«, sagte der Soldat.

»Ich habe gehört«, sagte sie, »dass die einzige Möglichkeit für jemanden wie mich, einen Mantel zu bekommen, darin besteht, einen anderen an den König zu verraten.«

»Auch das ist wahr«, sagte der Soldat.

»Warum ist unser Regen so rot?«, fragte sie. »Ist der Regen in jedem Land so rot wie hier?«

Der Soldat lächelte sie nur an. Er erzählte ihr schon zu viele Dinge, und es würde ihr nicht helfen, die Wahrheit zu erfahren. Der Regen war rot, weil der neue König den Regen machte. Er machte ihn aus den Leuten.

KAPITEL 14

Antonina

Provinz Tula, Frühjahr 1924

Im Birkenwald gibt es mehr Dohlen als je zuvor. Ihre Augen sind so dunkel, dass Tonja die Pupillen nicht ausmachen kann. Ein bisschen wie ihre eigenen. Sie hocken an allen Ecken und Enden auf dem Haus in Otrada, und manchmal, wenn sie ein Fenster öffnet, stieben schwarze Federn davon. Aber das passiert nur tagsüber. Jeden Abend vor dem Schlafengehen tritt sie draußen an die Brüstung und sieht den marmornen Mond über sich. Und nachts rühren sich die Dohlen nicht.

»Tonja?«

Sascha schleicht sich weich an wie eine Katze, und plötzlich ist er direkt hinter ihr, legt die Arme um sie, stützt sein Kinn auf ihren Scheitel.

»Willst du, dass ich bleibe?«, fragt er.

»Ich bin einfach nur unruhig.« Sie dreht sich um. »Geh ruhig nach Hause.«

»Ich hasse diese Vögel«, sagt er. »Ich würde sie erschießen, wenn ich nicht glauben würde, dass sie schon tot sind.«

Aus irgendeinem Grund bringt sie das zum Lächeln. Sascha küsst sie zum Abschied, geht wieder hinein und hebt auf dem Weg seine Sachen auf, sein Hemd, seinen Mantel, seine Schuhe, beseitigt im Schlafzimmer alle Spuren seines Besuchs. Obwohl sie ihn nicht mehr als Besucher betrachten sollte, oder? Sie sind zusammen, seit Lena und sie auf Otrada eingezogen sind, das ist nun schon Jahre her.

Das Haus hatte schon so lange leer gestanden, dass das Holz faulig wurde, und es war gründlich geplündert worden. Sascha war derjenige, der ihr half, es wieder bewohnbar zu machen. Warum also ist hier nicht sein Platz?

Tonja dreht sich für einen letzten Blick hinaus um, aber alles, was sie sieht, sind die Dohlen, die dort sitzen und sie anstarren, als wären sie all die Geschwister, die sie beinahe gehabt hätte.

»Mama!« Lena ist auf der Veranda erschienen. Mit ihren sechs Jahren leuchten ihre Augen sternenhell, wenn sie spricht, wie die von Walentin. »Mama, da ist jemand für dich gekommen!«

Tonja erhebt sich aus dem Beet und wischt sich die Hände ab. Es könnte Nelly sein, aber Nelly kommt nie vorbei. Egal, wie oft sich Tonja entschuldigt, Nelly hält Distanz zu ihr. *Eine so langjährige Freundschaft kann doch nicht so schnell kaputtgehen*, hat Tonja zu Kyrill gesagt, *das ist doch nicht möglich*, und Kyrill pflichtet ihr bei, was Tonja dazu veranlasst, zu denken, dass sie schon vor Jahren kaputtgegangen sein muss.

»Aus dem Dorf?«, fragt Tonja und ärgert sich über ihre eigene Hoffnung.

»Sie sagt, sie kommt aus der Hauptstadt«, antwortet Lena heiter. »Kennst du Leute aus der Hauptstadt, Mama?«

Tonja folgt Lena hinein. Lena hat den Besuch im vorderen Empfangszimmer untergebracht wie eine richtige Gastgeberin. Der vordere Salon von Otrada ist natürlich nicht vergleichbar mit dem Blauen Salon im Haus an der Fontanka mit seinen Porträts und Kronleuchtern und Savonnerie-Teppichen. Tonja hat den Raum einfach eingerichtet, mit Holzstühlen, die zu der Wandverkleidung aus Haselnussholz passen, und einem Tisch, den Sascha geschnitzt hat.

Das ist vielleicht der Grund, warum der Gast so kränklich hervorsticht. Es ist eine hochgewachsene, üppige Frau, in Spitze gehüllt, die von Armen und Taille herabhängt. Die Frau dreht sich um, auch ihre rote Mähne, die nun an den Wurzeln perlmuttfarben ist. Zwischen ihren Fingern steckt eine lange Zigarette mit gelber Spitze in einem Zigarettenhalter. Sie sieht aus, als käme sie von einer Dinnerparty von vor zehn Jahren.

»Also wirklich, Schätzchen«, sagt Natalja, »dein Gesichtsausdruck! Ich bin's nur. Weißt du was, die Einheimischen haben mir erzählt, dass es hier spuken soll. Du hast dir einen ordentlichen Ruf erworben, nicht wahr?«

»Jetzt spukt es hier«, erwidert Tonja, obwohl sie nichts dagegen tun kann, dass sich ihr Körper vor Furcht versteift. Wird sie diese Frau nie loswerden? »Du bist doch angeblich tot.«

»Oh ja, das sagt man über mich.«

»Auch deine Kinder sagen das über dich.«

Nataljas Lächeln wird misstrauisch. »Meine Kinder?«

Tonjas Furcht lässt langsam nach. Die Gräfin Burzinowa, die sie in Petrograd kannte, roch nicht fischig und hatte keine Haut wie die äußeren Blätter eines Kohlkopfs. Die Zigarette mit der gelben Spitze brennt nicht einmal. Sie dient nur dem Schein. Genau wie das spöttische Lachen, die spitzen Bemerkungen, das *Schätzchen*. Die alte Natalja hätte sich jede weiße Strähne aus dem Haar gerissen. Hätte eine Perücke getragen.

Tonja bittet Lena, Tee zu machen, und fordert die Gräfin auf, sich zu setzen. Sie hätte nie gedacht, dass sie diese Geschichte einmal würde erzählen müssen: Nach Nataljas Verhaftung 1919 in Petrograd wurden Akulina und der kleine Fedja in eine staatliche Einrichtung für Waisenkinder gesteckt. Sie hielten dort ein Jahr lang durch und konnten dann fliehen. In aller Unschuld kehrten sie nach Hause zurück, nur um festzustellen, dass das ehemalige

Palais der Burzinows an der Sacharjewskaja in eine Unterkunft für etwa zwanzig Familien umgewandelt worden war, von denen keine Lust hatte, zwei Ausreißer zu adoptieren.

Es war Akulina, die in einer Schublade in einem der Schlafzimmer versteckt die Karte von Tula fand, auf der Tonjas Heimatort eingekreist war.

»Sie dachten, du wärst von der Tscheka erschossen worden«, sagt Tonja. »Die Leute haben in den Straßen von Petro- von Leningrad Liedchen über dich gesungen. Du galtest als Symbol des alten Reiches.«

Nataljas freie Hand tastet nach ihrer silbernen Halskette, schließt sich um das Kreuz. »Die Tscheka hat mich gehen lassen«, sagt sie. »Wir haben einen Handel gemacht. Sie wollten Geld. Ich dachte, es wäre ... einfacher, wenn die Leute mich für tot hielten, und das taten sie auch bereitwillig.« Sie gibt einen leisen, kehligen Laut von sich. »Ich habe nach dem kleinen Fedja und nach Akulina gesucht. Ich habe überall gesucht.«

»Akulina ist jetzt auf Reisen, im Osten«, sagt Tonja. »Aber wir bekommen gelegentlich Briefe von ihr. Ich gebe dir die letzte Adresse, die wir von ihr haben.«

»Was ist mit meinem kleinen Fedja?«

Tonja zögert. »Fedja hat sich nie ganz von seiner Zeit im Waisenhaus erholt. Die Bedingungen dort, wie Akulina sie beschrieben hat ...«

»Er hat sich nie erholt? Was meinst du damit?«

»Er ist vor zwei Jahren gestorben.«

Natalja lässt die Hände in den Schoß sinken. »Ich verstehe.«

Du verstehst nicht, möchte Tonja antworten. Du verstehst nicht, dass wir nicht mehr 1916 haben und dass ich nicht mehr Dmitris Fabergé-Ei von einer Frau bin. Du verstehst nicht, dass du zwar zum Tee kommen kannst, wenn du willst, dass du von den Toten auferstehen kannst, wenn du willst, aber alles andere kannst du nicht zurückholen.

»Er hatte keine Schmerzen«, sagt Tonja. Das ist eine Lüge. Sie ist sich nicht einmal sicher, warum sie lügt, vielleicht hat sie zu viel Übung darin bekommen, Natalja zu belügen.

»Es ist gut von dir, dass du meine Kinder aufgenommen hast«, sagt Natalja. »Ich werde mich revanchieren. Das verspreche ich dir. Gleiches Recht für alle.«

»Das ist nicht nötig.«

Die Tür zum Empfangszimmer öffnet sich, und Lena kommt hereingeweht wie ein Windhauch, wie sie eben geht. Sie stellt das Tablett auf den Tisch und klatscht in die Hände, das lange, dunkle Haar schwingt, die große Schleife hängt herab.

»Ich bin Lena«, sagt sie und klingt aufgeregt. »Willst du Tee? Bist du eine Prinzessin?«

Natalja hebt eine Teetasse an, und Lena schenkt ihr ein. »Ich bin keine Prinzessin«, sagt Natalja. »Was für schönes dunkles Haar du hast. Ganz anders als das deiner Mutter.«

»Ich habe es von meinem Vater«, zwitschert Lena.

»Und wo ist dein Vater, Lena?«

»Weit weg«, sagt Lena schlicht. »Aber ich habe ihn noch nie getroffen, also sei nicht traurig.«

»Das bin ich nicht«, sagt Natalja. »Bist du nicht reizend. Komm doch noch einmal zurück, bevor ich gehe, ja?«

Lena strahlt und fliegt aus dem Zimmer, rennt den Flur hinunter, ihre Schritte werden schneller und verklingen.

»Sie hat auch Andrejews Augen«, sagt Natalja. »Noch mehr Glück für sie. Ich nehme an, er weiß es nicht?«

Tonja schenkt sich selbst Tee ein. »Es ist kein Geheimnis. Er ist in den Krieg gezogen, seitdem habe ich nichts mehr von ihm gehört.«

»Das gibt mir die Gelegenheit, deine Güte zu erwidern«, sagt die Gräfin. »Ich hatte vor Kurzem eine unerwartete Begegnung mit Walentin Andrejew, und zwar in Leningrad. Es geht ihm nicht gut, Tonja. Er hat sich wohl im Krieg schwer mit Typhus angesteckt und ist geschwächt. Und jetzt – du weißt ja, wie die Winter im Norden sind.«

»Er ist krank?«, fragt Tonja mit gleichmäßiger Stimme.

»Du solltest sofort fahren, Schätzchen, wenn du ihm noch etwas zu sagen hast.« Natalja winkt mit dem Zigarettenhalter in Tonjas Richtung. »Vielleicht über seine Tochter? Eine weitere Gelegenheit wirst du nicht mehr bekommen.«

Der Moment, der folgt, ist friedlich. Zu friedlich, wie das Auge des Sturms. Als Akulina und der kleine Fedja vor Tonjas Tür auftauchten, sagte das Mädchen, die Tscheka hätte Natalja Burzinowa in einer Schlucht hingerichtet. Sie durchsiebten sie mit Kugeln und begruben sie in einem Massengrab. Nur haben sie es anscheinend doch nicht getan, haben nicht genug Leichen auf sie geschichtet, um sie am Hinausklettern zu hindern.

»Danke, dass du mir Bescheid gesagt hast, Natalja Fjodorowna«, sagt Tonja und wählt bewusst die förmlichere Anrede mit Vornamen und Vatersnamen.

»Nenn mich Natascha«, lautet die lässige Antwort. »Wir sind jetzt auf Augenhöhe, nicht wahr?«

Erst Stunden später, als die Gräfin längst fort ist, Lena den Tisch für das Abendessen deckt und die Dohlen auf den Fenstersimsen landen, bemerkt Tonja, dass sie versäumt hat zu fragen, warum Natalja überhaupt nach Otrada gekommen ist.

Nachts ist der See zwischen den Birken- und Kiefernwäldern umflort, der Nebel dick wie Staub. Das Wasser tanzt um Tonjas nackte Füße, fühlt sich an wie die Zunge einer Katze.

Die Liebe sollte keine Raserei sein, hat Mama einmal gesagt. Es war eines der wenigen Male, dass Mama Tonja beim Sprechen direkt ansah. Wahre Liebe erkennt man daran, wie still sie ist. Wie sie mit der Zeit wächst, jeden Tag ein bisschen mehr, ein bisschen stärker wird, ohne dass es jemand merkt, bis du nur noch sie sehen kannst, wie die weißen Nächte von St. Petersburg. Bis sie einfach eine Tatsache deines Lebens ist.

Warum hat sich Tonja nicht in Sascha verliebt?

Sascha war an dem Tag da, als der kleine Fedja starb. Lena, nicht ganz fünf Jahre alt, weinte stundenlang in Saschas Armen und schwor, dass sie nie wieder jemanden auf der Welt sterben lassen würde, niemals. Sie würde erwachsen werden und eine Möglichkeit finden, den Tod abzuschaffen. *Niemand*, niemals, *glaubt ihr mir alle? Ihr glaubt mir doch, oder?* Und Tonja sagte Ja, aber die Leute reden allen möglichen Unsinn, wenn jemand stirbt, genau wie damals, als Mama starb und die Leute sagten, Mama wäre nun endlich bei all ihren halb fertigen Säuglingen.

Kurz bevor der Junge starb, war Sascha an seinem Bett, und der kleine Fedja sagte: *Ich habe solche Angst, bitte lass mich nicht sterben*, und Sascha antwortete: *Hast du jemals davon geträumt, ein Seemann zu sein, Fedja, dein Schiff die Newa hinauf in die Ostsee zu steuern und die große weite Welt da draußen zu sehen? Mehr bedeutet Sterben nicht. Es ist genau so.*

Es war eine schöne Formulierung, und so, wie er sie aussprach, wusste Tonja, dass sie nicht von ihm stammte.

Sie stammte von jemand anderem. Vielleicht hatte er es irgendwo gelesen. Gehört. Gestohlen, beschlagnahmt, so wie es die tschekistischen Brigaden tun, mit denen er auch jetzt noch auf freundschaftlichem Fuß verkehrt. Sascha spricht oft in Redewendungen, Floskeln, Zitaten. Tonja hält das für eine harmlose Angewohnheit, sogar eine liebenswerte. Er steckt voll von markigen Bauernweisheiten. Aber an diesem Tag, als der kleine Fedja vor ihren Augen schwand, verabscheute sie die Tatsache, dass er keine eigenen Worte fand. Dass er im Grunde gar nichts sagte.

Und tief in ihrem Bauch brannte die Scham, weil sie ihn mit Walentin verglich.

Tonja steht schon so lange am Wasser, dass ihre Füße taub geworden sind, aber sie rührt sich nicht. Möglicherweise wird die Gräfin versuchen, Akulina in den Weiten des Ostens aufzuspüren. Doch Tonja weiß noch, wie in jener Nacht, in der sie den kleinen Fedja verloren, auch Akulina etwas abhandenkam, etwas, das zuvor immer da gewesen war. Etwas, das am nächsten Tag zusammen mit ihrem Bruder in einem viel zu kleinen Sarg beerdigt werden würde.

Akulina ist nicht auffindbar. Nicht von Tonja, nicht von Natalja. Von niemandem.

Schließlich erhebt sich Tonja vom Ufer. Sie hat sich entschieden; sie hat sich in dem Augenblick entschieden, als *sein* Name fiel. Sie musste hier nur lange genug sitzen, um es sich eingestehen zu können. Mama hat es hier draußen nie gefallen, einmal hat sie versucht, Tonja zu verbieten hierherzukommen. Mama hat immer gesagt, in solchen Seen gibt es keine Wellen und keine Gezeiten. *Nur die Strömungen, die sich die Menschen selbst machen.*

Der Mond brennt am Himmel wie eine Gaslaterne. Tonja folgt dem Weg, bis die steinernen Luchse von Otrada zu sehen sind, die auf den schwarzen Torpfeilern thronen. Die Wappentiere ihrer Familie. Die Wächter des Anwesens, die die Gefahren fernhalten oder die Gefahren verschließen und hüten.

An der Weidenallee bleibt sie stehen, um das Haus von vorne zu betrachten. Es leuchtet blau im Sternenlicht, denn die Böden, die Dächer, die Fenster, die Laubsägearbeiten sind alle aus Birkenholz. Dicht gemasertes Holz, das sich, wie Tonja jetzt weiß, nicht wirklich für den Bau ganzer Häuser eignet. Vielleicht sagten die Dorfbewohner deshalb immer, Otrada sei wie eine blutsaugende Zecke im Wald. Ein lebendiges, atmendes Etwas, das einen Wirt sucht.

Früher gab es genügend Leibeigene, aber ohne sie ist es immer hungrig.

Die Wände zittern, als sie eintritt. Tonja hat Lena schon vor Stunden schlafen gelegt, aber sie hört Geräusche aus dem Rosenholzzimmer, das einst der private Salon ihrer Familie war. Es muss Sascha sein. In diesem Raum hält er sich am liebsten auf, um sich zu entspannen, zu lesen und zu rauchen, und es riecht stark nach dem Pflaumenkompottduft seines Machorkatabaks.

»Ich habe mir allmählich Sorgen gemacht«, sagt Sascha, als sie die Tür hinter sich schließt.

»Ich war am See.« Tonja schlendert zum Fenster und zieht einen Vorhang zu. »Ich hatte heute Besuch von jemandem, den ich früher kannte. Sie hat mir gesagt, dass Walentin Andrejew im Sterben liegt. Ich muss jetzt in die Hauptstadt fahren, wenn ich ihn sehen will.« Sie ignoriert ihren schneller werdenden Herzschlag. »Ich weiß nicht, ob ich den Mut haben werde, ihm von Lena zu erzählen. Aber ich muss es versuchen. Ich muss mich von ihm verabschieden.«

»Wenn du gehen möchtest, solltest du das tun.«

»Die Reisebedingungen machen es nicht einfach.«

»Willst du Lena mitnehmen?«, fragt er.

»Ich weiß nicht. Ich weiß nicht, wie krank er ist, wie es sein würde. Und du weißt doch, wie Lena nach Fedja war. Sie hat solche Angst vor dem Tod.« Sie zögert. »Ich könnte sie hier bei dir lassen. Das fände sie großartig, das weißt du doch.«

»Ich kann so lange hierbleiben, wie du willst.« Er steht auf und setzt sich zu ihr ans Fenster. »Es bedeutet mir sehr viel, dass du mir vertraust.«

Tonja vertraut ihm tatsächlich. Sie glaubt, dass seine Frau weggelaufen ist und ihr gemeinsames Kind mitgenommen hat. Sie hat seine Zärtlichkeit gesehen, wie seine großen Kämpferhände weich werden, wenn er mit ihnen seine Tiere anfasst, die er Menschen ganz offen vorzieht. Und Lena betet ihn an. Er ist der einzige Vater, den sie je hatte. Von dem einen, der ihr die Haare vermacht hat, der *weit fort* ist, spricht sie so, wie sie von Prinzessinnen spricht. Früher einmal waren sie wahr. Jetzt sind sie nur noch gespielt.

»Es gibt da etwas, das ich dir zeigen muss«, sagt Sascha. »Ich habe es im Wald gefunden.«

Tonja ist seit vier Jahren mit Sascha zusammen, lange genug, um jemanden von Grund auf zu kennen. Aber vielleicht ist das ja das Problem. »Im Wald?«

»Ich glaube, ich habe jemanden gesehen.«

Er klingt so ernst, dass Tonja auflacht. »Hast du ihn entführt?«

»Ich wünschte, das hätte ich.« Er hebt einen knittrigen Sack auf, der an seinem Stuhl gelehnt hat, und greift mit beiden Händen gleichzeitig hinein, als bräuchte er beide, um dieses Ding zu packen. Sobald er den Inhalt herauszieht, stößt sie einen kurzen Schrei aus.

»Hast du so etwas schon einmal gesehen?«, fragt Sascha.

Ja, in den Spielzeuggeschäften in Petrograd, aber nicht genau *so etwas*.

»Jemand aus dem Dorf muss sie da draußen hingelegt haben, um dich zu erschrecken«, sagt er, und Tonja weiß, dass er seine Freunde in der Tscheka bitten wird, den Leuten in Popowka einen Besuch abzustatten, und was dieser Besuch mit sich bringen wird. Die Brutalität der Tscheka gegenüber den Dorfbewohnern quält ihn nicht so sehr wie sie. *Nach dem, wie man uns beide im Dorf behandelt hat, Tonja, was kümmert es dich, was mit ihnen geschieht?* Zum ersten Mal ist Tonja geneigt zuzustimmen.

Es ist eine kleine Porzellanpuppe. Sascha schiebt das dichte gelbe Haar beiseite, streicht mit dem Finger die spinnenbeinfeinen Wimpern nach oben. Die Augen sind schwarz.

Es ist eine Puppe, die aussieht wie sie. Die gemacht wurde, um wie sie auszusehen.

KAPITEL 15

Rosie

Moskau, Juli 1991

Eduard Daineko hat sich eine Spelunke ausgesucht, ein Restaurant mit blassen Plastikstühlen, auf dessen Tresen ein Kassettenrekorder eine Kassette wiederkäut. Auf allen Tischen stapelt sich schmutziges Geschirr. Ich ersticke beinahe am Passivrauchen. Als Daineko uns gestern auf dem Flohmarkt aufgelauert hat, meinte er, es wäre besser, wenn ich ihn heute treffe, um richtig zu reden. Heute ist Lew mit Alexej unterwegs, um etwas zu besorgen. Es war immer klar, dass ich das allein erledigen muss.

Daineko schiebt einen Teller mit Pelmeni, Teigtaschen, über die klebrige Tischplatte. Sie sehen aus wie ein Nest aus Vogeleiern.

»Du hast also immer noch die Puppe.« Er krempelt seine Ärmel hoch und enthüllt eine lebendige Landschaft aus Tätowierungen. »Aber nein, die ist nicht mein Werk.«

Schweiß rinnt mir an beiden Seiten meines Gesichts hinunter. In den letzten vierzehn Jahren bin ich jede Nacht voller Hass in der Magengrube auf den Mann zu Bett gegangen, der vor mir sitzt. In meiner Entschlossenheit, nicht wie Mum zu werden, nicht ihrem selbstverstümmelnden Dunst zu verfallen, habe ich mich an diesen Hass geklammert. Er hat sich inzwischen in jedem Teil meines Körpers ausgebreitet, sich in meinem Blutkreislauf verteilt, und ich spüre ihn in mir aufwallen, wenn ich ihn ansehe. Er möchte, dass wir zivilisiert miteinander umgehen?

Denkt er, dass der Lauf der Zeit das Blut, das er vergossen hat, weggespült hat?

»Warum hast du sie zurückgelassen?«, frage ich unverblümt.

Er beugt sich vor und säbelt mit seinem Messer einen der Pelmeni durch, als dächte er, dass ich nur deshalb nicht angefangen habe zu essen, weil ich kein Besteck benutzen kann. In meiner Vorstellung ist *dieser Mann* in der Zeit stehen geblieben. Wie die Menschen, die er getötet hat, altert er nicht. Aber jetzt erkenne ich, dass der echte Eduard Daineko ein Alter hat. Fünfzig, vielleicht fünfundfünfzig. Aus seinen Augenwinkeln sprießen fadendünne Linien. Sein Haar ist am Scheitel grau.

»Ich habe sie für dich dagelassen«, sagt er und legt das Messer weg.

»Für mich?«

»Du bist meine Tochter.«

Ich höre mich lachen. Das ist unmöglich.

»Katja und ich hatten eine Affäre«, sagt er. »Eine, die zu diesem Zeitpunkt schon fast zwölf Jahre dauerte. Du bist mein Kind.«

Ich wende mich ab und sehe plötzlich Lichtblitze, die hochgehen wie ein Feuerwerkskörper. Das ist der Mann, der meine Schwester und meinen geliebten Vater ermordet hat. Zwei unschuldige Menschen. Er hat auch Mum umgebracht, es hat nur länger gedauert. Wir können nicht blutsverwandt sein.

»Ich hatte nicht vor, jemanden zu töten, Raisa«, sagt er. »Wäre das so gewesen, hättest du mich nicht gesehen. Keiner hätte mich gesehen. Ich war da, um von Katja zu verlangen, dass sie sich endlich zwischen ihrem Mann und mir entscheidet, und ich habe die Puppe mitgebracht, weil ich nicht wusste, wie sie sich entscheiden würde. Ich wollte, dass du etwas von mir bekommst. So oder so.«

»Aber warum eine Puppe?«, frage ich erschöpft.

Er sieht überrascht aus. »Katja hat mir erzählt, dass du Puppen sammelst. Ich habe deine Sammlung in der Wohnung selbst gesehen. Viele Male.«

Was er gesehen hat, war ihre Sammlung. Und das bedeutet, dass er in unserer Wohnung gewesen war. Viele Male. Ich tupfe mein Gesicht mit der Serviette ab. Ich spüre, wie eine fürchterliche Migräne am Rande meines Bewusstseins auftaucht.

»Ich wusste nicht, dass sie an diesem Abend ausgegangen sein würde. Zu Freunden oder was auch immer. Als ich ankam, gab es eine Konfrontation mit deinem Vater, und …«, er seufzt. »Deine Schwester rannte mitten hinein. Es ist aus dem Ruder gelaufen.«

Aus dem Ruder gelaufen, nennt er das.

»Es war eine Tragödie, Raisa.«

Eine Tragödie.

Er lässt es klingen wie etwas, das in den Nachrichten kommt. Das anderen Leuten passiert. Etwas, das wir beide hinter uns lassen könnten. Ich kann es nicht hinter mir lassen. Aber ich kann in diesem Moment auch nicht weiter hier sitzen bleiben. Ich stehe auf, schnappe mir meine Tasche und verlasse das Restaurant, dränge mich durch den Wasserdampf und den Rauch und die anderen Gäste.

Draußen beginne ich mich vor den Augen einiger entsetzter Schaulustiger zu übergeben.

Ich würge und keuche, bis nichts mehr übrig ist, und dann renne ich. Ich kenne mich in dieser Gegend nicht besonders gut aus, aber ich renne, als würde ich verfolgt, und die Leute werfen mir verwirrte Blicke zu. Meine Kleidung und meine Panik lassen sie vermuten, dass ich Ausländerin bin. Dass dies mein erster Sommer in Russland sei. Aber das ist er nicht.

Ich habe elf Sommer meines Lebens hier verbracht. Im letzten lebe ich immer noch.

In die Metro. Die Rolltreppen hinunter. Unter die Erde. Ich kann nicht stehen bleiben, sonst fange ich an zu denken, und wenn ich anfange zu denken, könnte es einen Sinn ergeben. Was er gesagt hat, könnte sich dann wahr anfühlen. Die Migräne ist rachsüchtig und sticht mich in die Schläfen, als ich vor Alexejs Haus ankomme. Ich schneide mich an den Schlüsseln, als ich versuche, die Tür aufzuschließen. Anscheinend sind Alexej und Lew noch nicht zurück, sodass ich wenigstens nicht erklären muss, warum meine Kleider mit Erbrochenem besudelt sind, meine Finger von Blut kleben und warum ich nicht atmen kann.

Oben schnappe ich mir das Telefon und verschmiere es beim Wählen. Die Telefonistin stellt mich durch.

»Hallo?« Richard ist am Telefon.

»Ich bin's. Ich bin's.«

»Hi, Ro«, sagt er liebevoll. »Hatte nicht erwartet, heute von dir zu hören.«

»Richard, ich …«

»Tut mir leid, Dad ist gerade gekommen«, sagt er. »Wir wollen nach London. Ich muss mich beeilen. Könnten wir besser morgen sprechen? Ich werde …«

Die Leitung ist tot. Die Verbindung von hier nach Oxford war schon immer instabil. Das spielt kaum eine Rolle, denn ich brauche weder Richards Beschwichtigungen noch jemanden zum Reden. Was ich brauche, ist die Bestätigung, dass ich jederzeit die Hand ausstrecken und etwas von Rosie berühren kann, wenn ich will. Dass ich nicht so tief in den Strudel meines früheren Lebens hineingesogen worden bin, dass ich vielleicht nie wieder hinausfinde.

Raisotschka.

Zoja hat noch nie zuvor meinen Namen gesagt.

Das kann nicht wahr sein. Nichts von alledem ist wahr.

»Geh weg«, sage ich in den leeren Flur. »Bitte … ich weiß nicht, wer du bist. Aber bitte lass mich einfach in Ruhe.«

Raisotschka.

»Sei still!« Ich nehme das Telefon und werfe es mitsamt dem Mobilteil an die Wand. »Ich kann das nicht mehr! Geh weg! Geh!«

Alles ist still. Ich sinke auf die Knie und hebe das Telefon auf. Zum Glück ist es noch heil. Ich öffne die Tür zur Küche, ich habe brüllende Kopfschmerzen. Ich mache mir eine Tasse Tee, trinke sie zu heiß und fühle mich noch schlechter. Vielleicht liegt es daran, dass ich mich erbrochen habe. Ich muss mich hinlegen. Ich ziehe den Mülleimer heraus und will gerade die Teeblätter auskippen, als ich im Müll etwas entdecke.

Das Foto von Tonja. Zerknüllt.

Tonja. Sie hatte ich ganz vergessen. Eduard Daineko hatte immer diese Wirkung. Er löscht alles andere aus. Ich nehme den Mülleimer und kippe ihn um, schütte alles aus. Glassplitter klimpern wie Perlen. Das ist nicht das Resultat eines heruntergefallenen Rahmens. Jemand hat ihn mit einem Hammer bearbeitet. Hat ihn zerstört, physisch, mit Gewalt.

Da liegt ein weiteres Foto in den Trümmern vergraben.

Ich sinke zu Boden. Dieses Bild ist aus dünnerem Material, aus Zeitungspapier ausgeschnitten, und es zeigt einen jungen Mann, der von einem hohen Balkon in einer Nebenstraße zu einer großen Menschenmenge spricht. Er sieht auffallend gut aus. Es muss im Rahmen versteckt gewesen sein, hinter Tonja und den Kindern. Ich kann mir nicht vorstellen, wo es sonst hergekommen sein könnte. Ich kann überhaupt nicht richtig denken.

Walentin Andrejew, Moskau, 1921, lautet die Bildunterschrift.

Walentin Andrejew. Ich kenne den Namen nicht, aber dieser Mann kommt mir irgendwie bekannt vor. Nicht auf die Art, auf die Tonja mir vertraut ist, sondern auf eine subtilere, unterschwellige Art. Die Kontur des Kiefers? Der Bogen der Augenbrauen? Wie er in einem dunklen Anzug mit Krawatte aussieht? Die Qualität des Fotos ist nicht besonders gut, aber so kann die Fantasie die Regie übernehmen. Ich kann beinahe eine Stimme über dem Gemurmel der Menge ausmachen, eine Stimme, die versucht, den Lauf der Geschichte zu ändern, die durch alle anderen Geräusche hindurchdringt … Genau wie die von Alexej.

Alexej, der einzige Mensch außer mir und Lew, der von dem gerahmten Bild wusste und der seitdem allein in der Wohnung gewesen ist. Er muss das getan haben. Aber warum?

Ich muss das ganze Glas zurück in den Mülleimer kehren. Ich muss die Teeblätter wegwischen. Ich muss mich immer noch hinlegen, aber ich kann mich nicht einmal rühren. Ich spüre etwas auf meiner Wange, höre ein Geräusch und merke dann, dass ich das bin. Ich weine, obwohl ich sonst nie weine. Ich weine all die Tränen, die ich für Papa und Zoja nicht geweint habe, die Tränen, die ich nicht geweint habe, als Mum und ich in England ankamen, die Tränen, die ich nicht geweint habe, als ich hörte, dass meine Mutter tot ist. Sie haben sich aufgestaut und jetzt kommen sie alle auf einmal. Vielleicht hören sie nie auf.

Ich liege auf der Seite und tue so, als würde ich schlafen. Lew und Alexej sind zurück. Ich höre sie im Flur reden, Lew sagt, er glaube, es gehe mir nicht gut, Alexej zeigt sich besorgt.

Morgen bricht Alexej zu einer viertägigen Reise nach Nowosibirsk auf. Mehr Vorträge, mehr Gespräche, weitere Seiten im buchstäblichen Buch seines Lebens. Hier ist er, *Der letzte Bolschewik*, für die ganze Welt zu sehen.

Ich drehe mich um und blinzle zur Decke hinauf. *Der letzte Bolschewik* ist kurz. Alexej gibt keinerlei Einblick in sein Leben vor der Verhaftung, das jedoch aus den Fugen geraten sein muss. Er beschreibt auch nicht, wie es ihm ging, als er die Nachricht erhielt, dass man ihn zum Weißmeerkanal schicken würde. Er schildert dem Leser die Einzelheiten seines Lebens im Exil, den Alltag, die Schwierigkeiten des bloßen Überlebens an einem Ort, der nie für Menschen gedacht war, und er schreibt lyrisch. Es reißt einen mit.

Aber dieses atmosphärische Bild lenkt nur von dem ab, was nicht da ist: von ihm selbst, der Person. Wo ist er in seinem eigenen Buch?

Alexej Iwanows Fassade ist charismatisch und überzeugend. Zweifellos hat er sie im Laufe der Zeit kultiviert, und zweifellos repräsentiert sie einen Teil von ihm, vielleicht den Teil, der er am liebsten sein möchte, aber es ist dennoch eine Fassade. Wer auch immer sein wahres Ich ist, er hält es noch immer versteckt.

Oder er hat es zerstört, genau wie den Rahmen.

»Ah, du bist wach.«

Ich setze mich langsam auf. Mein Gesicht fühlt sich spröde an von dem vielen Weinen. Als Lew mir ein Glas Wasser reicht, muss ich mich zwingen, einen Schluck zu nehmen. Es schmeckt abgestanden und säuerlich wie Limetten, Moskauer Leitungswasser eben, aber es spült die Reste meiner Übelkeit hinunter.

»Wie bist du gestern mit Daineko verblieben?«, fragt Lew.

Ich erzähle ihm alles: von den Tätowierungen auf Dainekos Armen, von den Puppen, die er für meine hielt, den Grund für Papas und Zojas Tod. Je mehr ich darüber spreche, desto weniger Sinn ergibt es. Vielleicht hat Eduard Daineko meinen Vater tatsächlich in einem Anfall von Eifersucht während einer hitzigen

Auseinandersetzung getötet. Ein Verbrechen aus Leidenschaft. Das könnte ich glauben. Aber warum Zoja? Ein Profikiller, der versehentlich einen Teenager ermordet? Das kommt mir nicht richtig vor. Und es ist ja nicht so, dass er Angst davor gehabt hätte, Zeugen zu hinterlassen. Schließlich hat er mich am Leben gelassen, Tochter hin oder her. Er hat auch die Frau, die ihn ins Gebäude gelassen hatte, springlebendig weiterleben lassen.

Warum? Nur um grausam zu sein? Um zu protzen?

»Du hast, was du wolltest«, sagt Lew. »Du weißt, warum er dort war.«

»Ja, aber jetzt denke ich …«, meine Wangen fühlen sich warm an. »Ich will mehr.«

»Und was?«

»Seine Geschichte war wie – eine Verdrehung der Tatsachen. Als würde er mich an der Nase herumführen. Ich habe das Gefühl, noch weiter von der Wahrheit entfernt zu sein.«

»Dir liegt viel an der Wahrheit.«

Ich dachte, ich hätte inzwischen alle meine Tränen aufgebraucht, aber anscheinend nicht. Vielleicht ist gestern hinter meinen Augen ein Rohr geplatzt, und ich laufe einfach weiter aus.

»Meine ganze Familie ist tot«, stoße ich mit Nachdruck laut hervor. »Die Wahrheit ist alles, was ich noch habe!«

»Ich meine nicht …«

»Also ja, mir liegt viel an der Wahrheit, und ich würde alles tun, um sie herauszufinden!«

Wir schweigen.

Ich drücke mir die Hand gegen die Stirn. Ich glühe förmlich. »Tut mir leid, dass ich dich angeschrien habe.«

»Das war kein Anschreien.«

»In England schon.«

Lew lächelt.

»Ich möchte mir noch einmal das Notizbuch mit den Geschichten meiner Mutter anschauen«, sage ich. »Ich möchte meiner Theorie nachgehen. Über meinen Vater. Und den Code. Kannst du mir beibringen, russische Schreibschrift zu lesen? Ich muss erst die Buchstaben entschlüsseln.«

»Du hast so hohes Fieber, dass ich es von hier aus spüren kann«, sagt er. »Ruh dich noch aus. Alles andere kann warten.«

Mir ist heiß, aber auch kalt, es ist eine Kälte, die bis in die Knochen vordringt, und dann spüre ich, wie etwas – jemand – einen Kreis um meinen Ellbogen zieht. Du bist im Delirium, Ro, sage ich mir, du bildest dir das nur ein, dass du eine Fingerspitze spürst, Zojas Fingerspitze. Sie hat das immer gemacht, als wir Kinder waren, kurz bevor sie mir ins Ohr schrie: *Raisa, aufwachen, wach sofort auf!*

Hier in Moskau ist sie noch stärker geworden, meine Angst vor ihr. Auch Zoja ist stärker geworden.

In England war es so, dass sie in ihrer Welt lebte und ich in meiner, und manchmal überschnitten sich die Welten. Aber jetzt ist sie ganz hier in meiner Welt, immer. Sie könnte auf der anderen Sofaseite sitzen und mit ihrem Haar spielen, das Kinn in die Handfläche gestützt. Zoja mit ihrem sarkastischen Auflachen. Zoja mit ihrem ungeduldigen Seufzer: *Mach schnell, Raisa. Hör auf damit, Raisa. Ich habe zu tun, Raisa, geh allein spielen*!

Bitte, Zoja. Komm her.

Sie ist da. Ich weiß, dass sie da ist.

Ich glaube jetzt an dich.

Sie kann mich hören.

Raisotschka, sagt sie, und zum ersten Mal seit ihrem Tod erfüllt Zoja den Raum mit dem Geruch dieses 2-in-1-Shampoo von

Iwuschka, das es in einer gedrungenen Glasflasche zu kaufen gab und das schäumte wie die Tollwut, sie hat davon immer so viel benutzt, dass wir anderen damit knausern mussten. Und während sie den Raum damit erfüllt, platzt mein Herz beinahe vor kindlicher Sehnsucht nach der Schwester, die mir nie wirklich nahe war. Mum war die Ballerina, aber Zoja hätte auch eine sein können. Sie war immer so groß, dass ich mit den Armen nicht zu ihr hinauflangen konnte.

Welchen Weg soll ich einschlagen, Zoja? Ich lag falsch, als ich dachte, ich könnte das hinbekommen. Ich weiß nicht, ob ich es überhaupt schaffe. Ich weiß gar nichts. Nichts ist mehr gewiss für mich. Ich brauche dich.

Aber sie ist schon fort.

KAPITEL 16

Antonina

Leningrad, Frühjahr 1924

Die Straßenbahnen fahren langsam, auf den Straßen befinden sich nur wenige Autos und Kutschen, es herrscht Stille in der Stadt. Wo einst geschäftige Kellergeschäfte waren, ein Lebensmittelladen, ein Bäcker, ein Uhrmacher, sind nur noch verdunkelte Fenster, leere Eisengitter. Obwohl es erst Mittag ist, kommt es ihr spät vor, als würde die Stadt bereits schlafen.

Tonja biegt in einen kleineren Boulevard ein und wirft einen Blick auf die Adresse, die Natalja ihr gegeben hat. Ja, das ist es, vier Stockwerke hoch, aus anthrazitfarbenem Granit, mit Balkonen verziert. Das Tor zum Innenhof steht offen. Ihr Puls rast. Viele Wohngebäude der Oberschicht aus der Zarenzeit sind seit der Revolution in Gemeinschaftswohnungen umgewandelt worden, das weiß sie, und doch kann sie nicht fassen, dass Walentin in einem Gebäude wohnen soll, das aussieht wie ein Palast.

»Du da«, ruft jemand von einem der niedrigen Balkone aus, »zu wem willst du? Die Klingel ist kaputt!«

»Walentin Andrejew«, sagt sie und kneift die Augen zusammen.

»Bin gleich unten!«

Er muss also doch hier wohnen. Während sie wartet, geht Tonja auf und ab. Sie wird von dem Verdacht geplagt, dass all dies ein Streich von Natalja Burzinowa ist: Natürlich wohnt Walentin nicht hier, natürlich liegt er nicht im Sterben. Sie hofft, dass es so ist. Natalja und ihre Spielchen.

Im Haus ist das Licht spärlich, und es steht in den Sternen, wohin dieser Fremde sie führt. Sie steigen die große Treppe hinauf. Der Mann berichtet, die gesamte obere Etage gehöre formal gesehen dem Dramatiker, Dichter und Schriftsteller Pawel Katenin, der aber nach Moskau umgezogen sei. Sie werde nun von dem Genossen Andrejew und seiner helläugigen Frau bewohnt. *Genossin Andrejewa spielt Klavier wie eine Göttin*, schwärmt er.

Tonja hatte Wiktorija vergessen, und auch ihren berühmten Vater. Sie steigt weiter nach oben, Stufe für Stufe, das Marmorgeländer eiskalt unter ihrer Hand, und sie fragt sich, wie weit die Katenins inzwischen aufgestiegen sind. Weit über all diese anderen Familien. Über all die Düsternis.

Die Frau, die Walentins Tür öffnet, hat das schmale Gesicht eines russischen Windhunds. »Wie kann ich Ihnen helfen?«, fragt sie forsch. Die Hände in die Hüften gestemmt. *Einen Diener erkennt man immer an den Händen*, hat Mama gesagt. *So rau, dass sie die Berührung einer Feder auf der Handfläche nicht spüren.* Aber Walentin würde nie ein Dienstmädchen einstellen.

»Wohnt hier Walentin Andrejew?«, stammelt Tonja.

Die Frau stapft davon. Sie kehrt schnell zurück und sagt, Walentin sei im Haus. Tonja wird in ein Wohnzimmer geführt. In der Mitte steht eine Chaiselongue, umgeben von anderen dekorativen Sesseln. An der Wand über dem Kamin sind Regale, in denen Porzellanfiguren stehen. Die Wandbehänge sind aus frühlingsgrüner Seide, und in den Teppich ist ein Muster aus Kränzen eingewebt. Es ist ein Zimmer, das in das Haus an der Fontanka gehört.

Tonjas Hände beginnen zu zittern, die alte nervöse Angewohnheit. Als sie zur Tür blickt, spürt sie, wie ihr Gesicht rot wird.

Walentin steht dort.

»Tonja«, sagt er, als würde er ihren Namen durch einen Webstuhl ziehen. »Du bist es wirklich.«

Ihr Mund wird trocken. Unsicher verschränkt sie die Hände hinter dem Rücken. Sie hat sich auf diesen Moment vorbereitet, geprobt, so wie er es immer getan hat. Früher hat sie ihn um sein Selbstvertrauen beneidet, dass er zu Hunderten zu sprechen vermochte, aber es kann schwieriger sein, zu einem Menschen allein zu sprechen. Sie bringt nichts heraus, nicht ein einziges Wort. Alles, was sie sieht, denkt, weiß, ist sein Anblick.

Sein Haar ist kürzer, als sie es in Erinnerung hat, ohne diese leichten Locken, und entlang seines Kiefers verläuft ein Schatten, im Gesicht eine oder zwei Linien. Er ist zu mehr als nur einem jungen Bolschewiken herangewachsen, aber er hat immer noch diese Ausstrahlung unverbrauchter Energie. Unerfüllter Träume.

Etwas durchflutet sie, etwas schrecklich Vertrautes.

Sie starren einander an. Sein Blick zerschneidet ihre Entschlossenheit, verrät ihr, dass auch er an sie gedacht hat, dass er nichts vergessen hat. Dass er ihre gemeinsame Geschichte in sich trägt, genau wie sie.

»Die Gräfin …«, versucht sie anzufangen.

Er sagt nichts.

»Natalja Burzinowa«, sagt sie. Es fällt ihr seltsam schwer zu atmen. »Sie hat mir erzählt …«

»Es gibt keine Gräfinnen mehr in Russland«, sagt Walentin.

Seine Stimme klingt ruhig, aber sie enthält einen Unterton von – was? Abneigung? Skepsis? Dem Wunsch, sie hätte sich hier nie blicken lassen? Ihre Augen suchen nach seinen, und gerade, als sie glaubt, einen unverzeihlichen Fehler begangen zu haben, dass sie nicht hätte kommen sollen, lächelt er. Ihr Magen macht einen Satz. Sie weiß, was sie immer noch fühlt, was sie stets gefühlt hat; er weiß es auch. Es war nie die Helligkeit der weißen Nächte, die sie verletzlich, nackt, zügellos gemacht hat. Es war nur er.

Walentin geht es gar nicht schlecht. Er hat nie besser ausgesehen. Tonja erinnert sich an Nataljas seifigen Gesichtspuder, die verkrusteten Lippen, das weiße Haar, das das Rot durchzog. Die Gräfin muss vor Jahren durch den mutmaßlichen Verlust ihrer Kinder wahnsinnig geworden sein, das ist die großmütigste Erklärung, die man sich für diesen bizarren Zirkus ausdenken kann.

Walentin setzt sich ihr gegenüber auf die Ottomane und schenkt ihnen beiden ein Getränk ein.

»Du dachtest also, ich läge im Sterben?« Er wirft die Worte in gleichmütigem Ton hin.

Sie sinkt tiefer in die Chaiselongue. »Ich habe es befürchtet.«

»Was hättest du mir sagen wollen, wenn dem so gewesen wäre?«

Sie hält die Antwort noch zurück, versucht, durch sie hindurch auszuatmen. »Ich habe vor ein paar Jahren ein Foto von dir gesehen«, sagt sie stattdessen und hört den Anflug von Verzweiflung in ihrer eigenen Stimme, »auf der Titelseite der *Krasnaja Gazeta.*«

Walentin fügt sich dem Themenwechsel. »Auf dem Revolutionsplatz in Moskau«, bestätigt er. »Das war, als ich gerade aus dem Krieg zurückkam.« Er lehnt sich seufzend zurück. »Ich halte keine Reden mehr.«

»Was machst du jetzt?«, fragt sie höflich, während das Herz in ihrer Brust donnert. Sieh ihn dir nur an, als wäre überhaupt keine Zeit vergangen! Zwanglos gekleidet, Kragen aufgestellt, Knopf geöffnet. Er sieht immer noch glaubwürdig aus wie ein Fabrikarbeiter, wie ein Revolutionär, auch wenn sie in einer Wohnung mit Seidentapeten und Krimskrams aus Porzellan sitzen und im Hintergrund ein Dienstmädchen herumflattert. Er ist der Walentin, den sie kannte, nur ist es so gekommen, dass er jetzt einer anderen gehört.

Die Erinnerung daran ist dornig, schmerzhaft. Sie verdrängt sie.

»Offiziell arbeite ich für das Volkskommissariat für Bildung«, sagt er.

»Und inoffiziell?«

»Das darf ich nicht sagen.«

»Warum nicht? Bist du zum Konterrevolutionär geworden?«

Es sollte neckisch, unbeschwert klingen. Als Antwort zündet sich Walentin eine Zigarette an, schirmt sie mit der Hand ab. Der Rauch verdeckt sein Gesicht, lässt ihre Augen tränen, aber seinen Gesichtsausdruck erkennt sie wieder. Er hat ihn ihr schon zu oft zugewandt. Da ist er wieder, nie zufrieden mit dem Status quo, immer träumt er von der nächsten unmöglichen Sache. *Nicht*, will sie schreien, *nicht*. Er wird sie dazu bringen, ebenfalls Unmögliches zu wollen.

»Bist du nicht«, sagt sie laut.

»Vergiss es«, sagt er.

»Du hast jetzt alles. Sieh dir nur diese Wohnung an.«

»Das ist nicht meine Wohnung, sie gehört Pawel. Und es spielt keine Rolle, was ich habe. Es kommt darauf an, was die Menschen haben.«

»Vergiss die Menschen, Walentin! Leb doch einmal dein eigenes Leben!«

»Bist du deshalb gekommen, nach all den Jahren?«, fragt er,

schärfer als zuvor. »Um mir zu sagen, welches Leben ich führen soll? Bist du nicht zufrieden mit dem, das du dir ausgesucht hast?«

Der Unterton ist endlich an die Oberfläche gekommen, und jetzt versteht sie ihn. Selbst wenn sie sich in der Gesellschaft des anderen höflich benehmen können, wird er nie liebevoll an sie denken. Aber das kann sie noch ändern – sie kann ihm erklären, dass sie sich ihr Leben nie ausgesucht hat. Sie hat sich Dmitri niemals ausgesucht. Sie wurde gegen ihren Willen festgehalten, sie war eine Gefangene. Und als sie Walentin endlich sah, zum letzten Mal, war er mit Wiktorija zusammen und …

»Verzeih mir«, sagt er und zieht an der Zigarette. »Ich vergesse mich.«

»Es geht mich nichts an«, sagt Tonja hastig und schreckt von ihren eigenen Gedanken zurück.

»Ich liebe die Partei«, sagt er. »Weil ich an den wahren Sozialismus glaube, tue ich, was ich tue. Sie haben die Revolution verraten, Tonja. Anfang des Jahres, als Lenin starb, dachte ich, es gäbe Hoffnung. Aber Koba hat seine Nachfolge angetreten, und jetzt haben wir keine andere Wahl, als zu handeln.«

Verrat. Natürlich – wenn man Walentins Gunst einmal verloren hat, ist sie für immer verloren. Aber er begibt sich auf gefährliches Terrain, dank Saschas Freundschaft mit den Tschekisten weiß Tonja, wovon Walentin spricht und wie gefährlich es ist. Lenins Roter Terror ist angeblich vorbei, die Getreidebrigaden ziehen nicht mehr durch die Lande, es erscheinen keine Listen der Verräter mehr in den Zeitungen. Aber verglichen mit der bolschewistischen Tscheka, die heutzutage OGPU genannt wird, bestand die Ochrana des Zaren aus Amateuren.

»Walja?«, ertönt eine Stimme aus dem Flur. »Wo bist du?«

»Hier drinnen«, antwortet er und drückt die Zigarette aus.

»Das ist meine Frau«, sagt er zu Tonja, und beim Klang dieses Wortes, dieser unumstößlichen, unanfechtbaren Tatsache, erlaubt sich Tonja endlich, sich einen einzigen langen Moment zu fragen, ob er *sie* in ihrer gemeinsamen Zeit geheiratet hätte. Es wäre ohne Zeremonie vonstattengegangen, ohne Feierlichkeiten oder eine Krone, die sich in ihren Haaren verheddert hätte. Ohne singende Gäste, ohne eine ausgiebige Prozedur im Badehaus, ohne Angst in der Magengrube.

Aber wenn du anfängst, dir Fragen zu stellen, pflegte Mama zu sagen, *dann entstehen tausend weitere Fragen wie Blumen in der Sonne. Sie werden nicht aufzuhalten sein.*

Der Kamin prasselt, die Kerzen auf dem leinengedeckten Tisch brennen und werfen tanzende Schatten an die Wände. Das Esszimmer wird von großen Bücherregalen aus Mahagoni beherrscht, die in Leder gebundene Lexika enthalten. Tonja berührt das Glas und hinterlässt absichtlich Schmierflecken. Pawel Katenin hat offenbar eine Vorliebe für zusammenpassende Reihen. Sammlungen. Genau wie Dmitri.

Sie verspürt eine heftige Aufwallung von Abscheu, auch wenn sie Pawel noch nie begegnet ist.

»Leih dir gerne alles, was du möchtest.« Wiktorija spricht in ihrem Rücken. »Mein Vater greift nie auf irgendetwas davon zurück.«

Tonja späht in die Bücherschränke. »Sind da nur Lexika?«

»Irgendwo müsste auch Alexander Puschkin stehen.«

Tonja hat Wiktorija nie von ihrer Liebe zu Puschkin erzählt, da ist sie sich sicher. »Danke«, sagt sie, ohne sich umzudrehen.

»Du hast ihm das Herz gebrochen. Mit diesem Gedicht.«

Jetzt sieht sie sich um. »Gedicht?«

»*Ich liebte dich* … den Rest weiß ich nicht.«

Tonja wird ein wenig kalt. »Wovon redest du?«

»Als Walentin aus dem Krieg nach Hause kam«, sagt Wiktorija kalt, »hat er mir gesagt, dass wir nie – dass er mich nicht lieben würde. Unsere Ehe besteht seitdem nur noch dem Namen nach. Er wollte sich scheiden lassen, aber ich habe ihn angefleht. Vornehmlich wegen meines Vaters. Der Himmel bewahre, dass ich Papa enttäusche.« Sie lächelt freudlos. »Wir leben hier als gute Freunde zusammen, aber nur als Freunde.«

»Ich bin nicht hergekommen, um …«

»Ich habe die Briefe gelesen, die du geschickt hast«, sagt Wiktorija. »Ich weiß, dass du eine Tochter hast. Waljas Tochter.« Ihre Stimme bebt. »Ich habe sie alle verbrannt.«

»Verbrannt«, sagt Tonja.

»Ich kann dir gar nicht sagen, wie …« Wiktorija hört auf zu sprechen. Walentin ist ins Zimmer gekommen. Er blickt fragend zwischen ihnen beiden hin und her, aber Tonja wendet sich wieder zu den Bücherregalen um. Sie schließt fest die Augen, bevor sie sie wieder öffnet. Sie kann Walentin sehen, der sich im Glas spiegelt. Sie lauscht dem Gespräch über seine morgige Reise nach Moskau, Wiktorija schlägt vor, dass er zusammen mit Tonja fährt, da Moskau auf dem Weg nach Tula liegt. Hat sie *verbrannt.* Ihr Verstand ist leer. *Du hast ihm das Herz gebrochen.* Das Einzige von Puschkin, das sie mit Walentin in Verbindung bringt, ist *Eugen Onegin*, das Buch, das sie gelesen hat, als sie einander begegnet sind. In ihren Gedanken gehören die beiden unentwirrbar zusammen.

»Was machst du in Moskau?«, fragt Tonja, als sie im Zug sitzen. Eine Stunde ist bereits verstrichen, vielleicht zwei. Es liegen noch viele Stunden vor ihnen, aber sie spürt, wie sie die Sekunden herunterzählt. Irgendwann wird sie ihre Chance, etwas zu sagen, verpasst haben. *Schrei es hinaus*, beschwört sie sich, *sag ihm, was passiert ist, sag ihm alles*, aber ein anderer Teil von ihr antwortet lediglich: *Wozu? Was ist mit Sascha, der sich die ganze Zeit um Lena gekümmert hat? Und was ist mit Lena, wann erzählst du ihm von Lena? Wie willst du ihm von Lena erzählen?* Und da ihr all dies durch den Kopf geht, kommt ihr nichts über die Lippen.

»Ich treffe mich mit jemandem«, sagt Walentin. »Inoffiziell.«

»Weiß Wiktorija, dass du gegen die Partei arbeitest?«, fragt sie.

»Wika ja, aber nicht ihr Vater«, sagt er mit einem Anflug von Bitterkeit. »Pawel verschließt nach wie vor die Augen vor der Wahrheit. Wäre er jemand anderes, würde ich mir keine Mühe mehr geben, ihn zur Einsicht zu bewegen. Aber alle unsere alten Freunde und Verbündeten wurden verfolgt, Tonja. Gejagt. Sie sind von den Straßen verschwunden. Die einzigen Lichter, die in Piter noch brennen, sind inzwischen die im Hotel Astoria – das sie jetzt das Erste Haus des Sowjets nennen. Für die Parteielite, so wie es das früher für die Reichen war.« Sein Lächeln ist schief. »Für deinen Mann.«

»Du hast Pawel vergöttert«, sagt Tonja leise.

»Ich wäre in Samara fast gestorben.« Er sieht sie direkt an. »Aber ich bin nicht gestorben. Ich bekam noch eine Chance zu leben, und ich habe mir geschworen, mir selbst treu zu bleiben, was auch immer mir das abverlangen würde. Weißt du, mir war schon klar, dass die Lage nicht so war, wie sie hätte sein sollen, bevor ich überhaupt an die Front geschickt wurde. Ich wusste das, aber ich bin trotzdem gegangen. Ich habe eine Lüge gelebt. In mehr als einer Hinsicht.«

Tonja verstummt. Sie ist sich nicht sicher, was sie alles sagen würde, wenn sie anfänge zu sprechen.

»Es gibt viele, denen es genauso geht. Maxim Gorki ist so

desillusioniert, dass er nach Europa ausgereist ist.« Walentins Tonfall ist nicht mehr nachdenklich. Jetzt klingt er, wie er auf dem Podium immer klingt, jedes Wort ist eine Waffe, jeder Satz Munition. »Aber ich werde nie weggehen. Egal, was passiert, ich werde immer bleiben und kämpfen. Ich werde immer an das Volk glauben.«

Der Zug fährt in den Bahnhof ein, und es wird geschrien, gedrängelt und um Plätze gerungen. Das hier ist Moskau! Steigen Sie aus, wenn Sie nach Moskau wollen! Die Fahrgäste strömen auf die Bahnsteige. Moskau ist bereits jetzt lebendiger als Leningrad.

»Hast du Hunger?« Walentin greift nach seiner Aktentasche. »Es fährt noch eine ganze Weile kein Zug nach Tula.«

»Warte.« Tonja hört die Menschen draußen vorbeilaufen, hört die Rufe, das Geklapper. Ihr Herz schlägt heftig, wie Vogelschwingen. Jetzt, wo sie hier sind, wo sie sich endgültig trennen werden, wo Züge ankommen und abfahren, wo Räder auf den Schienen quietschen, weiß sie, was sie die ganze Zeit davon abgehalten hat zu sprechen. Jetzt, wo sie ihre eigenen Gedanken nicht mehr hören kann und jemand über das ganze Getöse hinweg politische Parolen schreit: *Genossinnen und Genossen! Arbeiter und Bauern Russlands, hört, hört!*

»Was ist?«, fragt er mit einem schiefen Lächeln.

»Ich habe versucht, zu dir zu kommen«, sagt sie. »In jener Nacht, als wir uns auf der Brücke treffen wollten. Ich habe es versucht. Mein Mann hat mich daran gehindert. Er hat mich in meinem Zimmer eingesperrt. Er hat mich dort festgehalten.«

»Ich verstehe nicht«, sagt er. Das Lächeln ist erloschen.

»Ich wollte zu dir gehen«, sagt sie. »Ich hatte mich für dich entschieden.«

»Du hast diesen Brief geschrieben – das Gedicht.« Seine Stimme ist leise.

»Ich habe ihn nicht geschrieben«, flüstert sie. »Ich weiß nicht einmal, welchen Brief du meinst. Und ich brauche kein Gedicht, um dir zu sagen, was ich für dich empfinde, Walja. Du hast einmal gesagt, wir alle würden zwei Leben leben, und du hattest recht, denn damals hat es begonnen, *dieses* Leben, in dem ich dich liebe, wie ich noch nie jemanden geliebt habe oder lieben werde. Du hast gefragt, warum ich gekommen bin, warum ich hier bin – das ist der Grund. Ich bin gekommen, um bei dir zu sein.«

Er steht auf, seine Schultern zucken leicht, als wollte er sich zum Gehen wenden, aber er tut es nicht.

Tonja steht ebenfalls auf.

Sie kann nicht glauben, dass sie das tut, kann nicht glauben, dass sie den Mut dazu hat. Sie geht auf ihn zu und greift nach seiner Hand.

Er dreht sich halb weg.

Ich habe nie aufgehört, an dich zu denken ...

Sie ist sich nicht sicher, wer von ihnen es sagt. Er senkt den Kopf, streicht mit seinem Mund über ihre Wange, streift ihre Haut. Weiter geht er nicht. Er hat sie schon einmal so gehalten, vor Jahren in einer Straßenbahn, die so überfüllt war, dass Geld und Fahrscheine über die Köpfe der Fahrgäste hinweg gereicht wurden, und die Straßenbahn rumpelte heftig, schleuderte sie nach vorn in seine Arme. Er ließ sie nicht wieder los.

Das war der Moment, in dem sie zum ersten Mal begriff, was er empfand. Dass sie, wenn er über die Menschenmassen blickte, die Einzige war, die er sah.

Sie verabschieden sich vor dem Bahnhof. Walentin hat angekündigt, nach Otrada zu kommen, wenn er in Moskau fertig ist, und natürlich ist es besser, wenn Tonja zuerst allein zurückfährt, damit sie mit Sascha sprechen kann, damit sie Lena vorbereiten kann. Doch plötzlich will sie, dass Walentin mit ihr weiterreist. Dass er jetzt mit ihr kommt. Dass er nie wieder von ihrer Seite weicht.

»Ich kann nicht«, sagt er. »Die Person, mit der ich mich treffe, geht ein gewisses Risiko ein.«

»Aber da ist noch etwas, was ich dir sagen muss«, sagt sie ungestüm. Sie hat Lena noch nicht erwähnt, weil sie dachte, es wäre besser, das in Otrada zu tun, wenn er nicht mit seinen *inoffiziellen* Angelegenheiten beschäftigt ist, aber jetzt wird sie es tun. Jetzt wird sie alles tun, um ihn bei sich zu behalten.

»Ich habe ihnen mein Wort gegeben«, sagt er geduldig.

»Ich weiß nur nicht, ob du beides haben kannst …« Was will sie damit sagen? Was ist das für ein Gefühl auf ihren Armen, als hätte sie gerade etwas gestreift?

»Zwei Leben leben, meinst du?«

»Sei ernst, Walentin!«

»Ich meine es so ernst wie noch nie.« Walentin nimmt ihre Hände, dreht sie um und lächelt Tonja an. »Wir werden bald zusammen sein. Nichts wird mich von dir fernhalten. Und du hast mir die Wegbeschreibung nach Otrada schon so oft wiederholt, dass ich das Gefühl habe, ich könnte die Reise dorthin im Schlaf machen.«

»Na gut.« Sie spürt etwas Nasses an ihren Wimpern. »Aber versprich mir …«

»Ich verspreche es, *milaja*. Ich werde da sein. Warte nur ab.«

Der Himmel ist weiß. Ein paar Möwen umkreisen die Wolken, aber sie erinnern Tonja nur an die Dohlen. Er küsst sie erst sanft, dann tiefer, fester. Ein weiteres Versprechen. Walentin war immer voller Versprechen, denkt sie. Als er geht, schaut er über die Schulter zurück. *Warte auf mich, Antonina*, formen seine Lippen, und sie ringt sich ein Lächeln ab. Endlich ist die Sonne herausgekommen. Das Licht erreicht sie, sogar ihre Hände, die sie an ihr Gesicht presst, um alles festzuhalten. Sie lässt die Tränen nicht hinaus.

Zu Tonjas Überraschung nimmt Sascha die Nachricht nicht schwer. *Lange Verabschiedungen bedeuten nur unnötige Tränen.* Er sagt, er wird sie immer in Erinnerung behalten und vielleicht in eine neue Stadt ziehen, in ein Haus an einem breiten Fluss, so wie er es sich immer gewünscht hat. Lena ist jedoch außer sich, als sie erfährt, dass Sascha nicht mehr kommen wird, und bleibt tagelang niedergeschlagen.

Mit Walentins Ankunft wird es sicher besser werden.

Tonja wartet und wartet. Sie wartet eine Woche, zwei Wochen, drei Wochen. Niemand kommt. Sie fährt nach Kalasi, um einen Brief aufzugeben. Es kommt niemand. An dem Tag, als ein Kurierfahrer endlich seinen armseligen Karren in die Relaisstation schleppt, steht sie bereits dort und wartet. Sie hat sich an das Warten gewöhnt.

Da ist ein Brief für sie. Walentin hat es sich anders überlegt, denkt sie. Er will sie nicht mehr. Aber er ist nicht von Walentin.

Jetzt weißt Du, wie ich mich gefühlt habe.
Gleiches Recht für alle, Schätzchen.
Bis zu dem Tag, an dem wir uns wiedersehen
Natascha.

KAPITEL 17

Walentin

Solowezki-Inseln, Weißes Meer, Sommer 1925

Die Befehle kommen vom stellvertretenden Aufseher: Die Häftlinge sollen in einer geraden Linie Löcher graben. Mit wenig mehr als Schaufeln werden sie eine Autobahn ausheben. Fünfhunderttausend Kubikmeter Aushub.

Der nahe Schwarze Fluss riecht salzig und faulig. Die Mücken sind so groß wie eine Menschenhand. Über dem Tal hängt sumpfiger Nebel, durch den sich die Wachen gegenseitig anschreien. Die Gefangenen sitzen im Konvoi und warten auf ihr Werkzeug.

»Ich hätte gerne einen Spaten«, brummt der Mann neben Walentin.

Walentin wird ein Spaten gereicht. Er bietet ihn seinem Nachbarn an, der eine Hacke bekommen hat, und der Mann knurrt ihn an: »Hältst dich wohl für was Besseres, hä? Glaubst, du bist nicht wie wir anderen?«

Walentin weiß, er ist genau wie alle anderen. Wie alle anderen wird er arbeiten, der Schweiß wird ihm über den Körper rinnen und die Mücken sein Blut aussaugen. Wie alle anderen wird er Baumstämme und Steine hacken und Berge von Hand planieren, um eine Straße zu bauen, die nirgendwo beginnt und nirgendwo hinführt. Er ist genau wie alle anderen, obwohl er ein Kommissar, ein Kommunist war, obwohl er Josef Stalin persönlich kennt. Obwohl er Bolschewik ist, seit sie die kleinste und am wenigsten aussichtsreiche aller Parteien in Russland waren.

Walentin hält sich nicht für faul. Als Jugendlicher kam er mit dem Fabrikleben gut zurecht. Er arbeitet immer noch gerne mit den Händen. Aber das hier ist Schinderei. Die Gefangenen fallen oft auf die Knie, sterben in den Gräben, verwesen dort, und zwei Monate später, als der Bau im Tal des Schwarzen Flusses plötzlich abgebrochen wird, wird die unfertige Straße nicht aus Sand oder Baumstämmen oder Erde oder Steinen gebildet.

Das Solowezki-Lager zur besonderen Verwendung ist unter dem Namen Solowki bekannt, aber auch unter seinem Akronym SLON, was zufällig Elefant bedeutet. Walentin mag dieses Wortspiel. Er vermisst Wörter. Er schreibt nachts in der Baracke im trüben Schein der 16-Watt-Glühbirne tagebuchartig kurze Notizen. Gestern: *Bäume entlang der zentralen Allee gepflanzt. Fünfzehn Stunden.* Heute: *Holz fällen. Elf Stunden.* Er schreibt auch Briefe. *Liebe Tonja*, schreibt er, *bitte warte auf mich*, dann zerreißt er ihn und fängt wieder von vorn an. Liebe *Tonja, ich werde überleben, ich schwöre, dass ich nach Hause komme …*

Jeder weiß, dass diese Briefe niemals abgeschickt werden, auch wenn man sie einsammelt. Alles, was in Solowki geschieht, ist sinnlos. Viele Häftlinge wissen nicht einmal, weshalb sie hier sind. Man sagt ihnen, sie würden geläutert, verbessert, wieder zu richtigen Sowjetbürgern gemacht. Die meisten bekommen nie die Chance dazu. Sie werden von den Wachen zu Tode geprügelt. Sie werden wegen ihrer Rationen ermordet. Sie werden dem Tod überlassen, wenn sie nicht mit den anderen mithalten können.

Neuankömmlinge im Lager wissen manchmal, wer Walentin ist, und nennen ihn den Trotzkisten. Leo Trotzki ist gänzlich in Ungnade gefallen. Es ist schon ein Verbrechen, den Mann gekannt zu haben. Walentin argumentiert, dass es 1917 nicht möglich war, Bolschewik zu sein, ohne Trotzki zu kennen. Sie haben alle zusammen gekämpft. Sie waren alle auf derselben Seite.

Aber es gibt keine Seiten. Nicht in Solowki.

Hier auf den Inseln gab es früher ein Kloster, das Walentin nur daran erinnert, dass er seinen eigenen Glauben verloren hat. An die Partei, an Lenin, an die wahre sozialistische Revolution. Als er aus dem Bürgerkrieg nach Piter zurückkehrte, erfuhr er vom Roten Terror, von den weit verbreiteten Repressionen, von der Hinrichtung alter Freunde. Und er sah sich mit der Realität konfrontiert, dass die Partei ihre eigenen Ideale verraten hatte. Die Oktoberrevolution hatte die Gesellschaft nicht umgestürzt. Das Proletariat würde niemals herrschen.

Er schloss sich dem neuen Untergrund an. Er redete sich ein, dass er aus dem Inneren heraus mehr ausrichten könne, heimlich von einer privilegierten Position aus. Doch letztlich war dies nur eine neue Art, vor der Wahrheit davonzulaufen. Er hätte öffentlich mit der Partei brechen sollen. Er hätte schreien sollen, bis seine Kehle brannte, so wie er es früher getan hatte.

Stattdessen lief er weiter.

Er weiß nicht, wer herausgefunden hat, was er tat, oder wer ihn an die OGPU verraten hat. Sein Prozess dauerte nur eine Viertelstunde, und niemand machte sich die Mühe zu erläutern, wie er auf die Anklagebank geraten war. Walentin gestand seine Verbrechen bereitwillig, weil er sich schämte, sich für all die Jahre schämte, die er auf der Flucht verbracht hatte. Immer auf der Flucht.

Der Weg, auf dem er lief, hat ihn hierhergeführt, an diesen Ort.

In Solowki gibt es nur zwei Jahreszeiten. Am Ende des Sommers verschwindet das letzte Band Tageslicht und der Winter beginnt. Die Jahre vergehen, und Walentin verliert jedes Zeitgefühl. Er kann sich keine Bilder von zu Hause mehr vor Augen rufen. Wenn er die Augen schließt, sieht er nur noch die Toten, die in den Gräben liegen. Schneeblindheit nennen das die anderen ironisch. Die echte Schneeblindheit.

Liebe Tonja, schreibt er, aber manchmal weiß er nicht einmal mehr ihren Namen.

Liebe …

Warte …

Bitte …

Eines Tages wird er auf ein Transportschiff verfrachtet, das von Solowki aus in das Nichts der umliegenden Gewässer aufbricht. Er sitzt im Frachtraum und lässt den Kopf zwischen die Knie hängen. Die Gefangenen um ihn herum behaupten, sie seien auf dem Weg zum Weißmeerkanal. Aber es gibt keinen Weißmeerkanal, wenden andere ein.

Es wird ihn geben.

An diesem neuen Ort, wo auch immer er ist, ob es ihn gibt oder nicht, sind die Winterstürme so übermächtig, so allgegenwärtig, dass Walentin selbst dann, wenn die schwachen Petroleumlampen angezündet werden oder sich ein Sturm kurz legt, nichts sieht und nichts hört. Das Einzige, was er weiß, ist, dass er sich in zwei Teile teilt: Der eine Teil befüllt Schubkarren, stolpert durch Eisschollen, ernährt sich von Haferschleim und fauligem Wasser. Der andere Teil zieht sich zurück. So sehr er sich auch anstrengt, er kann diese beiden Hälften nicht mehr miteinander vereinen. Geist und Körper sind so vollständig voneinander getrennt, dass ihm beide entgleiten.

KAPITEL 18

Rosie

Moskau, Juli 1991

Ich wache auf und fühle mich viel besser. Normale Temperatur, klarer Kopf, intakte Tränenkanäle. Ich will mich von Eduard Daineko ablenken und seine Erklärung sacken lassen, also nehme ich mir das nächste Buch von Alexejs Liste vor, eine Geschichte der bolschewistischen Revolution und ihrer Nachwirkungen. Es ist langweilig und trocken. Ich vermisse die Memoiren der Gräfin.

Aber in diesem Buch entdecke ich den Namen Walentin Andrejew, der junge Mann auf dem alten Zeitungsausschnitt. Und nicht nur das, auch das Bild selbst finde ich: *Walentin Andrejew spricht auf dem Revolutionsplatz zu einer Menschenmenge, Mai 1921.*

Ich mache mir ein paar Notizen. Walentin Michailowitsch Andrejew, geboren 1896 in Sankt Petersburg. Im Jahr 1906 begegnete er dem radikalen Schriftsteller Pawel Katenin. Unter Katenins Anleitung wurde der junge Andrejew selbst zu einem prominenten Mitglied des revolutionären Untergrunds. Nach dem Sieg der Bolschewiki 1917 heiratete Andrejew Katenins Tochter, die Pianistin Wiktorija Katenina; zwei Jahre später kehrte er aus dem Bürgerkrieg zurück und wurde als Held empfangen. 1924 wurde ihm die Parteimitgliedschaft aberkannt, und er wurde in eine neue Art von Strafkolonie auf den Solowezki-Inseln im Norden verbannt. Im Weißen Meer.

Die Anfänge des sowjetischen Gulags.

Von Walentin Andrejew hat nie wieder jemand etwas gesehen oder gehört.

Auf dem Hügel in der Mitte des Dserschinski-Platzes steht eine hoch aufragende, imposante Statue von Felix Dserschinski, dem ursprünglichen Leiter der bolschewistischen Tscheka. Hinter dem *Eisernen Felix*, um den der Verkehr kreist, erhebt sich die berüchtigte Lubjanka. Der Sitz des KGB, der sowjetischen Geheimpolizei, ist aus sanft gelbem Sandstein gebaut. Er sieht ziemlich harmlos aus.

»Raisa Simonowa?«

Ein Mann mit beeindruckendem Schnauzbart nähert sich und winkt mir zu. Das muss David Antonowitsch von der Menschenrechtsorganisation Memorial sein. Er hat mir am Telefon erzählt, dass seine Mutter in Kolyma, im Osten Sibiriens, als Mitglied einer Holzfällerbrigade an Unterkühlung gestorben ist, während sein Vater in Butowo erschossen wurde. David Antonowitsch ist unverheiratet, kinderlos und hochgebildet und widmet sein Leben dem Gedenken und der Entschädigung der Opfer politischer Repressionen, insbesondere denen des stalinistischen Regimes.

Seine beiden Eltern haben die Lubjanka hier durchlaufen.

Auf der anderen Straßenseite zeigt mir David den Solowezki-Stein, der eine beschwerliche Reise von den Inseln bis hierher ins Stadtzentrum von Moskau hinter sich hat. Seine Aufstellung im letzten Jahr ist von Memorial initiiert worden zu Ehren der Menschen, die in den Lagern ihr Leben verloren haben. Er ist klein, unscheinbar und liegt auf einer Granitplatte. Und doch hebt er sich von der Lubjanka ab.

Wir gehen den Teatralni hinunter. David berichtet mir von seinen Recherchen, von dem Material, das er durchforstet. Er hat die Häftlingsakte seines eigenen Vaters gesehen, eine schlichte Mappe mit einem Foto und ein paar Verhörprotokollen. Namenskarte, Häftlingsnummer, Stempel in der Ecke. Es ist noch nicht das gesamte Archiv der Lubjanka öffentlich zugänglich, aber Memorial hofft, dass man es weiter öffnen wird.

»Es ist schwer, die Grenze zwischen der Sowjetunion und den Lagern zu überschreiten«, sagt David. »Jedes Mal, wenn wir es tun, fürchten wir alle, im Äther zu verschwinden. Ich habe dort gestanden, wo du jetzt stehst, Raisa. Auf der Grenze.«

Ich fühle mich ein wenig wackelig auf den Beinen. »Niemand hat je etwas über Walentin Andrejew herausgefunden?«

»Leider nein«, sagt David. »Nur das, was man in jedem Geschichtsbuch finden kann. Er wurde direkt hier in Moskau verhaftet. Man nimmt an, dass er auf den Solowezki-Inseln gestorben ist. Aber wer kann das schon sagen? In den darauffolgenden Jahrzehnten sind so viele Aufzeichnungen vernichtet worden. So viele Menschen sind von der Landkarte verschwunden.«

Alexej hat etwas Ähnliches zu mir gesagt, über Menschen, die verschwunden sind. Für die Geschichtsschreibung verloren.

Aber was, wenn Menschen wiederauftauchen? Was, wenn Walentin Andrejew ins Exil geschickt worden ist und als Alexej Iwanow zurückkam?

Es fällt mir immer noch schwer, Alexejs ruhige Persönlichkeit mit dem Zertrümmern eines gerahmten Fotos in Einklang zu bringen, aber er muss es gewesen sein. Irgendetwas an dem Bild hat ihn aus der Fassung gebracht.

Hat er Tonja gekannt? Könnte es sein, dass sie die Frau ist, die er versucht zu finden?

Ich habe angenommen, dass es sich bei Kukolka um eine lang verloren geglaubte Geliebte, ein Familienmitglied oder eine Freundin handelte und dass ein Wiedersehen mit ihr eine große

Freude bedeuten würde. Aber es könnte genauso gut sein, dass er sie zur Rede stellen möchte. Oder ihr sogar schaden will.

Ach verflixt, werde ich jetzt paranoid? Habe ich zu lange in Sowjetrussland gelebt?

»Wiktorija Andrejewa, Walentins Frau, hat in hohem Alter ein paar Zeitschriften und Zeitungen Interviews gegeben«, sagt David. »Ich kann sehen, was ich zwischen die Finger bekomme, falls du daran interessiert bist.«

Offenbar zeichnen sich meine Gedanken auf meinem Gesicht ab. David tätschelt mir väterlich die Schulter. »Manche Leute sagen, der Norden ist weiß, weil er aus Menschenknochen besteht«, sagt er. »Du bist nicht die Erste, die sich wünscht, diese Knochen könnten sprechen.«

Ich habe eine klare Erinnerung daran, wie ich Alexejs Ausschreibung in Oxford gesehen habe. Eines Nachmittags flüchtete ich in ein Café, um einem Hagelschauer zu entgehen. Während ich wartete, warf ich einen Blick auf das Schwarze Brett und konnte es nicht fassen. *Das* würde mein Ticket nach Russland werden, wenn ich die Stelle ergatterte, und drei Monate mit Alexej Iwanow würden zweifellos spannend werden. Begeistert trat ich einen Schritt zurück, aber ich spürte auch, wie mir ein Schauer über den Rücken lief. Vielleicht war es die Kälte von draußen oder ein Hagelkorn, das sich in meinen Pullover verirrt hatte. Ich schüttelte das Gefühl ab. Aber was war das? Was habe ich in diesem Moment gefühlt, was ich seitdem nicht mehr fühlen wollte?

Was, wenn ich die ganze Zeit über einem Irrtum aufgesessen bin? Was, wenn ich mir diese Stelle gar nicht ausgesucht habe? Was, wenn er mich ausgesucht hat, weil ich so aussehe wie sie?

Lew taucht kurz vor dem Abendessen auf, nachdem er den Nachmittag in der Datscha seiner Eltern verbracht hat. Er sieht von der Tür aus zu, wie ich versuche, Pelmeni zu machen, wie meine Mutter sie gemacht hat, als ich klein war. Am Ende fügte sie noch mit großer Geste Knoblauch und saure Sahne hinzu. Ich habe nie einen Gedanken daran verschwendet, bis sie anfing, nur noch Sandwiches zu machen.

»Du hast dich also heute mit dem Forscher von Memorial getroffen?«, fragt er. »Wie war's?«

»Interessant«, antworte ich. »Er meint, dass die Lubjanka-Akten irgendwann für die Öffentlichkeit zugänglich sein werden.«

»Nicht jeder wird wissen wollen, was da in diesen Tunneln lagert.«

»Würdest du es wissen wollen?«

»Nein«, sagt er.

»Warum nicht?«

»Nichts davon spielt mehr eine Rolle. Ich kann niemanden freisprechen.«

»Wie deine Familie vielleicht?«

»Meine Familie?«

Ich drehe mich zu ihm um. »Eine Journalistin hat dich ausgewählt, um das Innenministerium in den Schmutz zu ziehen. Und das Innenministerium hat dich mit dieser Bewährungsfrist davonkommen lassen. Wir wissen alle, wie die Dinge hier laufen. Jemand hält dir den Rücken frei. Ein Elternteil? Eine Tante, ein Onkel? Ein Freund der Familie?« Ich wende mich wieder der Arbeitsfläche zu. »Du musst es mir nicht sagen. Aber du brauchst auch nicht über mein Bedürfnis, die Vergangenheit zu verstehen, urteilen.«

Ein langes Schweigen. Ich glaube, ich habe ihn beleidigt.

Ich lege das Nudelholz zur Seite. »Kannst du mir helfen, die Füllung auf den Teig zu häufen?«

Er setzt sich ohne ein Wort hin und macht sich an die Arbeit. Offensichtlich hat er das schon öfter gemacht. Niemand hätte sonst so flinke Finger dabei.

»Wie war es bei deinen Eltern?«, frage ich, nur um etwas zu sagen, irgendetwas.

»Nur bei meiner Mutter«, sagt er. »Ich wollte einen Rat.«

»Rat in Bezug auf was?«

Er lächelt. »Mein Vater ist General«, sagt er, als würde das meine Frage beantworten.

»Oh. Wow.«

»Er ist Sicherheitsberater im Kreml.«

»*Diese* Art von Soldatenfamilie also.«

»Er ist außerdem ein Kommunist der alten Schule, der Gorbatschow verachtet. Er will, dass alles wieder so wird, wie es unter …«

»Stalin?«

Lew lacht. »Ich wollte eigentlich Breschnew sagen. Aber ja, mein Vater ist unglücklich darüber, wie viel Kontrolle die Partei verloren hat. Wie viel Macht. Er führt viele der Schwierigkeiten der letzten Jahre darauf zurück. Er mag keine Veränderungen.«

»Das war es also, was deine Journalistin wollte? Zugang zu deinem Vater?«

»Meine Journalistin?«

»Du weißt, was ich meine.« Ich drücke die Teigtasche in Form.

An seinem Kiefer zuckt ein Muskel. »Es war mein Vater, der mir diesen Auftrag hier verschafft hat. Er hasst Alexej Iwanow noch mehr als Gorbatschow. Ich glaube, er hat sich erhofft, dass ich ihn ausspioniere.«

»Und jetzt musst du mit mir Teigtaschen füllen.«

»So schlimm ist das nicht.« Seine Stimme ist neutral. »Ich habe dir etwas mitgebracht, Raisa. Aus dem Garten meiner Mutter.«

Lew greift in seine Jacke und zieht eine einzelne, kleine rosa Rose heraus. Ich kann sie nur anstarren. Die Menschen hier in Russland sind mit der Sprache der Blumen vertraut, aber ich war zu lange weg. Ich weiß nur noch, dass rote Rosen für tiefe Gefühle stehen und ein Strauß immer, immer, *wsegda*, eine ungerade Anzahl von Blumen enthalten sollte. Aber nach allem, was ich weiß, könnte diese Blume hier das Einzige sein, was seine Mutter züchtet. Sie muss also nichts bedeuten.

Er sieht mich aufmerksam an.

»Sie ist wunderschön.« Ich greife nach der Rose und hüstele. »Danke.«

»Willst du heute Abend eine Schreibschriftstunde?«, fragt er.

»Nein, ich – ich glaube nicht. Vielleicht beim nächsten Mal.«

»Du meidest es.«

»Ich schätze, das stimmt.«

»Warum?«

Als ich nicht antworte, sagt Lew: »Du bist auch mir aus dem Weg gegangen.«

»Ich suche besser mal eine Vase.« Die Gewürze lassen meine Augen tränen. Ich kann das nicht. Ich kann es einfach nicht. »Und dann muss ich mich ans Kochen machen.«

David Antonowitsch leitet mir mehrere Interviews weiter, die Walentin Andrejews Frau zwischen 1950 und 1980 gegeben hat, als sie im hohen Alter von neunundachtzig Jahren hier in Moskau starb. In diesen Interviews spricht Wiktorija Katenina – nach dem Zweiten Weltkrieg nahm sie wieder ihren Mädchennamen an – hauptsächlich über die Anfänge ihrer Pianistinnenkarriere, den Alltag während der Massensäuberungen in den Dreißigerjahren und den dramatischen Aufstieg und Fall ihres berühmten Vaters, des Schriftstellers. Über ihren Ehemann spricht sie nie.

David bringt mich mit Wiktorijas Schwiegertochter, einer Physikprofessorin, in Kontakt. Sie heißt Marina, und als ich in ihrem Büro anrufe, erklärt sie sich zu einem persönlichen Treffen bereit. Wir finden einander in einem kleinen Café in der Nähe des Puschkin-Platzes, und sie schüttelt mir die Hand – eine Geste, die ich bei einer russischen Frau noch nie erlebt habe. Sie ist in den Fünfzigern oder Sechzigern und hat ein frostiges Lächeln und kurze Haare. Wir bestellen am Tresen, und sobald wir Platz genommen haben, übernimmt sie das Kommando.

»Mein Mann Michail«, setzt sie an, »hat es satt, dass Journalisten und Historiker versuchen, Stücke vom Kadaver seiner Familie abzubeißen, wie er meint. Er weiß nicht einmal, dass wir uns heute treffen. Aber ich beantworte gerne alle Fragen, die Sie zu Wiktorija haben. Sie war so gut zu mir.«

»Ich bin Ihnen dankbar für Ihre Hilfe«, sage ich. »Fangen wir mit Ihrem Mann an, wenn das in Ordnung ist. Michail Katenin. Er hat den Familiennamen seiner Mutter angenommen. Was ist mit seinem Vater?«

»Was ist mit seinem Vater?«

»War sein Vater Walentin Andrejew?«

Wir sitzen schweigend da, während die Kellnerin eine Kanne Tee auf den Tisch stellt.

»Ihr Russisch klingt für mich seltsam«, sagt Marina.

»Ich habe in England gelebt.«

»Sollen wir uns lieber auf Englisch unterhalten?«

»Klar. Aber ich …«

»Sie sind auf dem Holzweg«, erklärt Marina auf Englisch. Sie hat einen präzisen, vornehmen Akzent, der mir das Gefühl gibt, wir könnten uns in der Nähe von Oxford befinden. »Michail hat seinen Vater nie kennengelernt.«

»Sein Vater war also nicht Wiktorijas Ehemann?« Die englischen Worte scheinen mir an den Zähnen kleben zu bleiben. Ich bin aus der Übung. »Walentin Andrejew, der Bolschewik, der 1924 auf die Solowezki-Inseln geschickt wurde und nie zurückkehrte?«

»Mein Mann wurde in den Dreißigerjahren geboren.«

Das war es dann wohl mit dieser Theorie.

»Wieso interessieren Sie sich für Walentin Andrejew?«, fragt Marina.

»Hat Wiktorija ihn Ihnen gegenüber jemals erwähnt?«

»Noch mal«, sagt sie, »warum?«

Wie kann ich ihr sagen, dass ich inzwischen davon überzeugt bin, dass aus Walentin Andrejew der Historiker Alexej Iwanow geworden ist? Wie kann ich sagen, dass Wiktorijas Ehemann vielleicht eine der berühmtesten Memoiren des vergangenen Jahrhunderts verfasst hat und dass er mindestens einmal pro Woche seine Lebensgeschichte – ein Kapitel davon – mit Hunderten von Fremden teilt?

»Ich glaube, ich kenne ihn«, sage ich.

»Sie glauben, ihn zu kennen«, wiederholt sie.

Ich spüre, wie ich rot werde. »Es ist nur eine Vermutung.«

Marina schaut sich im Café um, als fürchte sie, dass noch jemand zuhören könnte. »Warum glauben Sie das?«

»Wenn ich recht habe, lebt er unter einem anderen Namen. Ich glaube, er sucht nach jemandem, der vielleicht zu meiner Familie gehört, der mit mir verwandt ist, nur weiß ich nicht, wie. Ich weiß auch nicht, was er will. Ich weiß nur, dass er bald wieder in Moskau sein wird. Wenn Ihnen also irgendetwas einfällt, das mir helfen könnte …«

Ihre Augen haben sich zu Schlitzen verengt. Ich zwinge mich, weiter Tee zu trinken.

»Walentin Andrejew hat das Exil überlebt«, sagt Marina. »Er ist 1933 zurückgekommen. Die Familie hat es niemandem erzählt.«

»Was?« Es kommt als Keuchen heraus. »Warum nicht?«

»Wiktorijas Vater, Pawel, stand in der Gunst des Regimes. Vielleicht dachte er, einen ehemaligen Sträfling aufzunehmen wäre gefährlich oder würde einfach schlecht aussehen. Aber damals versuchten die Menschen allgemein, nicht zu viel zu reden. Jeder verheimlichte das eine oder andere.«

»Aber hätte Wiktorija sich nicht einfach scheiden lassen können? Warum sich die Mühe machen, ihn zu verstecken?«

»Wiktorija war ein guter Mensch«, antwortet Marina. »Walentin kehrte traumatisiert zurück. Er brauchte Hilfe. In die Öffentlichkeit konnte er ohnehin nicht gehen, also taten sie einfach so, als wäre er nie nach Hause gekommen. So etwas in der Art.«

»Hat Wiktorija Ihnen das erzählt?«

»Nicht direkt. Im Laufe der Zeit habe ich mir das selbst zusammengereimt. Meine Generation weiß, wie man zuhört.«

Ich bin so dicht an einem Körnchen Wahrheit, dass ich es fast zwischen meinen Fingern zerreiben kann. »Warum hat Wiktorija in ihren Interviews nichts davon gesagt? Die Historiker glauben immer noch, dass Walentin in den Lagern gestorben ist.«

»Wiktorija hat in diesen Interviews ihr Bestes gegeben«, sagt Marina knapp, »um allen den gewünschten Einblick in diese schreckliche Zeit zu geben. Aber sie war auch ein Mensch mit ihrem eigenen Herzschmerz, ihren eigenen Sorgen. Sie war kein lebendes Archiv.«

Vielleicht neige ich manchmal dazu, zu vergessen, dass es sich um echte Menschen handelt, um echte Lebensläufe, nicht einfach nur um Zahlen in einer Gleichung, um Teile eines Puzzles, das ich zu lösen versuche. Die Kellnerin kommt wieder vorbei, und ich senke den Blick in meinen Schoß.

»Walentin hat die Familie Jahre später verlassen, nachdem Michail geboren war«, sagt Marina. »Hat sie im Stich gelassen. Aber wie gesagt, Walentin war nach so vielen Jahren im Gulag krank im Kopf. Es ist also durchaus möglich, dass Sie recht haben. Dass er einen neuen Namen angenommen hat und einfach jemand anders geworden ist.«

»Wissen Sie, wann er die Familie verlassen hat?«

»Nein. Ich habe nicht alle Fakten, weil mein Mann sich mit dem Thema so schwertut«, sagt Marina und wechselt wieder ins Russische. »Aber wenn sein Vater noch am Leben wäre, würde Michail es wissen wollen. Da bin ich mir ganz sicher. Deshalb erzähle ich Ihnen das alles. Ich hoffe, ich kann Ihnen vertrauen.«

Ich mache Anstalten, zu beteuern, dass sie das kann, aber sie schüttelt den Kopf. Sie weiß eindeutig mehr, als sie sagt, aber unser Gespräch ist beendet. Wenigstens scheint es jetzt einen Weg zu geben, Alexej und seine Vergangenheit aufzubrechen. In den letzten Jahren war es einfach für ihn, den schwierigen Fragen auszuweichen, denn sobald er das Wort ergreift, sind alle anderen sprachlos. Falls er tatsächlich Walentin Andrejew ist, bezweifle ich, dass er die Wahrheit leugnen wird, wenn er seinem eigenen Sohn gegenüberstünde.

»Sollten sie sich begegnen?«, frage ich.

»Ich werde mit meinem Mann sprechen«, sagt sie. »Danach kann ich Sie anrufen.«

Nach seiner Rückkehr aus Nowosibirsk ist Alexej nicht mehr ganz sein geschmeidiges Selbst. Er bestellt mich ins Wohnzimmer und stößt immer wieder tiefe Seufzer aus, die wohl als Atemzüge durchgehen sollen. Er fragt, ob ich bei Akulina Burzinowa etwas erreicht habe. Ich berichte, ich sei bei ihr gewesen und hätte erfahren, dass ihr das Manuskript der Memoiren der Gräfin geschickt worden ist. »Es gab nie einen Keller«, stelle ich klar.

Alexej ist sichtlich enttäuscht. Er kommt mir vor wie ein Mensch, den Keller voller alter Manuskripte begeistern. Wie seine Wohnung, nur noch voller, sodass man noch größere Gefahr liefe, zwischen den Schriften unterzugehen.

»Sie müssen noch einmal zu Akulina«, sagt Alexej. »Fragen Sie sie – fragen Sie sie, ob sie das Original noch hat.«

Ob sie das Original noch hat? Was will er bloß? Sorgt er dafür, dass ich beschäftigt bin? Nein. Ich wette, er wusste, dass Akulina meine Ähnlichkeit mit Tonja auffallen würde. Er muss wissen, dass sie diejenige ist, die mir das Bild im Rahmen gegeben hat. Was will er von ihr?

»Warum?«, frage ich unverblümt.

»Zeitzeugen sind immer die Mühe wert«, antwortet er. Sein Blick schwenkt in meine Richtung, bleibt aber unscharf, als würde er jemanden hinter mir beobachten. Alexej Iwanow wird ebenfalls heimgesucht, nur dass sein Geist seinen Namen nicht ausspricht und er nicht den ihren.

»Jetzt sind Sie also bereit, mit mir zu sprechen«, sagt Akulina, die auf ihrem Sofa sitzt und von einer großen Decke halb verschluckt wird. »Letztes Mal konnten Sie nicht schnell genug von hier flüchten.«

Ihre Katze manövriert sich zwischen meine gekreuzten Knöchel. »Es tut mir leid, Ihnen das sagen zu müssen«, beginne ich,

»aber der Bilderrahmen, den Sie mir gegeben haben, ist zerstört worden.«

»Zerstört! Wie konnten Sie nur so unvorsichtig sein?«, fragt sie etwas schrill.

»Das Foto ist in Ordnung. Das Glas, der Rahmen – der Historiker, für den ich arbeite, hat sie zertrümmert. Ich glaube, er hat Tonja gekannt.«

»Wie lautet der Name dieses Historikers?«

»Alexej Iwanow.«

»Ich habe noch nie von ihm gehört.« Ihre Stimme klingt wieder rau, brüchig. »Wie sieht er aus?«

»Er ist alt«, sage ich, und sie kichert. »Hier. Das hier habe ich mitgebracht – das ist er.«

Akulina holt eine Brille aus ihrer Brusttasche. Einen Moment lang betrachtet sie die Rückseite der Ausgabe des *Letzten Bolschewiken*. Dann schüttelt sie den Kopf. »Falls ich ihm je begegnet bin, ist es zu lange her.«

»Was ist mit Tonja passiert?«, frage ich und stecke das Buch enttäuscht zurück in meine Tasche.

»Das weiß ich auch nicht«, sagt sie. »Ich wünschte, ich wüsste es. Letztes Mal habe ich Ihnen doch erzählt, dass sie mich und meinen Bruder bei sich aufgenommen hat. Damals habe ich mich nicht einmal bei ihr bedankt. Wir haben den Kontakt verloren, nachdem ich in den Osten gegangen bin. Sie lebte noch auf Otrada. Als ich zurückkam, war sie nicht mehr da, und jetzt ist alles, was ich noch von ihr habe, dieses eine Bild – oder zumindest hatte ich es.«

»Otrada«, sage ich und rolle das r, wie Akulina es getan hat. Es fühlt sich leicht an auf meiner Zunge. Ich habe die ganze Zeit über das englische r benutzt. Kein Wunder, dass Marina mein Russisch seltsam fand.

»Tonjas Familiensitz in der Provinz Tula.«

»Das ist sie. Alexej Iwanow sucht nach Tonja.« Ich kann nicht glauben, wie normal ich klinge. »Sie ist das Projekt, nur ihretwegen sind wir nach Moskau gekommen.«

»Na, da wünsche ich ihm viel Glück.« Akulina klingt unbeeindruckt. »Tonja hatte viele Verehrer.« Sie hält inne, und dann trifft sie die Erkenntnis. »Aber Sie. Sie sehen genauso aus wie sie. Ist das der Grund, warum er Sie ausgewählt hat?«

»Ich glaube schon.«

»Hat er das gesagt?«

»Nein.«

»Dann sollten Sie Moskau verlassen«, sagt sie. »Sie müssen weg von hier. Was, wenn er versucht, Ihnen etwas anzutun und nicht nur dem Bilderrahmen? Lassen Sie mich das Buch noch einmal sehen, um sicherzugehen, dass es nicht der Mann ist, mit dem Tonja zusammengelebt hat, als ich bei ihr war. Den mochte ich überhaupt nicht. Ich kann mich nur nicht mehr an seinen Namen erinnern. Doch, ich weiß ihn wieder. Sascha.«

Pflichtschuldig reiche ich ihr wieder den *Letzten Bolschewiken.*

»Nein«, sagt Akulina und klingt erleichtert. »Es ist nicht Sascha.«

»Ich glaube wirklich nicht, dass Alexej sich schnell genug bewegen könnte, um jemanden zu verletzen. Und er macht keinen gefährlichen Eindruck«, sage ich. »Er wirkt nur verloren.«

Akulina schnaubt geräuschvoll. »Ich würde trotzdem abreisen, wenn ich Sie wäre.«

»Aber ich hasse unbeantwortete Fragen.« Es platzt einfach heraus. »Ich habe dieses dringende Bedürfnis, Dinge zu verstehen. Man verbringt sein gesamtes Leben unter Leuten, die sich abschotten, die die wahre Geschichte für sich behalten, und ich kann nicht anders, ich würde alles tun, um die Wahrheit zu erfahren, und nichts ist zu beängstigend oder zu riskant, wenn ich nur die Antwort bekäme. Es ist, als wüsste Alexej …«

Als wüsste er das über mich.

»Das Originalmanuskript der Memoiren Ihrer Mutter«, sage ich zitternd. »Haben Sie es noch? Dürfte ich es sehen?«

»Ich werde nicht ewig leben«, sagt Akulina mit einer fast gespenstischen Stimme, die mir verrät, dass sie weiß, wie viel Zeit ihr bleibt. »Sie können es mitnehmen, Mädchen. Bewahren Sie es nur gut auf. Lassen Sie den Historiker nicht in seine Nähe.«

Als ich in die Wohnung zurückkehre, ist niemand zu Hause. Die Nacht bricht herein. Ich liege unter meiner Decke, als ich einen Schlüssel im Schloss höre. Die Wohnungstür quietscht, wie sie es immer tut, wenn man versucht, leise zu sein. Es ist Lew. Er kommt ins Wohnzimmer, ohne Licht anzumachen. Er riecht anders, ein bisschen nach Seife.

»Du bist noch wach, oder?«, sagt er, setzt sich auf das Klappbett und streckt sich.

»Ich möchte, dass wir wieder Freunde sind.«

»Ist es das, was du willst?« Aber er lässt mir keine Gelegenheit zu antworten. »Ich dachte, du wärst heute Nachmittag hier.«

»Ich war bei Akulina Burzinowa. Ich kann dir morgen alles erzählen.«

»Erzähl es mir jetzt«, sagt er und schaltet die Lampe ein.

Ich schlage meine Decke beiseite und fasse unter das Sofa. »Akulina hat mir das Originalmanuskript von Nataljas Memoiren gegeben. Ich muss mich jetzt entscheiden, ob ich es Alexej zeige, weil er darum gebeten hat, oder ob ich es verstecken soll, wie sie es möchte. Schau es dir an.«

Lew öffnet die kleine Schachtel, die Akulina mir gegeben hat und die Hunderte von losen Seiten enthält. Er dreht eine nach der anderen um, während ich ihm über die Schulter schaue. Auf das Stück Papier, das er in der Hand hält. Auf die Handschrift.

Ich habe in einem Café in Oxford eine volle Stunde damit verbracht, diese Handschrift zu entziffern.

Ich gehe zu meinem Kopfkissen, finde Mums Notizbuch, setze mich wieder hin und schlage die erste Seite auf. *Ein Hinweis für den Leser. Diese Geschichten sollten nicht der Reihe nach gelesen werden.*

Dieselbe Person hat beides geschrieben. Das Märchenbuch und Nataschas Memoiren.

»Geht es dir gut?«, fragt Lew.

»Ja, ja. Aber warum?«

»Du weinst.«

»Oh. Es ist nur, weil ...« Ich wische mir mit dem Handrücken über die Wange, aber es hilft nicht. »Weißt du, du hast mich gefragt, warum ich Mums Notizbuch in letzter Zeit gemieden habe, also, weißt du, ich hatte diese Hoffnung, diese fixe Idee, dass mein Papa diese Geschichten tatsächlich geschrieben haben könnte, dass ich seinen Code knacken und irgendwie seine Stimme wieder hören könnte.« Ich kann kaum noch sprechen, weil ich Schluckauf bekomme. »Aber jetzt weiß ich, dass er die Märchen nicht geschrieben hat. Es war von Anfang an dämlich, das zu glauben, weil verschlüsselte Nachrichten überhaupt nicht so aussehen, und jetzt ist es, als hätte ich ihn wieder verloren. Er ist tot. Mein Vater hat mir keine geheime Nachricht aus dem Grab hinterlassen. Er ist wirklich tot.«

Lew legt das Notizbuch weg und nimmt mich in die Arme. Irgendwann, ich weiß nicht genau wann, höre ich auf zu weinen. In England habe ich nie geweint. Jetzt scheine ich nichts anderes mehr zu tun.

»Die Handschrift ist dieselbe«, sage ich mit zittriger Stimme und löse mich von ihm. »Ich kann sie kaum lesen, aber das kann ich erkennen.«

Er denkt darüber nach. »Ja, ich sehe es auch. Aber ist das nicht etwas Gutes? Wenn es ein Code wäre, hättest du jetzt zwei Muster davon. Damit würde es viel einfacher werden, ihn zu knacken, zu verstehen.«

Mein Atem bebt in meiner Brust. »Ich glaube, du hattest recht.«

»Recht womit?«

Dieses Gefühl habe ich oft, wenn ich an einem mathematischen Problem arbeite, genau dann, wenn es mir fast unlösbar vorkommt. Man blickt von endlosen Seiten voller Zahlen auf, von Sackgassen und vergeblichen Versuchen, und in einem einzigen Moment sieht man, dass die Lösung da ist, vor einem liegt, aber man muss im richtigen Moment danach greifen, auf die richtige Art und Weise, oder sie entgleitet einem, und das Problem ist wieder unlösbar.

»Mein Vater hat immer zu mir gesagt, dass ein Code nur ein Sichtschutz ist.« Ich taste mühsam nach den Wörtern. »Wie fallender Schnee. Diese Geschichten sind eine andere Art von Tarnung. Sie verdecken etwas, aber es gibt immer noch einen Weg darunter hindurch. Du hast gesagt, dass du die ursprünglichen Worte sehen kannst, die, die ausradiert worden sind?«

»Ja. Warum?«

»Weil«, sage ich, »ich sie wieder hervorholen will.«

TEIL 3

Der Junge und die Wellen

In einem fernen Königreich, in einem längst vergangenen Land wurde ein Junge aufs Meer hinausgetrieben. Die Wellen trugen ihn immer weiter, bis er so weit vom Ufer entfernt war, dass er es nicht mehr sehen konnte. Er wusste nicht, ob es noch da war. Er wusste nicht, ob er schon ertrunken war. Er begann zu weinen.

Sei still, sagten die Wellen, dann werden wir dir helfen, denn du hast uns mit deinen Tränen stärker gemacht.

Sei still, und wir werden dich nach Hause tragen.

Die Wellen hielten ihr Versprechen, doch als der Junge wieder Land betrat, war er schon ein alter Mann. Er erkannte niemanden, nicht einmal seine eigene Familie, und auch sie erkannten ihn nicht. Er wandte sich zurück zu den Wellen und schrie ihnen entgegen: Ihr habt mich an den falschen Ort gebracht. Das ist nicht meine Heimat.

Und die Wellen erwiderten: Heimat ist kein Ort.

KAPITEL 19

Antonina

Moskau, Frühjahr 1938

Der Vernehmungsbeamte glaubt ihr nicht. Es ist seine Aufgabe, niemandem zu glauben. Er lehnt sich zurück, lange genug, dass Tonja sich auf ihrem Stuhl winden möchte, aber sie bleibt sittsam sitzen, den Blick gesenkt. Das Büro des Vernehmungsbeamten ist gemütlich, intim. Seit einem halben Jahr treffen sie sich hier, und noch immer wirkt jedes Detail der Treffen inszeniert, absichtlich. Im Hintergrund läuft eine Radiosendung, die von den neuesten Machenschaften des deutschen Reichskanzlers Hitler berichtet. Draußen auf dem Flur pulsiert das Leben.

Sie befinden sich im Lubjanka-Gebäude, dem Hauptquartier des NKWD, der sowjetischen Staatssicherheit, der jüngsten Inkarnation der Tscheka. Die Lubjanka liegt am belebten Dserschinski-Platz. *Halten Sie einen Moment inne*, sagen die Leute, *trinken Sie in der Taverne an der Ecke noch etwas oder bewundern Sie die Schale in der Mitte des Vitali-Brunnens. Schauen Sie sich ein letztes Mal um, bevor Sie hineingehen.*

Die Jahreszeit hat noch nicht gewechselt. Die Menschen eilen in ihren wärmsten Wollsachen von der Arbeit nach Hause, die Ohrenklappen tief hinuntergezogen. Dunkelheit tropft vom Himmel und legt sich am späten Nachmittag über die Stadt, die Pflastersteine sind schnell mit Frost überzogen, wobei es vielleicht nicht mehr lange Pflastersteine geben wird. Viele Straßen sind bereits asphaltiert, um für die wachsende Zahl von Autos gerüstet zu sein, wie beispielsweise die Schwarzen Krähen des NKWD, obwohl die nur nachts herauskommen. Nächtliche Jäger.

Tonja ist hochschwanger, sie geht vorsichtig. Es gibt eine bestimmte Route, die sie auf dem Rückweg von ihrem Termin beim Verhörbeamten nimmt, vorbei an dem kürzlich eröffneten Café, vorbei an den Öffnungen der neuen, hell beleuchteten Metrostationen. Sie ist nie in Versuchung, die Metro zu benutzen. Sie mag zwar lichtdurchflutet sein, aber man muss trotzdem unter die Erde.

Unterwegs macht sie sich Sorgen.

Vor fünf Jahren, 1933, kam Wiktorija Andrejewa nach Otrada und suchte nach ihr. Wiktorijas Neuigkeiten waren unglaublich: Walentin war nach Hause gekommen. Nein, er war durch Pawel Katenins Beziehungen heimlich nach Hause geschmuggelt worden, vom Weißmeerkanal aus, wo er zwei Jahre verbracht hatte, weit über das Ende seiner ursprünglichen Haftstrafe hinaus. Insgesamt acht Jahre Zwangsarbeit.

Wiktorija hatte die Fassung verloren, war in Tränen aufgelöst, als sie erklärte, wie schwierig es war, mit Walentins bizarrem Verhalten zurechtzukommen, seinen unberechenbaren Wutausbrüchen, seinem Gedächtnisverlust, seinen langen Phasen von etwas, das sie *Leere* nannte. Ihr Vater hatte für neue Ausweispapiere und medizinische Behandlung gesorgt, aber all das änderte nicht viel, und Pawels neueste Ideen, wie man Walentin helfen könnte, begannen Wiktorija zu beunruhigen. Medikamente, die noch nicht erprobt waren. Experimentelle Behandlungen. Operationen. Unterdessen war das Einzige, was Walentin klar und deutlich von sich gab, Tonjas Name – und eine komplizierte und präzise Wegbeschreibung nach Otrada.

Exakt die Wegbeschreibung, die Tonja ihm am Tag seiner Verhaftung 1924 gegeben hatte.

Wiktorija wollte nach Leningrad zurückkehren, also erklärte sich Tonja bereit, nach Moskau zu ziehen. Natürlich nahm sie die fünfzehnjährige Lena mit. Sie übernahmen Wiktorijas Wohnung, und Tonja fand eine Stelle in einem Kinderheim. Lena meldete sich in der Schule an und half bei der Pflege ihres Vaters. Im ersten Jahr war Walentin derjenige, den Wiktorija beschrieben hatte.

Es brauchte Zeit, Energie und Tränen, aber schließlich erholte er sich. Beinahe.

Es war nicht ihre Gegenwart, die ihm am meisten half, wenn sie ganz ehrlich zu sich selbst ist. Was half, war, dass er die Politik wiederentdeckte. Pawel Katenin ist der einzige andere Mensch in Moskau, der weiß, dass Walentin hier ist – abgesehen von den wenigen Menschen, mit denen Walentin *inoffiziell* in Kontakt steht. Hier in der Hauptstadt gibt es einen leise aufkeimenden antisowjetischen, antistalinistischen Widerstand. Tonja wagt es nicht, Walentin davon abzubringen, denn er ist endlich geheilt. Beinahe.

Früher war es erträglich, so zu leben. Aber im Laufe des letzten Jahres hat sich die Atmosphäre verändert, seit Stalin damit begonnen hat, Mitglieder der alten bolschewistischen Garde, zu der auch Walentin gehört, zu verhaften und hinzurichten, die Partei und das Land zu *säubern.* Die Gefahr bleibt im Verborgenen, aber sie ist spürbar. Wie das Baby, das Tonja in sich trägt.

Wenn der NKWD Walentin ein zweites Mal verhaftet, ist es für immer. Er wird nicht mehr zurückkommen.

Tonja schließt von innen ab. »Hallo?«, ruft sie, und ihre Stimme hallt ihr entgegen. In dem Echo hört sie ihre eigene Angst. In der Lubjanka hört sie sie nie. »Wo bist du?«

Die Tür zur Küche öffnet sich. »Endlich bist du wieder da«, sagt Walentin. Er haucht ihr einen Kuss auf die Stirn, sanft wie Insektenbeine, seine Hände legen sich auf ihren dicken Bauch.

Oben in der Leontjewski gibt es ein Entbindungsheim, das Tonja in etwas mehr als einem Monat wird aufsuchen müssen, ein hässlicher Backsteinbau mit einem Schild wie ein Nebelhorn: »Stationäre Versorgung«. Walentin wird man nicht hineinlassen, aber er sollte sich ohnehin so wenig wie möglich in der Öffentlichkeit blicken lassen. Sie wird ihr Kind ohne ihn zur Welt bringen, wie beim letzten Mal.

»Ich frage mich, was er von dir will«, murmelt Walentin. »Warum tut ein Verhörspezialist so etwas, bestellt dich Woche für Woche ein, monatelang.«

»Solange das so weitergeht, bist du in Sicherheit«, flüstert sie.

Walentin seufzt so tief, dass er sich räuspern muss. Seit dem Tag, an dem er vom Weißmeerkanal nach Hause kam, hat er dieses leichte Rasseln in der Brust. *Das kommt davon, wenn man sich zwei Jahre lang durch einhunderteinundvierzig Meilen massiven Granit sprengt*, hat er gesagt, als wäre es ein Witz. *Es muss ja alles irgendwohin.* »Das ist nicht nötig, Tonja. Der NKWD hat nichts gegen mich in der Hand. Wenn sie etwas hätten, säße ich bereits in der Lubjanka. Wie früher.«

»Jetzt ist es anders. Sie brauchen keine Beweise.«

»Du kannst so nicht ewig weitermachen, *milaja.*«

»Wenn du bereit wärst, Moskau zu verlassen, müsste ich es nicht tun.«

»Ich habe gerade gesagt, dass du es nicht musst.«

»Lass uns nicht streiten«, sagt sie und legt eine Hand auf ihren Bauch. Wenn sie ein weiteres Wort sagt, werden all ihre Ängste aus ihr hervorquellen, die Angst, dass er eines Tages, wenn sie im Waisenhaus arbeitet, die Wohnung verlässt und selbst zur Lubjanka marschiert, direkt zu einem NKWD-Beamten geht und mitteilt: *Ja, ich bin ein Altbolschewik, ja, ich bin ein antisowjetischer Volksfeind, der daran arbeitet, dieses Regime und alles, wofür es steht, zu stürzen, und ja, ich werde das tun bis zu dem Tag, an dem ich sterbe.* Das wird dann der Tag sein, an dem er stirbt.

Sie würde es niemals laut aussprechen, aber wahrscheinlich möchte Walentin so sterben. Auf der großen Bühne, nach einem letzten Auftritt. Vermutlich hat er die Rede bereits geschrieben, die er halten will, und wenn er allein ist, spricht er sie vor sich hin, so wie er es früher getan hat, als sie beinahe noch Kinder waren, vor der Oktoberrevolution, vor dem Untergang der Romanows. Bevor er und seine Partei alles bekamen, was sie jemals haben wollten.

Der Vernehmungsbeamte hat einen Namen, aber sie weigert sich, ihn zu verwenden. Tonja zieht es vor, ihn als Figur zu betrachten, denn sie ist entschlossen, aus alledem eine Geschichte zu machen, wenn es vorbei ist, vielleicht wieder eine, die sie den jüngeren Kindern im Heim erzählen kann. Sie wird ihn detailliert beschreiben, seinen fleischigen Bauernakzent, den er zu verbergen versucht. Sein zurückgegeltes Haar, sein bleistiftdünnes Lächeln. Die Art und Weise, wie er seinen persönlichen Ehrgeiz mit sich herumträgt, je höher er aufsteigt, je mehr er erreicht, desto schwerer wird die Last.

Der Vernehmungsbeamte pflückt sich die Menschen von der Straße wie Insekten von einer Picknickdecke. Sie werden in sein persönliches Fahrzeug geführt, einen schwarzen Emka Tourenwagen mit rotem Streifen an der Seite. Am Anfang versucht er, das Ganze aufregend und sinnvoll erscheinen zu lassen:

Wie sehr sind wir doch auf so mutige, tapfere Bürger wie dich angewiesen, die unserer großen Nation bei der Identifizierung von Saboteuren und Verrätern helfen!

Unterschreib nur dieses Blatt Papier. Unterschreib.

Er spricht nie aus, dass man als Informant halb Gefangener und halb Wache ist. Man bekommt das Schlechteste von beiden Welten. Er sagt nie, dass der Staat sich selbst auffrisst und das Volk gegen das Volk aufhetzt. Er spricht nie davon, was passiert, wenn man nicht unterschreibt. Er geht davon aus, dass man es schon weiß, und Tonja weiß es.

Sie wacht nicht mehr schreiend aus ihren Albträumen auf, nicht wie früher. Komme, was da wolle, sie hält jetzt den Mund. Sie presst ihn so fest zusammen, dass ihre Lippen am Morgen manchmal blutverschmiert sind. Aber sie ist nicht allein. In Moskau weiß jeder, wie gefährlich es ist, aus Versehen den Mund aufzumachen. Den falschen Witz zu erzählen. Den falschen Namen auszusprechen. Zu gestehen.

»Deine Tochter Lena«, sagt der Vernehmungsbeamte. Er legt den Kopf zur Seite, mustert Tonja aus dem Augenwinkel. So wirken seine Augen groß, knollig, wie Fischaugen. Heute ist das Radio ausgeschaltet, aber das kleine Grammofon in der Ecke spielt ein Volkslied, zu dem ein Bauer vielleicht mit seinem Filzstiefel den Takt klopfen würde. »Ich habe erfahren, dass sie an der Staatlichen Universität in Leningrad studiert. Biologie? Medizin? Du hast deine Lenotschka gar nicht erwähnt.«

Das Wort *Lenotschka* zieht er so in die Länge, dass es sich aufbläht.

»Sie weiß nichts über ihren Vater«, sagt Tonja. »Er wurde auf die Solowezki-Inseln geschickt, bevor sie einander kennenlernen konnten.«

Das Volkslied läuft immer noch. Es geht weiter und weiter, zu dieser Art Bauernmusik gehört es. Sie ist für ein Festmahl, eine Hochzeit, eine Feier auf den Feldern gedacht. Sie fragt sich, wie der Vernehmungsbeamte das aushält, ob es ihn an eine ferne Kindheit erinnert, an seinen Vater, wie er eine Ziegenfußpfeife raucht, an seine Mutter, die die Kissenbezüge bestickt.

»Ich kann dir nicht mehr Spielraum verschaffen«, sagt er, »wenn du mir im Gegenzug nichts gibst.« Der Vernehmungsbeamte holt zum ersten Mal die Hände unter seinem Schreibtisch hervor. Er hält ein Bündel Briefe in der Hand, das mit einer Schnur zusammengebunden ist. Er löst die Schnur und tut so, als würde er nach etwas suchen, aber er weiß, was er sucht. Genau wie an jenem Tag vor sechs Monaten, als er sie zum ersten Mal von der Straße pflückte.

»Die hier kamen von der Ermittlungsabteilung in Solowezki«, sagt er. »Und ich nehme an, es gibt noch deutlich mehr davon, die wir nicht in unserem Besitz haben.«

Er schiebt ihr einen über den Schreibtisch.

»Sieh selbst«, sagt er.

März 1925

Liebe Tonja, milaja moja,
man sagt, dass [nicht zu entziffern] uns hier besuchen wird, vielleicht kann ich mich an ihn um Hilfe wenden. Das Licht ist schlecht, man hält es hier dunkel, also fasse ich mich kurz [unleserlich] das einzige Licht ist meine Erinnerung an Dich.
Walentin

Der Vernehmungsbeamte nimmt den Brief wieder an sich und zupft einen anderen aus dem Bündel.

Juli 1926

Swesda moja,

die Hände tun mir weh von der Arbeit heute, aber ich werde Dir schreiben, solange sie noch dran sind. Es gibt hier noch andere Politische wie mich, Parteimitglieder der ersten Stunde. Weiß Koba, was hier mit uns geschieht? Das fragen sie mich. Aber ich werde es herausfinden. Ich werde überleben, ich werde nach Hause kommen, ich werde der Welt die Wahrheit über diesen Ort erzählen. Pass auf Dich auf – ich glaube, dass Du das hier lesen wirst, ich schicke Dir meine ganze Liebe mit – warte auf mich –

Dein Walentin

Tonjas Kehle schnürt sich zusammen. Koba ist Josef Stalin. Walentin hat ihr über den Genossen Stalin geschrieben. Das ist bereits Verrat genug, und es ist nur eine Zeile aus einem Brief.

»Ich habe unsere Gespräche genossen«, sagt der Vernehmungsbeamte. »Du besitzt eine erstaunliche Gabe, Geschichten zu erzählen. Von der ersten Stunde an wollte ich wissen, wie viele davon du auf Lager hast. Ob sie dir jemals ausgehen werden.«

Die erste Geschichte war ein Versehen gewesen. Er hatte sie nach Informationen über jemanden gefragt, den sie kannte. Sie hatte nicht gewusst, was sie sagen sollte, also hatte sie sich eine Geschichte ausgedacht, so wie sie es auch für die Waisenkinder tat, denn sie wusste, was ihm zusagen würde. Ein Bauernmärchen. Zum Schluss hatte sie etwas Unerwartetes über sein Gesicht huschen sehen, als hätte er in ihren Worten eine andere Existenz für sich wahrgenommen, eine, in der er seine Tiere aufzog, seine Felder bestellte, sein Haus niemals verließ.

»Aber ich versuche, mir eine Karriere aufzubauen, weißt du«, sagt er. »Und der Druck wird immer größer.«

Das Lied ist aus. Die Platte ist zu Ende. Der Vernehmungsbeamte hat das geplant, vielleicht sogar zeitlich abgestimmt. Er zieht ein neues Blatt Papier hervor. Ganz oben schreibt er ihren Namen darauf. Die Erwähnung ihrer Tochter gehörte zu seiner Strategie. Er wird Lenas Namen noch einmal sagen, wenn Tonja nicht unterschreibt. Wird ihn auf diese grauenhafte, klebrige Art aussprechen, als würde er ihn mit seiner Zunge im Mund herumschieben. *Lenotschka.*

»Rette dich, Tonja«, sagt er leise. »Walentin Andrejew ist nicht mehr zu helfen. Er gehört dem Staat. Aber du, in deinem Zustand ...« Er macht eine kleine Geste, auf und ab. »Unterschreib gegen ihn, und wenn er verhaftet wird, verschont man dich. Du hast mein Wort.«

Er spricht von ihrer Schwangerschaft, als hätte er in sie hineingesehen. So wie er die Briefe gesehen hat. Es gibt keine Grenzüberschreitung, die zu obszön wäre, denn es gibt kein Privatleben.

Er öffnet die Hand und präsentiert ihr einen Stift.

»Warte. Einen Moment, warte.« Da ist ein Tröpfchen in Tonjas Auge. Schweiß vielleicht. Es darf nicht laufen, sonst denkt er, er hätte sie zum Weinen gebracht. »Was, wenn ich dir etwas Besseres geben kann? Jemanden, der deine Karriere voranbringt?«

Der Vernehmungsbeamte lacht laut auf. Auch das glaubt er nicht. »Dann finde schnell jemand Besseren«, sagt er. »Bring meine Karriere voran.«

Der Prozess gegen Nikolai Bucharin und die anderen ist zu Ende. Sie wurden der Verschwörung und des Hochverrats gegen den Staat für schuldig befunden. Genosse Stalin wird zusehen, wie alle seine ehemaligen Parteifreunde an die Wand gestellt und erschossen werden. Tonja sieht Walentin beim

Frühstück zu, wie er das Urteil liest. Walentin sagt nichts, er faltet die Zeitung wieder und wieder zusammen, sodass sie am Ende hart ist wie ein zu lange gebackener Keks. Er hat alle diese langjährigen Mitglieder des Politbüros gekannt. Bucharin und Rykow. Sinowjew und Kamenjew, die schon letztes Jahr hingerichtet wurden.

Walentin scheint ihren Blick zu spüren und sieht zu ihr herüber. Er hat diesen Gesichtsausdruck, den er immer hat, wenn Tonja ihn nach dem Weißmeerkanal fragt. Er ist bereit, über die sechs Jahre in Solowezki zu sprechen, aber er spricht niemals über die beiden Jahre, die er am Kanal verbracht hat. Er macht immer nur diesen einen Witz über den massiven Granit. Auch der Gesichtsausdruck ist so. Massiver Granit.

Walentin ist Redakteur einer antistalinistischen Zeitung, und Tonja liest ein paar seiner maschinengeschriebenen Seiten, während sie an dem dünnen Wurzeltee nippt, der schwangeren Frauen empfohlen wird.

»Wonach suchst du, *milaja*?«, fragt Walentin über Tonjas Schulter hinweg. »Du hast noch nie so viel Interesse gezeigt.«

Der Tee ist ungesüßt und brennt in ihrem Mund. »Nichts Bestimmtes.«

»Fällt dir nichts mehr ein, was du dem Vernehmungsbeamten erzählen könntest?«

»Findest du das alles lustig?« Tonja weiß, dass sie so bitter klingt, wie der Tee schmeckt. »Wenn du schon keine Angst um dich hast, dann hab sie wenigstens um mich, um Lena, um das Baby.«

»Wenn der NKWD kommt, dann kommt er, Tonja.«

»*Wenn*? Sie werden kommen! Sie könnten heute Nacht kommen!«

»Und wie kann mich meine Angst dann retten? Was nützt es, hier zu sitzen und zu zittern?«

»Es würde mir zeigen, dass du dich sorgst. Dass du dich um dein Leben sorgst, um unser Leben! Verstehst du denn nicht? Wir hätten Moskau schon vor Monaten, vor Jahren verlassen sollen, aber du musstest das alles weiter betreiben!«

Seine Miene verfinstert sich. »Ich habe die Lager überlebt. Ich schulde es dem Volk, diese Erfahrung zu teilen, zu sprechen und zu kämpfen. Ich muss die moralisch richtige Entscheidung treffen.«

»Dann überlässt du mir die unmoralische Entscheidung!« Sie verliert die Fassung, beginnt zu schreien. »Du und deine Politik, Walentin! Ja, du magst zwar jetzt dagegen sein, du schwörst vielleicht, dass sie dein Feind ist, aber du entscheidest dich noch immer für die Partei. Du wirst dich *immer* für die Partei entscheiden, und ich bin diejenige, die sich immer für dich entscheiden wird!«

Walentin wirft ihr ein schiefes Lächeln zu, dann geht er in ihr Schlafzimmer und schlägt die Tür hinter sich zu. Er hätte sich in Wiktorija verlieben sollen, denkt sie. Oder er hätte sich überhaupt nicht verlieben sollen. Vielleicht wünscht er sich, ihm läge nichts anderes am Herzen als eine bessere Welt, eine Utopie für die Massen. Nichts anderes als das gottverdammte Volk.

Tonja hält sich die Nase zu, behält einen Schluck Tee im Mund. Wenn sie ihn jetzt zurückruft, kann es wieder so sein, als hätte der Streit nie stattgefunden. Aber diesmal muss er fortbleiben, damit er nicht sieht, wie sie ein paar der Seiten nimmt, sie mit den Händen flach drückt und in ihre Tasche steckt.

Tonja rollt sich auf der Seite zusammen wie ein Wurm und starrt mit geöffneten Augen in die Dunkelheit. Sie stößt die Luft aus und atmet wieder tief ein. Sie nimmt Walentins Schritte und das Rascheln der Bettbezüge kaum wahr. Er arbeitet schon seit Stunden.

»Lass uns nach Leningrad fahren«, sagt er.

»Um Lena zu besuchen?«

»Um dort zu leben.«

»Aber du hast immer gesagt, dass du zu sehr in das Geschehen hier verwickelt bist.«

»Bin ich auch.« Ein trockenes Lachen. »Aber ich werde schon etwas finden. Und ich kenne jemanden, der mir eine *propiska* dafür besorgen kann, dass wir uns dort niederlassen können. Es hilft, Freunde im Untergrund zu haben.« Er verlagert seine Position und legt einen Arm über ihren Bauch. Zur Antwort dreht sich das Baby. Nachts ist es immer am aktivsten. »Wir müssen nicht«, fügt er hinzu. »Du entscheidest.«

Walentin baut immer Luftschlösser. Eine Hälfte von Tonja glaubt ihm. Die andere Hälfte hält es für närrischen Unsinn, was er sagt. Aber wenigstens hat er ihr zugehört. Ihm ist natürlich klar, dass sie lieber auf dem Land leben würde. Je weiter man von den Städten entfernt ist, desto sicherer ist es, desto weniger kann der NKWD tun. Aber Leningrad ist ein Kompromiss. Ein Mittelweg.

»Du hattest recht mit deinen Vorwürfen«, sagt er. »Ich habe andere Dinge über unsere Sicherheit gestellt. Und das tut mir leid.«

Tonja ist in ihren Träumen nicht mehr so anwesend wie früher, aber heute Nacht geht sie wieder durch ihre Albtraumwelt in Richtung Gewächshaus. Normalerweise folgt dort ein Moment der Einsamkeit, bevor das Mädchen mit den Efeuvenen aus dem Haus hereinkommt, aber als Tonja die Gewächshaustür öffnet, steht das Mädchen schon da. Sie steht direkt vor der Tür. Der Mund des Mädchens ist geöffnet, und augenblicklich ist der Efeu ist überall, umschlingt Tonjas Beine, fesselt ihre Arme, legt sich um ihren Hals.

Wach auf, wach auf! Tonja bewegt sich so schnell, dass sie sich am Kopfteil stößt. Sie ist wach.

Benommen überlegt sie, einen Schluck Wasser zu trinken, das Licht einzuschalten, vielleicht sogar Walentin zu wecken. Doch als sie vom Bett aufstehen will, spürt sie das klebrige Etwas zwischen ihren Beinen. Sie hebt die Bettdecke an.

Ein Geruch nach Wild, nach Pferden steigt daraus auf. Rosa, blutige Flüssigkeit. Es ist früh, zu früh. Die Frühjahrsschmelze hat erst vor Kurzem angefangen. Tonja stellt sich vor, wie die Flüsse Russlands alle auf einmal losfließen, ein gewaltiger, sprudelnder Strom, und dann spürt sie ihn an ihren Schenkeln, er rinnt ihr die Beine hinunter. Sie sieht ihn auf dem Boden zwischen ihren Füßen, als sie versucht aufzustehen. Es ist das Letzte, was sie sieht.

Die Leute sprechen über ihren Kopf hinweg. Es ist ein Notfall. Es ist nicht nur ein Baby, sagen sie. Bislang wussten sie das nicht. Sie beginnen zu schneiden, und Tonja glaubt, sich in Fleisch zu verwandeln. Dann zeigt ihr jemand ein winziges verschmiertes Gesicht, vielleicht auch zwei Gesichter, und man sagt ihr, dass ihre Zwillinge in ein spezielles Krankenhaus für Frühgeborene gebracht und dort bleiben werden, bis sie stark genug sind, um nach Hause zu kommen.

Sie haben Glück gehabt, sagt man ihr. Wäre sie auch nur einen Moment später im Entbindungsheim angekommen, wären ihre Babys tot gewesen. Und wäre sie nicht mitten in Moskau, sondern auf dem Land gewesen, wäre sie ohne die professionelle Hilfe der Ärzte wahrscheinlich mit ihnen ins Grab gegangen. Und gäbe es kein spezielles Krankenhaus mit speziellen Schläuchen zur Ernährung von so unreifen Babys, würden die beiden nur ein oder zwei Tage überleben. Glückliche, glückliche Mutter.

Tonja ist in ihrem Leben noch nie als Glückspilz bezeichnet worden. Als verflucht hingegen schon.

Jemand fragt, ob sie Tonjas Mann holen sollen, und sie sagt, dass sie ihren Mann umgebracht hat. Sie antworten lachend, alle Frauen empfänden so, aber er sei äußerst lebendig, er habe sie hergebracht, aber wir gestatten natürlich keine Besucher, und die erste Person sagt, nun *gut, ruhen Sie sich jetzt aus, meine Liebe*, als ob sich irgendjemand ausruhen könnte, wenn gleichzeitig ein Dutzend anderer Frauen auf der Station stöhnen und schreien.

Wäre der Vernehmungsbeamte anwesend gewesen, hätte Tonja alles gestanden, da ist sie sich sicher, denn es gibt keine Folter, die so schlimm ist wie eine Geburt.

»Tonja?« Eine Hand auf ihrer Schulter. »Ich bin's, Wiktorija.«

Tonja stemmt sich auf einen Ellbogen. Walentins Ex-Frau ist Mitte vierzig, hat ein rundes Gesicht und weiche Züge, die nur auf der Klavierbank zum Leben erwachen.

»Den Zwillingen geht es gut.« Wiktorijas Stimme ist beruhigend. »Komm mit. Ich habe sie schon deine Tasche packen lassen.«

»Walentin?« Es ist mehr ein Zucken als ein Wort.

»Er ist in Papas Sommer-Datscha. Das ist nicht zu weit von Moskau entfernt. Der NKWD war bei euch zu Hause. Sie haben es schon ein paarmal durchsucht. Sie suchen nach ihm. Wenn ihr beide jetzt nur abreisen könntet! Aber die Zwillinge müssen natürlich im Krankenhaus bleiben. Also bringe ich dich in die

Wohnung meines Vaters – mein Vater ist einverstanden –, und dort werden wir einfach abwarten müssen.«

»Walentin hat die Babys nicht gesehen? Jekaterina und Michail?«

Wiktorija schüttelt den Kopf. Sie lächelt. »Schöne Namen.«

Vor dem Entbindungsheim wartet Pawel Katenins Chauffeur. Der Motor des Wagens läuft. Die lederne Innenausstattung fühlt sich glatt und rutschig an, wie Tonjas Inneres. Wiktorija spricht mit dem Fahrer, der den Gang einlegt und ruckartig anfährt. Bei jeder Kurve durchläuft eine heftige Welle Tonjas Oberkörper, ihren Schoß. Sie war noch nie in dem neuen Moskauer Wohnsitz von Wiktorijas Vater. Sie ist Pawel inzwischen schon mehrmals begegnet und weiß, dass ihm Walentin am Herzen liegt, aber sie kann sich nicht vorstellen, dass er so etwas Banales tun könnte, wie irgendwo zu wohnen, denn Pawel Katenin ist dieser Tage überall gleichzeitig. Er ist einfach so berühmt. Beinahe so berühmt wie Genosse Stalin.

Pawel scheint sich der Gefahr, in der Walentin schwebt, nicht bewusst zu sein. In der ersten Zeit, nachdem Walentin vom Kanal nach Hause gekommen war, schien er sich deutlich größere Sorgen zu machen und vorsichtiger zu sein, aber vielleicht war seine eigene Position damals angreifbarer. Jetzt hat Stalin jedes seiner Stücke besucht. Jetzt würde Stalin ihn auf der Straße erkennen.

Aber so funktioniert das nicht, Pawel, möchte Tonja sagen. Je besser Stalin dich kennt, desto angreifbarer bist du.

Sie hat von dem Verhörbeamten in der Tat viel gelernt.

Beim Frühstück verkündet Pawel, dass Bucharin und Rykow Verräter gewesen seien, ebenso wie all die anderen Gefangenen in der Lubjanka. Er wedelt mit seinem Stock in der Luft herum, um seinen Standpunkt zu unterstreichen, bevor er Platz nimmt. Er nennt sie den *Feind im Inneren*, und sein Gesicht nimmt dabei einen lauernden Ausdruck an. Er muss mit einer Unterschrift selbst jemanden dorthin verdammt haben. Vielleicht einen Freund. Vielleicht einen der Schauspieler vom Theater. Vielleicht seine eigene Seele.

»Aber heutzutage werden so viele verhaftet«, sagt Tonja, »da müssen einige doch unschuldig sein.«

»Wenn man den Wald abholzt, fliegen Späne«, sagt er, während sein Dienstmädchen Annuschka ein Geleebonbon für seinen Tee zerkleinert. Wiktorija, die am Tischende sitzt, sagt nichts. Tonja hatte schon immer das Gefühl, dass Wiktorija von ihrem Vater eingeschüchtert ist oder von der überlebensgroßen Figur, die er darstellt. »Aber im Großen und Ganzen«, fährt er fort, »ist das System darauf ausgelegt, zu unterscheiden.«

»Und wenn Walentin wieder zu einem Span wird?«, entgegnet Tonja.

»Aha!«, sagt Pawel erhaben. »Du hast mir mein Argument von den Lippen genommen! Unser Walja war doch schuldig, als er verhaftet wurde, nicht wahr! Aber jetzt hat er seine Lektion gelernt. Außerdem kennt Genosse Stalin mich jetzt. Kennt meine Familie. Am Ende wird niemandem von uns etwas geschehen.«

Tonja zerteilt ihren Pfannkuchen mit der Gabel. Es ist, als würde Pawel sich ihr Leben ansehen wie eines seiner Bühnenstücke. Das ist doch nicht echt, Antonina Nikolajewna! Dummes Mädchen!

Wiktorija ist die Erste, die sich entschuldigt und vom Tisch aufsteht. Pawel sieht Tonja an, als glaube er, sie seien jetzt unter sich. Annuschka ist für ihn nur ein weiteres Möbelstück. Aber auch das ist ein Irrtum. Möbel haben keine Augen und Ohren.

»Es gibt nichts zu befürchten, Tonja«, sagt Pawel und greift nach seinem Stock. »Jegliches Interesse an Walja wird sich bald wieder legen. Ich bin sicher, dass er sich in der Zwischenzeit in meiner Datscha gut amüsiert. Wenn die Babys stärker sind, kann deine Familie dort den Sommer verbringen, und ihr könnt euch mit den Erdbeeren mästen, die dort wachsen!«

Die gefährlichsten Geschichten sind diejenigen, von denen die Leute nicht wissen, dass sie sie erzählen. Tonja lächelt mit ihm, als könnte sie bereits die saftige Süße der Walderdbeeren schmecken, sich ausmalen, wie der Saft ihnen wie Blut übers Gesicht rinnt.

Der Vernehmungsbeamte sagt kein Wort, während er liest. Als er aufblickt, wirkt sein Gesicht im Lampenlicht blutarm, oder vielleicht liegt es auch daran, dass die sonst so zuverlässige Glühbirne unter ihrem Seidenschirm heute nur schwach leuchtet. »Ich habe gehört, du hast Zwillinge geboren«, sagt er. »Herzlichen Glückwunsch. Liegt das nicht in der Familie?«

»In meiner weiß ich von keinen Zwillingen«, sagt sie.

»Also wieder nur Dorftratsch.« Er lächelt, entblößt seine Reißzähne. »Das ist ausgezeichnetes Material, das du mir heute gebracht hast. Endlich hast du deine Pflicht getan.« Er dreht sich auf seinem Stuhl um, schwingt die Beine zur Seite. »Du hast mich ganz schön zappeln lassen, aber es scheint sich gelohnt zu haben. Eine gute Informantin ist von unschätzbarem Wert für unsere …«

»Du hast viel für mich getan, Sascha«, sagt sie. »Nicht nur jetzt. Auch damals.«

Sein Lächeln flackert wie die Glühbirne.

»Das habe ich gleich in dir gesehen«, sagt sie und fährt mit der Hand über den Tisch, der zwischen ihnen steht wie ein Betonklotz. »Damals. Ich habe diesen Teil von dir gesehen.«

Wie Sascha selbst sagen würde: *Tschemu byt, togo ne minowat. Was sein wird, dem kann man nicht entkommen.*

»Es ist Zeit, gegen Andrejew zu unterschreiben, Tonja«, sagt er.

»Du verstehst mich falsch. Diese Papiere, die ich dir mitgebracht habe, haben nichts mit Walentin Andrejew zu tun«, sagt sie. Die Lügen fließen wie Wasser. Sie ist eine Geschichtenerzählerin. Sie war schon immer eine Geschichtenerzählerin. »Ich wohne zurzeit bei Pawel Katenin. Ich habe sie dort gefunden. Sie gehören ihm. Und wenn ihr seine Wohnung durchsucht, werdet ihr noch mehr davon finden. Da bin ich mir sicher.«

Als Tonja zum Krankenhaus geht, um nach den Zwillingen zu sehen, beginnt es zu regnen, aber es gibt nicht genug Wasser auf der Welt, um das, was sie gerade getan hat, wegzuwaschen. Nach all den Jahren hat sie gelernt, mit der Angst zu leben, in sie eingenäht zu sein scheint wie in Korsettstäbchen. Auch mit anderen Dingen hat sie gelernt zu leben. Und sie wird auch hiermit leben. Sie wird sich immer an die Nacht erinnern, in der Dmitri blutend zu ihren Füßen lag, wie das Schnitzmesser des jungen Bolschewiken in seinen Körper fuhr, und jedes Mal, wenn sie sich erinnert, ruft sie sich vor Augen, dass man in diesem Land nicht die Wahl zwischen richtig und falsch hat. Es geht um Leben oder Tod.

KAPITEL 20

Walentin

Außerhalb von Moskau, Frühjahr 1938

Pawels Datscha hat drei Stockwerke. Walentins Zimmer befindet sich im zweiten, in der Nähe der Küche. Es enthält ein Bettgestell mit einer Matratze, aber er wird auf dem Boden schlafen.

Das Haus ist schlecht isoliert und für den Sommer gebaut. Walentin durchwühlt die Schubladen und Schränke in der Küche auf der Suche nach Dosen und Dosenöffnern. Er findet nichts zu essen, also muss er morgen in das Dorf hinuntergehen, einen winzigen Flecken. Aber es ist ohnehin besser, Menschen zu sehen, nicht den ganzen Tag allein zu sein. Wenn er allein ist, kommt es zu Problemen, dann kommen Erinnerungen zurück, die verschüttet bleiben sollten. In einem der Schränke hat er Alkohol gefunden, Wodka, und das wird reichen, es wird den Fluss in seinem Kopf füllen und ihn davon abhalten, nach einem der Baumstämme zu greifen, die auf der Oberfläche treiben, weil er ihn für einen Baumstamm hält, nur um dann festzustellen, dass es gar kein Holz ist, sondern eine Person. Diese Person ist er selbst.

Walentins Gedanken drehen sich nachts oft im Kreis. Ich heiße Walentin Michailowitsch Andrejew. Ich wurde 1896 in St. Petersburg geboren. Mein Vater arbeitete in der Kirow-Fabrik. Er starb, als ich vier Jahre alt war. Ich wurde von meiner Mutter und meiner Großmutter aufgezogen. Sie starben, als ich zehn Jahre alt war. Ich heiße Walentin Michailowitsch Andrejew. Ich wurde 1896 in St. Petersburg geboren … Spiralen, die ihn an immer dunklere Orte führten. Bis ans Weiße Meer.

Er hält jetzt den Atem an und riecht noch immer die Bilge, das Salzwasser, das nasse Holz. Den Schimmel. Er schnappt nach Luft. Normalerweise schläft Tonja neben ihm. Aber heute Nacht ist sie nicht da. Was, wenn sie gar nicht existiert? Was, wenn sie nur eine Illusion ist? Was, wenn er kränker ist, als er ahnt, und gar nie nach Hause gekommen ist? Was, wenn er immer noch dort ist?

Zu Hause weiß er, wie er aus der Spirale ausbrechen kann. Manchmal streift er, um Tonja nicht zu stören, durch die Wohnung. Er raucht, berührt Buchrücken, verbringt Stunden an der Schreibmaschine, denn jedes harte Klacken der Tasten hält ihn in der Gegenwart. Er tut alles, was eine andere Sinneswahrnehmung als das Sehen erfordert. Das Sehen ist der am wenigsten vertrauenswürdige Sinn von allen.

Das Schlafzimmer in der Datscha ist ohne Licht, aber diese Schatten würde ohnehin nichts vertreiben. Alles ist in seinem Kopf: Der grelle Sturm. Das Blut, durch die Zähne ausgespuckt. Wie eine Petroleumlampe angezündet wird, um den zitternden Körper eines Schlafkameraden zu enthüllen. Jemand schneidet sich die erfrorenen Fingerspitzen ab. Schwere Verbände. Noch mehr Blut, das seitlich an seinem Hals herunterläuft, heiß und stinkend.

Jemand sagte, dass es aus den Lagern kein Entkommen gäbe. Sie wären ja nicht im Osten. Sie wären ja nicht auf dem Mond. Niemand ist jemals entkommen. Selbst diejenigen, die entlassen werden, entkommen nicht. Walentin wird niemals entkommen.

KAPITEL 21

Rosie

Moskau, August 1991

Die Brise ist so leicht wie der Abendhimmel über mir. Ich gehe ziellos weiter, bis ich mich vor dem Bolschoitheater wiederfinde. Dieses neoklassizistische Gebäude ist beeindruckend, ein russisches Symbol, aber nicht wirklich schön, gebrandmarkt durch den Hammer und die Sichel oben an der Spitze. Ich erinnere mich noch daran, wie meine Mutter über dieses Theater sagte: *Du versinkst in allem. In den Böden, den Champagner, den Sitz. Da ist diese Anziehungskraft der Bühne. Und die Menschen auf der Bühne sind überirdisch.*

Ich war noch nie drinnen. Meine Mutter war hier Tänzerin, im berühmtesten Ballett der Welt, aber ich habe noch nie eine Vorstellung besucht.

Ich habe ein leises Summen in den Ohren, das Spritzen von Champagner liegt in der Luft.

Zoja ist wieder da.

Ich widersetze mich nicht. Ich versinke in dem Bild, das sie mir zeigt, genau wie Mama sagte, dass ich es machen soll, und vor meinem geistigen Auge erscheint das berühmte weiße Foyer des Bolschoi, eine Kaskade roter Teppiche, die Flügeltreppe. Überall Menschen, dem Anlass entsprechend gekleidet. Da ist die Hauptbühne, und das Publikum wird still, das Orchester spannt sich an, die Lichter werden gedimmt, und ich weiß, dass ich in die Vergangenheit gesogen worden bin. Beinahe erwarte ich, dass Mum aus den Kulissen tritt.

Aber sie sitzt im Publikum. Sie sieht jung aus. So alt wie ich. Wenn sie sich umdrehen würde, könnte sie mich vielleicht sehen, unsere Welten könnten sich kreuzen, aber ich weiß, dass sie sich nicht umdrehen wird. In diesem Moment existiert für sie nichts als das Ballett. Die Verzückung in ihrem Gesichtsausdruck hat etwas Eigenartiges. Es ist nicht der Ausdruck einer Person, die bereits Tänzerin ist, denn dann wüsste sie, dass das alles nur Illusion ist. Die Tänzer da oben sind Menschen. Ihre Zehen sind abgeklebt. Ihre Knochen werden zu Pulver zermahlen. Unter ihren hübschen Kostümen sind sie mager und wahrscheinlich unterernährt. Es ist ein Beruf, und ein brutaler noch dazu. Keine Traumwelt.

Meine Mutter befindet sich in einer Traumwelt. Sie blickt zur Bühne auf, als hätte sie nie darauf gestanden. Als wäre *Katerina Ballerina* nur ein weiteres Märchen.

Das Bild ist verschwunden. Ich stehe allein vor dem Bolschoi und starre an der Fassade hoch.

Ich beginne das Notizbuch meiner Mutter zu verstehen. Die wahre Geschichte findet sich in den weißen Stellen der Seiten. Die wahre Geschichte ist ungeschrieben.

»*Boshe moi*, du bist schwer loszuwerden«, sagt Akulina am Telefon. »Was ist es denn diesmal? Hat jemand die Memoiren meiner Mutter in Brand gesteckt? Möchtest du meine Katze mit nach Hause nehmen?«

Ich muss darüber lächeln, auch weil sie mich jetzt endlich duzt, doch mein Lächeln gefriert, als ich sie wieder husten höre. Sie hustet nicht nur aus, sie verschluckt sich dabei. »Kannst du mir sagen«, bitte ich, »hat Tonja gerne Geschichten erzählt, Märchen, so etwas in der Art?«

Ein trockener Husten. »Ja, ihrer Tochter Lena. Und meinem

Bruder, bevor er starb. Aber ich würde das nicht als Geschichten bezeichnen. Zu wuchtig. Sie hat sie eher um sich gestreut wie Zucker, und wenn man zuhörte, bekam man vielleicht ein Stückchen davon ab, und dann war es vorbei, und man war sich nicht einmal sicher, was man gehört hatte.«

»Ich habe ein Notizbuch mit Geschichten, die ihr gehört haben.«

Akulina lacht. »Ich habe Tonja nie mit einem Notizbuch gesehen.«

»Ich habe es mir genau angesehen, sie hat mit Bleistift geschrieben …«

»Ich habe Tonja nie schreiben sehen. Ich bin mir nicht einmal sicher, ob sie es konnte.«

»Mit Bleistift«, wiederhole ich, »vielleicht, weil Rechtschreibung und Grammatik an so vielen Stellen korrigiert worden sind. Und auf der Rückseite des Umschlags habe ich die Wörter *Für Lena, meine geliebte Tochter* noch erkennen können, obwohl sie wegradiert worden sind. Das ist ganz eindeutig.«

Ich hatte vor, Akulina zu sagen, dass die Memoiren ihrer Mutter in derselben Handschrift geschrieben sind wie das Notizbuch, aber ich zögere. Plötzlich bin ich überzeugt, dass sie das nicht wissen sollte. Ich glaube, die Memoiren haben Fragen zu Natalja beantwortet – und zu Nataljas Lebensentscheidungen –, die Akulina sich ihr ganzes Leben lang gestellt hat, und ich kann mir nur ausmalen, wie sich das anfühlt. Ich darf ihr das nicht wegnehmen.

»Für Lena«, sagt Akulina fast tonlos und verdaut diese Nachricht.

»Meine Mutter hat mir dieses Notizbuch gegeben«, sage ich, »und ich fange an zu glauben, dass ihre Mutter es ihr gegeben haben könnte. Diese Tonja ist meine Großmutter.«

Es ist beängstigend, das auszusprechen. Plötzlich hatte ich neue Familienmitglieder.

»Das war mein erster Gedanke, als ich dich sah«, sagt Akulina. »Aber dann wurde mir klar, dass du nicht Lenas Kind sein kannst. Lena wurde vor 1920 geboren. Du bist zu jung.«

»Ja. Ich bin 1967 geboren.« Mein Inneres ist so verworren wie das Telefonkabel. »Und Mum war noch keine dreißig, als sie mich bekam. Aber hast du eine Ahnung, wo Lena jetzt ist? Wie ich sie finden könnte? Meine Mutter hat nie über ihre Familie gesprochen, nicht über Geschwister, gar niemanden. Sie sagte, sie seien alle tot.«

»Leider nicht.« Akulina klingt wehmütig, fast traurig. »Lena war ein lebhaftes kleines Mädchen. Ehrgeizig, schon als kleines Kind.« Ihr Tonfall ändert sich, verliert die Traurigkeit. »Sie erzählte immer, dass sie Ärztin werden und in einem Haus an einem breiten Fluss leben wollte. Obwohl ich glaube, dass ihr diesen letzten Teil Sascha in den Kopf gesetzt hat.« Ein schroffes Lachen. »Tonjas Freund. Er war auch ehrgeizig.«

»Ein Haus an einem breiten Fluss«, sage ich. »Das ist ziemlich interessant. Sascha war nicht Lenas Vater?«

»Oh nein. Lenas Vater war ein Bolschewik, den Tonja in Leningrad kannte. Tonja selbst hat früher an der Fontanka gewohnt, weißt du. So viel zu Häusern an Flüssen.« Akulina klingt wieder ganz wie sie selbst. »Ich erinnere mich noch an den Raum, in dem in diesem Haus der Tee serviert wurde. Du kannst dir die Prachtentfaltung dieser alten Welt nicht vorstellen, Raisa! Der Kronleuchter. Die Gemälde. Diese seltsame blaue Tapete. Das kommt mir jetzt alles vor wie ein Traum.«

»Ich würde das Haus gerne sehen«, sage ich. »Weißt du noch die Adresse?«

»Wenn ich auf eine Karte schaue.« Sie kaut und mahlt wieder. Diese Kiefer arbeiten vielleicht noch nach ihrem Tod weiter, schleifen die Zähne ab bis auf Stummel. »Warum? Diese alten Häuser sind wie Labyrinthe.«

»Dann werde ich alle Fäden miteinander verknüpfen«, sage ich. »Und so den Weg hinausfinden.«

Es ist eine lange schlaflose Nacht im Zug Roter Pfeil von Moskau nach Leningrad.

»Deine Mutter hat im Bolschoiballett getanzt?«, fragt Lew.

»Wenn du das so sagst, klingt es noch unglaubwürdiger.«

»Du solltest da einfach anrufen«, sagt er. »Du könntest sagen: *Ich bin die Tochter von Katerina Simonowa.* Hat sie jemals bei Ihnen getanzt? Dann hättest du Sicherheit.«

»Ich werde mich anhören wie eine Verrückte«, sage ich, aber es erscheint mir vor allem deshalb verrückt, weil ich mich vermutlich niemals derart dazu bekannt habe, Mums Kind zu sein. Ich habe mich immer für sie geschämt, selbst als sie noch jung und charmant war, weil ich nicht noch jemand sein wollte, der anbiedernd ihr Loblied singt, nicht so bedürftig erscheinen wollte wie alle anderen. Später, in England, war sie mir sogar noch peinlicher. Ja, ich bin die Tochter von Kate, Leute! Kate, die manchmal im Morgenmantel nach draußen schlendert und am Briefkasten einschläft. Kate mit der zitronengelben Haut und dem Atem, der nach Käse riecht, und den Geschichten, diesen dummen, schrecklichen betrunkenen Geschichten, die sie jedem, der in Hörweite ist, zu erzählen beginnt, überlaut: *In einem fernen Königreich! In einem längst vergangenen Land*!

Aber wenn sie nie eine Ballerina gewesen wäre, würde ich ihr alles wohl weniger übel nehmen. Es würde mir ein bisschen leidtun, zu erfahren, dass jemand so unsicher sein kann, dass sie die eigenen Familienmitglieder darüber belügt, wer sie ist. Vielleicht konnte meine Mutter nicht ertragen, wer sie war; vielleicht war ihr das nicht einmal selbst bewusst. Vielleicht ist das der Grund, warum auch ich sie nie verstanden habe.

»Also nein?«, fragt Lew.

»Doch«, sage ich. »Ich bin die Tochter von Katerina Simonowa.«

Der Taxifahrer fährt mit uns eine kurvenreiche Strecke, mäandernd wie alle Flüsse in Leningrad, bis wir das Ufer der Fontanka erreichen. Er setzt uns vor einem dreistöckigen Herrenhaus aus mattrosa Granit ab. Mehrere der Fenster im ersten Stock sind mit Sperrholz verschalt, und der Stuck löst sich von der Fassade, sodass der Stein darunter zum Vorschein kommt.

Das Haus fällt kaum auf – wenn ich vom Anfang der Straße aus in diese Richtung blicken würde, würde ich es vielleicht gar nicht sehen –, und doch verhöhnt es jeden, der genauer hinsieht. *Ich habe alles überlebt*, sagt es. *Ich werde auch dich überleben.*

Ich drehe an dem Messingknauf an der Eingangstür. Unverschlossen. Lew und ich treten über die Schwelle in eine leere Eingangshalle. Es erinnert mich an den Tag, an dem Mum und ich in unsere erste Wohnung in England eingezogen sind, wie sie mit der Hand an allen Wänden und Fenstern entlangfuhr. Dabei achtete sie darauf, nichts davon zu berühren. Sie wolle mit dem Haus in Verbindung treten, erläuterte sie. Denn was die Menschen nicht sagen wollen, verraten oft die Häuser.

Aber die Stille hier drinnen ist undurchdringlich. Über unseren Köpfen befinden sich die skelettartigen Überreste eines Kronleuchters und eine hohe gewölbte Decke, die nach Marmor aussieht. Vor uns liegt eine Treppe, die zu einem dunklen Treppenabsatz im Obergeschoss führt. Fast möchte ich nach Zoja rufen, um mich zu vergewissern, dass es hier keine anderen Geister gibt, aber ich will auch nicht das Haus wecken.

Gleich hinter der Treppe öffnet sich knarzend eine Tür. Eine Frau mit Netzbeutel am Arm erscheint, und als sie uns erblickt, schreit sie auf und legt eine Hand aufs Herz. »Ich bin die Verwalterin«, sagt sie und sammelt sich wieder. »Wer sind Sie?«

»Sind diese Wohnungen alle belegt?«, frage ich.

»Mehr oder weniger«, sagt sie. »Das oberste Stockwerk ist voll. Das Stockwerk über mir gehört jemandem, der nie hier ist. Warum? Brauchen Sie eine Unterkunft?«

»Ja. Eine Unterkunft.«

»Sind Sie beide verheiratet?«

»Frisch verheiratet«, sage ich, und Lew grinst. »Meine Großmutter hat vor Jahrzehnten in diesem Haus gewohnt, und ich finde, es hat etwas Romantisches. Diese Decken, die Fenster, der Blick auf den Fluss. Ich hatte gehofft, wir könnten es uns einfach mal ansehen. Stimmt's? Ljowa?«

Ich glaube nicht, dass ich jemals zuvor seinen Kosenamen benutzt habe. Das Grinsen in seinem Gesicht wird ein wenig schwächer.

»Könnten wir die sehen, von der Sie sagten, sie steht leer?«, fahre ich fort. »Da der Besitzer nie da ist.«

Die Verwalterin spitzt die Lippen. »Ich bin mir nicht sicher. Sie gehört dem Schriftsteller Alexej Iwanow. Haben Sie schon von ihm gehört? Er ist ein wichtiger Mann.«

Wie bitte?

Lew schaltet sich ein. »Bitte«, sagt er zu ihr, »meine Frau ist Waise. Sie weiß so wenig über ihre Familie. Sie hat gerade erst erfahren, dass ihre Großmutter hier gelebt hat. Ich kenne Herrn Iwanow nicht, aber er könnte es bestimmt verstehen. Dass man seine Vergangenheit erforschen möchte.«

»Möglicherweise«, sagt sie misstrauisch.

Lew greift bereits nach seiner Brieftasche. Wenn ich diese Bewegung lernen könnte, bekäme ich in allen meinen Lieblingsrestaurants die besten Tische. Kurz darauf händigt ihm die Verwalterin einen Schlüssel aus mit dem Hinweis, sie gehe jetzt einkaufen, *also wissen Sie, wie viel Zeit Sie haben.* Lew macht sich auf den Weg nach oben, aber ich bleibe auf der untersten Treppenstufe stehen.

»Danke«, sage ich. »Ich werde mich revanchieren.«

»Tu das nicht«, sagt er, ohne sich umzudrehen.

Die Wohnung besteht aus mehreren leeren Zimmern, ein beunruhigender Kontrast zu Alexejs Wohnung in Moskau. Das Sonnenlicht dringt durch die Sperrholzplatten und lässt hier und da ein paar Farbtupfer entstehen. Die Küche ist leer, abgesehen von dem grau gewordenen Herd und einer Reihe von Konservendosen, die daran erinnern, was hier einmal gewesen sein muss, bevor Spinnweben wie Fahnen von der Decke hingen.

»Sieh dir dieses Schlafzimmer an«, sagt Lew. »Hier hat seit Jahren niemand mehr gewohnt.«

»Ich kapiere das nicht«, sage ich. »Warum hält er eine leere Wohnung in Tonjas altem Haus? Glaubt er, sie könnte hierher zurückkommen?«

»Er kann es sich leisten, überall, wo er will, Wohnungen zu haben.«

Ich durchschreite das Zimmer und berühre die kahlen Stellen, an denen sich die Tapete ablöst. Sie ist schlampig geklebt worden. Aber das ist es nicht, was mich beunruhigt. Ich drücke noch ein bisschen mehr, reibe mit meinen Fingerspitzen darüber, ziehe an der Tapete.

Da ist etwas darunter. Etwas Beschriftetes.

Ich ziehe fester. Noch mehr Schrift. Immer mehr von einer winzigen kyrillischen Handschrift, fast nicht zu sehen, außer dass jetzt klar ist, dass die Tapete sie verbergen sollte.

»Was machst du da?«, fragt Lew argwöhnisch.

»Hier steht etwas.« Ich pule ein weiteres Stück Tapete von der Wand. »Jemand hat diese Wände als Tagebuch benutzt. Schau mal. *15. Januar 1942. 18. Januar 1942.* Schau, überall! Es ist …«

Neunzehnhundertzweiundvierzig.

Die Blockade von Leningrad. Dies ist ein Belagerungstagebuch. Jemand hat hier gelebt, in diesem Zimmer, während des Zweiten Weltkriegs, als Leningrad von der deutschen Armee umzingelt und von der Welt abgeschnitten war. Als ein Drittel der Bevölkerung der Stadt verhungerte.

Ich frage mich, wo die Schrift aufhört – und wann.

»Ich glaube nicht, dass meine Fähigkeiten im Handschriftenlesen dem gewachsen sind«, sage ich mit gesenkter Stimme. »Kannst du irgendetwas entziffern?«

Lew beginnt zu lesen, ebenfalls leise. Es dauert eine ganze Minute, bis ich merke, dass ich schon weiß, was er als Nächstes sagen wird. Das ist kein Tagebuch. Vielleicht beziehen sich die Datumsangaben darauf, wann geschrieben wurde, aber der Text selbst hat nichts mit der Blockade zu tun. Dies ist kein Bericht über einen verheerenden Winter in Kriegszeiten. Es sind Alexejs Memoiren. *Der letzte Bolschewik.* Wort für Wort.

Alexej hat die Blockade in diesem Haus verbracht. Er muss dabei seine Erinnerungen an den Weißmeerkanal aufgeschrieben haben. Das ergibt beinahe Sinn. *Der letzte Bolschewik* liest sich wie etwas, das voller Selbstbeherrschung, ja sogar Selbstzensur geschrieben wurde. Lew hatte recht, als er sagte, dass darin nicht alles beschrieben werden konnte, dass nicht alles hineinpasste. Buchstäblich.

»Raisa«, sagt Lew.

»Ja?«

»Ich glaube, das ist die Handschrift aus dem Geschichtenbuch deiner Mutter.« Er klingt, als wollte er es nicht aussprechen. »Und aus den Memoiren.«

»Was?« Ich bin immer noch benommen. »Das ist doch nicht möglich.«

»Mit denselben Rechtschreib- und Grammatikfehlern«, sagt er. »Nur, dass sie hier nicht korrigiert sind.«

In meinem Kopf dreht sich alles. Ich bin daran gewöhnt, dass meine Gedanken kreisen, wenn ich arbeite. Ich jongliere mit all den kleinen Einzelteilen, bis ich mein Ziel erreicht habe, und zwar ohne Pause. Im Moment klingen die Kreise in etwa so: Entweder hat Alexej Iwanow *Den letzten Bolschewiken* nicht geschrieben oder er hat alles geschrieben. *Den letzten Bolschewiken*, Nataljas Memoiren und Mums Notizbuch mit den Geschichten. *Für Lena, meine geliebte Tochter*, so stand es auf der Innenseite des Umschlags. Ich hatte angenommen, dass diese Widmung von Tonja, Lenas Mutter, stammt, aber sie kann auch von ihrem Vater sein.

Lenas Vater war ein Bolschewik, das war es, was Akulina mir gesagt hat.

Walentin Andrejew.

Alexej Iwanow hieß früher Walentin Andrejew.

Unter anderen Umständen würde ich mir jetzt vielleicht sagen: Ich habe es gewusst. Ich wusste es schon die ganze Zeit, auch wenn ich vielleicht immer noch nicht verstehe, was Alexej wirklich will; aber ich werde es herausfinden, und zwar als Erste.

Ich starre auf diese Wände – auf die Zahl 1942, die immer wieder auftaucht – und schweige. Ich sage auch nichts weiter zu Lew. Ich höre auf, Berechnungen anzustellen. Ich bin fertig.

Jetzt weiß ich, dass es in diesem Haus Geister gibt. Sie sollten diejenigen sein, die sprechen.

Bombastische Musik dröhnt aus den Lautsprechern, als wir wieder in den Roten Pfeil steigen, und Lew lächelt mir entschuldigend zu. Aber es stört mich nicht. Der Nachtzug zwischen Leningrad und Moskau hat etwas an sich, das mir das Gefühl gibt, das Russland von 1991 zu verlassen und in eine andere Ära einzutauchen, und ich weiß nicht, wie der Weg zurück aussehen würde. Ich lege mich in eine der oberen Kojen und schließe die Augen.

Gegen neun Uhr bringt der Zugbegleiter Tee. Da ich nicht schlafen kann, klettere ich hinunter und schaue aus dem Fenster, wobei ich die roten Quasten des Vorhangs beiseiteschiebe, die unserem Abteil eine Anmutung von verfallender Grandezza verleihen. Der Himmel im Norden ist von der Farbe einer Muschel. Wir lassen das Land der weißen Nächte hinter uns. Kein Wunder, dass ich mich von der Romantik mitreißen lasse, von der Vorstellung, dass hinter alldem eine gewisse Poesie steckt.

»Noch wach?« Lew schwingt seine Beine aus der Koje.

Ich zeige zum Fenster. »Das Licht ist wunderschön.«

»Ja, wenn man es wahrnimmt.«

Ich lasse den Vorhang los und setze mich auf seine Pritsche.

»Ich fühle mich irgendwie anders«, sage ich unsicher. »Als ich in diesem Zimmer mit der Schrift war, ist etwas passiert. Ich kann es nicht erklären.«

»Das musst du auch nicht«, sagt Lew.

Außer dem rhythmischen Knarren des Zuges ist kein Geräusch zu hören. *Tschk, eh, tschk, eh, tschk.*

Wir sitzen so nah beieinander, dass ich goldene Flecken in seinen Augen sehen kann. Bevor er noch etwas sagt, drehe ich mich wieder zum Fenster.

Richard. Denk an Richard.

Richard hat mich nicht beeindruckt, als wir uns das erste Mal begegnet sind, im Herbstsemester meines ersten Jahres in Oxford. Er kam mir vor wie jeder andere hochnäsige Spießer dort, mit diesem Akzent, mit dem man hätte Glas schneiden können, und diesem verdammten Schal, den er immer umhatte. Und er redete ständig, im Flur, in der Bibliothek, im Café, wo er zum ersten Mal wirklich in meine Richtung schaute.

Erst nach ein paar zögerlichen Verabredungen – zugegebenermaßen benutzte ich ihn anfangs, um an ein paar nette Mahlzeiten außer Haus zu kommen; wer hätte das nicht gemacht, wo doch mein eigenes Abendessen aus Dosenbohnen bestand – begriff ich, es lag nicht nur daran, dass Richard den Klang seiner eigenen Stimme mochte. Man hatte ihm beigebracht, Schweigen zu füllen. Während ich jahrelang mit dem Schweigen gelebt hatte. Es war, als wären wir füreinander geschaffen.

Aber stimmt das? Muss man sich nicht vielmehr selbst füreinander schaffen? Der Himmel über Russland antwortet nicht.

»Raisa«, sagt Lew, aber ich drehe mich nicht um.

Bei diesem Aufenthalt in meinem Heimatland ging es nie um Eduard Daineko. Es ging darum, das Kapitel meines Lebens, das mit meiner Familie zu tun hatte, mit Papa und Mum und Zoja, für immer abzuschließen. Ich würde es beenden und dann mein richtiges, mein englisches Leben beginnen können, angefangen damit, dass ich Richard heiratete, einen echten englischen Jungen. Ich würde durch und durch eine echte englische Rosie sein. Doch anstatt den russischen Teil von mir Ruhe finden zu lassen, anstatt ihn zu verbannen, bin ich mir seiner Gegenwart bewusster geworden. Ich habe nichts beerdigt, indem ich hierherkam. Ich habe etwas wieder zum Leben erweckt.

Die Stille zwischen mir und Lew ist wie so oft zum Zerreißen gespannt. Aber im Gegensatz zu all den anderen Malen habe ich dieses Mal nicht das Gefühl, dass sie auch an mir zerrt. Ich möchte auf dieser Reise nicht mehr sprechen, nur für den Fall, dass wir in der Zeit zurückreisen. Vielleicht möchte ich noch ein bisschen weiter fortgetragen werden. Nur noch ein bisschen länger.

Ein Haus an einem breiten Fluss

In einem fernen Königreich, in einem längst vergangenen Land kehrte eine Prinzessin in den Palast zurück, in dem sie als junge Frau mit ihrem früheren Mann, dem Prinzen, gelebt hatte. Dieser Palast mit seinen hundert Zimmern war am Meer erbaut worden und versank langsam im Wasser, doch das störte die Prinzessin nicht. Sie war einst in seinen Mauern die Gefangene ihres Mannes gewesen, und sie wollte den Palast erniedrigt und zerstört sehen. Es gefiel ihr, dass die Bücher ihres verstorbenen Mannes verbrannt, alle seine Habseligkeiten gestohlen und alle seine Wandteppiche von den Wänden gerissen worden waren. Ihr gefiel, dass der Palast nun einfachen Leuten gehörte. Und als es zufällig geschah, dass eines der hundert Zimmer frei wurde, als sie gerade eine Wohnung brauchte, fasste sie den Entschluss, wieder dort einzuziehen. Ihr neuer Mann verstand das ebenfalls, denn auch er war einmal Gefangener gewesen, allerdings an einem anderen Ort, an einem anderen Meer. Er verstand, dass derjenige wirklich entflohen ist, der aus freien Stücken zurückkehren kann.

Und so lebte die Prinzessin erneut in dem Palast am Meer, doch es war kein Palast am Meer mehr. Diese Zeiten waren vorbei. Es war nur noch ein Haus an einem breiten Fluss.

KAPITEL 22

Antonina

Leningrad, Ende 1941

Tonja ist in der Hölle. Eine weiße, gefrorene Hölle, die nach Terpentin stinkt. Oder im Fegefeuer, denn sie sind in der Zeit gefangen und warten darauf, dass die Nazis in Leningrad einmarschieren oder aber unruhig werden und abziehen.

Inmitten dieses Wartens gibt es nicht viel, womit sie sich beschäftigen könnten, und so hat Tonja damit begonnen, den Zwillingen die längste Geschichte zu erzählen, die sie je erzählt hat, ausgeschmückt mit unnötigen Details und frivolen Figuren. Sie hat damit eines Abends im November beim Abendessen angefangen und ist noch nicht fertig. Katja und Mischa hängen ihr an den Lippen. Walentin tut so, als würde er zuhören, aber Tonja weiß, dass er es nicht tut.

Lena ist die Ungeduldige. *Um Himmels willen, Mama*, schimpft sie immer. *Sag uns einfach, wie es ausgeht, ja*? Und Tonja würde am liebsten antworten: *Genau deshalb kann ich es euch nicht sagen, Lenotschka, denn sobald ihr das Ende wisst, habt ihr nichts mehr, worauf ihr warten könnt.*

Was auch immer Walentin in seinem Kopf hört, seit er vor acht Jahren vom Weißmeerkanal nach Hause gekommen ist, er hört es jetzt immer lauter, je länger die Blockade andauert. Vielleicht liegt es an der Kälte. Es ist ein *bösartiger Winter*, wie Mama sagen würde. Ein Winter, wie er nur alle paar Jahrzehnte vorkommt.

Oder vielleicht liegt es daran, dass Leningrad vom Rest Russlands abgetrennt worden ist. Genau wie die Lager.

»Trink etwas Warmes«, sagt Tonja und schiebt ihm ein Glas über den Küchentisch. Sie seiht jeden Morgen dieselben Blätter ab, und der Tee ist geschmackloser als Wasser. Aber das Teetrinken ist ein Überbleibsel aus dem Leben vor dem Krieg, und sie wird es nicht aufgeben.

Er lächelt sie abwesend an. Rührt sich nicht. Tonja möchte ihm das Glas ins Gesicht werfen.

Den ganzen Herbst über gab es Tag und Nacht Fliegeralarm, deutsche Flugzeuge brummten, Flakgeschütze surrten, Menschen schrien, suchten nach Deckung. Lena brachte die Zwillinge dann hastig in den Keller, wo sie sich mit auf die Ohren gepressten Händen an die Wände kauerten, und auch Tonja versuchte sich zu beeilen, aber sie schaute sich immer wieder um, und Walentin war immer noch da, oben auf der Treppe. Er sah sie ohne jede Angst im Gesicht an. Ohne irgendeinen Ausdruck im Gesicht. Wie Granit.

Endlich hebt Walentin den Tee zum Mund. Er benutzt gerne das Glas mit dem Riss am Rand. Als er trinkt, erscheint ein winziger Blutstropfen an seinen Lippen. Er scheint es nicht zu bemerken.

Die Nachbarn, die Glück hatten, wurden im Sommer aus der Stadt evakuiert, kurz nachdem man Nazi-Deutschland den Krieg erklärt hatte. Andere hat Tonja seit Wochen nicht mehr gesehen, mit Ausnahme von Frau Kemenowa, die im oberen Stockwerk wohnt und Enkelkinder im Alter der Zwillinge hat. In Tonjas kleiner Wohnung sind die anderen Bewohner entweder verschwunden oder tot. Die Schlafzimmer sind wieder leer, die Möbel unbenutzt, die Betten unberührt, die Vorhänge zugezogen.

Genau so, wie Dmitri es gerne hatte.

Oft geht Tonja in die Wohnungen weiter unten und wirft einen Blick in den ehemaligen Blauen Salon, in das Arbeitszimmer, in dem Anastasia lebte und starb, oder in Dmitris Bibliotheken und Ausstellungsgalerien, die jetzt in einzelne Zimmer aufgeteilt sind. Sie weiß genau, warum sie so gerne umherwandert. Es fühlt sich so an, als gehörte es jetzt ihr, dieses Haus an der Fontanka, wo es doch früher einmal umgekehrt war.

»Hier hast du früher Gäste empfangen?«, fragt Lena, als sie eines Tages gemeinsam hinuntergehen. »Aber warum hieß es Blauer Salon?«

»Er hatte blaue Tapeten.« Tonja fährt mit dem Finger die Wand entlang. Die Tapete ist jetzt gelb und geblümt und kitschig. Billig. »Sieh mal, Lenotschka, es sind noch Teile der ursprünglichen Tapete übrig.«

Lena kratzt mit einem Nagel ein Stück ab. »Das ist wie ein geheimes Zimmer darunter«, sagt sie. »Eine geheime Welt.«

Lena wohnt seit vier Monaten bei ihnen, und Tonja und sie sind sich nähergekommen als je zuvor. Als Lena jung war, gab es einen Bruch in ihrer Beziehung, nachdem Sascha von Otrada fortgegangen war. In den folgenden Jahren stürzte sich Lena auf die Schule, ihre Freunde und ihren Traum, Ärztin zu werden. Der Bruch begann zu heilen, als sie nach Moskau zogen, um mit Walentin zusammenzuleben, ein Schritt, der Lena guttat.

Aber ihre jetzige Nähe zueinander ist wie diese gelbe Tapete. Aus der Ferne sieht sie glatt aus. Natürlich. Als wäre sie schon immer da gewesen. Aber das war sie nicht. Und Tonja ist sich bewusst, wie zerbrechlich sie ist; wer weiß, was sie einander alles immer noch nicht anvertrauen?

»Mir gefällt die blaue Farbe besser«, sagt Lena.

Es war Lena, die an einem Sonntagnachmittag im Juni mit

dieser Nachricht auftauchte: *Kiew und Sewastopol sind von den Deutschen bombardiert worden!* Eine Woche später ging Lena los und fing an, beim Ausheben von Schützengräben an der Stadtgrenze zu helfen. Jeden Tag rief sie an, um Tonja zu sagen, dass sie Katja und Mischa für den Sommer aufs Land evakuieren lassen sollten. Die meisten anderen kleinen Kinder waren auf Anordnung des Leningrader Sowjets schon fort, auch die Bewohner des Kinderheims, in dem Tonja arbeitete. *Du bist viel zu sentimental, Mama*!

Eines Tages rief Lena an: *Der Belagerungsring um Leningrad hat sich geschlossen. Die Deutschen haben die letzte Eisenbahnlinie abgeschnitten.* Auch die Verbindung brach ab.

Kurz darauf stürzte Lena in den tiefen Gräben und brach sich den Arm. Sie kam ins Krankenhaus und wurde dann nach Hause geschickt, aber ihre Wohnung war ausgebombt worden, und so kam sie zu Tonja und Walentin. Sie hält den Arm immer noch an die Seite gedrückt, trägt immer noch ihre Schlinge.

Vielleicht kann im Fegefeuer nichts heilen.

»Lass uns wieder nach oben gehen«, sagt Tonja, obwohl Lena ganz offensichtlich von der blauen Tapete fasziniert ist, gebannt von dem alten Meereswellenmuster. Tonja hatte das Blau nie gemocht, es war ihr egal, dass die Tapete eigens angefertigt und handbemalt war. Aber sie findet, es wäre besser, wenn es keine geheimen Welten gäbe, zu denen niemand Zugang hat. Wo Walentin jetzt lebt.

Die Geschichte, die Tonja den Zwillingen erzählt, hat kein Ende. Sie kann sich nicht einmal mehr an den Anfang erinnern. Sie muss sie einfach weitererzählen.

»Du hättest Kinderbuchautorin werden sollen, Mama«, sagt Lena, nachdem die Zwillinge eingeschlafen sind. »Wie *Mursil-*

ka. Oder noch besser, du solltest deine eigene Sammlung von Geschichten herausbringen! Einen von diesen schönen Bänden mit den illustrierten Umschlägen. Die liebe ich. Wirklich, dein Talent ist im Waisenhaus verschwendet.«

Tonja wirft Walentin einen Blick zu, der nichts gehört zu haben scheint.

»Ich erzähle lieber, als zu schreiben«, sagt Tonja schnell.

»Ich schätze, ich lese lieber, als zuzuhören.« Ein Lachen bildet sich auf Lenas Lippen und erstirbt dort. Eine Sekunde lang wirkt ihr Gesicht stumpf, blau um die Augen. Tonja blinzelt, und die Bläue ist verschwunden. Sie müssen neulich zu lange auf die Tapete gestarrt haben.

»Würdest du noch eine erzählen?«, bittet Walentin leise.

»Noch eine Geschichte?«, fragt Tonja überrascht.

»Bitte«, sagt er. »Eine von deinen älteren. Eine, die ich kenne.«

Tonja wagt nicht zu fragen, warum. Es sind doch nur alberne, kurze Märchen für die Aufmerksamkeitsspanne von Kleinkindern. Es ist töricht, zu glauben, dass auch nur eine von ihnen jemals veröffentlicht werden könnte. Sie entsprechen nicht der kommunistischen Weltanschauung, in der das Königshaus böse ist, die Bauern und Arbeiter immer ihre Feinde besiegen und sprechende Tiere stets das Richtige sagen. Tonja war es noch nie so leid, die richtigen Dinge zu sagen. So zu tun, als ob alles normal wäre.

»Eine Prinzessin lebte in einem Palast am Meer«, sagt sie, denn das ist die einzige Geschichte, die er kennen könnte, »weit entfernt von der Stadt, weit entfernt von den Menschen …«

Walentin hat noch nie um eine Geschichte gebeten. Es ist, als wäre dieses Ding, das ihn auffrisst, dasjenige, was ihr lauschen will, und überhaupt nicht Walentin.

Auf ihren täglichen Besorgungsgängen sieht Tonja Oberleitungsbusse, die in ihren Spuren festgefroren sind. Die Straßen sind gesäumt von den Leichen derer, die gestorben sind, wo sie standen, halb begraben unter Schnee. Andere Leichen werden eingewickelt in weiße Laken auf Schlitten fortgezogen. Tonja zieht ihr Gesichtstuch immer höher und ist finster entschlossen weiterzugehen. Nach vorne zu schauen. Nur nach vorne zu schauen. Doch zu Hause kann sie das nicht tun.

Ihnen geht das Essen aus.

Als Tonja die Küche betritt, ist nur Lena da, in der Ecke neben dem winzigen selbst gebauten Herd, und schläft. Kerosin. Sie haben kein Kerosin mehr. Sie werden Papier und Bücher verbrennen müssen. Als Nächstes werden die Möbel an der Reihe sein. Die Parkettböden. Irgendwann wird vielleicht das ganze Haus in diesen Ofen gefüttert.

Lena gähnt. »Ich habe schlecht geträumt«, sagt sie. »Hast du immer noch Albträume, Mama?«

Gestern musste Tonja Zahnpasta in die Brühe geben, um sie dicker zu machen. Heute hat sie in den Geschäften nichts bekommen. Die Brotausgabe hat nur wenige Menschen vor ihr geschlossen: *Kommen Sie Samstag wieder* stand auf dem Schild an der Tür. Ja, am Samstag werden weniger Leute in der Schlange stehen, aber nur, weil mehr gestorben sein werden.

»Mama?«

»Albträume«, sagt Tonja. »Ja. Manchmal. Entschuldige, Lenotschka, ich muss nach oben. Mir ist gerade etwas eingefallen.«

Tonja steigt nach oben. Auch Frau Kemenowa hat kein Kerosin mehr. Tonja fragt, ob ihre kleinen Enkelkinder in letzter Zeit zu Besuch waren, und Frau Kemenowa bejaht. Frau Kemenowa erkundigt sich nach ihrer Familie, und Tonja sagt, dass Katja stundenlang am Daumen lutscht, dass Mischa in seiner Spielwelt voller Züge und Zinnsoldaten verweilt und Walentin ihnen allmählich fremd wird, dass Lena mit ihrer ruhigen Art die Einzige ist, auf die sie sich verlassen kann, nur sagt sie all das nicht. Sie weint nur.

Frau Kemenowas Gesichtsausdruck wird spitzer, sie lässt Tonja an der Tür stehen, kommt dann mit einer Dose Milchpulver zurück und sagt, es sei für die Zwillinge bestimmt.

»Aber was ist mit Ihren Enkeln?«, zwingt Tonja sich zu fragen.

»Ich wollte nur höflich sein«, entgegnet Frau Kemenowa. Sie klingt ein bisschen wie Walentin, das merkt Tonja erst jetzt. »Sie sind tot.«

Tonja hat zwar Albträume, diese immer gleichen Träume von Otrada, aber sie betrachtet sie nicht mehr als Albträume, weil sie keine Angst mehr hat. Sie weiß, dass das Mädchen mit dem Efeu ihr nichts Böses will. Das Mädchen hat ihr geholfen. Es hat in der Nacht ihrer Geburt die Zwillinge gerettet, indem es Tonja aufgeweckt hat. Tonja will dem Mädchen ebenfalls helfen. Sie muss ins Haus gelangen. In den Träumen geht Tonja wie immer durch die Obstwiesen. Manchmal folgt ihr Seri, manchmal nimmt sie die Katze sogar auf den Arm. Sie ist leicht, geschmeidig. Nicht so, wie sie im echten Leben war. Und dort an der Veranda treffen sie auf Mama, aber Mama rührt sich niemals.

Erst seit Kurzem nimmt Tonja den Geruch wahr. Vorher hat sie in Träumen nie etwas gerochen. Es ist ein scharfer süßer Geruch, wie die Luft vor einem Sommergewitter. Wie verbrannter Zucker. Wie der vulkanische schwarze Rauch, der in der Septembernacht den Himmel erfüllte, als die Deutschen die Badajew-Lagerhäuser bombardierten, in denen sich ein Großteil der Leningrader Lebensmittelvorräte befand. Tonja glaubt, dass der Geruch aus dem Inneren des Hauses kommt. Aber sie kann nicht weitergehen. Nicht, ohne an Mama vorbeizukommen. Sie weiß, dass Mama genau das will. Dass Tonja näher kommt.

Walentin steht am Schlafzimmerfenster, eine Hand am Vorhang, und schaut in die Dunkelheit. Tonja setzt sich auf ihr Bett, drückt auf die Klumpen im Kissen. Sie schlafen wegen der Kälte nicht mehr in diesem Zimmer, sie schlafen alle in der Küche. Walentin ist der Einzige, der sich noch hier aufhält.

»Du bist so still in letzter Zeit«, sagt sie und bemüht sich, unbeschwert zu klingen. »Hast du keine Meinung mehr zum Krieg?«

Bevor die Bombardierung begann, war Walentin sehr meinungsfreudig und versuchte oft, Tonja in politische Debatten zu verwickeln – ohne Erfolg. Für Tonja ist dieser Krieg so schlimm wie die vorherigen. Sie weiß, dass denen da oben die da unten egal sind, ob es sich um Aristokraten oder um Bauern, Politiker oder Bürger, deutsche Bomber oder russische Zivilisten handelt. Die da unten bleiben immer auf sich allein gestellt.

Wenn Walentin doch nur wieder mit ihr sprechen würde.

»Meine Hand tut weh«, weicht er aus. Walentin fehlen an seiner rechten Hand von zwei Fingern die äußersten Fingerspitzen, so kleine Stellen, dass die meisten Menschen es nicht bemerken. Ein schrecklicher Gedanke kommt in ihr auf, so schnell, dass Tonja ihn nicht unterdrücken kann: Vielleicht hätte Walentin am Weißmeerkanal besser sterben sollen, als den Rest seines Lebens ohne all das zu verbringen, was er dort verloren hat.

»Lena bringt die Zwillinge ins Bett«, sagt sie etwas drängender. »Wir haben Zeit zum Reden.«

»Bist du nicht müde, *milaja*?«

»Doch, natürlich bin ich das.«

Er wendet sich vom Fenster ab. Seine Augen leuchten. »Dann geh ins Bett.«

»Ich würde lieber mit dir reden.«

»Worüber?«

»Über dich!« Sie ist dabei, den Kampf zu verlieren. »Es geht um den Kanal, nicht wahr? Ich weiß, dass du an den Kanal gedacht hast, an das, was dort passiert ist. Bitte, du musst mir davon erzählen. Du musst mich einweihen!«

»Du willst nicht dorthin, wo ich bin«, sagt er.

Tonja weigert sich, ihn auf diese Weise zu verlieren. Zu viel ist bereits verloren. Sie hat nicht all die Jahre seines Exils auf ihn gewartet, nur um ihn jetzt dem *Ding* zu überlassen, das ihn beansprucht, dem Ding, das aus seinen Augen leuchtet. »Meine Mutter hat immer gesagt, dass eine Erinnerung ein Fremdkörper im Körper ist«, sagt sie. »Man denkt, sie sei ein Teil von einem. Sie würde zu einem gehören. Aber sobald man sie abtrennt, sieht man, was sie wirklich ist. Deswegen hat Mama ihr ganzes Leben lang Tagebuch geschrieben. Wenn du es aus dir herausbekommst, kann es dich nicht von innen heraus zerstören! Aber du musst es herausziehen!«

»Das will ich ja«, sagt er. »Aber manchmal denke ich, dass sie alles sind, was von mir übrig ist, die Erinnerungen. Es gibt keinen Walentin Andrejew mehr. Eines Tages werde ich aufwachen und mich an nichts mehr erinnern, weder an dich noch an die Kinder, noch an irgendetwas von alldem hier.«

»Wenn du nicht stark genug bist, es für dich selbst zu tun«, unterbricht ihn Tonja und folgt einer Eingebung, »dann musst du es für das Volk tun.«

»Das Volk?« Er sagt es so, als würde sie eine fremde Sprache sprechen.

»Niemand hat je einen Bericht über den Weißmeerkanal geschrieben.« Tonja kümmert es nicht mehr, wie verzweifelt sie klingt. »Maxim Gorki hat die Lager in Solowezki besucht – und vielleicht war der Bericht, den er darüber veröffentlicht hat, Unsinn –, aber niemand hat je über den Kanal geschrieben. Und jetzt ist der Kanal fertig! Niemand wird jemals wieder dort arbeiten. Wenn du nicht redest, werden die Leute nie erfahren, wie es war. Niemals.«

»Ich weiß nicht«, sagt er gebrochen. »Vielleicht.«

Sie wird ihn erreichen. Irgendwie wird sie ihn erreichen.

»Du musst dich nicht heute Abend entscheiden.« Erleichterung macht sich in ihrem Körper breit, kribbelt in ihren Fingern. »Denk einfach darüber nach.« Sie zittert. Sie steht auf und geht zur Tür.

»Warte.«

Sie dreht sich um.

»Als wir jung waren, hast du so oft von deiner Mutter gesprochen«, sagt er. »Jetzt nicht mehr oft.« Walentin lacht, ein einsamer Laut. »Wir haben uns beide verändert, oder?«

Tonja sieht plötzlich vor sich, wie Mama mit all ihrer seltsamen Weisheit an ihrem Schminktisch sitzt. Dieser Wasserfall aus schimmerndem Haar, diese schwarzen Augen, dieser geschminkte Mund. Mama war atemberaubend, ihr Glanz war umwerfend, aber im Laufe der Jahre hat Tonja, wenn sie zurückblickt, das Gefühl beschlichen, dass ihr Äußeres andere Dinge verdeckt hat. So viele andere Dinge.

Eines Morgens, kurz nach Neujahr, das sie nicht wie üblich mit Tannenbäumen und Geschenken gefeiert haben, liegt etwas am oberen Ende der Treppe, gleich am Ende des Flurs. Als Tonja sieht, was es ist, muss sie den Blick abwenden. Eine Nachbarskatze, eine dieser kurzhaarigen Züchtungen, ein langgliedriges

Tier, das sich selbst genügt. Nicht wie Seri, die fett, flauschig und verwöhnt war. Die an ihrem Lieblingsplatz neben der Veranda gestorben ist.

Tonja nimmt das bedauernswerte Geschöpf auf die Arme. Es ist Fleisch, einfach nur Fleisch, und sie würde inzwischen jedes Tier in der Stadt häuten, um ihre Familie durch den Winter zu bringen.

In der Küche sitzt Lena allein und wach in Decken gewickelt am Herd. »Eine tote Katze«, stellt sie fest. »Du willst uns doch nicht etwa zwingen, die zu essen?«

»Willst du mir nicht helfen, sie zuzubereiten?«

»Mein Arm tut mir weh.«

Tonja dreht sich um und sieht ihre Tochter an. »Schon wieder?«

»Nicht allzu sehr.« Lenas Gesicht verzieht sich zu einem seltsamen Lächeln. »Ich fühle mich einfach wohl, wo ich bin, das ist alles.«

Es gibt in den Familien eine bestimmte Reihenfolge des Dahinsiechens, heißt es. Zuerst sterben die Babys, dann die Alten, dann die Männer, dann die Frauen.

Warum hat Tonja also solche Angst?

»Ich habe gestern Abend gehört, wie du dich übergeben hast.« Tonja krempelt ihre Ärmel hoch. Sie taucht die Hände in den Putzeimer und beginnt, sie zu schrubben. Sie hat es nicht gehört, sie hat es gesehen. Lena würgte, wand sich, aber es kam nur ein Tropfen Wasser heraus. Als hätte sie sich schon den ganzen Tag übergeben. Lena schien nicht einmal beunruhigt zu sein, kroch nur zurück unter ihre Decken.

Dieser abscheuliche Haufen von Decken. Sie lassen Lena wohlgenährter aussehen, als sie ist.

»Hattest du nicht eine Katze, als du klein warst?«, fragt Lena. »Wie hieß sie noch mal?«

»Seri.« Tonja wischt ihr Messer an einem Geschirrtuch ab. Die Augen der Katze treten aus ihrem Gesicht hervor. Sie beginnt an der Unterseite damit, die Haut aufzuschlitzen, und arbeitet sich dann nach oben vor. Da stößt sie auf die Fäden, die borstig gegen ihren Daumen drücken.

Diese Katze ist schon einmal aufgeschnitten worden. Sie ist wieder zugenäht worden.

»Was ist, Mama?«, fragt Lena. »Was siehst du dir da an?«

Verliert sie den Verstand? Nein, da ist etwas in den Eingeweiden der Katze versteckt. Es ist glitschig, aber fest. Tonja zieht es heraus, und gleich kommt vielleicht auch ihr alles hoch.

Es ist eine kleine Porzellanpuppe.

Sie hatte sich von Sascha davon überzeugen lassen, dass die erste Puppe vor siebzehn Jahren nur der böse Streich eines wütenden Dorfbewohners war. Aber diese hier hat kein wütender Dorfbewohner hinterlassen. Mit makabrer Neugierde dreht sie die Puppe um, obwohl sie schon weiß, wie sie aussehen wird. Die Farbe der Augen. Der Glanz der Haut. Die Puppe lächelt dieses seltsame, breite Puppenlächeln. Es sieht ein bisschen aus wie Lenas Lächeln.

Das Katzenfleisch hält nicht lange vor. Ein paar Nächte später wacht Tonja auf und geht die Treppe hinunter in den Blauen Salon. Sie nimmt eine kobaltblaue Kaviarschale mit, die zu einem Service gehört, das von Nachbarn zurückgelassen wurde. Die Nachtluft kribbelt voller Verheißung. Ohne innezuhalten oder nachzudenken, beginnt sie am Fenster. Der Tapetenkleister löst sich in Fetzen, sammelt sich langsam in der Schale. Sie geht von einem Streifen zum nächsten, und wenn sie allen Kleber abgekratzt hat, löst sich das Papier von der Wand. Es fällt ab wie ein Kleidungsstück. Sie arbeitet immer schneller.

Sie hat den Blauen Salon freigelegt, und die silberblaue Tapete ist nicht mehr prächtig. Sie versprüht keinen Glanz mehr. Sie ist abgenutzt, fleckig, an manchen Stellen ist sie abgerissen, an anderen zerfetzt. Genau wie jeder hier in der Stadt. Und erstmals sieht sie ein bisschen aus wie das Meer, wie die Stelle, an der die Ostsee sich in die Newa-Bucht mischt, wo der Golf voller felsiger Inseln ist, die sich an die Küste schmiegen, und um diese Inseln herum gibt es Fischschwärme und Herden von Kegelrobben.

Jetzt sieht sie sie endlich. Jetzt wird sie sie zerstören.

Eine weiterer Streifen Papier bedeutet eine weitere Lage Klebstoff. Tonja sitzt im Dunkeln, kratzt, zieht, bis ihre Fingernägel anfangen zu splittern. Sie wird den Leim in Brühe kochen. Sie wird das Papier als Brennstoff verwenden. Sie wird das in jedem Zimmer des Hauses tun. Wenn es doch nur auch eine Verwendung für kahle Wände gäbe.

Aber vielleicht gibt es eine.

»Ich wurde im Herbst 1931 aus Solowezki verlegt«, sagt Walentin in einem monotonen Ton. »Mein Gefangenentransport kam im September in Soroka an, einem Dorf am Südrand des Weißen Meeres, auf dem Festland. Von hier aus, sagte man uns, würde der Kanal bis zum Onegasee führen. Soroka heißt jetzt Belomorsk – aber zunächst sollte ich mehr erklären. Das Weiße Meer ist ein Meeresarm hoch im Norden. Er kommt aus der Barentssee noch weiter nördlich …«

Solowezki, Soroka, Onega, Belomorsk, Barentssee. Für die meisten Menschen ist der Norden nur ein weißer Vorhang. Schon bei diesen Ortsnamen werden sie nicht mehr weiterwissen.

»Soll ich fortfahren?«, fragt er.

Tonja pustet sich in die Hände. Sie hat ein Dutzend Kugelschreiber und eine Handvoll Füllfederhalter aus den anderen Wohnungen des Hauses zusammengetragen. Nur ist es in ihrem Schlafzimmer so kalt, dass alles mit einer Frostschicht überzogen ist. Sie mussten regelrecht Gewalt anwenden, um die Stifte dazu zu bringen, auf irgendeine Oberfläche Farbe abzugeben. Und sie haben keinen Spielraum für Fehler. Wenn sie einmal auf diese Wände geschrieben haben, werden die Wände für immer beschrieben sein. Kugelschreiber bekommt man aus kaum etwas wieder heraus.

»Ich sollte allein diejenige sein, die schreibt«, sagt sie.

»Warum?«

»Du denkst nur an den Leser, Walentin. Du musst vergessen, dass es Leser geben wird. Du darfst nur an die Geschichte denken, damit du die Augen schließen und dorthin zurückkehren kannst. Wenn du nicht zurückgehst, kannst du auch nicht weggehen. Also werde ich schreiben.«

»Das musst du nicht tun.«

»Ich würde es gern tun«, sagt Tonja und ignoriert einen Anflug von Furcht. Sie hat in ihrem Leben nur sehr wenig geschrieben. Ein paar Briefe, ein paar Lektionen für die Waisenkinder. Nicht so etwas.

»Was auch immer dir lieber ist«, sagt er.

Es gab eine Zeit, da konnte Walentin die Menschen an alles glauben lassen. Es gab einmal eine Zeit, da waren sie beide Geschichtenerzähler. Ihre Geschichten begannen weit entfernt und vor langer Zeit, seine begannen hier und jetzt. Ihre Geschichten hatten sich bereits ereignet, seine sollten sich erst noch ereignen. Sie hatte Albträume über die Vergangenheit, er hatte Träume von der Zukunft. Er wollte alle Menschen auf der Welt erreichen, während sie verzweifelt versuchte, sich selbst zu erreichen.

Wenn sie ihn damals ansah, erblickte sie jedes Mal so viel Hoffnung, so viel Licht. Denn er war wie ein Spiegel, der ihr alles zeigte, was wirklich in ihr war.

Ohne Tapete sahen die Wände ihres Schlafzimmers nackt aus. Der Putz darunter ist knochenbleich, ausgeblichen. Genau wie Walentin. Tonjas Hoffnung war in all den Jahren vergeblich. Er wird nie wieder der Mensch sein, der er einmal gewesen ist. Er wird für immer so bleiben, und jeden Monat, jedes Jahr wird er ein bisschen mehr so werden, abgewandt und steif, bis zu dem Tag, an dem sie seinen Namen schreien und niemand mehr da sein wird, der sie hört.

Aber selbst an diesem Tag wird sie noch hier sein. Tonja umklammert fest den Stift.

»Mach die Augen zu«, sagt sie. »Sag mir, woran du dich erinnerst.«

Walentin sitzt mit Katja auf dem Schoß am Tisch. Katja lutscht an ihrem Daumen. Mischa spielt allein in der Ecke. Lena liegt neben dem Ofen auf dem Boden. Ihre Haut ist dunkelrot geworden, hat die Farbe von Johannisbeeren. Sie hält die Hände vor der Brust verschlungen.

Ich will Ärztin werden, Mama. Ich werde Menschen retten!

Lenas spärliche Wimpern senken sich, als schliefe sie ein. Tonja fällt neben ihrer Tochter auf die Knie, nimmt Lenas Hand. Sie ist heiß wie Feuer.

Rette nur dich selbst, Lena. Rette dich, rette dich, rette dich zuerst.

Aber Lena war schon immer mehr wie Walentin.

»Irgendetwas stimmt nicht«, sagt Tonja und hebt den Kopf. Aber es gibt keine Möglichkeit, Lena in irgendein Krankenhaus zu bringen. Es gibt keine Krankenhäuser mehr, zumindest keine, von denen sie weiß, die nicht von den Deutschen in Schutt und Asche gelegt worden sind und genug Personal haben, um in Betrieb zu sein. Und es ist mitten in der Nacht. Sie würden erfrieren, wenn sie sich stundenlang durch den Schnee zu einem Krankenhaus aufmachten, das es nicht gibt. Es gibt keine Straßenbahnen, keine Autos, nichts.

Aber Tonja und Walentin werden sie tragen. Lena ist leicht wie Papier, denn sie sind alle am Verhungern. Tonja wird etwas finden, jemanden finden, der weiß, was zu tun ist. Sie wird Frau Kemenowa bitten, auf die Zwillinge aufzupassen. Sie werden … sie werden …

»Mama.«

»Lena«, sagt sie, »wir müssen dich irgendwo hinbringen, wo …«

»Mein Arm.«

»Du hast dir etwas eingefangen. Wir werden Hilfe suchen.«

»Mein Arm«, sagt Lena wieder.

»Zeig mir deinen Arm.« Tonja reißt die Decken weg, heftiger, als sie je eine Tapete abgerissen hat, eine nach der anderen. Unter all diesen Decken ist Lena in noch mehr Schichten gehüllt, Mäntel, Pullover, Nachthemden, und Tonja knöpft auf und packt zu und zieht, während Lena zittert und gleichzeitig glüht vor Hitze, bis sie eine Schicht erreicht haben, die Tonja aufreißen kann, und da ist er, ein Klumpen, der einmal ein Ellbogen war, notdürftig in Verbände gewickelt.

»Es tut mir leid, Mama«, schluchzt Lena, oder vielleicht ist es auch Tonja, die schluchzt, es ist schwer zu sagen, die Tränen fallen wie die Bomben, die einst auf Leningrad niedergeprasselt sind, deren Explosionen die Straßen erschütterten und deren Brände durch die Gebäude rasten. Tonja geriet einmal hinein, sie musste unter einem Torbogen an den Kanälen stehen bleiben.

Das Wasser war schwarz wie Pech. Der Himmel darüber war rot, gestreift, von Suchscheinwerfern übersät.

So sieht Lenas Arm aus.

Mit zunehmendem Grauen beginnt Tonja, die Verbände zu lösen. Der Geruch ist schlimmer als der Anblick. Schon beim Auswickeln weiß Tonja, dass sich darunter etwas Totes befindet. Ihr Herz hört auf, im Rhythmus zu schlagen. Ihr Puls ist in ihrem Mund. Ihre Lunge zieht sich zusammen von den Atemzügen, die sie nicht nehmen kann. Das letzte Stück Verband klebt an Lenas Haut fest, und als Tonja vorsichtig versucht, ihn abzulösen, löst sich auch die Haut.

Der Ellbogen ist schwarz. An manchen Stellen glitschig wie Fischschuppen, an anderen rau wie Pferdeleder. Aber schwarz.

»Warum hast du uns nichts gesagt?«, fragt Tonja. »Sag mir, was ich tun soll, Lena, sag mir, was ich tun soll!«

Doch Lenas Augen fallen wieder zu. Tonja rüttelt sie an den Schultern. Rüttelt fester. *Wach auf*, schreit sie, *wach auf, ich erzähle dir, wie die Geschichte ausgeht, so wie du es wolltest, nur wach auf*, und es ist alles Walentins Schuld, dass Lena in diesem Zustand ist, Walentin, der nur an *das Volk* denkt, denn sie hört Lenas Stimme, als wäre Lena aufgewacht, als würde Lena sprechen, als würde sie sagen, *es ist nichts, Mama, ich wollte dich nur nicht beunruhigen, du solltest dich auf die Zwillinge konzentrieren, andere Menschen brauchen dich, nicht ich …*

Aber sie sieht, wie Walentin sie anstarrt, und dann bricht auch er. Er wird von lautlosem Schluchzen geschüttelt, wie er da mit Katja auf dem Schoß sitzt, deren Mund sich immer noch um den Daumen schließt. Es ist das einzige Geräusch.

»Lena«, fleht Tonja sie an. »Bitte, Lenotschka, bitte verlass mich nicht! Lena!«

»Lena!«

Lenas Gesichtsausdruck ist allwissend. Geheimnisvoll. Es gibt einen verborgenen hohlen Ort in jedem Menschen, an den man geht, kurz bevor man stirbt. Man kann ihn von außen nicht sehen. Aber man kann das Echo hören. Tonja hat das schon ein paarmal erlebt. Bei Mamas Tod. Beim Tod des kleinen Fedja. Wenn das Echo die eigenen Ohren erreicht, ist sein Ursprung schon fort.

Lena ist tot.

Es ist der längste Februar in Tonjas Leben. Jeden Morgen ist für ein paar Stunden schwaches Sonnenlicht zu sehen, bevor sich die dunklen Arme des Winters um Leningrad schließen. Es ist nichts mehr übrig, was sie verbrennen könnten. In der Speisekammer gibt es nichts mehr zu essen. Tonja zwingt Katja und Mischa, die alten Teeblätter zu essen, aus denen sie den letzten Rest Geschmack gekocht hat. Sie isst selbst eines, und es schmeckt wie Teer. Sie kocht ihre alten Schuhe, die Riemen ihrer Handtasche. Ihre verbliebene Kraft verkocht mit ihnen zusammen. Mischa schaut seine Spielzeugzüge nicht mehr an. Katja kümmert sich nur noch um ihren Daumen.

Lenas Leiche bewahren sie in einem anderen Raum auf. Vielleicht wird sie nie verwesen. In der kalten Luft dieses *bösartigen Winters* wird alles konserviert.

Seit Lena fort ist, schreibt Tonja noch mehr an die Wände. Damit beschäftigt sie ihre Hände und hält sich davon ab, langsam zu schwinden. Walentin versucht manchmal, sie zu unterbrechen, und sagt, sie hätten für den Tag genug getan, berührt sie an der Schulter. Sie spürt seine Finger an ihrem Schlüsselbein. Sie ist ein auf See gebliebener Seemann, es treten Knochen an Stellen hervor, von denen sie nicht wusste, dass Menschen dort Knochen haben.

»Ich glaube, eines Tages werden Menschen das hier finden«, sagt sie mühsam. »Es lesen. Aber wir werden nicht da sein, um das zu erleben.«

Er zieht sie in eine Umarmung, die sich neu anfühlt, so lange ist es her.

»Da ist noch etwas«, sagt er.

Tonja leckt sich über die Lippen, die aufgesprungen sind und bluten. Es spielt keine Rolle mehr. Vielleicht hat er Essen gestohlen. Vielleicht hat er jemanden betrogen, sich vor der Arbeit gedrückt oder einem Mitgefangenen nicht geholfen. Was auch immer es ist, er hat es wieder und wieder durchlebt, sodass er sie nicht sehen kann, nichts um sich herum sehen kann. Es hat die Person ausgehöhlt, für die er sich gehalten hat, und deswegen ist er nun niemand mehr.

»Die Menschen sollen die Wahrheit darüber erfahren, was ich am Kanal getan habe«, sagt er plötzlich grimmig, und eine Sekunde lang klingt er wie der alte Walentin. »Darum sollte es in dieser Geschichte auch gehen …«

»Nein«, sagt sie, »es ist vorbei, sie ist jetzt zu Ende«, und er vergräbt das Gesicht in ihrem Haar und spricht hinein, sagt etwas, das klingt wie *Antonina*, so wie er es gesagt hat, als sie jung waren. Sie ist verblüfft, denn sie hat lange geglaubt, dass der Walentin, der das gerne getan hat, ihren vollen Namen auszusprechen, nie nach Hause gekommen wäre. Dass er immer noch da draußen auf dem Kanal wäre, im Wasser, und auf den grenzenlosen Horizont hinausschaute, wie er es immer getan hat.

Wie kommt ein Geruch an einen Ort? Durch die Türen, wie ein Mensch? Durch die Risse in den Fensterbänken? Durch die Fenster, wie Licht, wie Schall? Ist es nur ein Parasit, der auf dem Rücken von etwas anderem eindringt, sich an die Jacke eines

Mannes, an die Fingernägel eines Kindes heftet? Woher kommen die Gerüche überhaupt, anfangs?

Der Geruch in ihren Träumen *ist* der Anfang. Der Anfang des allerersten Albtraums in Tonjas Leben … Tonja blinzelt schnell. Ihr Gehirn sucht verzweifelt nach einem Bezugspunkt. Sie sieht sich in der Küche um, schwelgt in der Stille. Niemand sonst hat sich gerührt. Sie schiebt die Decken beiseite und schnappt vor Kälte nach Luft.

Hat sie wieder von Otrada geträumt?

Ohne zu wissen, warum, geht sie aus der Küche, den Flur entlang bis zu dem Schlafzimmer, das früher der Familie Sitnikow gehört hat und in dem Lenas Leiche aufbewahrt wird. Mit einem letzten Erschauern von Kraft stößt sie die Tür auf. Die Wände, die Böden sind mit Eis verklebt. Das meiste Mobiliar ist weg, verheizt.

Der Körper, der unter einem Laken auf dem Bett liegt, sieht aus wie ein blinder Passagier auf einem Schiff. Die Leiche ist nicht ihre Tochter. Tatsächlich ist sie so gegensätzlich zu Lena, wie nur irgendetwas auf der Welt es sein kann. Sie ist ihr Gegenteil. Tonja zieht an dem gefrorenen Laken. Es zerbricht, als es herunterrutscht. Ihre Gedanken zerbrechen mit ihm, werden wirr.

Sie wird das schärfste Messer brauchen, das sie finden kann, um den Körper aufzuschneiden. Danach wird sie das Messer nie wieder benutzen können. Sie wird niemals jemandem davon erzählen können. Aber es ist ohnehin kaum jemand übrig, dem man es erzählen könnte, und es gilt nur als Verbrechen, wenn man jemanden ermordet, um ihn zu essen.

Lenas Leiche ist in einem ordentlichen Zustand. Als Lena gestorben ist, hörte ihr Ellbogen auf zu sterben.

Los, Mama, würde Lena sagen. *Ich würde es tun, an deiner Stelle. Für Katja und Mischa. Los. Du bist zu sentimental, Mama*!

Tonja legt das zerbrochene Laken zurück und geht rückwärts aus dem Zimmer. Ihre Beine knicken unter ihr ein, als sie die Tür fest zuschlägt. Erst, als sie wieder die Küche erreicht, sackt sie vor Selbstverachtung gegen den Herd zusammen. Was würde es überhaupt nützen? Alles, was von Lena übrig ist, ist Haut und Knochen. Das reicht nicht, um die Zwillinge am Leben zu halten.

Wenn sie noch eine Woche, noch zwei Wochen ohne Essen auskommen müssen, werden die Zwillinge sterben, und dieser Winter wird ihr alle ihre Kinder genommen haben.

Tonja lässt sich zu Boden gleiten. Die Zwillinge und Walentin sind genauso mager, genauso dürr, wie Lena es war. Tonja dagegen ist dicker, runder als je zuvor. Es ist schon komisch, was mit manchen Menschen passiert, bevor sie an Unterernährung sterben, dem düsteren Tratsch in den Brotschlangen zufolge: Die meisten von uns werden dünner und dünner, bis die Köpfe auf unseren klapperdürren Körpern zu wackeln beginnen, aber einige von uns blähen sich auf wie Ballons!

Tonja kneift sich durch die Strümpfe hindurch in den Oberschenkel und hält ihn fest. Wartet darauf, dass es wehtut. Tut es aber nicht. Sie fährt mit den Fingern weiter hinunter zu ihren Waden. Sie zwickt noch fester. Es ist nicht viel, aber da ist etwas zwischen ihren Fingern.

Mama hat immer gesagt, dass der Körper, dieser physische Körper, nur das Gewand der Seele ist. Wenn man stirbt, streift man es ab. Tonja hat das nie ganz geglaubt, denn erstens liebte Mama schöne Gewänder, und zweitens war Mama die eitelste Person im Dorf.

Du wirst schon sehen, hat Mama immer gesagt, *wenn du dich für jemanden opfern musst, den du liebst, dann ist das kein Opfer.*

Das kann Tonja machen. Sie wird sich ihr eigenes Fleisch ausreißen, und ihren Kinder Essen geben. Sie muss sofort damit anfangen, denn es wird ein langsamer Prozess sein. Die ersten Schnitte müssen in ihre Waden, ihre Oberarme, vielleicht in ihre Schenkel erfolgen. Wo auch immer sie leicht hinkommt, solange sie die Stellen schnell versorgen und unter ihrer Kleidung verstecken kann. Ein Großteil der Haut an ihren Armen und Beinen ist bereits durch die Male entstellt, mit denen sie geboren wurde; ein paar mehr werden kaum einen Unterschied machen. Tonjas Hände sind ruhig, als sie aufsteht.

Im Schlafzimmer der Sitnikows, neben Lenas Leiche, legt sie ein paar Tücher aus. Sie nähert sich Lena nicht. Sie bindet sich ein Stück Stoff als Druckverband um den Oberschenkel und beißt in den Zipfel, um kein Geräusch von sich zu geben, aber vielleicht hat sie all ihre Schreie über die Jahre in ihren Albträume verbraucht, denn sie braucht es nicht. Das Messer gleitet sanft und leicht in sie hinein. Der Blutfluss wird durch die Kälte gebremst. Sie sticht ein kleines Loch, höhlt es aus. Es sieht aus wie ein Spinnenbiss, brennt wie ein Spinnenbiss. Mehr nicht.

De profundis clamavi ad te, Domine.

In der Küche schlafen noch alle. Die Uhr tickt, quälend. Tonja wartet darauf, dass der Topf voller Wasser kocht, wartet, starrt vor sich hin, verrückt den Topf. Erst als sie umrührt, ihr eigenes Fleisch zubereitet, es zum Kochen bringt, nimmt sie den Geruch wahr.

KAPITEL 23

Walentin

Leningrad, Sommer 1945

Der Krieg ist vorbei. Piter ist auf dem Weg der Besserung. Die von Bomben und Granaten zerstörten Gebäude werden wieder aufgebaut. Blumen blühen und Glocken läuten. Es ist ein lauer Abend, als Walentin und Tonja mit den Zwillingen durch den Sommergarten spazieren, und so malerisch, dass er das Gefühl hat, es *müssten* Frischverliebte und alte Freunde gleich um die Ecke Eis essen und von Herzen lachen. Es muss viel mehr Kinder geben als Katja und Mischa, sie müssten um die Krylow-Statue herumrennen und Bockspringen spielen, während ihre Eltern rauchen und Zeitung lesen. Es muss hinter den schmiedeeisernen Toren des Gartens jede Menge Menschen geben, die unterwegs sind zu Museen, Cafés und Universitätsvorlesungen.

Es wird sie geben. Aber noch nicht im Augenblick.

»Wusstest du«, fragt Tonja, »dass ich nicht mehr von Otrada träume?«

»Nein?«

»Das Mädchen ist weg«, sagt sie.

»Das Mädchen mit dem Efeu?«, fragt er vorsichtig. »Das dich immer um Hilfe angefleht hat?«

»Ich kann sie nicht zurückholen.«

»Warum ist das so, was glaubst du?«

»Sie ist dorthin gegangen, wohin Träume gehen, nehme ich an, wenn der Träumer …« Tonja lacht. Es ein hübsches, aber ungewohntes Geräusch, findet Walentin, wie ein Windspiel. Sie sieht zu den Zwillingen, die übereinanderpurzeln und vor Freude kreischen, dann zu Walentin. »Bereit ist, mit dem Träumen aufzuhören. Zu leben.«

Zu leben.

Walentin denkt an die Schrift an den Wänden. Es liegt eine Schönheit in der Nüchternheit, mit der Tonja die Geschichte aufgeschrieben hat: *Sie sterben für keine Sache, auf niemandes Altar. Sie gleiten unter das Wasser und finden keinen Grund, wieder aufzutauchen.* Es veranlasst ihn, sich zu fragen, ob es in der Nüchternheit dort auch Schönheit gab. Im Meer. Eines Tages werden sie die Geschichte wieder aufgreifen und eine neue Version zu Papier bringen.

»Ich habe keine Lust mehr, zurückzublicken«, sagt Tonja. »Auch wenn ich Lena vermisse, immer vermissen werde, wir haben sie begraben. Wir haben diesen Krieg überlebt, und ich bin bereit, glücklich zu sein, vollkommen glücklich, mit dir, mit Katja und Mischa, *unser Leben* zu leben.«

Vielleicht wird sie auch nie veröffentlicht werden. Es ist ihm egal. Alle größeren Angelegenheiten sind ihm egal. Er kümmert sich um nichts Bedeutenderes, nichts Weiteres als das, was gerade vor ihm liegt. Diesen einen Moment, mit ihr.

»Ja«, sagt er voller Ehrfurcht. »Lass uns unser Leben haben.«

*

Als er eines Tages mit Katja zum Haus zurückkehrt, finden sie etwas auf der Eingangsstufe. Katja stößt einen entzückten Schrei aus und stürzt sich darauf: eine Puppe, eine von der bemalten Sorte aus Porzellan. An einer Stelle am Hinterkopf ist unerklärlicherweise das Haar wegrasiert.

Walentin entsinnt sich, dass die Puppe in der toten Katze Tonja mehr beunruhigt hat, als sie zugegeben hat. *Ich bin bereit, glücklich zu sein, vollkommen glücklich …*

»Sag Mama, dass ich das für dich in der Passage gekauft habe«, sagt er, und Katja nickt in feierlichem Ernst. *Ja, Papa.* Sie drückt die Puppe fester an sich, und er hat einen kurzen, siedend heißen Anflug von Zweifel. Als hätte er gerade einen unwiderruflichen Fehler gemacht.

KAPITEL 24

Rosie

Moskau, August 1991

Das Radio gibt ein knirschendes Brummen von sich, und der Sprecher von Echo Moskau spricht zu schnell, als dass ich ihm folgen könnte: *Notstandskomitee … zur Rettung des Großen Vaterlandes … Tödliche Gefahr …*

»Es ist ein Putsch«, sagt Alexej. »Ein Putsch der alten Parteielite, um Michail Gorbatschow zu stürzen.«

Ich sehe Lew an, der bloß an seiner Zigarette zieht.

»Sie sagen, Gorbatschow sei auf der Krim erkrankt«, fährt Alexej fort. »Und dass Janajew, der Vizepräsident, an seiner Stelle die Verantwortung übernehmen wird.«

»Was bedeutet das mit dem Notstandskomitee?«, frage ich.

»Es setzt sich aus Gorbatschows politischen Gegnern zusammen. Wie ich schon sagte, es ist ein Putsch.« Er seufzt. »Ich muss ein paar Anrufe machen. Vielleicht schalten sie die Telefonleitungen ab.« Alexej spricht es so beiläufig aus, dass ich erst zusammenschrecke, als er die Küche verlassen hat. Die Telefonleitungen abschalten?

Das Radio spielt einen kurzen Jingle und verstummt dann. Ich fummle an den Reglern herum. In Moskau gibt es nur zwei Sender. Es ist nicht schwer, alles lahmzulegen.

Wieder nimmt Lew nur einen Zug von seiner Zigarette. Einen absichtlich langen, würde ich sagen.

»Wird deine Familie diesen Putsch unterstützen?«, frage ich.

»Mein Vater ist daran beteiligt.«

»Das weißt du?«

»Er und seine Freunde haben sich nie mit Perestroika und Glasnost abgefunden. Das hat sich alles schon eine Weile zusammengebraut.«

Aber ist das alles, was nötig ist, um diese Reformen rückgängig zu machen? Ein angeblicher Schnupfen auf der Krim, und schon kann ein Haufen von Partei- und Militärfunktionären einfach alles niederwalzen und triumphieren?

Lew begegnet meinem Blick immer noch nicht.

Wäre er jetzt bei der OMON, würde er für dieselben Leute arbeiten, die möglicherweise Alexej Iwanows Telefonleitungen abschalten werden.

Alexej stürmt aus dem Flur wieder herein und ruft, Boris Jelzin würde dies nicht zulassen. Der Präsident hat alle besorgten Bürger aufgefordert, sich auf dem Manegenplatz zu versammeln, und ruft zum Widerstand des Volkes auf … Alexej verschwindet wieder, weil das Telefon läutet.

»Ich bin nicht meine Familie, Raisa.« Lew drückt seine Zigarette aus.

»Das weiß ich.«

»Weißt du das?«

»Für dich, Rosie«, sagt Alexej und taucht wieder auf. »Marina Petrowna?«

»Ich kenne sie«, sage ich schnell. »Danke.«

Am Telefon spricht Marina sofort englisch. Ich habe das Gefühl, dass auf ihrer Seite jemand mithört. Und auf meiner hört immer jemand mit, oder nicht? Obwohl Zoja in letzter Zeit still gewesen ist. Wenn ich es nicht besser wüsste, würde ich mir Sorgen machen, ob ihr etwas zugestoßen ist.

»Mein Mann und ich haben es am Wochenende besprochen«,

sagt Marina. »Michail möchte mehr über den Mann erfahren, den Sie für seinen Vater halten.«

»Wir treffen uns auf dem Manegenplatz«, sage ich. »Ich bin gerade auf dem Weg dorthin.«

Als wir am Manegenplatz ankommen, wimmelt es dort bereits von Menschen, die meisten von ihnen sehen bestürzt aus. Ein dreister Typ mit Lautsprecher klärt alle hilfsbereit darüber auf, dass das alles nur ein Scherz war und Jelzin nie vorhatte, hier eine Versammlung einzuberufen. *Geht nach Hause, meine Freunde, geht nach Hause*! Ich für meinen Teil bin versucht, seinen Rat zu befolgen. Der Himmel hat sich über uns aufgetan, und es beginnt zu regnen. Gerade genug, um die Begeisterung für eine Protestbewegung zu dämpfen, die keinen vielversprechenden Eindruck macht.

»Beeil dich, Rosie«, ruft mir Alexej von irgendwoher zu. »Wir müssen uns hinlegen, um die Panzer aufzuhalten! Gehen wir!«

Die Panzer aufhalten?

Ich kann Lew nirgends sehen. Die Menschen drängeln von allen Seiten, und der Regen wird stärker.

»Wir können keine Panzer aufhalten! Wir können uns nicht einfach hinlegen!«, protestiere ich.

»Genau«, sagt er, »das können wir nicht.«

Das ist das Letzte, was ich von Alexej höre, bevor auch er in eine Lücke in der Menge schlüpft. Von der anderen Seite des Platzes dröhnt ein schreckliches Geräusch heran; es sind die Panzer, von denen er wusste, dass sie kommen würden. Alexej ist an die Menschen und den Regen und die Lautsprecher gewöhnt und daran, dass der Boden unter unseren Füßen zu erzittern scheint, wie bei einem Erdbeben, denn nichts ist mehr sicher. Es gibt kein Fundament in dieser Welt. Vielleicht wache ich morgen in einer anderen auf.

Die Menschen fangen an zu schreien, als die Panzer weiter auf den Platz vordringen. Der Lärm, den sie machen, klingt wie Donner.

Ich weiß nicht, was mich geritten hat, als ich Marina aufgefordert habe, mich hier zu treffen. Sie werden mich niemals finden, aber ich wünschte, sie würden. Ich möchte ein vertrautes Gesicht sehen, denn ich war noch nie von so vielen Menschen umringt und habe mich trotzdem so allein gefühlt.

Genau deswegen bin ich mit Richard zusammen.

Genau deswegen möchte ich Rosie sein und nicht Raisa. Denn das hier gibt mir das Gefühl, Raisa zu sein: klein, verwirrt, erschöpft. Raisa wählt immer den denkbar schlechtesten Moment, irgendwo hinzugehen. Den schlechtesten Moment, um die Wohnzimmertür zu öffnen und ihre Familie tot vorzufinden. Aber das ist es ja gerade, denn sie erkennt nicht, was sie sieht. Sie versteht nichts. Sie weiß nicht, wer *dieser Mann* ist; sie weiß nicht, warum Zoja und Papa so regungslos daliegen; alles, was sie weiß – und sie *weiß* es einfach –, ist, dass sie allein ist. Völlig allein.

Warum hast du sie zurückgelassen?

Ich habe sie für dich dagelassen. Du bist meine Tochter …

Eine Frau ergreift meinen Arm. »OMON!«, schreit sie. »Hier rüber!«

»Es tut mir leid«, sage ich auf Englisch und mache mich los. »Ich muss – ich muss gehen.«

»Oh, Entschuldigung«, sagt sie bestürzt. »Ja. Nicht deins.«

Sie meint, dass es nicht mein Problem ist, was hier passiert, und sie hat recht. Ich habe einen britischen Pass. Ich könnte mich die ganze Strecke über den Manegenplatz durchschlagen, denn inzwischen haben sie die Flächen abgesperrt, die normalerweise für den Verkehr bestimmt sind, und in wenigen Minuten wieder in Alexejs Wohnung sein. Ich könnte meine Sachen packen, mir ein Taxi rufen und einen der letzten Flüge nehmen, bevor sie den Flugverkehr einstellen und das Land abriegeln, falls das alles darauf hinausläuft, und wenn dem so ist, warum sollte es mich kümmern? Na und, dann wird eben alles wieder so, wie es war, dann wird Gorbatschow eben verdrängt und alle Reformen werden rückgängig gemacht! Meinetwegen können sie das ganze Land für immer unter Kriegsrecht stellen, wenn sie wollen!

Was geht mich das an? Warum sollte mich das interessieren?

Warum kann ich Russland nicht sofort verlassen? Was spielt es für eine Rolle, wer Eduard Daineko wirklich ist oder was er wirklich getan hat? Was spielt es für eine Rolle, was Alexej wirklich will? Oder wer ich wirklich bin? Welche weitere, welche tiefere Wahrheit brauche ich noch?

Wonach auch immer wir suchen, es wird nicht da sein, hat Alexej gesagt.

Ich weiß nicht einmal mehr, wonach ich suche. Vielleicht habe ich das nie gewusst.

OMON-Busse und Panzer haben bereits auf dem Platz Stellung bezogen, aber die Demonstranten in ihrer Nähe sehen weder wütend noch verängstigt aus. Sie verteilen sogar Lebensmittel und Süßigkeiten an die Truppen, die einfach nur dastehen und die Tüten mit den Leckereien entgegennehmen.

Es werden keine Schüsse abgefeuert.

Die OMON ist auf die Seite des Volkes übergewechselt.

Lew steht plötzlich direkt vor mir und nimmt mich an der Hand. Ich kann vor lauter Panzern, Menschenmassen und dem Hämmern in meinen Ohren nichts mehr hören. Er scheint sich umzublicken und sich zu fragen, warum ich so lange brauche, um ihm zu folgen, warum ich mich wehre.

Ich wehre mich nicht mehr.

Lew dreht sich zu mir um und fängt an, etwas zu sagen, aber er bringt es nicht zu Ende. Er muss es mir ansehen. Etwas blitzt in seinen Augen auf, und dann nimmt er mein Gesicht in seine Hände, und ich stelle mich auf die Zehenspitzen und wir küssen uns, heftig, mit aller Kraft. Ohne jedes Zögern. Wir haben zu lange gewartet. Die Leute drängeln sich vorbei, schubsen und schreien, aber irgendwie höre ich ihn, fühle ihn sprechen. *An diesem Nachmittag, als wir uns die Karten angeschaut haben, als ich den Kopf hob und dein Gesicht sah*, sagt er an meinem Mund. W*drug mne pokazalos, tschto ja prosypajus posle samoi dolgoi nochi … Da kam es mir so vor, als würde ich nach der längsten aller Nächte aufwachen …*

Das Getümmel um uns herum dauert an. Wir hören nicht auf. Es ist beinahe schmerzhaft, aber wir hören nicht auf. Ich habe Prellungen, blute fast, der Regen prasselt weiter herunter, überströmt alles, aber ich will niemals aufhören.

Je mehr Zeit ich in Russland verbringe, desto näher komme ich der Wahrheit, desto mehr weiß ich, desto weniger verstehe ich.

Alles, was ich tun kann, ist, mich darin zu aalen, darin zu suhlen, darin zu ertrinken.

Auf einer Herdplatte brodelt etwas. Kaffee. Ich reibe mir die Augen und richte mich auf. *Ich liege auf dem Klappbett.* Verschiedene Kleidungsstücke sind auf dem Boden verstreut, mein Sommerkleid, das wegen des gestrigen Regens aussieht wie ein Lumpen, meine schlammverkrusteten Ballerinas, mein BH und meine Unterhose als verschämter Haufen in der hintersten Ecke.

»Es ist elf.« Lew steht in der Tür.

»Du hättest mich wecken sollen. Ich hätte in mein eigenes …«, sage ich schwach. »Hat Alexej …?«

»Alexej ist nicht nach Hause gekommen«, antwortet er. »Er hat angerufen und gesagt, dass er heute Mittag bei der Kundgebung im Weißen Haus sprechen wird. Er hat dich gebeten, daran teilzunehmen.«

Ich habe eine ganze Nacht durchgeschlafen. Ich hatte vergessen, wie sich das anfühlt.

»Ich würde – okay.« Ich bin immer noch benommen.

»Wir holen auf dem Weg Marina und Michail ab. Sie haben ebenfalls angerufen.« Lew sieht sich in Richtung Küche um und lauscht auf den Kaffee. »Sie wollen sichergehen, dass sie dich diesmal erwischen.«

Ich muss Richard anrufen.

Richard mit seinem weichen, zerstrubbelten Haar und der leicht vorspringenden Nase, Richard, der beim Gehen eine minimal bucklige Haltung einnimmt, beinahe schlurft. Er sieht in jeder Situation, vor jedem Hintergrund *behaglich* aus. Und selbst wenn ihm nicht so zumute ist, bemerkt es niemand. Lew hingegen würde jeder bemerken und sich wahrscheinlich wünschen, er hätte es nicht getan. Selbst jetzt gibt sein Gesichtsausdruck keinerlei Hinweis auf das, was zwischen uns passiert ist. Wäre da nicht die eingebrannte Erinnerung in meinem Kopf, könnte ich glauben, ich hätte mir eingebildet, wie wir gestern hereinkamen, ohne ein Wort zu sagen, als würden Worte nur alles kaputt machen; die Art, wie Lew seine Schlüssel auf den Couchtisch warf und mich an der Taille hochhob und gegen die Wand drückte, als würde ich so viel wiegen wie die Schlüssel; die Art, wie meine Hände unter sein Hemd glitten und viel mehr Narben erspürten, als ich erwartet hatte, Narben in Rinnsalen seine Seite entlang und seinen Rücken hinauf und hinunter, seine Jahre beim russischen Militär waren ihm überall eingeschrieben.

Wie er seinen Blick niemals von mir abwandte, als fürchtete er, ich könnte mich in Luft auflösen, wenn er es täte.

»Könntest du Marina und ihren Mann zuerst einsammeln und dann zurückkommen, um mich abzuholen?«, frage ich. »Ich muss noch duschen und mich umziehen.«

»Wenn du willst.«

Ich warte, bis er aus der Tür ist, dann ziehe ich eine der vielen Steppdecken von Alexejs Sofa und schlinge sie mir um die Schultern. Ich berühre versuchsweise den Boden; der Teppich ist kalt unter meinen Füßen. Für den Hochsommer kommt mir die Wohnung kühl vor.

Aber es liegt nicht an Zoja. Wo *steckt* sie? Ich wünschte, sie *wäre* hier. Jetzt könnte ich eine ältere Schwester gebrauchen, denn obwohl sich Zoja für vieles nicht interessiert hat, interessierte sie sich für Jungs. Es gab immer irgendeinen Möchtegernverehrer, der sie hinter der geschlossenen Tür unseres gemeinsamen Zimmers zum Kichern brachte, während ich im Wohnzimmer saß, meine Schularbeiten machte und die beiden verabscheute.

»Bist du da?«, frage ich laut, aber sie ist nicht da.

Am Telefon verbindet mich die Telefonistin mit London, mit einer bestimmten Straße in South Kensington, wo Richards Vater James ganz allein in seinem weiß getünchten, fünfstöckigen Stadthaus lebt. Seit dem Tag, an dem seine Frau starb, hat Richards Vater, abgesehen von Arbeitskollegen und der engsten Familie, keinen Kontakt zu Menschen mehr. Sowohl Richard als auch Charlotte haben aufgehört, Versuche zu unternehmen, das zu ändern.

James nimmt den Hörer ab. »Hallo, Liebes«, sagt er. »Richie! Rosemary ist in der Leitung.«

»Hi«, sagt Richard, als er am Hörer ist. Er klingt bereits unglücklich. »Ehrlich gesagt, Ro, wir sehen gerade, was da drüben los ist, und ich finde, du solltest sofort nach Hause kommen. Was tust du da noch?«

»Ich …«

»Bist du verletzt? Ist etwas passiert?«

»Es geht mir gut.« Ich ziehe die Decke fester um mich.

Wohin soll ich gehen, wenn ich wieder in England bin? Mein Flug geht in zwei Wochen. Das Semester fängt erst Ende September an. Ich habe in meinem Leben keine Freundschaften geschlossen, die eng genug sind, dass ich jemanden anrufen und fragen könnte, ob ich bei ihm auf dem Sofa schlafen darf. Könnte ich wirklich zurück in Mums Wohnung gehen?

»Was ist denn?«, fragt Richard. »Kommst du nach Hause?«

»Nicht früher als geplant.« Ich kann nicht glauben, dass ich das tue. Ich schneide die einzige Rettungsleine ab, die ich habe. Den einzigen Menschen, der mich noch liebt.

Aber ich brauche etwas anderes. Ich brauche *mich.* Ich brauche das Alleinsein.

Ich ziehe die Tür hinter mir zu und setze die Sonnenbrille auf. Heute scheint die Sonne, und der Himmel ist von einem hellen flüssigen Blau. Keine Spur von den gestrigen Regenwolken. Lew steht vor dem Haus neben der Fahrertür des Mercedes. Michail und Marina sitzen schon auf dem Rücksitz.

Wegen des Aufbaus von Barrikaden im Stadtzentrum sehen die umliegenden Straßen aus wie eine von Hunden umgegrabene Wiese. Wir parken ziemlich weit draußen und bahnen uns zu Fuß einen Weg durch die Straßen. Überall liegen Ballast und Treibgut der Massenproteste herum: liegen gelassene Regenschirme, Kisten, weggeworfene Kleidung, Maschendrahtstücke und sogar Betonbrocken. Je näher wir dem Weißen Haus kommen, dem Sitz des russischen Parlaments und Symbol einer aufkeimenden Demokratie, desto mehr steigt die Spannung.

Heute weiß das Volk, was es will. Heute wird es seinen Willen bekommen.

Michail trägt eine dicke Zweistärkenbrille, und jedes Mal, wenn ich zu ihm und Marina hinüberschaue, sehe ich, wie er mich betrachtet unter seinen dunklen zusammengezogenen Augenbrauen, als wüssten wir beide nicht, was wir voneinander halten sollen.

Wir haben das Weiße Haus erreicht, wo gerade eine riesige Kundgebung abgehalten wird. Auf dem Balkon treten verschiedene Redner auf, die nacheinander das Notstandskomitee für schlecht erklären. Überall um uns herum klettern Menschen auf verlassene Panzer, um einen besseren Blick zu haben; es wehen Trikolore-Flaggen. Alle paar Minuten erhebt sich ein Sprechchor aus der Menge: *Russland lebt! Jelzin, wir unterstützen dich!*

»Ist er bei guter Gesundheit, der Mann, den Sie für meinen Vater halten?«, spricht Michail mich endlich an.

»Ich würde ihn als rüstig bezeichnen. Das ist er!« Ich zeige auf den Balkon. »Er ist dort!«

Alexej Iwanow ist am Geländer aufgetaucht. Er hält ein Megafon in der Hand, obwohl ein Teil von mir bezweifelt, dass er es überhaupt braucht. Dieser Putschversuch hat ihn belebt. Er sieht jetzt, unter der unbarmherzigen Sonne, jünger aus als in dem Café in Oxford.

»Ist er es?«, fragt Marina ihren Mann. »Kannst du es erkennen?«

Wir alle starren die weißhaarige Gestalt an. Schweigen legt

sich über die Menge, als er zu sprechen beginnt. Alexejs Stimme ist so eindringlich, so volltönend, dass man das Gefühl hat, er hätte nie aufgehört zu sprechen, nicht seit er das letzte Mal hier in seiner Heimat auf der Bühne stand. Damals war er ein Bolschewik, heute ist er der letzte Bolschewik. Er ist hier, um für seine letzte Sache zu kämpfen. Er ist den ganzen Weg gegangen, durch ein Jahrhundert voller Blut und Gewalt und geplatzter Träume, um an diesen Ort zu gelangen und zu diesen Menschen zu sprechen.

Er hebt die Hand und schließt sie zu einer Faust, und die Menge jubelt. Die Haut in meinem Nacken kribbelt. Er reckt die Arme hoch, als würde er seine Überzeugung aus dem Himmel selbst schöpfen. Ich spüre, wie auch ich hochgehoben werde, leichter werde, als ich es je war.

»Wir werden unsere Freiheit bekommen!«, schreit Alexej. »Wir gehen nie mehr zurück!«

Der Wind bläst heftig.

Geh nach Norden, Raisa. Nach Workuta. Zojas Stimme. *Du hast gefragt, in welche Richtung du gehen sollst*, sagt sie. *Jetzt geh.*

So hat sie noch nie mit mir gesprochen, in ganzen Sätzen. Ich reiße den Kopf herum, als wäre sie da, aber hinter mir stehen nur Fremde.

Nach Workuta, sagt sie noch einmal, und dann ist sie fort.

»Nein, warte!«, schreie ich. »Zoja!«

Lew wirft mir einen scharfen Blick zu.

»Meine Schwester«, stammle ich. »Sie war … sie war … sie hat gesagt …«

»Er ist es nicht«, sagt Michail.

Wir drehen uns alle zu ihm um. Er schüttelt den Kopf.

»Ich weiß nicht, wer der Mann da oben ist«, sagt Michail. »Aber das ist nicht mein Vater. Das ist nicht Walentin Andrejew.«

TEIL 4

KAPITEL 25

Katja

Leningrad, Herbst 1948

Katja ist zehn Jahre alt, aber sie weiß schon, was sie später einmal werden will: eine Ballerina. Das erzählt sie jedem, der es hören will. Mama sagt, dass sie manchmal auch still sein soll, aber Katja ist nicht gerne still. Und dann ist da diese Geschichte, die Mama erzählt hat, über den schönen Thronfolger des alten russischen Reiches, den Zarewitsch, der gelangweilt ist von den hohlköpfigen Hofdamen und der sich zu dem Bauernmädchen hingezogen fühlt, das ganz verwegen in den Palast geschlüpft ist, weil sie anders ist als die anderen.

Katja möchte diejenige sein, die aus den anderen heraussticht. Sie hofft darauf, dass ihr eigener Zarewitsch ihr zusieht.

Katja hat eine ältere Schwester, die gestorben ist. Es ist im Krieg geschehen. Mama und Papa haben nie erklärt, wie es passiert ist, also denkt Katja, dass Lena vielleicht Hals über Kopf auf die feindlichen Linien zugestürzt ist. Mischa sagt, dass Lena wahrscheinlich gestorben ist, weil sie auf der Straße gestolpert und mit dem Kopf auf einem Stein aufgeschlagen ist. Das bringt Katja dazu, dass sie ihm auf den Kopf schlagen möchte. Sie streiten viel. Mama sagt immer, *hört auf zu streiten, Kinder*, was ungerecht ist, denn wenn *sie* es tun, darf Katja nicht sagen, *hört auf zu streiten, Mama und Papa.*

Wenn Mama und Papa sich streiten und einer von ihnen aus Versehen Lena erwähnt, werden alle still. Für jemanden, der tot ist, hat sie sehr viel Macht.

Eines Tages schnüffelt Katja herum und findet unter Mamas Sachen etwas Unerwartetes. Es ist ein kleines Notizbuch. Es könnte vielleicht ein altes Tagebuch sein, denkt sie und wird ganz aufgeregt, weil sie alles, was sie über ihre Eltern weiß, nur durch Lauschen erfahren hat. Mama hat noch nicht einmal verraten, wie sie und Papa sich kennengelernt haben. Auch Papa steckt voller Geheimnisse. So wie das eine Mal, als er sagte, Mamas Augen erinnerten ihn an den Sjamoserosee bei Nacht, einen See im Norden zwischen dem Ladogasee und dem Weißen Meer. Katja fragte ihn, ob sie als Familie diesen Ort besuchen könnten, aber er sagte, er würde nie wieder in den Norden fahren.

Das Notizbuch ist kein Tagebuch. Es sind nur Geschichten. Sie sind kurz, und es sind nicht viele. Katja ist neugierig, denn Mama schreibt zwar Geschichten für Zeitschriften, aber keine davon beginnt mit einem Hinweis für den Leser. Und Mama schreibt normalerweise auf ihrer Schreibmaschine, nicht mit der Hand. Auf der Rückseite des Umschlags steht eine Zeile. *Für Lena, meine geliebte Tochter.* Katja wird nicht erwähnt. Nur Lena. Lena, die nicht einmal hier ist, um es zu lesen.

Katja fühlt sich so verraten, sie kann es fast nicht glauben. Aber es steht da, schwarz auf weiß. Nein, denkt sie wütend, nein, es ist nicht schwarz, es ist nicht mit Tinte geschrieben, sondern mit Bleistift. Und Bleistift kann man ausradieren. Und ehe sie sichs versieht, hat sie einen Radiergummi gefunden und fängt an zu radieren. Katja ist allergisch gegen Gummi, und später wird ihre Haut jucken und ihre Augen werden wehtun, aber das ist es wert, denn jetzt wird wenigstens niemand mehr wissen – selbst dann nicht, wenn ihre Mutter auch dieses Notizbuch veröffentlicht –, dass Mama nur eine ihrer Töchter liebt. Lena, die Tote.

Mischa macht sich oft über ihre Puppen lustig, aber Katja hat ihn schon einmal dabei erwischt, wie er mit ihnen gespielt hat. Eine Teeparty mit ihnen veranstaltet hat. Sie hat es nie verraten. Sie ist mit einem enormen Talent für Tanzen gesegnet, während Mischa kein besonderes Talent für irgendetwas hat, und es wäre grausam, ihn zu necken. Wenn er sie neckt, sieht sie einfach an ihm vorbei und tut so, als blickte sie in einen Saal voller Menschen – nicht in irgendeinen Saal, sondern in den großen in Moskau –, als müsste sie ihre Pose so lange halten, bis der Vorhang fällt.

Katja hat eine Sammlung von mindestens fünfzehn Puppen, von denen drei aus Porzellan sind. Die Porzellanpuppen sind besonders und aufregend, weil sie von einer unbekannten Person stammen. Einem geheimen, mysteriösen Geschenkgeber. Sie werden vor der Haustür abgelegt, und in ihrem Inneren sind immer kleine Geschenke versteckt. Katja hat die Geschenke gefunden, als sie die Puppe genau untersuchte und einen runden, abnehmbaren Teil unter dem Puppenhaar entdeckte. Die Köpfe sind hohl und groß genug, um Süßigkeiten und Spielzeugringe darin zu verstauen, bei der zweiten Puppe sogar einen Silberlöffel.

Das Geschenk in der letzten Puppe war das aufregendste von allen. Katja riss die Perücke herunter, hob vorsichtig den Porzellankreis an und griff in den Kopf. Sie hielt eine kleine Ballerinafigur in der Hand. Eine Ballerina. Sie hat ihren ersten Fan.

Es ist ihr ein bisschen peinlich, und sie würde es niemals Mischa oder den Mädchen in der Schule oder sonst irgendeinem Menschen gegenüber zugeben, aber sie träumt manchmal von demjenigen, der die Puppen hinterlässt. Sie träumt, dass es ein junger Mann ist und dass er sie selbst herstellt. Vielleicht hat er sogar die Ballerina gemacht. Katja ist sich nicht sicher, wie so etwas eigentlich angefertigt wird.

Sie fragt Mama beiläufig, ob sie mit ihr einmal die berühmte Lomonossow-Porzellanfabrik besichtigen kann, und Mama lacht. *Ich gehe mit dir hin, wenn du mir erklärst, warum*, sagt Mama.

Das führt dazu, dass Katja ihr dummerweise die Ballerina zeigt und Mama sie Papa zeigt und Papa sagt, dass er keine Ahnung hat, woher sie kommt, aber Papa weiß, dass die drei Porzellanpuppen vor der Haustür abgelegt wurden, und Mama wusste es nicht, und bald gesteht Katja alles, tränenreich und dramatisch, sogar die Tagträumerei.

Doch Mama beschlagnahmt die Porzellanpuppen nicht. Stattdessen geraten Mama und Papa in den größten Streit ihres Lebens. Katja und Mischa kauern im Wohnzimmer, während sie sich in der Küche anbrüllen, und Mischa braucht es nicht auszusprechen, denn Katja gibt sich sowieso schon die Schuld.

Zum ersten Mal, seit Katja denken kann, kommt Mama nicht zur Schlafenszeit nach Hause, um ihnen eine Geschichte zu erzählen und einen Kuss zu geben. Stattdessen kommt Papa, und da Papa keine guten Geschichten erzählen kann, liest er etwas Langweiliges aus einem Buch vor, ohne dass jemand zuhört. Katja wendet sich ab, als er ihr einen Kuss auf die Wange geben will, damit er ihre Tränen nicht spürt.

Mama und Papa scheinen nur noch im Flüsterton zu sprechen. Dascha aus der Schule sagt, das bedeutet, dass sie sich wahrscheinlich scheiden lassen werden und noch nicht wollen, dass es jemand erfährt. Mischa sagt, wenn das stimmt, dann ist es Katjas Schuld. Ihre und die ihrer Puppen. Puppen sind für Babys, sagt Mischa, und Katja schreit, dass sie gesehen hat, wie er immer wieder Teepartys mit ihnen gespielt hat, und wenn sie schon Regeln für Puppen aufstellen, dann doch wohl, dass Puppen für

Mädchen sind oder etwa nicht? Und er bekommt rote Ohren und sagt: »Ich wünschte, du wärst nicht meine Schwester.«

So etwas sagt er ständig, aber dieses Mal fühlt es sich so an, als ob er es ernst meinte, denn sie hasst sich selbst auch. Mama und Papa lassen sich ihretwegen scheiden.

Katja ist sich nicht sicher, wie der Plan entstanden ist, aber sie hat schon lange genug dafür gebraucht. Sie wird weglaufen. Die Familie wird ohne sie glücklicher sein. Mama und Papa werden sich nicht scheiden lassen müssen. Sie wird bei dem Puppenmacher wohnen. Bei jemandem, der schöne Schätze herstellt, und der Katja wertschätzt. Vielleicht kann er auch noch andere Dinge. Zeichnen. Malen. Als Bildhauer arbeiten. Alles mit seinen Händen. Er wird selbst so viel Talent haben, dass es ihm nichts ausmacht, wenn sie sich als Ballerina hervortun, auf der großen Bühne auftreten muss. Wenn sie zum Beispiel ihre Ballettschuhe zubinden muss. Abgesehen davon weiß sie nicht viel darüber, was Ballerinen tun.

Sie setzt *Eine Ballettschule* auf die Liste der Orte, die der Puppenmacher mit ihr besichtigen soll, direkt unter die *Lomonossow-Porzellanfabrik* und den *Sjamoserosee.*

Das einzige Problem ist, dass sie für ihren Plan Geld braucht, und das hat sie nicht. Niemand, den sie kennt, hat viel Geld, außer vielleicht Witja in der Schule, der mächtig angibt, aber ihn wird sie nicht fragen. Er ist ein schmächtiger, verschlagener Schuljunge. Niemand wie der Puppenmacher.

Katja denkt und denkt, schreibt Listen, kritzelt in ihre Schulbücher. Sie kann es nicht ertragen, die Puppen zu verkaufen; der Puppenmacher würde es ihr möglicherweise nie verzeihen. Eines Tages beobachtet sie Mama bei der Arbeit an der Schreibmaschine, sie tippt fleißig und bemerkt ihre Anwesenheit nicht –

siehst du? Vielleicht merken sie nicht einmal, wenn sie weg ist –, und da kommt ihr die Idee. Sie kommt ihr genau in dem Augenblick, als sie dort steht.

Vielleicht fühlt sich der Puppenmacher so, wenn er genau den richtigen Klecks Farbe an die richtige Stelle auf eines seiner Meisterwerke setzt. Es muss so sein. Schließlich sind sie beide als Künstler geboren worden.

Mamas Verleger heißt Wladimir Stolypin. Katjas Familie war schon oft bei ihm zu Hause zum Essen eingeladen. Wladimir und seine Frau Anna konnten keine Kinder bekommen. Katja weiß das, weil sie einmal gehört hat, wie Mama und Papa sich darüber unterhielten, dass man Anna Stolypina gesagt hatte, dass sie nie ein Kind bekommen würde, und aus irgendeinem Grund machte das Mama traurig, was Katja albern vorkam, denn Mama und Papa hatten drei Kinder bekommen, darunter Lena. Drei. Das ist fast so viel, dass sie eines an die Stolypins hätten verschenken können.

Katja geht nach der Schule mit Mamas Geschichtenbuch zu ihnen. Die Stolypins sind zu Hause. Sie wirken abgelenkt. Vielleicht bekommen sie Gäste zum Abendessen. Katja sollte sie besser nicht aufhalten. Sie sagt, sie habe ein Buch mit Geschichten mitgebracht, die sie geschrieben hat, und dass sie diese bitte an die Zeitschrift verkaufen möchte. Anna Stolypina sieht sie erstaunt an. Wladimir Stolypin bittet geduldig darum, das Notizbuch sehen zu dürfen, und Katja beglückwünscht sich selbst dazu, dass er nicht merken wird, dass es von Mama ist, weil es handgeschrieben ist. Er liest nur ein oder zwei Seiten, was sie enttäuschend findet, dann fragt er: *Bist du sicher, dass du das geschrieben hast?* Und sie bestätigt, dass dem so ist. *Katja*, sagt Wladimir, *bitte sei ehrlich.* Ihre Unterlippe bebt. Anna Stolypina wirft einen Blick in die Geschichten. Sie fragt, *Hat deine Mutter das geschrieben, Katja*, und Katja bricht in Tränen aus. Ihr fällt auf, dass sie leicht einknickt. Anna legt den Arm um sie und sagt, es sei alles in Ordnung, nur seien diese Geschichten nicht für Kinder gedacht.

Katja hat geglaubt, alle Geschichten seien für Kinder gedacht.

Wladimir Stolypin räuspert sich und sagt, dass er das Notizbuch vorerst behalten wird. Vielleicht ist ja doch etwas dran, sagt er. Seine Frau sieht erstaunt aus. Er fragt, ob Katja nächste Woche an einem anderen Nachmittag wiederkommen kann, um mit Freunden von ihm zu reden. Katja nickt glücklich. Ihre Tränen sind getrocknet. Sie wird gerne reden. Sie liebt es zu reden.

Als Katja das nächste Mal zu Besuch kommt, sitzen drei Männer im Wohnzimmer der Stolypins. Wladimir Stolypin muss viele Freunde haben. Katja hat in der Schule nicht einmal eine einzige richtige Freundin. Bei Mischa ist es das Gegenteil. Er ist beliebt. Lustig. Er sagt, sie wird erst Freunde finden, wenn sie aufhört, allen zu erzählen, dass sie Primaballerina werden will, und wenn er das sagt, wird ihr innerlich ganz kalt.

Eines Tages, Katja, verspricht sie sich, *werden dich alle bewundern. Sie werden an deinen Lippen hängen wie Schmuck an einem Baum.*

So wie es Wladimir Stolypins Freunde gerade tun. Sie sehen nicht aus wie die Freunde von Mama und Papa. Sie sind einander so ähnlich gekleidet, dass es aussieht, als wollten sie zueinanderpassen. Es gab eine Zeit, da hat Mama Katja und Mischa fast gleich angezogen. Tatsächlich scheinen sich diese Männer wie Zwillinge zu verhalten, oder in ihrem Fall wie Drillinge. Katja bemerkt, wie sie sich gegenseitig Blicke zuwerfen und in ihrer eigenen, lautlosen Sprache miteinander sprechen. Sie und Mischa haben auch ihre eigene Sprache, jedenfalls sie hatten sie früher.

»Also, Jekaterina«, sagt Drilling Nr. 1. Er hat ein mädchenhaftes, fast hübsches Gesicht. »Wenn wir ein paar Fragen stellen dürften …«

»Bitte nennen Sie mich Katja«, sagt sie majestätisch. Man betrachtet sie hier als gleichwertig mit einer Erwachsenen, das spürt sie schon. Viele Leute nennen sie Katenka, ohne erst zu fragen, und das verabscheut sie.

»Deine Mutter ist Antonina Lulikowa, stimmt's?«

»Sie nennt sich nur Tonja.«

»Und dein Vater ist ein Mann namens … Anatoli Radakow.«

»Das ist mein Papa«, sagt Katja voller Stolz.

»Natürlich.« Drilling Nr. 1 lächelt, und sie strahlt ihn an. »Jetzt zu diesem Notizbuch, Katja. Ich möchte, dass du es mitnimmst und genau da hinlegst, wo du es gefunden hast. Einverstanden? Denn es ist tatsächlich interessant für uns, und du hast eine Belohnung verdient. Wir können zu dir nach Hause kommen und …«

»Nein! Das können Sie nicht.« Katja errötet. »Ich muss nur … Ich will es verkaufen.«

»Ach so. Ich verstehe. Es ist ein Geheimnis.« Er legt sich den Finger auf die Lippen. »Aber wir sind gut im Geheimhalten. Wenn das so ist, erzähl deinen Eltern nichts von diesem Treffen zwischen uns allen, ja? Wir werden uns über Genossen Stolypin hier wieder mit dir in Verbindung setzen und etwas arrangieren. Aber du musst das Notizbuch unbedingt zurücklegen.«

Bei diesem Satz dreht sich ihr etwas im Magen um. Es gefällt ihr nicht, wie er *Genosse Stolypin* gesagt hat. Mama nennt ihren Redakteur nicht Genosse Stolypin. Aber andererseits weiß Drilling Nr. 1 wahrscheinlich nicht, dass Anna Stolypina keine Kinder bekommen kann, Mama hingegen schon.

Wo ist Anna Stolypina?

»Wir danken dir sehr, Katja«, sagt Drilling Nr. 2, der zum ersten Mal spricht. Er ist eine ältere Version von Drilling Nr. 1 mit Pferdegebiss. Sie ist verärgert. Sie hat ihm nicht erlaubt, sie Katja zu nennen.

An diesem Abend kommt Mama, um wie immer eine Gutenachtgeschichte zu erzählen. Mama strahlt, wenn sie Geschichten erzählt. Aber Katja fragt sich, warum sie immer, wenn Mama strahlt, den schrecklichen Drang verspürt, den Namen ihrer älteren Schwester zu sagen, ihn einfach auszuhauchen. *Lena.* Es muss daran liegen, dass sie Mama wehtun will, tief in ihrem Inneren. Weil sie ein schlechter Mensch ist. Weil sie nie eine so wunderbare Tochter war wie Lena und weil Mama und Papa sie nie so lieben werden, wie sie Lena geliebt haben.

Aber das wird sich alles ändern. Wenn Katja erst weggelaufen ist, wird ihr Name der unausgesprochene sein. Sie wird Lenas Platz in der Familie einnehmen. Die Perfekte. Die Unsterbliche.

Als Katja aufsteht, um einen Schluck Wasser zu trinken, sieht sie Licht unter der Küchentür. Mama und Papa sind noch wach. Endlich sprechen sie in normaler Lautstärke.

Mama sagt: »Das Notizbuch war verschwunden, fast zwei Wochen lang. Und jetzt ist es wieder da.«

Katja tritt näher. Sie stellt sich hinter die Tür.

Papa sagt: »Glaubst du, Katja hat es genommen?«

Mama sagt: »Ich weiß, dass sie es getan hat.«

»Aber warum? Aus Neugier?«

»Ja, wahrscheinlich. Ich werde es von nun an in meinem Kopfkissenbezug aufbewahren. Sie meint es nicht böse.«

»Nein, sie meint es nicht böse.«

»Aber ich habe ein ungutes Gefühl. Wegen der Puppen. Weil du mich angelogen hast.«

»Es tut mir leid, Tonja. Ich …«

»Hast du die Zeitung gelesen? Es gab in letzter Zeit mehr Verhaftungen. Wir sollten vorsichtiger sein, nicht weniger vorsichtig. Wir wissen nicht, was die Puppen bedeuten. Oder wer uns beobachtet. Ich habe Angst, Walentin. Ich glaube, wir sollten umziehen. Oder zumindest für eine Weile weggehen.«

»Komm, du brauchst keine Angst zu haben. Wir sind zusammen, Antonina. Das ist alles, was zählt.«

Katja hält inne, die Hand auf dem Türknauf. Sie hat noch nie gehört, dass jemand Mama Antonina genannt hat.

Und wer in aller Welt ist Walentin?

Zwei Nächte später wird Katja von einem dumpfen Schlag geweckt. Mischa, der im anderen Bett liegt, setzt sich auf. *Rums.* Keiner der beiden sagt etwas. *Rums.* Mama stürzt ins Zimmer. Sie holt alle aus dem Bett. Es sind Leute in der Wohnung. Sie stehen im Hausflur. Sie haben Uniformen an, dunkelblaue Mützen, rote Streifen. Papa ist auch da. Mischa jammert, dass er pinkeln muss.

Die Uniformierten haben die Schultern zurückgenommen und strecken die Brust vor. Sie weisen sie an, ins Wohnzimmer zu gehen und sich auf das Sofa zu setzen.

Katja sieht Mischas Gesichtsausdruck und weiß, dass er ihren eigenen widerspiegelt. Dafür ist eine Zwillingsbeziehung gut.

»Was suchen die?«, fragt Mischa ängstlich. Die Männer werfen alles um, was sich auf Mamas Schreibtisch und in Papas Bücherregalen befindet. Sie blättern in den Büchern. Sie schütten eine Schublade aus. Sie reißen den Teppich hoch. Sie sehen gelangweilt aus. Mama antwortet nicht.

Katja ist sich nicht sicher, woher sie es weiß, aber plötzlich weiß sie es. Sie suchen nach dem Notizbuch. Sie sind von den Drillingen hergeschickt worden.

Katja hat es dorthin zurückgelegt, wo sie es gefunden hat, wie die Drillinge es von ihr verlangt haben, aber jetzt ist es in Mamas Kopfkissenbezug. Soll sie ihnen verraten, wo es ist? Dann nehmen sie es mit und gehen weg, und das Ganze ist vorbei. Mama kann die Geschichten später einfach aus dem Gedächtnis nacherzählen …

Mamas Blick ruht auf ihr. Katja fragt sich, ob der Sjamoserosee manchmal so aussieht wie der Grund eines Brunnens. Mama schüttelt so leicht den Kopf, dass sie ihn vielleicht gar nicht geschüttelt hat. Ihr Haar, das ihr über die Schultern fällt, sieht aus wie Satin. Jetzt will Katja weder Lenas Namen aussprechen noch Mamas Strahlen trüben. Sie will nicht einmal mehr zum Puppenmacher weglaufen. Sie will einfach nur wie ein Baby auf den Schoß ihrer Mutter klettern und festgehalten werden.

Die Wohnung ist ein einziges Durcheinander. Die Eindringlinge verschwinden auf demselben Weg, auf dem sie gekommen sind. Katja hört, wie Mama ausatmet, als hätte sie jahrelang die Luft angehalten.

Samstag. Mamas beste Freundin kommt zu Besuch. Katja liebt Tante Wika. Jedes Jahr besucht die Familie Tante Wika in ihrer ein paar Stunden entfernt liegenden Datsche, wo sie ein Klavier hat, das ein halbes Zimmer einnimmt. Wenn Tante Wika darauf spielt, bewegen sich ihre Finger so schnell, dass sie fast unsichtbar sind.

»Tante Wiktorija!«, ruft Katja, auch Mischa kommt angerannt, und Tante Wiktorija drückt sie beide fest an sich. Dann scheucht sie sie fort und sagt, dass sie hier ist, um mit Mama zu reden, aber sobald das erledigt ist, wird sie zu ihnen kommen und hören, wie es allen geht. Zuerst den langweiligen Erwachsenenkram, sagt sie.

Katja liebt Tante Wika.

Katja schwebt, während Tante Wika in der Küche mit ihrer üblichen Tasse Tee ihren üblichen Platz einnimmt und Mama die Wäsche auf die Leine hängt. Tante Wika schaut herüber und zwinkert, und Katja schleicht sich aus dem Zimmer.

Sie setzt sich draußen an die Wand. Sie wartet. Soll sie Tante Wika von ihrem Plan erzählen, dass sie weglaufen will? Obwohl der Plan in den letzten Tagen etwas an Glanz verloren hat. Seitdem diese seltsamen, bollernden Männer hier waren. Katja hatte das eigenartige Gefühl, Mama und Papa beschützen zu müssen, während sie da mit ihnen auf dem Sofa saß.

Am Anfang ist es wirklich langweiliger Erwachsenenkram. Katja überlegt, ob sie aufstehen soll, um zu spielen oder nach draußen zu gehen, sich die Zeit zu vertreiben, bis Tante Wika fertig ist, aber dann sagt Mama: »Wir haben beschlossen, eine Weile wegzufahren. Glaubst du, dass ich überreagiere? Die Leute sagen, dass es nicht mehr so schlimm werden kann wie vor zehn Jahren. Aber sie waren hier, Wiktorija. Sie waren hier.«

Katja kann sich nicht rühren. Sie hat nicht geglaubt, dass Mama und Papa es ernst meinten, als sie neulich davon sprachen, Leningrad zu verlassen. Wohin sollen sie denn gehen? Dascha aus der Schule hat Familie in Sibirien und sagt, es sei eine Einöde. Dascha sagt, dass ihre Cousins und Cousinen Tiere haben, die bei ihnen im Haus schlafen. Sie schwört, dass sie immer noch glauben, es gäbe einen Zaren, der kein Mensch ist, sondern ein Gott. Katja kann sich nicht vorstellen, dass die Menschen an solchen Orten schon einmal von etwas so Ausgeklügeltem und Anspruchsvollem wie Ballett gehört haben. Wie soll sie jemals eine Ballettschule besuchen oder auf der großen Bühne auftreten? Wie soll der Puppenmacher sie finden?

»Ich muss dir noch etwas gestehen, bevor es zu spät ist.« Mamas Stimme klingt seltsam. »Ich habe in letzter Zeit so oft daran gedacht, jedes Mal, wenn ich von einer weiteren Verhaftung gelesen habe.«

Katja ist schwindelig. Sie ist sich nicht sicher, ob sie das noch hören will.

»Etwas, das ich getan habe damals.«

»Tonja«, sagt Tante Wika warnend.

»Ich war es, die Pawel denunziert hat.«

Pawel. Ein weiterer Name, den Katja noch nie gehört hat. Zweifellos ein weiterer Name mit einer geheimen Geschichte, wie Lena. Wie Walentin.

»All diese Jahre waren wir Freundinnen …« Mama weint. »Dein Vater wurde meinetwegen hingerichtet. Er ist tot, wegen mir.«

Katja fühlt sich, als wäre sie festgefroren.

»Das wusste ich«, sagt Tante Wika. »Aber ich habe dir verziehen.«

Es hört sich an, als säße Tante Wika einfach nur da und lässt Mama weinen, aber so ist Tante Wika. Sie lässt die Menschen sein, wie sie sind. Wenn Katja ihr sagt, dass sie Ballerina werden will, aber niemand sonst daran glaubt, sagt Tante Wika nur: *Du bist schon eine Ballerina, Katja, und lass dir von niemandem etwas anderes einreden.*

»Manche Dinge sind unverzeihlich«, sagt Mama unter Tränen. »Manchmal denke ich, wenn meiner Familie etwas zustößt, ist das nur die gerechte Strafe für alles Unverzeihliche, was ich getan habe.«

Unverzeihlich.

»Wenn dir und Walja etwas zustieße, würde ich mich um die Kinder kümmern«, sagt Tante Wika, aber das Wort, *unverzeihlich*, klingt noch immer in Katjas Ohren.

Mitten in der Nacht ertönt ein weiterer Schlag. Katja schließt die Augen und hofft, dass es nur Mischa ist, der aus dem Bett gefallen ist. Doch es sind wieder die Männer in Uniform. Diesmal finden sie, was sie suchen: Mama. Mamas Haar sieht immer noch aus wie Satin, auch wenn jemand anders seine Faust darin hat. Katja und Mischa sehen von der Tür aus zu, und Katja spürt, dass dies ein Albtraum ist. Es muss ein Albtraum sein. Mischa weint so sehr, dass er nicht aufrecht stehen kann, er muss sich vornüberbeugen. Es geschieht alles so reibungslos, dass man kaum für möglich hält, dass dies dieselben Leute sind, die beim letzten Mal so ein Chaos angerichtet haben. Die Tür klappt hinter ihnen zu.

Papas Miene ähnelt nichts, was Katja je zuvor auf einem Gesicht gesehen hat.

KAPITEL 26

Rosie

Workuta, August 1991

Auf der Zugfahrt von Moskau nach Workuta steigt in Archangelsk ein Mann um die vierzig zu mir ins Abteil, er wirkt fröhlich und übermütig, ein bisschen wie ein junges Tier.

»Wussten Sie«, fragt er, »dass wir bald die Grenze zwischen der Tundra und Taiga überschreiten?«

»Wirklich? Können Sie mir Bescheid sagen, wenn es so weit ist?«, frage ich.

»Sie werden es merken. Die Bahnlinie da oben wurde von Gulaghäftlingen gebaut«, fügt er hinzu. »Von Workuta aus. Das war einer der Kreise der Hölle.«

Fröhlich und übermütig in der Tat.

»Da will ich hin«, sage ich und fühle mich in unserem kleinen Abteil klaustrophobisch. »Und wie ist es dort jetzt?«

Er kratzt sich an seinen Koteletten. »Die Gegend ist geplagt von der Geschichte«, sagt er. »Als ich in mein jetziges Haus eingezogen bin, waren Graffiti an der Eingangstür. *Du willst Kohle? Ich will Freiheit!* So stand es da. Workuta liegt inmitten eines Kohlebeckens. Meine Mutter war Häftling im Sonderlager RetschLag – sie hat in den Minen gearbeitet. Fast alle, die heute in Workuta leben, sind Zeks, ehemalige Häftlinge, oder deren Nachkommen.«

Meine Mutter war Häftling. Es kommt mir unglaublich vor, dass Menschen das überleben konnten. Aber auf gewisse Weise waren ihre Erlebnisse nicht außergewöhnlich, oder nicht? Millionen von Menschen haben dasselbe erlebt. Sie sprechen nur nicht darüber.

»Was ist das RetschLag?«, frage ich.

»Das Flusslager«, antwortet er. »Ein Hochsicherheitslager für politische Gefangene und Terroristen. Eingerichtet 1948. Nur kurzlebig. Aber das gesamte Gulag-System wurde ja auch nach Stalins Tod 1953 innerhalb weniger Jahre aufgelöst. Meine Mutter hat Workuta nie verlassen. Sie lebt immer noch dort oben.«

Aus Gewohnheit bin ich versucht zu fragen, ob ich mit seiner Mutter sprechen kann, aber stattdessen nicke ich und schenke ihm ein, wie ich hoffe, freundliches Lächeln.

Wir fahren weiter, und er erzählt mir, was mich in Workuta erwartet: breite, luftige Alleen wie in einer europäischen Hauptstadt. Alte Reklametafeln mit Slogans wie *Ruhm denjenigen, die im hohen Norden arbeiten*! Heutzutage gibt es in Workuta Kinos und Schulen und einen Waschsalon und Bronzestatuen wie in jedem anderen sowjetischen Außenposten auch.

»Aber die Temperaturen sind extrem«, sagt er verdrossen. »Es gibt kein Gleichgewicht. Weder zwischen Sommer und Winter noch zwischen Vergangenheit und Gegenwart.«

Wir überschreiten die Grenze. Es ist nicht so dramatisch, wie er es beschrieben hat, aber in gewisser Weise ist es dadurch noch zermürbender. Ich habe die beste Jahreszeit für Wildblumen verpasst, aber ein paar Nachzügler in spektakulären Rot- und Gelbtönen sind noch zu sehen und bringen willkommene Farbtupfer in die flache, endlose Tundra. Abgesehen davon gibt es vor dem Fenster nichts als leeren Raum. Ein paar Rentierzäune und einsame Sträucher säumen den Horizont.

Der Sommer in der Arktis ist fast vorüber. Die Tage beginnen schon kürzer zu werden, bis es nur noch Dunkelheit gibt. Dieses trostlose Land wird zufrieren, und seine Geheimnisse werden mit ihm einfrieren, so wie es Jahr für Jahr geschieht.

Ich weiß nicht, was ich hier mache, aber das fragen sich bestimmt viele Menschen an diesem Ort.

Mein Reisebegleiter zeigt mir das Hotel, das er managt, gleich neben dem Bahnhof. Er bietet mir an, mit mir eine kurze Rundfahrt zu machen, beginnend auf dem Moskauer Platz, vorbei an der Statue von Josef Stalin. Er erzählt mir bereitwillig von den Bau- und Renovierungsarbeiten, die kein Ende zu nehmen scheinen, wie an den Arbeitern zu sehen ist, die an jeder Ecke Löcher graben. Wir fahren weiter bis an den Stadtrand, wo ein von kleinen Hütten gesäumter schlammiger Weg direkt auf einen Stacheldrahtzaun zuführt.

Dahinter, das weiß ich, ohne zu fragen, befindet sich ein ehemaliges Lager, auch wenn dort nichts zu sehen ist.

Die Tür einer der Hütten öffnet sich. Darin steht eine Frau in einem weiten karierten Kleid und winkt uns begeistert zu. Ihr Haar ist unter einem roten Kopftuch versteckt. Ich kann mir nicht vorstellen, dass ihr karges Haus oder diese Straße noch viel länger Bestand haben werden, und wie um ihr Verfallsdatum zu unterstreichen, hören wir in der Nähe Rufe, Hämmern und Bohrgeräusche, als würde etwas abgerissen.

»Meine Mutter, Ilana Konoreiko«, sagt der Hotelmanager. »Wollen Sie sie kennenlernen?«

»Ich möchte nicht stören.«

»Das tun Sie keineswegs«, sagt er großzügig. »Bitte. Sie liebt Gesellschaft.«

»Wenn Sie sich sicher sind.«

In Ilanas Hütte ist es heiß und feucht, und auf dem Stuhl, auf dem ich Platz nehme, liegt ein flaches besticktes Kissen. Während wir Small Talk machen, strickt Ilana mit flinken Händen.

»Moskau?«, sagt sie herzlich. »Du bist von weither gekommen.«

»Sie interessiert sich für die Lager, Mama«, wirft ihr Sohn ein.

»Oh«, sage ich hastig, »aber wir müssen nicht über …«

»Es macht mir nichts aus.« Sie lächelt mich an. »Was möchtest du denn wissen?«

»Wer Sie waren«, sage ich nach einem kurzen Moment. »Wer Sie alle waren.«

»Also ich, ich war erst zwanzig, studierte Kunst und wollte heiraten. Sie haben mich wegen einem meiner Bilder verhaftet, hieß es bei meinem Prozess. Sie haben nie gesagt, wegen welchem. Aber ich bin Ukrainerin, das war auch nicht gerade hilfreich.« Ilana legt ihr Strickzeug ab und berührt den Kopftuchknoten an ihrem Hals. »Ich bin 1948 angekommen. Im ersten Jahr des Sonderlagers Nummer sechs. Etwa dreißigtausend Männer, aber nur etwa tausend Frauen. Ich habe noch ein paar Fotos, die ich dir zeigen könnte.« Sie streckt die Hand aus, und ihr Sohn reicht ihr eine dickrandige Brille. »Also, das Album ist …«

Ich warte geduldig, aber jetzt sieht sie mich direkt an. Sie blinzelt hinter der Brille heftig. Der Gesichtsausdruck, den sie bis eben hatte, hat sich verändert.

»Deine Augen, dein Gesicht«, sagt sie. »Sie sind eigen.«

Sie meint es nicht als Kompliment.

»Entschuldigung«, sagt der Hotelmanager, er klingt verwirrt. »Mama, wenn du müde bist …«

»Ich bin nicht müde.« Ilana schiebt sich die Brille auf ihrem Nasenrücken weiter nach oben. »Ich habe nur ein ausgezeichnetes Gedächtnis, das ist alles, und sie erinnert mich an jemanden, den ich kannte. Wie auch immer, egal. Schauen wir mal.«

Meine Mutter hat mir und Zoja oft eine düstere kleine Geschichte erzählt, die auf einem Friedhof im hohen Norden begann. Es war Sommer, sagte sie immer. Alle Särge waren an die Oberfläche gekommen. Sie waren über dem Permafrostboden vergraben worden, und wenn diese aktive Bodenschicht jedes Jahr auftaute und aufgeschwemmt wurde, kamen sie wieder zum Vorschein. Jedes Grab war mit einem Holzkreuz gekennzeichnet, und an jedem Kreuz befand sich eine Tafel mit einem Namen in Kupferbuchstaben. Beim Zuhören wimmerte ich und stellte mir einen verrotteten Sarg vor, dessen Deckel sich löste. Mum kicherte nur über mich.

Wusstest du das nicht, Raisotschka? Im Norden kommt alles wieder hoch. Alles findet ans Licht.

»Dieser Jemand«, sage ich. »Sie kannten Tonja.«

Der Hotelmanager schaut zwischen uns hin und her.

»Ich glaube, ich bin mit ihr verwandt.«

Ilana nickt. »Das würde man denken.« Sie hält inne. »Tonja wohnte in meiner Baracke. Sie und ich standen uns nicht nahe, aber jeder kannte sie. Sie war die Geschichtenerzählerin des Ortes. Sie erzählte ihre Geschichten im Tausch gegen zusätzliches Essen und so weiter. Ich weiß, dass sie kleine Kinder hatte – sie hat oft von ihnen gesprochen. Irgendwas mit K?«

»Katja.« Der Name brennt mir auf der Zunge.

»Das klingt richtig.«

Tonja ist meine Großmutter. Und sie war hier eine Gefangene. Eine politische Gefangene, und alles, was man Zoja und mir je über unsere Babuschka erzählt hat, war, dass sie schon lange tot wäre. Vielleicht hat Zoja einmal nach mehr Einzelheiten gefragt, und Mama begann, eine pummelige Frau zu beschreiben, die nach Walnusskeksen und Kräutertee roch, bevor sie zu einer anderen Anekdote überging, die eindeutig erfunden war.

Warum? Glaubte Mum, wir wollten nur immer mehr Märchen hören, eines nach dem anderen, bis niemand mehr wusste, wo das eine anfing und das andere aufhörte?

»Bist du deshalb nach Workuta gekommen, wegen deiner Familiengeschichte?«, fragt Ilana. »Viele Menschen kommen jetzt deswegen her. Aber wie großartig, dass Sie meinen Sohn im Zug getroffen haben!«

»Wissen Sie, wohin Tonja gegangen ist, nachdem Sie alle freigelassen wurden? Nach Stalins Tod?«, frage ich.

»Freigelassen, genau.« Ilana knackt mit den Fingerknöcheln. »Sie haben die Tore geöffnet, aber das Gesetz schrieb damals vor, dass wir als Zivilisten hierbleiben müssten. Jetzt erlauben sie uns zu gehen, aber es ist zu spät. Wenn du älter bist, wirst du das verstehen.«

»Tonja ist auch hiergeblieben?«

»Tonja ist gestorben«, sagt Ilana, ganz sanft jetzt. »Sie wurde auf die Krankenstation gebracht, 1950 oder so, es war etwas mit der Lunge. Sie kam nie wieder zurück.«

Und da ist es.

Ich lehne mich zurück und verschränke die Arme, um mein lächerliches Selbstmitleid zu verbergen. Immerhin war Ilana in meinem Alter eine Gefangene. Ich darf Workuta heute wieder verlassen. Aber etwas ist zugeschlagen. Ich hatte eine Großmutter, und dann hatte ich sie nicht mehr. Ich habe Tonja gefunden und wieder verloren.

Ich wollte die Wahrheit, und jetzt ist sie alles, was ich habe.

Ich kann nicht anders, als mich zu fragen, wie sich eine Antwort, etwas, das eine Lücke füllt, so leer anfühlen kann.

Alexej sitzt am Küchentisch und beugt sich über Papierkram. Er tut alles mit der Leichtigkeit eines jüngeren Mannes, aber seine

Beine sind gespreizt, seine Hosenbeine hochgerutscht, und ich kann das weiße Haar und die marmorierte Haut seiner Knöchel sehen. Wenn er lächelt, zerknittert sein Gesicht wie ein Taschentuch.

Er steckt sich den Stift in den Mund. »Da sind Sie ja.«

»Ich weiß, wer Kukolka ist.«

Alexej scheint nicht überrascht. Er nimmt den Stift aus dem Mund und wendet mir seine Aufmerksamkeit ganz zu.

»Mum hat nie über ihre Mutter gesprochen«, sage ich. »Ich weiß nicht, warum sie es geheim gehalten hat, aber das hat sie getan. Sie suchen Tonja. Wer sind Sie? Und warum haben Sie mich wirklich eingestellt?«

Alexej reibt sich übers Kinn. »Es wäre besser, sie zu finden. Wenn wir sie gefunden haben, können wir reden.«

»Sie ist tot, Alexej.«

»Das können Sie nicht wissen«, sagt er mit stählernem Blick. »Keiner weiß das. Sie wurde 1948 verhaftet. Danach gibt es keine Aufzeichnungen mehr über sie.«

Ich kann nicht anders, als einen Schritt zurückzutreten. Alexej macht keine Bewegung nach vorn. Die Wände der Küche scheinen sich nach innen zu ziehen, sich zu verengen wie ein Paar Lungenflügel. Das Seltsamste ist, dass er immer noch nicht anders wirkt. Selbst jetzt, wo ich weiß, dass alles zwischen uns auf Lügen aufgebaut ist, sieht er immer noch aus wie Alexej Iwanow, der Gelehrte und Historiker, der Schriftsteller und Redner. Weltmännisch und distinguiert.

»Wer sind Sie?«, frage ich.

»Die meisten Leute nannten sie einfach Kukolka, bevor ich auftauchte, wissen Sie.« Jetzt lächelt er. »Man könnte sagen, dass ich derjenige bin, der sie erschaffen hat.«

KAPITEL 27

Katja

Leningrad, Herbst 1948

Der Albtraum will nicht enden. Mama ist weg. Katja und Mischa bleiben von der Schule zu Hause. Papa kann nicht zur Arbeit gehen und sperrt sich den ganzen Tag im Wohnzimmer ein. Tante Wika kommt, um zu bleiben und zu helfen. Eines Nachmittags backt Tante Wika Honigkuchen und setzt sich mit Katja und Mischa in die Küche.

»Wie ihr wisst, wurde eure Mutter verhaftet«, sagt sie.

»Aber warum?«, fragt Mischa. »Papa sagt uns nichts!«

»Ich sage euch, was ich kann«, erwidert Tante Wika. »Jemand, den eure Mama beruflich kannte, hat der Geheimpolizei ihren Namen gegeben. Er hat behauptet, sie hätte ein Buch mit Kurzgeschichten antisowjetischen Inhalts geschrieben. Vielleicht hat er sich das nur ausgedacht, vielleicht wollte er nur von seiner eigenen Familie ablenken, aber leider …«

»Es ist *deine* Schuld!« Mischa wirbelt zu Katja herum. »Dumme Katja! Ich weiß, dass du Mamas Notizbuch gestohlen hast! Ich habe dich damit gesehen! Du hast es jemandem gezeigt, nicht wahr!«

»Hör auf, Mischa«, sagt Tante Wika.

»Sie hat es jemandem gezeigt!«, schreit er. »Ist das der, über den du dieses Zeug in deine Schulbücher schmierst, du armseliger Schwachkopf? Der? Das hast du getan, oder?«

Katja spürt, wie sie wieder entzweibricht, so wie damals bei den Stolypins.

»Schulbücher?«, fragt Tante Wika, als ging es darum.

»Der, der ihr die Puppen schickt«, sagt Mischa höhnisch. »Katja ist verliebt!«

»Michail, es reicht! Katja, wovon redet er?«

Katja schüttelt den Kopf.

»Dann vergesst es. Jetzt hört mir mal zu, ihr beiden. Ihr seid zehn und werdet bald elf Jahre alt. Ich bin ehrlich zu euch, und ihr müsst beide ehrlich zu mir sein.«

Katja zieht ihre Beine hoch und wiegt sich hin und her. Es ist in Ordnung, sich so zu fühlen, es ist in Ordnung. So wird es sich auch eines Tages auf der Bühne anfühlen. Pure Nervosität. Pure Angst. Pures Entsetzen. Du musst dich nur zusammenreißen, bis der Vorhang fällt, Katja. Das ist alles.

Tante Wika sieht einen Moment lang verloren aus. »Ja.« Sie nimmt einen tiefen Atemzug. »Also, eure Mutter. Wir wissen nicht, wie es weitergehen wird. Aber in der Zwischenzeit dürft ihr ihren Namen nicht aussprechen. Niemals. In keinem Gespräch, weder mit Kindern noch mit Erwachsenen. Wir können nicht wissen, wer lauscht oder was jemand will. Wir wissen nicht, wem wir vertrauen können. Eure beste Chance, dass ihr eure Mama wieder nach Hause bekommt, liegt darin, niemals von ihr zu sprechen. Ist das klar?«

Katja und Mischa weinen jetzt beide. Katja versucht, seine Hand zu nehmen. Früher haben sie oft Händchen gehalten. Es war, als wären sie eine einzige Person. Aber er verschränkt die Arme und stopft sich die Hände unter die Achseln. Als würde er sie lieber abschneiden, als Katja zu berühren.

Unverzeihlich.

Eines Tages muss Tante Wika in ihre Datsche zurückkehren, um etwas zu holen, und sie zwingt Katja und Mischa, wieder zur Schule zu gehen. Wenigstens machen die anderen Kinder einen großen Bogen um Katja. Mischa geht danach mit seinen Freunden davon, und Katja geht nach Hause, wo niemand ist. Die Tür zum Wohnzimmer steht offen. Der Raum riecht immer noch nach Papa. Katja läuft ein paar Minuten ängstlich umher, dann macht sie sich etwas Kleines zu essen und schläft im Bett ein, bis Mischa sie weckt, indem er schreit: *Tante Wika ist wieder da, wo ist Papa? Wo ist Papa?* Mischa ist blass und verschwitzt. Er sieht krank aus.

»Ich weiß es nicht«, sagt Katja unsicher. »Er war nicht da, als ich von der Schule nach Hause kam.«

»Wo ist er dann?«, fragt Mischa, und sie fürchtet schon, dass er sie wieder anschreien wird, aber das tut er nicht. Seine Augen sind so groß, sie sehen aus, als wollten sie ihm aus dem Gesicht springen.

Tante Wika beruhigt sie. Sie hat einen Zettel von Papa gefunden, auf dem steht, dass er weggegangen ist, um Mama zu helfen. Katja liest den Zettel, doch er ergibt keinen Sinn. Tante Wika sagt, dass Papa in seinem Leben schon viel durchgemacht hat. *Er hat fast ein Jahrzehnt in den Lagern verbracht, bevor ihr beiden geboren wurdet*, erläutert sie. Das ist das Wort, das sie benutzt: Lager. Katja und Mischa sind beide verwirrt. »So wie unsere Nachbarn, wenn sie in Nowgorod zelten gehen?«, fragt Mischa.

»Nein«, sagt Tante Wika. »Arbeitslager für politische Gefangene. Die Verhaftung eurer Mutter hat ihn vielleicht daran erinnert, und er ist jetzt gerade nicht – er selbst. Aber er liebt euch beide. Er wird zurückkommen.«

»Wann?«, fragt Mischa.

»Das weiß ich nicht.«

Als Katja wieder ins Bett geht, kann sie nicht schlafen, schon weil sie den ganzen Nachmittag geschlafen hat. Sie hat das Gefühl – nein, es ist mehr als ein Gefühl –, dass Papa wegen ihr weggegangen ist. Denn auch er kennt die Wahrheit. *Sie* hat das verursacht. Sie hat das über die Familie gebracht. Genauso, wie sie selbst schuld daran ist, was die anderen Mädchen in der Schule ihr antun. *Dein Gesicht ist zu schön, lass uns dir helfen*, sagen sie, während sie ihr die Haare ausreißen und ihr in die Augen spucken und sie am Boden festhalten, um sie zu treten, und Mischa sieht es manchmal, aber er verteidigt sie nicht. Er tut so, als passierte das überhaupt nicht. Er tut so, als würde er sie nicht kennen. Niemand kennt sie. Sie ist allein.

Katja vermisst Mama und Papa so sehr, dass es sich anfühlt, als würde es nie wieder gut werden. Sie holt das Notizbuch mit den Geschichten aus Mamas Kopfkissenbezug und versteckt es in ihrem. Sie traut sich nicht, es aufzuschlagen, es anzuschauen, weil sie sonst auf die Seiten weinen und alles kaputt machen würde. Sie bewahrt es nur auf für Mama, wenn sie zurückkommt. Aber Mischa sagt, dass sie nie mehr zurückkommen wird. Das ist jetzt schon Wochen her. Vielleicht mehr als einen Monat. Mischa wird immer härter. Großmäuliger. Katja wird weicher und schwächer. Aber so ist das bei Zwillingen immer, haben die Leute gesagt. Sie werden immer zu Gegensätzen! Der eine ist leise und der andere laut. Der eine ist ernst und der andere albern.

Der eine Zwilling ist gut und der andere böse.

Heute ist da eine neue Porzellanpuppe. Sie wurde wie die anderen draußen vor der Tür abgelegt. Katja ist erleichtert, dass Tante Wika und Mischa sie nicht gefunden haben. Diese Puppe ist wunderschön. Vollkommen perfekt.

Im Inneren des Kopfes befindet sich ein Zettel mit einer Nachricht.

Katja, wir treffen uns heute vor dem Staatlichen Akademischen Kirow-Theater. Du erkennst mich an dem, was ich in der Hand halte – es wird allein für Dich sein. Ich kann dort bis sechs Uhr warten.

Der Puppenmacher hat ihren Namen noch nie benutzt.

Er weiß, wer sie ist. Er will sie kennenlernen. Es ist Schicksal.

Katja stopft den Zettel zurück in die Puppe und packt die anderen Porzellanpuppen gut in ihre Kleider gewickelt in einen von Papas alten Koffern. Sie will gerade die Wohnung verlassen, als ihr Mamas Notizbuch einfällt. Mehr möchte sie eigentlich nicht mitnehmen. Die Puppen sind schon schwer genug. Aber sie kann es nicht liegen lassen. Das ist schon in Ordnung. Eines Tages wird sie es wegwerfen. Sie wird alles wegwerfen, ihr ganzes hässliches, schreckliches, sinnloses, *unverzeihliches* Leben – und sie wird nie, nie mehr zurückblicken.

KAPITEL 28

Walentin

Moskau, Herbst 1948

Sie verstehen nicht«, beharrt Walentin. Er riecht seine eigene Fahne. »Mein richtiger Name ist Walentin Andrejew, und ich bin ein Staatsverräter. Sie werden es selbst sehen, wenn Sie in meine Akte schauen! Ihr habt *sie* verhaftet, aber ich bin der Schuldige! Ihr müsst sie freilassen! Hören Sie mir zu!«

»Soso. Warten Sie hier, Genosse Radakow.«

Walentin ist bereits zweimal überstellt worden. Gleich wird er wieder überstellt werden. Warum verhaften sie ihn nicht einfach an Ort und Stelle? Sein Kopf schmerzt. Alles tut weh.

»Genosse Radakow?«

Jemand Neues und viel wichtiger. Gut, denkt Walentin, ein höherer Beamter kann das besser regeln. Der Mann vor ihm ist schon älter, wird kahl, breitbäuchig, aber an eigenartigen Stellen mager. Zum Beispiel an den Wangen.

»Kann ich Ihnen etwas zu trinken bringen lassen?«, fragt der Neue. »Wasser, vielleicht? Nein, Kaffee.« Er ruft etwas den Flur hinunter und schließt die Tür. Sie beide sind allein. »Setzen Sie sich«, sagt der Mann.

Walentin hat gar nicht bemerkt, dass er von seinem Stuhl aufgestanden ist. »Ich bin froh, mit jemand anderem zu sprechen«, platzt er heraus. »Meine Frau ist zu Unrecht antisowjetischer Verbrechen beschuldigt worden. Ihr Name ist Antonina Lulikowa. Sie müssen sie freilassen. Ich bin der Schuldige. Ich sage

Ihnen, ich sage es allen: Mein Name ist Walentin Michailowitsch Andrejew. Ich wurde 1896 in St. Petersburg geboren. Mein Vater arbeitete im Kirow …«

»Ich verstehe.« Der Mann hebt die Hand. »Aber lassen Sie mich Ihnen sagen, wer ich bin.«

Walentin drückt sich die flachen Handflächen an die Schläfen.

»Ich kenne Antonina. Ich habe sie 1937 als Informantin angeheuert. Vielleicht hat sie mich Ihnen gegenüber erwähnt? Alexander Oschereljew?« Ein Aufblitzen der Zähne, verfärbt wie Glas. »Oder einfach Sascha?«

Walentin schüttelt den Kopf. »Bitte«, sagt er. »Sie müssen mir glauben. Die Beweise stehen in meiner Akte!«

»Ich glaube Ihnen ja. Aber sehen Sie, das Problem ist, dass ich Ihre Akte vor zehn Jahren vernichtet habe, damit niemand mehr gegen Sie ermitteln kann. Offiziell habe ich herausgefunden, es wäre nur ein Gerücht, dass Walentin Andrejew Solowezki überlebt hat und in Moskau lebt, und dieses Gerücht wäre von Ihrem Schwiegervater Pawel Katenin als Deckmantel für seine eigenen Vergehen benutzt worden. Zum Beispiel eine antistalinistische Zeitung, deren Herausgeber er war.« Eine kurze Pause. »Ich weiß nicht, warum der Kaffee nicht kommt. Möchten Sie eine Zigarette? Sie sind ja ganz grün um die Nase.«

»Ja«, krächzt Walentin.

Oschereljew gibt ihm eine Zigarette. Walentin zündet sie an, lässt den Rauch in seine Lungen strömen, lässt ihn jedes andere Gefühl dumpfer machen.

»Pawel Katenin war ein viel größerer Fisch als Sie«, sagt Oschereljew. »Und ich war derjenige, der ihn geangelt hat. Damals gab es in unseren Büros interne Säuberungen, und ich glaube, dass ich ihn drangekriegt habe, hat mich gerettet, Andrejew. Dadurch bin ich aufgestiegen.«

»Pawel hat keine Zeitung herausgegeben«, sagt Walentin matt.

»Nein, aber Sie. Ihre Worte wurden verwendet, um ihn zu verurteilen.«

Walentin bekommt nicht genug Luft, um zu antworten.

»Das stille Wasser ist der Ort, wo die Teufel wohnen«, sinniert Oschereljew. »Haben Sie das nie gespürt, wenn Sie Tonja ansahen? Sie hat ihn geopfert, um Sie zu retten.«

»Nein«, sagt Walentin, »das hätte sie nicht getan.«

»Gehen Sie nach Hause zu Ihren Kindern, Genosse Radakow.«

»Nein«, schreit Walentin, »nein, das hat sie nicht getan!«

»Grüßen Sie Lena von mir. Sie wenigstens wird mich kennen. Und Ihre Zwillinge, wie alt sind die jetzt?«

Ein Bild von Katja und Mischa blitzt in Walentins Kopf auf. Der Mann hat recht. Walentin muss nach Hause. Aber dann erinnert er sich an Lena. Lena, die still neben dem Ofen liegt, und dann denkt er an Pawel mit einem Sack über dem Kopf, sein Gehstock ist in zwei Teile gebrochen, und an ein Erschießungskommando und jemanden, der rückwärts zählt, und er weiß nicht einmal, ob Pawel so gestorben ist, aber es kann trotzdem nicht wahr sein, nichts davon kann wahr sein, er muss Tonja finden, muss zu Tonja, sie wird es ihm erklären, sie wird die Erinnerungen verschwinden lassen …

»Man hat Tonja zu fünfundzwanzig Jahren verurteilt«, sagt der andere Mann. »Ich habe es versucht, wirklich, aber es gab nichts, was man tun konnte. Oh, hier kommt der Kaffee.«

Sein Kopf. Er schmeckt Schlamm. Sein Gesicht und seine Haare scheinen damit verklebt zu sein. Walentin hat keine Ahnung, wo er ist, abgesehen von dieser Schlammpfütze. War er von irgendwoher auf dem Heimweg? Hat er wieder seine *marschrutka* verpasst? Dann muss er eben eine spätere nehmen, und Tonja hasst das. Er kommt immer hier eine Stunde, da einen Tag zu spät. Aber so verspätet hat er sich noch nie, denn er ist in einem Dorf gelandet, heruntergekommen und trostlos.

Es gibt kein Schild nach Leningrad.

Walentin reibt sich den Schlamm aus den Augen. Auf der anderen Straßenseite steht ein Gemüsestand, der auf der Veranda eines Hauses aufgebaut ist. Das Wort »Krämer« steht in großen Buchstaben auf einem Schild, das an einen Baumstumpf gelehnt ist. Ein bärtiger Mann sitzt in einem Schaukelstuhl und schnippelt an etwas herum.

Walentin krächzt einen Gruß.

Der Mann muss der Lebensmittelhändler selbst sein, denn er legt seine Schnitzarbeit weg, nimmt einen Stängel vom Tisch und beißt hinein. Er sieht Walentin aus wachen braunen Augen an. Sein graues Haar ist um die Ohren herum nachlässig geschnitten. Beim Essen verschwinden Stücke in seinem Bart.

»Du warst die ganze Nacht da«, sagt der Mann. »Seit der Bus dich rausgeworfen hat. Du warst sturzbetrunken, aber ich habe das Ding.«

Der Krämer greift hinter den Baumstumpf und holt eine Flasche mit einer schaumigen Flüssigkeit hervor. Walentin weiß nicht, ob es sich um Wasser handelt oder um Schlimmeres. Er stolpert hinüber und setzt sie sich an die Lippen. Er hustet, schaut sich um. Über den Bäumen geht die Sonne auf und taucht alles in Gold. Walentin trinkt noch einen Schluck, dann erinnert er sich daran, wie er hierhergekommen ist.

Tonja hat ihm den Weg nach Otrada beschrieben. Hat ihn dazu gebracht, ihn auswendig zu lernen.

»Ist es 1924?«, fragt Walentin.

Die buschigen Augenbrauen des Mannes ziehen sich zusammen. »Du brauchst Ruhe, mein Freund«, lautet seine Antwort.

»Ich bin gekommen, um sie hier zu treffen.« Walentin lacht und lacht, er brüllt vor Lachen. »Ich habe es geschafft. Ich bin da.« Ein paar Babuschki starren ihn jetzt von der anderen Straßenseite aus an. Sie blicken finster, ihre Gesichter verschattet vom Alter. Er wischt sich das Lachen aus dem Mund.

»Ganz ruhig«, sagt der Krämer. »Warum kommst du nicht rein, meine Frau macht dir etwas Warmes zu essen.«

»Ich hätte mit ihr gehen sollen, als sie mich darum gebeten hat«, sagt Walentin. »Ich hätte bei ihr bleiben sollen. Ich hätte in Moskau zusammen mit ihr in den Zug steigen sollen. Aber jetzt bin ich hier. Wir werden zusammen sein. Ich muss nur noch Otrada finden.«

Walentin drückt einen Ast zur Seite, zieht den Kopf ein, um einem anderen auszuweichen. Das Sonnenlicht hat sich wie eine Fliege im Netz des Laubes über ihm verfangen. Da endlich ist der Bach, hoch und rauschend, die Ufer von der heftigen Strömung gehäutet. Der Weg führt auf der anderen Seite des Wassers weiter. Walentin zieht seine Schuhe und Socken aus. Auf den nassen Steinen rutscht er aus und stürzt beinahe. Er spürt seine Zehen nicht mehr, die wenigen, die er noch hat.

Tonja, ich komme …

Der Weg führt hinunter zu einem See. Hinter dem See liegt ein Birkenwald. Walentin umrundet ihn und tritt zwischen die Bäume ein. Sie verströmen einen zarten, verwirrenden Karamellduft. Er streckt die Hand aus, um einen zu berühren, und zieht eine Grimasse. Die Rinde fühlt sich an wie menschliche Haut.

Tonja, ich bin hier …

Der Tag ist bereits in den Abend übergegangen, als er auf schwarze Eisentore stößt. Walentins Kopfschmerzen sind mit voller Wucht zurückgekehrt. Er stolpert hindurch auf einen breiten Weg, der von Weidenbäumen gesäumt wird. Sie kitzeln seine Schultern, flüstern ihm ins Ohr. Der Fußweg endet vor einem großen Haus von unbestimmter Farbe, dessen Äußeres von trockenen, rissigen Platten beeinträchtigt wird. Der Vordereingang besteht aus einer bescheidenen Holztür.

Tonja, warte auf mich …

Walentin drückt gegen die Tür. Drinnen fühlt sich der Boden an wie Moos. Seine Füße sinken bei jedem Schritt ein. Endlich hört er Tonjas Stimme. Sie ist hier. Sie haben zueinandergefunden.

Lauf, Walentin, lauf!

Blindlings bewegt er sich vorwärts in den Hohlraum des Hauses hinein, tastet alles mit den Händen ab. Irgendetwas wird nachgeben, denkt er. Irgendetwas wird sich öffnen, und er wird in seinen Alltag zurückfallen, in sein normales Leben, und neben Tonja aufwachen.

Walentin sucht stundenlang das Haus ab. Er kann die Eingangstür nicht finden, und der Schmerz in seinem Kopf ist stechend wie eine Nadel.

Er findet sich am tiefsten Punkt wieder, den man erreichen kann: dem Gewächshaus.

Dort wird Tonja nicht sein. Das ist der Ort, den sie in ihren Albträumen sieht, und das könnte jedem so gehen, denn die hohen Glasscheiben sind mit Moder und Schimmel überzogen, und es riecht nach einer unaussprechlichen Mischung aus Fäulnis und der exotischen Süße von Jasmin. Walentin atmet durch den Mund. Der Anblick der Kletterpflanzen verschlägt ihm die

Sprache. Dick wie Grubenottern bedecken sie die Wände, den Boden und die Deckenbalken und verdecken die flache Kuppel des Daches. Nur an einer Stelle nicht, und er sieht, warum.

Die Knochen.

Er hat genug Knochen gesehen, um sie überall zu erkennen. Die Reben haben diese elenden Überreste in Ruhe gelassen, halten einen Abstand, der beklemmend ist. Walentin geht näher, das Herz schlägt ihm bis zum Hals, seine Kopfschmerzen werden immer schlimmer. Es ist ein menschliches Skelett, das Fleisch ist verschwunden. Er kann sich nicht ausdenken, wie lange es hier schon liegt, fest eingeschlossen.

Etwas ist über den Knochen ausgestreut. Papier. Auch das ist am Zerfallen, aber noch ist es ganz. Er bückt sich nach einem der schlaffen Blätter.

9. Januar 1904
Mein Ehemann mag es nicht, dass ich sie benutze. Es war ein Fehler von mir, so lange zu warten.

Das durch die Ranken sickernde Mondlicht reicht nicht aus, um weiterzulesen. Walentin fummelt nach seinem Feuerzeug. Seine Flamme ist schwach, aber ausreichend:

28. August 1907
Mein Ehemann hat mir gesagt, dass ich Kukolka nicht zumuten soll, ihr Leben hier zu verbringen. Dass unsere Tochter heiraten und weggehen muss.

15. Februar 1908
Wieder schwanger.

20. Mai 1908
Wir haben heute das Ritual durchgeführt, aber Kukolka ist mittendrin aufgewacht. Am Morgen schien sie sich nicht zu erinnern, aber die Vorbehalte meines Mannes, dass ich sie so benutze, sind gewachsen. Niko sprach wieder davon, dass wir sie eines Tages weggeben müssen. Ich werde das niemals zulassen.

Ein Geräusch hallt in der Dunkelheit wider, und Walentin lässt das Feuerzeug fallen. Es fällt auf das Papier, das zu brennen beginnt. Die Ränder rollen sich auf, die Flammen breiten sich aus, bewegen sich, sind so lebendig wie die Ranken. Walentin hält sich den Ärmel über den Mund. Die Glaswände beben. Die Ranken beginnen sich zu recken und zu schlängeln, als wollten sie entkommen, aber es gibt keinen Ausweg. Wenn es einen gäbe, läge hier kein Skelett.

Lauf, Walentin, lauf!

Rauch steigt zu der Kuppel auf. Wenn die Flammen das Haus erreichen, wird es brennen wie ein Haufen Kleinholz, all das alte, trockene Holz. Aber es war ein Unfall. Er wollte das Feuerzeug nicht fallen lassen. Er hat eine kaputte Hand, lädierte Finger.

Vielleicht war es aber auch kein Unfall. Vielleicht will er diesen Ort zerstören. Alles zerstören, weil er immer derjenige war, der alles zerstört hat.

Er hat Tonja verpasst, so wie er immer seine Termine, seine Busse verpasst. Nur hat er sie nicht um eine Minute, eine Stunde oder einen Tag verpasst, sondern um ein ganzes Leben.

Ich weiß nur nicht, ob du beides haben kannst …
Zwei Leben leben, meinst du?
Sei doch mal ernst, Walentin!

Ich meine es so ernst wie noch nie. Wir werden bald zusammen sein. Nichts wird mich von dir fernhalten.

Walentin will sich die Hände auf die Ohren pressen, um alles auszublenden, aber er weiß, dass er nicht ausblenden kann, was nicht da ist. Es passiert wieder, nach all den Jahren. Er stürzt in den Abgrund seines Gedächtnisses. Er glaubt, ein Gesicht zu sehen, das sich über ihn beugt, bleich wie das Mondlicht, aber er steht bereits in Flammen. Es kümmert ihn nicht mehr. Er fühlt nichts. Er ist wieder dort, im Exil. Es ist der einzige Ort, an den er je gehört hat.

KAPITEL 29

Rosie

Moskau, August 1991

Alexej sagt, er würde lieber auf dem Balkon sprechen, also gehen wir nach draußen. Bis jetzt habe ich ihn noch nie rauchen sehen, kein einziges Mal. Er tut es mit einem leichten Zittern, als ob er in seiner Jugend süchtig gewesen wäre, und seine dünnen Schultern entspannen sich. Wir stehen auf dem Balkon, und er stützt sich mit einer Hand am Geländer ab. Er wird sprechen, aber ohne seine üblichen rhetorischen Schnörkel.

»Ich habe Tonja 1914 kennengelernt. Sie war fünfzehn. Ich war vierundzwanzig. Ich war nicht darauf aus, zu heiraten. Aber sie war … nun ja.« Alexej klingt resigniert. »Und ihre Eltern haben sie vernachlässigt. Sie war ungebildet, ungezähmt und unterernährt. Ich habe sie geheiratet und ihr in Leningrad viel Freiheit gelassen. Ich habe mich sehr bemüht. Alles, was ich wollte, war, mich um sie zu kümmern.«

»Sie waren ihr Ehemann?«

»Ich bin ihr Mann, Rosie. Im Revolutionsjahr wurden wir auf der Straße von einer Gruppe bolschewistischer Schläger überfallen. Sie haben auf mich eingestochen.« Alexej spricht es mit Verachtung aus. »Ich hatte Glück. Es wurden keine wichtigen Organe durchstochen. Aber Tonja hat mich zum Sterben zurückgelassen, und nach diesem Vorfall wurde mir klar, dass meine Methoden, mich um sie zu kümmern, grundsätzlich mangelhaft gewesen waren. Ich entschied mich für Überwachung.«

»Überwachung?«

»Ich beobachtete sie aus der Ferne.«

»Aber warum?«, frage ich, gegen meinen Willen neugierig. »Wenn sie Sie nicht geliebt hat, wenn Sie nicht mit ihr zusammen sein konnten, was wollten Sie?«

»Sicherstellen, dass es ihr gut geht! Sie war ein Teil meiner Sammlung, Rosie. Man kann doch nicht zulassen, dass das Sahnestück der eigenen Sammlung von Amateuren, von Ignoranten, misshandelt wird.«

Ich weiß, ich sollte nicht fragen. »Sammlung von … was?«

»Meine Sammlung von wertvollen und schönen Dingen. Tatsächlich hatte ich ja schon mehrere Puppen. Aber ich habe gelernt, dass Tonja nicht in einem Zimmer aufbewahrt werden kann wie die anderen«, fährt er fort. »Sie war zu besonders. Also habe ich sie gehen lassen, obwohl ich ab und an auf eine andere würdige Ergänzung gestoßen bin, eine weitere Puppe wie sie, und dann habe ich sie ihr geschickt. Um die Sammlung zusammenzuhalten, verstehst du? Du würdest diese Ergänzungen wiedererkennen. Sie stehen im Wohnzimmer deiner Mutter in England.«

Puppen. *Puppen.* Je mehr er sagt, desto weniger bin ich in der Lage, zu reagieren. Ich kann mich nicht vom Fleck rühren.

»Ich habe mich nie für Tonjas Erstgeborene interessiert. Lena. Zu sehr wie ihr Vater.« Alexej winkt ab. »Aber Katja, deine Mutter! Ich habe sie genau beobachtet, und das hat ihr gefallen. So war ihr Wesen. Als Tonja verhaftet wurde, kam Katja sogar zu mir, um bei mir zu leben.«

»Mum hat bei Ihnen gewohnt?«, frage ich ungläubig.

»Oh ja. Sie war damals zehn Jahre alt. Aber sie war nicht so, wie ich sie mir vorgestellt hatte. Sie war bedürftig und unglücklich. Am Ende – als sie ungefähr sechzehn war – ist sie mit irgendeinem Freund durchgebrannt«, sagt er ein bisschen pikiert, »und er war nur der Anfang. Ein Freund nach dem anderen. Sogar nachdem sie deinen Vater geheiratet hatte. Selbst, nachdem sie Kinder bekommen hatte.«

Mir schwirrt der Kopf. Alexej hat auch uns beobachtet. Uns alle. Habe ich ihn jemals irgendwo im Hintergrund bemerkt? Habe ich dort jemals jemanden gespürt? Aber ich vermute, bis dahin war er Experte darin geworden, sich in den Schatten zu halten. Es ist einfach zu viel, all das auf einmal.

»Können Sie bitte aufhören?«, frage ich. »Hören Sie einen Moment auf ...«

Er tut es nicht. »Es ist so schade, dass Zoja gestorben ist«, sagt er. »Aber ich habe versucht, das Beste daraus zu machen. Als Nächstes auf dich aufzupassen. Als dein Vater und deine Schwester getötet wurden und du und Katja Russland verlassen habt, habe ich beschlossen, euch ins Ausland zu folgen. Überzulaufen.«

Überlaufen. Ein so dramatisches Wort. Als hätte Mum auf einer großen Moskauer Bühne einen letzten Knicks gemacht, meine Hand ergriffen, gleich nachdem der Vorhang fiel, mich in einen schwarzen Mantel gehüllt und sei nach draußen zum Taxi gestürzt, das uns in die Freiheit bringen sollte. *Bringen Sie uns irgendwohin, bringen Sie uns in unsere neue Heimat!*

Wir sind nie in einem neuen Zuhause angekommen. Das letzte Zuhause, das meine Mutter für mich geschaffen hatte, lag bereits hinter uns.

»Ich habe *Den letzten Bolschwiken* dazu benutzt, um das zu bewerkstelligen«, fährt Alexej fort. »Die Netzwerke der Dissidenten haben mich rausgeschafft, nachdem es im Westen veröffentlicht worden war.«

»Sie haben die Schrift an den Wänden abgeschrieben«, sage

ich langsam. »In Tonjas Leningrader Wohnung. Haben Sie sie deshalb gekauft? Damit die Leute es nicht herausfinden?«

Er lacht. »Ja, ich bin einmal eingebrochen, Jahre nachdem das Haus geräumt worden war, nur um zu sehen, ob irgendetwas zurückgeblieben war, das sich mitzunehmen lohnte, und da habe ich die Schrift, die Geschichte gefunden. Ich habe die Wohnung gekauft, sobald ich die Mittel dazu hatte, aber nur, um diese Schrift zu *bewahren*, Rosie. Um sicherzugehen, dass sie niemals zerstört wird. Und es war ohnehin immer meine Wohnung. Mein Haus. Ich hoffe, du verstehst, dass ich nur deshalb so weit gegangen bin, weil es mir so viel bedeutet! Ich habe mich sogar bei Katja in England gemeldet, in der Hoffnung auf einen Neuanfang, aber sie hat mir ein Treffen mit dir verweigert. Sie hat nur mein Geld genommen. Ich habe dir Oxford bezahlt.«

Langsam wird mir schwindelig. »Ich habe ein Stipendium bekommen.«

»Nein. Ich habe das alles organisiert. *Der letzte Bolschewik* hat mir Ruhm und Reichtum eingebracht, und ich habe vieles versucht, um zu helfen. Aber deiner Mutter war nicht zu helfen. Du weißt das natürlich am besten.«

Die Nachtluft verschluckt die Reste des Rauches. Alexej zündet keine weitere Zigarette an. Er ist gleich am Ende angelangt.

»Ich habe in vielen Dingen gelogen«, gibt er zu. »Ich war derjenige, der die Karte von Popowka in das Notizbuch gesteckt hat. Ich wusste, dass Akulina Burzinowa beim Anblick deines Gesichts Tonja erwähnen würde. Kleine Dinge, um dich weiterzulocken, dich aufzustören. Ich weiß, was für ein Mensch du bist, Rosie, denn ich habe dich dein ganzes Leben lang beobachtet.«

Ich versuche zu sprechen, aber es kommt nur ein Lachen heraus.

»Tonja war stark«, sagt Alexej nachdenklich. »Eine Überlebenskünstlerin. Deine Mutter war schwach. Ein Opfer. Aber du, du bist mehr wie ich. Wir fühlen uns nicht moralisch überlegen, urteilen nicht. Wir nehmen andere Menschen nur insofern wahr, als sie uns nützlich sind. Wir nehmen uns, was wir wollen. Alles andere ist unwichtig.«

Es ist das Letzte, woran ich jetzt denken will, aber ich erinnere mich an Lew vor ein paar Nächten, wie er für eine Sekunde innehielt und sein Blick sich in meinen versenkte …

Hat Alexej recht? Nehme ich mir einfach, was ich will?

»Das ist mein Leben«, sagt Alexej abschließend. »Ich bin jetzt ehrlich gewesen.«

Ja, wenn man das Leben nennen kann, eine Randexistenz zu sein, von Anfang bis Ende einer einzigen Sache nachzujagen. Ist es das, was ich bin? Was ich sein will?

»Ich hatte immer vor, dir alles zu sagen. Vielleicht nicht so schnell. Aber jetzt können wir es gemeinsam tun«, verkündet er. »Wir können Tonja finden. Wenn wir unsere Fähigkeiten und unseren Verstand vereinen, können wir endlich die Wahrheit ans Licht bringen.«

»Warum haben Sie Tonjas Foto, den Rahmen, zerstört?«, frage ich unverblümt. »Ich habe beides im Müll gefunden.«

»Wie meinst du das?«, fragt Alexej sichtlich erstaunt. »So etwas würde ich nie tun. Ich glaube nicht an sinnlose Zerstörung. Ich bin ein Sammler!«

»Aber wenn Sie es nicht waren, wer dann …?«

Zoja. Ich halte mir den Gedanken vom Leib.

»Tonja ist tot«, sage ich. »Sie wurde nach ihrer Verhaftung nach Workuta geschickt. Sie ist dort gestorben.«

»Das ist unmöglich.« Er schüttelt den Kopf. »Woher willst du das wissen? Ich konnte nach 1948 keine Spur von ihr finden. Nichts.«

»Ich würde es Ihnen ja sagen, aber das ist, tja, unmöglich.«

»Das ist nicht wahr.« Alexejs Stimme zittert. »Sie war eine Puppe! Sie war kein Mensch! Nicht wie wir anderen! Sie war Kukolka! Sie ist da draußen, Rosie, und wir können sie immer noch finden! Bringen wir es zu Ende, dann erfährst du alles, was du schon immer wissen wolltest! Verstehst du nicht?«

Doch, ich verstehe. All diese ausführlichen Erklärungen, diese Rechtfertigungen. Sie haben hier und da fast vernünftig geklungen, aber sie waren auch eine Tarnung.

Das ist Alexej Iwanow.

»Sie haben mir gesagt«, entgegne ich, »dass das, was wir suchen, nicht da sein wird.«

»Rosie, bitte«, fleht Alexej. »Warte einen Moment – gib mir nur eine Chance!«

Ich wende mich ab. Alexej kann mir nichts mehr antun, niemandem mehr. Vielleicht hatte er einmal die volle Kontrolle. Vielleicht war er gefährlich. Vielleicht gab es einmal eine Zeit, in der man, wenn man von ihm beobachtet wurde, kaum genug Raum zum Atmen hatte, geschweige denn, sich zu bewegen. Aber wenn es jemals eine solche Zeit gab, ist sie vorbei, denn jetzt ist er nur noch ein alter Mann, der an einer Illusion von sich selbst festhält. Das Einzige, was ihm Macht geben könnte, ist meine Angst. Und ich habe keine Angst.

Ein paar Tage später, nachdem ich ausgezogen und in ein Hotel übergesiedelt bin, steht die Nachricht in allen Zeitungen. Alexej Iwanow hat vor einer riesigen Menschenmenge auf dem Roten Platz eine letzte bewegende Rede gehalten. Er hat alle Anwesenden zu Tränen gerührt. Am nächsten Morgen wurde er tot in seinem Bett aufgefunden. Die Menschen haben viel über seinen Tod zu sagen: so friedlich und still sei er gewesen, wie sein Leben turbulent und bedeutsam gewesen sei. Ein würdiges Ende für einen Nationalhelden. Hier habe sich ein Mensch geöffnet, damit die Welt in ihn hineinsehen konnte.

Das werden sie auch weiterhin sagen, es sei denn, ich beschließe eines Tages zu sprechen.

Diesmal sitzt Lew am Steuer seines eigenen Wagens, eines klapprigen Lada. Es gibt kein Radio, und die Fensterheber sind verklemmt. Als Nachwirkung des gescheiterten Putschs fühlt sich die Stadt träge und schläfrig an. Viele Moskauer haben sich in die Sommerfrische zurückgezogen, an die sonnenverwöhnten Strände, in die herrlich luftigen Datschen. Und doch fließt der Verkehr nicht schneller durch das Stadtzentrum. Ich lehne meinen Kopf gegen den ausfransenden Sicherheitsgurt. Ein Fahrzeug hinter uns hupt.

Raisotschka …

Zoja. Oh, nein. Bitte später.

Raisotschka!

Gib es zu, sage ich. *Hast du Alexej getötet? Wozu bist du fähig?*

Nein! Du verstehst das nicht. Lass es mich erklären, sagt sie.

Ich setze mich aufrecht hin und ignoriere Lews besorgten Blick. *Ich weiß, dass du das warst mit dem zerbrochenen Rahmen. Was willst du von mir, Zoja?*

Alexej hat dich die ganze Zeit verfolgt! Ein plötzlicher Ausbruch, der mehr nach der Zoja klingt, die ich früher kannte. *Ich wollte nur, dass du siehst, wie er wirklich ist! Ich wollte dich befreien!*

Das mag sein. Aber sie hat mich auch verfolgt. Ich möchte sie anschreien, so laut schreien, dass die Fensterscheiben wackeln. Und da verstehe ich endlich.

Ich dachte immer, ich wollte, dass Zoja verschwindet. Ich dachte, ich hätte genug von den Erinnerungen und den geheimnisvollen Gerüchen und dem ewigen Blick über die Schulter, von dem mein Nacken schmerzte. Aber ich glaube, es lag nicht nur daran, dass sie sich an mich klammerte, sondern auch daran, dass ich mich an sie geklammert habe. Und je stärker ich mich an sie klammere, je länger das zwischen uns beiden andauert, desto mächtiger wird sie. Desto mehr kann sie Dinge in meiner physischen Welt berühren, bewegen und fühlen. Desto schwieriger wird es, jemals aufzuhören, bis der Tag kommt, an dem ich mich nicht mehr von ihr unterscheiden kann.

»Wir müssen umdrehen«, sage ich zu Lew.

»Wohin?«

»Ich muss mit Eduard Daineko sprechen«, sage ich. »Ich muss mit meinem Vater sprechen.«

Daineko sieht müde und ungepflegt aus, als käme er gerade von einer Kneipenschlägerei, aber er lässt mich in seine Wohnung. Ich hatte sie mir dunkel und minimalistisch vorgestellt, unpersönlich wie ein Hotelzimmer, umso überraschter bin ich von seiner Einrichtung. Ich hätte damit rechnen sollen. Denn seine Wohnung ist nicht nur das Schlupfloch eines Mörders. Sie ist auch ein Kunstatelier. Die Fenster lassen eine Abendbrise mit einem Hauch Kühle herein, und es ist gerade hell genug, dass ich alles sehen kann, woran er arbeitet. Was fehlt, sind Möbel. Er hat keine Stühle, kein Sofa, keinen Fernsehtisch, nicht mal Wände.

»Willst du dich setzen?«, fragt er.

Ich setze mich auf einen seiner zwei Hocker und halte die Handtasche zwischen den Beinen. »Danke.«

Daineko nimmt auf dem anderen Hocker Platz.

»Erzählen Sie mir von Ihrer Organisation«, sage ich. »In der *mafija.*«

»Es ist ein Familienbetrieb«, sagt er aus einem Mundwinkel. »Es geht um gutes Geld. Nur so habe ich die Zeit für meine Kunst.« Er sieht zu mir herüber. »Ich könnte dich unterrichten, wenn du Interesse hast. Lackmalerei. Man hat sie mir beigebracht, als ich nicht viel jünger war als du. Es wäre schön, jemanden zu haben, der die Tradition fortsetzt.«

Vielleicht stammt er wirklich aus Fedoskino.

Ich denke an meinen Papa. Papa sah immer zerknittert aus, nicht schlampig, nicht schmutzig, aber abgewetzt, selbst für einen relativ jungen Mann. Er sah sicher aus. Er hatte nicht die grauen Augen von Eduard Daineko, nicht das Kinn von Eduard Daineko und auch nicht die Talente von Eduard Daineko, unter anderem aus Mord eine Kunstform zu machen. Und Mum bevorzugte in ihrer Jugend alles andere als Sicherheit. Sie schwankte gerne auf ihren Zehenspitzen. Sie mochte das Gefühl, jeden Moment umstürzen zu können.

Was für ein Glück sie doch hatte. Sie fiel um und riss uns alle mit sich.

»Aber deshalb bist du natürlich nicht hier«, sagt Daineko. »Du bist hier, weil du noch Fragen hast. Beim letzten Mal bist du zu schnell weggelaufen. Ich habe zu früh gesprochen, ich hätte dich besser vorbereiten müssen.«

»Es stimmt, dass ich Zeit gebraucht habe.«

»Ich habe dir alles gesagt, Raisa.«

Der Dampf über meiner Teetasse verflüchtigt sich, die Brise wird stärker. Ich habe keine Zeit mehr zu verlieren.

»Deshalb bin ich nicht hier«, sage ich.

»Bist du hier, um mich zu töten?«

Ich lache.

»Du bist meine Tochter«, sagt er. »Letztendlich.«

An der Art, wie er es sagt, merke ich, dass er glaubt, mich

wieder auf dem falschen Fuß erwischt zu haben, so wie auf dem Flohmarkt. Er glaubt, er hätte mich immer kommen sehen, bevor ich überhaupt da war. Er habe immer schon vor mir gewusst, wann sich unsere Wege kreuzen würden. Aber das hier hat er nicht vorausgesehen.

»Ich mag Ihre Tochter sein. Aber mein Vater ist tot«, sage ich. »Und ich bin nicht hier, um Sie zu töten oder mir Ihre Version noch einmal anzuhören. Ich bin nicht hier, um Ihre Kunst zu erlernen. Ich bin hergekommen, um Sie gehen zu lassen, aber jetzt, wo ich das sage, glaube ich, dass ich das bereits getan habe.«

Ich erinnere mich noch gut an Mums Version der Geschichte von Koschtschei dem Todlosen, dem Unsterblichen. Wie er sich in eine verheiratete Frau verliebt. Wie er auf die Idee kommt: Diese Frau könnte das neue, bessere Objekt sein, in dem er sein ewiges Leben aufbewahren könnte.

Sie haben eine Affäre, die Frau wird schwanger, eine Tochter wird geboren. Koschtschei überlässt es der Frau und ihrem Mann, das Kind großzuziehen, aber er will seine Tochter trotzdem davor warnen, dass ihre Kräfte wie die seinen gefährlich sein können. Eines Nachts beschließt er, dass er ihr sagen muss, wer sie ist. Als er glaubt, sie sei allein, geht er zum Haus der Familie, aber er irrt sich. Ihr menschlicher Vater und ihre Geschwister sind ebenfalls zu Hause, und sobald sie ihn sehen, fangen sie an, um ihr Leben zu betteln – bis der Krawall das jüngste Mitglied der Familie aufweckt.

Koschtscheis Tochter. Als sie hereinkommt und das alles sieht, schließt sie die Augen und beginnt zu weinen. Und vielleicht, weil sie erschrocken und verwirrt ist, vielleicht aber auch deshalb, weil sie noch halb schläft und nicht ganz wach ist, erhebt sich die Kraft in ihr von selbst.

Und tötet sie alle.

Nur Koschtschei der Unsterbliche kann nicht getötet werden. Er trägt sein Messer bei sich, wie er es immer tut. Nur dann fühlt er sich menschlich: wenn er jemandem das Leben nimmt. Seine Tochter hält die Augen noch immer geschlossen, weint noch immer. Koschtschei gerät in Panik und sticht auf die Leichen der anderen Familienmitglieder ein, damit sie denkt, dass er, der unbekannte Eindringling, sie ermordet habe. Damit sie nie erfährt, was sie getan hat.

Sie öffnet die Augen, und sie sehen sich, zum ersten und zum letzten Mal.

Und dann verschwindet er in der Nacht und kehrt nie wieder zurück.

Ende.

Jetzt verstehe ich, dass diese Geschichte von *diesem Mann* handelte, von dieser Nacht. Jetzt weiß ich, dass meine Mutter versuchte, mir auf die einzige Weise, auf die sie es vermochte, davon zu erzählen, und es war nicht so, dass sie nicht sprechen wollte; es war auch so, dass ich nicht hören konnte.

Was diese Version mit der Wahrheit zu tun hat, werde ich nie erfahren. Es gibt keinen Code, den ich knacken kann. Es gibt kein Problem, das ich lösen kann. Das ist alles, was ich jemals haben werde, und zum ersten Mal brauche ich nichts anderes.

Ein Märchen reicht aus, denn das ist alles, was die Vergangenheit jemals ist, in jeder Form. Nur Geschichten. Die wir uns selbst erzählen.

Wieder eine Fahrt mit Lew im Lada durch Moskau, erneut ein grimmiger Stau in der Nähe des Stadtzentrums. Wir sind auf dem Weg zum Abendessen in der Datsche seiner Eltern. Während der Fahrt beobachte ich eine Schar von Spatzen, die sich in den Himmel erhebt. Lew und ich haben nicht viel miteinander geredet, seitdem wir die Nacht zusammen verbracht haben. Er wartet darauf, dass ich spreche. Vielleicht hat er sich darauf vorbereitet, was ich sagen könnte: Dass es fast September ist. Dass ich nach Hause fahre. Dass ich mich gerne an ihn erinnern werde.

Ich bin kurz davor, ihm von meiner letzten Begegnung mit Eduard Daineko zu erzählen, doch da fällt mir dieser alte Satz aus *Krieg und Frieden* ein, den meine Mutter so gern zitiert hat. *Geduld und Zeit, sie vermögen alles …*

Als ich den Satz zum ersten Mal hörte, verstand ich ihn so, dass ich nur auf meine Chance zu warten bräuchte, um alle Antworten zu bekommen, die ich haben wollte. Vielleicht bedeutete er aber in Wirklichkeit, dass Geduld und Zeit für mich kämpfen würden. Sie taten die Arbeit, damit ich sie nicht tun musste. Damit sie, wenn ich dort mit einem Mörder sitzen und in ein Gesicht blicken würde, das mich an mein eigenes erinnerte, bereits erledigt war.

Ich war geheilt, ohne es zu wissen.

Etwa ein Jahr später las mir meine Mutter *Krieg und Frieden* erneut vor, diesmal in der Übersetzung, und auf Englisch gefiel es mir noch weniger. Ich sehe sie noch immer in diesem Nachthemd vor mir, höre es an ihren Knöcheln rascheln, während sie an meinem Bett sitzt. Ich kann sie rezitieren hören: *Es ist möglich, einen nahestehenden Menschen mit menschlicher Liebe zu lieben, aber nur einen Feind kann man mit göttlicher Liebe lieben …*

Ich weiß noch, dass ich Mum an dieser Stelle um eine Pause gebeten habe. Ich kam nicht mehr mit. Ich hatte genug gehört. Sie schlug das Buch zu. Als sie sah, wie irritiert ich war, kündigte sie an, dass wir am nächsten Tag etwas anderes lesen würden, aber das taten wir natürlich nicht. Mum war niemand, der leicht von einer Sache zu nächsten überging. Am nächsten Abend machten wir genau da weiter, wo sie aufgehört hatte.

Jetzt ist es so weit. Es ist Zeit für mich, eine neue Geschichte zu beginnen.

Das Auto wird langsamer, als wir uns einer Kurve nähern.

»Ich bin nicht mehr verlobt«, sage ich.

»Ah«, sagt Lew. »Ich verstehe.«

Die Worte sind so beiläufig, so unbedeutend wie die Art, wie er nach meiner Hand greift und seine Finger mit meinen verschränkt, nur für eine Sekunde, bevor er den Gang wechseln muss. Aber es ist vielleicht das erste Mal seit vierzehn Jahren, dass ich mich ganz in der Gegenwart befinde, ohne dass etwas anderes daran hängt, und in diesem Moment könnte ich schwerelos sein.

»Du verlässt Moskau?«, fragt Oberst Iwan Wassiljew und faltet auf seinem Schreibtisch die Hände. »Aber natürlich. Du musst deine Heimat vermisst haben.«

»Das habe ich«, sage ich. »Ich habe meine Heimat vermisst.«

»Ich habe versucht, dich zu erreichen«, sagt er. »Ich habe mehrere Nachrichten unter der Nummer hinterlassen, die du mir gegeben hast. Einmal ist jemand rangegangen, aber es war kein Ton zu hören.«

»Ich habe keine Nachrichten von Ihnen bekommen«, sage ich langsam.

Er räuspert sich. »Nun, jetzt bist du ja hier.«

Ich ignoriere das stachelige Gefühl an beiden Unterarmen. »Ich bin nur gekommen, um mich zu verabschieden. Warum haben Sie versucht, mich zu erreichen?«

»Wie ich dir schon beim letzten Mal zu sagen versucht habe,

Raisa, bevor wir von deinem … Anliegen abgelenkt wurden, gibt es etwas, was wir besprechen müssen.« Wassiljew breitet seine Hände aus. »Es geht um deine Schwester.«

»Um Zoja?«

»Du weißt, dass ich mich immer für das verantwortlich gefühlt habe, was deiner Familie zugestoßen ist, deshalb habe ich die Wünsche deiner Mutter auch respektiert.« Er seufzt. »Aber jetzt, wo Katja nicht mehr da ist, liegt es an dir.«

»Was denn?«

»Was ich mit ihr machen soll.«

»Was Sie mit …« Ich lasse die Sekunden verstreichen. Mein Herz klopft. »Wovon reden Sie?«

Er reibt sich heftig die Augen. »Katja hat es dir also nie erzählt.«

Raisotschka … Ich ignoriere Zojas Flüstern.

»Seit jener Nacht wird deine Schwester in einer Einrichtung hier in Moskau künstlich am Leben erhalten, und zwar nach meinem Gutdünken. Sie ernähren und beatmen sie und so weiter«, sagt Iwan Wassiljew ausdruckslos. »Obwohl sie keine Reaktionen zeigt, hat sie sich in gewisser Weise als bemerkenswert stark erwiesen. Aber es besteht keine Hoffnung, dass sie aus dem Koma erwachen wird. Es gab nie Hoffnung.«

Ja, es ist leider wahr!, sagt Zoja. Sie lacht, ein leises Klimpern. *Sag diesem Mann, dass du mich weiter so behalten willst, wie ich bin, okay*?

Aber …

Nur so kann ich weiterhin zu dir kommen, Raisa. Sonst … Ein Hauch von Angst in ihrer kindlichen Stimme. *Sonst bin ich wirklich weg.*

»Du musst dich nicht sofort entscheiden«, sagt Iwan Wassiljew. »Ich kann arrangieren, dass du sie besuchst. Deine Mutter hat sich geweigert, obwohl ich … stark darauf hingewirkt habe.«

Mum war nicht einmal in der Lage, Eduard Dainekos Namen auszusprechen. Natürlich konnte sie sie nicht besuchen.

Ich habe mich insgeheim immer gefragt, warum sie und ich Moskau so verlassen mussten, wie wir es taten. Ob Eduard Daineko uns, wenn wir geblieben wären, wirklich gejagt und auch getötet hätte. Vielleicht glaubt der Oberst das ernsthaft, vielleicht war es einfach besser, das Risiko nicht einzugehen. Aber ich glaube es nicht. Nicht mehr.

Wir sind gegangen, weil das Einzige, was Mum wirklich konnte, weglaufen war.

Ich könnte Zoja besuchen. Das sollte ich. Vielleicht werde ich es tun. Aber wäre es meine Schwester? Zoja liegt nicht in einer seelenlosen medizinischen Einrichtung auf dem Rücken, ihr Körper am Rande des Verfalls, ihre Lungen werden nicht von einer Maschine aufgeblasen, ihr Blut wird nicht von etwas Herzlosem gepumpt. Sie ist nicht unansprechbar und der Gnade von Fremden ausgeliefert. Zoja ist hier, überall um mich herum, und das wird sie immer sein, in jedem süßen Duft, der mit einer Brise vorbeizieht. Es spielt keine Rolle, ob wir miteinander sprechen können oder nicht. Ich werde immer zuhören.

Und zum ersten Mal wird es mir bewusst: Sie ist nicht mehr meine ältere Schwester. Sie ist jetzt meine jüngere Schwester. Ich bin erwachsen geworden. Sie ist immer noch ein Kind. Sie hatte nie die Chance, zu etwas anderem zu werden.

»Es ist lange genug her«, sage ich. »Ich möchte, dass sie ihren Frieden findet.«

Nein! Raisa!

»Katja hatte das Gefühl, diese Entscheidung nicht treffen

zu können«, sagt Wassiljew. »Wenn du dir mehr Zeit lassen willst …«

Nein!, kreischt Zoja. *Nein, ich will dich nicht verlassen!*

Nein, natürlich will sie das nicht. Sie hatte nie eine richtige Mutter oder einen Vater, der ihr genug Aufmerksamkeit geschenkt hätte; sie muss sich ihr ganzes Leben lang so allein gefühlt haben. Zoja hat endlich ein Elternteil verdient, und ich bin die Einzige, die noch übrig ist. Ich bin die Einzige, die ihr sagen kann, dass alles gut werden wird. Selbst wenn ich die nächsten sechs Monate – das nächste Jahr – die nächsten sechzig Jahre – damit verbringen werde, mir zu wünschen, ich hätte es nicht getan, muss ich es trotzdem tun.

Sie ist mein Schmerz, und ich bin ihrer. Wir haben beide zu lange aneinander festgehalten.

Du wirst mich nie verlassen, Zoja, sage ich, *und ich werde dich nie verlassen.*

Bitte tu es nicht. Zoja weint. *Ist es wegen dem, was mit Alexej passiert ist? Denn es gibt noch mehr, was ich dir sagen kann, jetzt, wo wir endlich so reden können! Verstehst du denn nicht? Es gibt mehr, womit ich dir helfen kann …*

Nein, antworte ich. *Ich verstehe, was mit Alexej passiert ist. Ich weiß, du wolltest mich befreien. Und jetzt werde ich dich befreien.*

Im Flugzeug, Moskau verblasst in der Ferne, suche ich das Notizbuch meiner Mutter heraus und blättere bis zum Ende. Lew und ich haben mittlerweile das gesamte Ding gelesen, obwohl ich irgendwie nicht glaube, dass die letzte Geschichte als die letzte gedacht war. Was auch immer die letzte Geschichte wirklich ist, sie steht nicht hier. Ich will das Notizbuch gerade weglegen, als mir plötzlich die kurze Nachricht auf der ersten Seite einfällt.

Hinweis für den Leser
Diese Geschichten sollten nicht der Reihe nach gelesen werden.

Es gibt noch eine Geschichte, die ich lesen muss, und inzwischen kann ich sie auch allein lesen. Die allererste Geschichte.

Der Schnee war Porzellan und der Regen war Glas

In einem fernen Königreich, in einem längst vergangenen Land war der Schnee im Winter aus Porzellan und der Regen im Herbst war aus Glas. Die Sommersonne war Honig, der sich über das Tischtuch der Erde ausbreitete und in ein kleines Wäldchen rieselte, wo eine junge Prinzessin an einem Bach saß. Sie versuchte, die vorbeiziehenden Fische mit bloßen Händen zu fangen, doch die Fische lachten, und jedes Mal, wenn sie sie verfehlte, lachte auch sie.

»Prinzessin!«, schallte es durch den Wald.

Sie grub ihre Zehen in den speckigen Uferboden.

»Prinzessin!«

Sie kam auf die Beine.

»Prinzessin! Komm!«

Sie hatte vergessen, dass es ein besonderer Tag war. Heute würde ihre Mutter, die Königin, die Köche ablösen und selbst etwas zubereiten, und sei es Suppe, Stör oder Schokoladentorte, sie würde es mit Gewürzen überhäufen und auf ihrem besten Knochenporzellan servieren. Sie beide würden allein essen, denn der König würde in seinem Glashaus bleiben und sich um seine Rosen kümmern. Nach dieser Mahlzeit würde das Mädchen schlafen gehen, doch es würde kein königlicher Schlaf sein, der sanft und unbeschwert sein sollte, mit Träumen so köstlich wie Schokoladentorte.

Nein, die Prinzessin würde in etwas anderes hineingelockt werden, etwas Tieferes, und am nächsten Morgen würde sie mit Verbänden um Arme und Beine und einem Ring aus Schmerz um die Stirn aufwachen, der noch fester war als die Verbände.

An diesem Abend machte die Königin Fisch, und die Prinzessin hatte wenig Appetit darauf. Als ihre Mutter ihr den Rücken zuwandte, verfütterte sie ihre Portion an die Palastkatze, die sich zu ihren Füßen ausruhte. Darauf kratzte die Prinzessin eifrig über den Boden ihrer Porzellanschüssel und sagte ihrer Mutter, wie köstlich es gewesen sei.

Schon bald spürte die Prinzessin, wie sie in einen Schlaf fiel, der kein Schlaf war.

Doch als sie erwachte, fand sie sich nicht in ihrem Zimmer wieder. Sie war in der Palastküche. Auf dem Herd köchelte es in einem Topf, dem ein Geruch von Säure, Holzkohle und Haushaltszucker in den Raum entströmte. Er war süßer als der Duft der Rosen ihres Vaters und schwer wie Nebel. Das Mädchen wusste, sie würde ihn nie vergessen, diesen Geruch. Sie versuchte aufzustehen.

»Warum ist sie wach?«, fragte der König. »Sie ist wach! Sieh doch!«

»Das spielt keine Rolle«, antwortete die Königin.

»Aber wir können nicht …«

»Wir müssen.«

Der König hielt die Prinzessin fest, während die Königin das Messer schwang. Sie sagte, sie müsse das lebendige Fleisch ihrer Tochter herausschneiden, um es zu essen. Die Königin hatte so viele Kinder verloren, nun erwartete sie ein neues. Dies war die einzige Möglichkeit, das ungeborene Kind zu retten; die Königin hatte es in einem Traum gesehen.

Die Prinzessin musste ein kleines Stück von sich geben, damit ihr Geschwisterchen leben konnte. Doch nur ein kleines. Und wenn das Kind einmal geboren wäre, versprach die Königin, müssten sie dies nicht mehr tun.

Die Prinzessin sah zum Fenster und erblickte darin das Gesicht des Stallknechts des Palastes. Er war immer gut zu ihr gewesen. Er würde sie bestimmt retten.

Bitte, formte sie mit ihren Lippen. Hilf mir!

Er wirkte ängstlich.

Bitte!, rief sie mit aller Macht. Komm zurück! Hilf mir!

Als das Mädchen wieder erwachte, lag sie in ihrem eigenen Bett, in ihrem eigenen schönen Schlafzimmer, auf ihrem eigenen bestickten Laken. Sie spürte den harten Verband um ihren Ellbogen wie nach jedem anderen besonderen Tag. Sie verspürte Kopfschmerzen, die so scharf waren wie die Spitze eines Messers. Wie immer.

Sie konnte sich nicht an die vergangene Nacht erinnern, aber sie wusste, sie hatte geschrien. Vielleicht war es wieder einer ihrer Albträume gewesen. Später gab ihre Mutter ihr etwas, was es lindern würde. Die Königin wusste, wo im Wald all die besten Dinge wuchsen, die unruhige Gedanken, Schmerzen und Erinnerungen vertreiben konnten. Die alle Gefühle vertreiben konnten.

Die Prinzessin ging hinunter und fand dort ihre Eltern vor. Sie fragte sie, ob sie gut geschlafen hätten oder ob sie von einem weiteren ihrer Albträume gestört worden seien, und sie antworteten, sie seien nicht gestört worden, und das Mädchen glaubte ihnen. Sie glaubte, dass in diesem Land die Sommersonne aus Honig wäre und der Schnee im Winter aus Porzellan und der Regen im Herbst aus Glas. Sie glaubte, ihr Leben wäre ein Märchen, ihr Haus wäre ein Schloss und sie wäre dessen Prinzessin.

Aber, lieber Leser, es gibt keine Märchen.

Nicht solche, wie man sie ihr erzählte, und nicht solche, wie du sie soeben gelesen hast.

KAPITEL 30

Antonina

Workuta, 1949

Sieh dir nur den Schnee an«, sagt die neue Bettgenossin neben Tonja im Krankenhaus. »So etwas habe ich noch nie gesehen.«

Tonja hält die Augen geschlossen. Landschnee, darum handelt es sich hier oben. Hell und blindwütig ist er und sieht aus wie eine Steppdecke. Wenn man vor einer beliebigen Kulisse sterben könnte, würde man sich vielleicht für diese entscheiden, und sie liegt im Sterben. Die Ärzte vermuten eine Staublunge, aber sie wissen nicht, was das in ihrer Lunge ist. Es könnte auch Flüssigkeit sein oder ein weiches Päckchen Kohlenstaub. Oder das Eis aus dem ersten Blockadewinter, das noch in ihr steckt.

»Du musst es satthaben«, fährt die Frau fort. »Wie viele Winter bist du schon hier?«

»Es ist mein zweiter«, sagt Tonja. »Aber meine Lunge hält keinen weiteren mehr durch.«

»Sagen das die Ärzte, Schätzchen?«

Das Wort weckt Erinnerungen. Sie hat es seit so vielen Jahren nicht mehr gehört, dass sie nicht einmal mehr weiß, was es bedeutet. Tonja öffnet die Augen. Das Gesicht ihrer Nachbarin sieht aus wie geschmolzenes Kerzenwachs, die grünen Augen sind von Gelbsucht gezeichnet. Die Haare, die das Gesicht umrahmen, sind taubenweiß. Das Einzige, was Tonja wiedererkennt, ist das kleine silberne Kreuz, das in einer fleischigen Falte am Hals der anderen Frau liegt.

Gräfin Natalja Burzinowa.

»Das kann nicht sein«, sagt Tonja und erleidet einen Lachanfall. Natürlich kann es sein. »Wie lange es her ist, Natalja Fjodorowna, ich habe deine Stimme nicht erkannt.«

»Weißt du, was ich auf meinen Arm tätowiert habe, Tonja?«, fragt Natalja, als wäre ihre Begegnung nach fünfundzwanzig Jahren an einem Ort wie diesem nicht im Geringsten verwunderlich. »*Ich bereue nichts. Ich vergieße keine Tränen.* Ich habe Jahrzehnte in Gefängnissen verbracht, wurde so oft freigelassen und wieder verhaftet, dass ich es nicht mehr zählen kann, und man muss Tätowierungen haben, um dazuzugehören. Ich bin keine Politische wie du, Schätzchen, und sie schicken mich dauernd im Land herum. In ein paar Wochen werde ich in ein neues Gefängnis im Süden verlegt. Jedenfalls würde ich das, wenn meine Organe nicht versagen würden.« Eine Pause. »Man könnte sagen, dass ich auf meine eigene Art und Weise rauskomme.«

Tonja dreht sich auf die Seite und liegt unsicher auf ihrer schwächeren Hüfte. Natalja Burzinowa ist alles, was von der Welt übrig geblieben ist, in die Tonja hineingeboren wurde: Otrada, Mama und Papa, das zaristische Russland, Fürsten und Fürstinnen und Grafen und Gräfinnen. Die Bolschewiken mögen den Winterpalast gestürmt haben, aber sie waren nicht Zeugen des wahren Endes dieser Ära. Sie geht erst jetzt zu Ende, und zwar in Form einer geschrumpften Gestalt in einem schmutzigen Feldbett am Rande der Erde.

Tonja wird diejenige sein, die es miterlebt.

»Tonja«, ertönt in der Nacht das fieberhafte Flüstern, »Tonja, schläfst du?«

Tonja zieht ihre dünne Decke bis hoch zum Kinn. Sie zittert bis in die Zehenspitzen. Aber sie spürt diese beiden Wolfsaugen auf sich, glitzernd in der Dunkelheit, als konzentrierte sich alles Leben, das noch in der Gräfin steckt, darin.

»Ich bereue etwas«, sagt Natalja gedämpft. »Ich bereue so vieles, aber am meisten bereue ich, dass ich meine Tochter enttäuscht habe, dass sie glaubt, ich liebe sie nicht. Mit allem anderen könnte ich leben, auch damit sterben, aber das! Dass Akulina mich hasst.«

Tonja verspürt einen erbärmlichen Anflug von Mitleid. »Ich bin sicher, Akulina hasst dich nicht.«

»Doch, das tut sie. Ich habe sie gefunden, weißt du, nachdem wir uns in Otrada begegnet sind. Ich habe versucht, sie dazu zu bringen zu verstehen, aber es ist mir nicht gelungen. Sie sagte, ich hätte den kleinen Fedja auf dem Gewissen, und ihre Mutter wäre, was sie angeht, während des Bürgerkriegs ums Leben gekommen, so wie alle sagten.« Natalja hält inne, um Luft zu holen, ruckartig. »Du hasst mich natürlich auch. Aber wir können uns gegenseitig helfen. Wir können einen Handel machen. Ich tue etwas für dich, wenn du etwas für mich tust – gleiches Recht für alle!«

»Glaubst du, uns bleibt noch Zeit für einen Handel?«, fragt Tonja. »Sieh dich um!«

»Mir nicht, nein. Aber dir!« Ihre Augen lodern wie Smaragde. »Wenn du nicht bald stirbst, verlegen sie dich zurück in deine Gruppe, und dort stirbst du schneller. Du musst weg aus Workuta, Schätzchen, dann hast du vielleicht eine Chance, zu überleben. Ich kann dir helfen!«

Vielleicht haben sie Natalja etwas gegen die Schmerzen eingeflößt, das nun durch sie hindurchfließt, alte Synapsen wiederbelebt, Schlafen unmöglich macht und ihr Wahnvorstellungen eingibt. »Und was soll ich für dich tun?«, fragt Tonja, um sie bei Laune zu halten.

»Wenn du überlebst, wirst du meine Memoiren schreiben«, sagt die Gräfin.

»Ich weiß nicht genug über dein Leben, um deine Memoiren zu schreiben.«

»Ich werde es dir erzählen. Und wie viel gibt es schon zu wissen? Du erinnerst dich doch auch an die alten Zeiten! An die Feste, die ich gegeben habe, an die Musik, den Tratsch, den Spaß! Du weißt noch, wie das alles war! Erzähl meine Geschichte für mich. Damit Akulina sie eines Tages lesen kann – sie lesen und mich erkennen kann.«

Das ist eine absurde Idee. Völlig absurd. Tonja schüttelt den Kopf, so gut es ihr möglich ist.

»Nimm das.« Natalja greift an ihren Hals und öffnet die silberne Halskette.

Wieder schüttelt Tonja den Kopf, heftig diesmal. Das Kreuz sieht in Nataljas Hand kleiner aus, geschrumpft. Es befindet sich nicht mehr dort, wo es hingehört.

»Nimm es«, befiehlt Natalja. »Auch, falls du mir nicht helfen willst, kann diese Kette noch nützlich sein, wenn du ins Lager zurückgeschickt wirst. Du kannst sie eintauschen. Du würdest nicht glauben, was ich alles getan habe, um sie zu behalten – aber jetzt ist sie für mich wertlos. Nimm sie. Gönne mir diesen Seelenfrieden.«

Tonja möchte ablehnen. Möchte erwidern, dass es nichts gibt, nichts, das wiedergutmachen könnte, was Natalja getan hat, aber sie erinnert sich auch an den Tag, an dem sie Wiktorija ihr größtes Verbrechen gestanden hat, ihrer Freundin schluchzend zu Füßen gefallen ist: *Ich habe Pawel denunziert, unverzeihlich.* Und Natalja hält ihr noch immer die Halskette hin, wendet offensichtlich ihre letzten Kräfte auf, und da nimmt Tonja sie. Nimmt sie einfach. Es ist ein Medaillon. Es öffnet sich und gibt eine Inschrift frei, eine spinnwebartige Zeile.

»Ich vermisse die alten Zeiten.« Nataljas Augen haben ihren Glanz verloren. »Wenn ich nur zurückkehren könnte. Nur für einen Moment. Alles noch einmal sehen, mit dem Wissen, was ich jetzt habe.«

»Ich kann dir helfen zurückzukehren«, sagt Tonja. »Schließe die Augen.« Sie weiß nicht, was sie gleich sagen wird. *Ich bedauere nichts. Ich vergieße keine Tränen.* Es gefällt ihr. Sie beschließt, es zu glauben. Sie hört sich selbst reden, als wäre sie eine weitere Zuhörerin, als könnte sie jetzt einschlafen, für immer, und die Geschichte würde ohne sie weitergehen. Als hätte sie ein Eigenleben.

»In einem fernen Königreich, in einem längst vergangenen Land …«

KAPITEL 31

Walentin

Popowka, Provinz Tula

Walentin sitzt im Schaukelstuhl und schaukelt. Nelly läuft herum und ist beschäftigt. Sie fragt: »Hast du Hunger?« Und er schaukelt. Heute Morgen haben sie Kyrill beerdigt, und Nelly will sich nicht hinsetzen. Sie flattert hierhin und dorthin wie ein Vogel. Sie fragt, *weißt du noch, wie Kyrill dich vor all den Jahren gefunden hat*, als wollte sie in Erinnerungen schwelgen. Walentin weiß es nicht mehr. Er weiß, dass er wochenlang ohne Bewusstsein war, nachdem Kyrill Wladimirowitsch, der Krämer, ihn aus den Flammen von Otrada gezogen hatte. Bis er sich wieder an seinen eigenen Namen erinnerte, waren Monate vergangen.

An viel mehr hat er sich nie wieder erinnert.

Nelly ist heute schwer ruhig zu halten. Sie huscht immer noch umher. Walentin versucht nicht, sich einzumischen. Er hat nie ganz verstanden, warum Kyrill und Nelly so freundlich waren und einen behinderten Fremden bei sich aufnahmen.

»Das Leben ist seltsam«, sagt Nelly. Sie hat nie Kinder bekommen. Konnte nicht schwanger werden. Aber jetzt ist ihr Mann fort, und da ist trotzdem jemand, der ihr Gesellschaft leistet. Das Leben ist seltsam.

Walentin schaukelt, schaukelt, schaukelt. Er hat auch nie Kinder bekommen. Oder falls doch, dann hofft er, dann nimmt er an, dass sie sich nicht an ihn erinnern können. Das ist auch besser so. Was für eine Last er wäre, in diesem Zustand. Unfähig, irgendetwas anderes zu verrichten als einfachste körperliche Arbeit, Holz hacken oder eine Angelschnur auswerfen. Er kann nur in unzusammenhängenden Salven sprechen. Schaukelt durchgehend.

Fünfundzwanzig Jahre. Fünfundzwanzig. Er weiß nicht, warum er sich an diese Einzelheit erinnert, besser als an alles andere. Fünfundzwanzig Jahre im Norden, das sind hundert Jahre irgendwo anders. Sie wird dort gestorben sein, und er wird hier sterben. Sie werden nie einen Augenblick der Erlösung erleben. Das Leben ist seltsam.

Und so schaukelt er.

KAPITEL 32

Raisa

Moskau, Januar 1993

Das gemalte Schild einer Buchhandlung ist in diesem heftigen Schneefall wie ein Leuchtfeuer, und ich ziehe den Kopf ein, trete über die Schwelle und schüttle das Schneegestöber von meiner Jacke. Die Verkäuferin blickt von ihrem Roman auf und mustert mich.

»Was suchen Sie?«, fragt sie unwillig.

»Ich schaue mich nur um.« Ich werde schon etwas finden, das ich kaufen kann. Das ausländische Geld in meiner Tasche ist im Moment wahrscheinlich mehr wert als der ganze Laden, nachdem die Wirtschaft infolge des Zusammenbruchs des Sowjetregimes im Dezember 1991 in die Krise geraten ist.

Ich wende mich den Regalen hinter mir zu. Das sind vielleicht sogar genug Bücher für jemanden wie Mum, was mich daran erinnert, dass ich ihre Wohnung immer noch nicht richtig ausgemistet habe. Ich habe jetzt vor, sie zu verkaufen, aber ich weiß, dass ich mich entscheiden muss, was ich mit ihren Sachen mache und ob ich ihre Porzellanpuppen guten Gewissens weggeben kann. Oft denke ich, dass ich sie zusammen mit ihr hätte einäschern sollen.

Als ich mit dem Finger über die Buchrücken streiche, lässt mich einer von ihnen innehalten.

Der Schnee war Porzellan und der Regen war Glas.

Es ist ein gebundenes Buch mit handgezeichnetem Umschlag, geschrieben von jemandem namens Antonina Larionowa. Ich schlage es auf.

Hinweis für den Leser
Diese Geschichten sollten nicht der Reihe nach gelesen werden.

Ich blinzle kurz, nur für den Fall, aber es ist genau das, was es zu sein scheint. Eine gedruckte, veröffentlichte Version von Mums Geschichtenbuch. Ich sehe im Impressum nach: Veröffentlicht 1985. Wie ist das möglich? Wie kann es ein weiteres Exemplar geben? Nicht nur ein weiteres Exemplar, sondern diese auffällige Ausgabe, neu gebunden und überarbeitet und mit Bildern versehen?

Antonina. Tonja.

Ich sehe mir die Seite mit der Widmung an. *Für meine Kinder* heißt es da schlicht. Ich sehe den Schnee draußen immer stärker fallen. Die Ladenbesitzerin ist wieder in die Welt ihres Romans vertieft und gibt beim Umblättern zufriedene Geräusche von sich.

Ich beginne zu lesen.

Alle Geschichten sind länger, sie sind überarbeitet worden, und einige neue sind hinzugekommen. Die letzte Geschichte in dieser Ausgabe trägt den Titel »Die eine und die andere«. Sie spielt in einem Gulag, in dem eine politische Gefangene namens Die eine darum kämpft, den strengen Winter zu überleben. Im Krankenhaus trifft sie zu ihrem Erstaunen auf eine Feindin, die sie seit Jahrzehnten nicht mehr gesehen hat. Diese ehemalige Erzfeindin heißt Die andere.

Die andere verbüßt eine Strafe für mehrere Morde und ist nur auf der Durchreise zu einem anderen Gefängnis. Sie soll in eine Einrichtung im Süden verlegt werden, aber sie weiß, dass sie vor der Verlegung sterben wird. Die beiden Frauen schließen einen Pakt. Die eine wird Geschichten über ihr Leben vor der sozialistischen Revolution, vor dem Sturz des Zaren, erzählen.

Vom Luxus, der Pracht, der Art und Weise, wie das zaristische St. Petersburg glitzerte wie die Edelsteine um den Hals von Zarin Alexandra.

Geschichten, die der anderen helfen, ihren Schmerz zu vergessen.

Im Gegenzug wird die andere der einen ermöglichen, nach ihrem Tod an ihre Stelle zu treten. *Gleiches Recht für alle.* Sie werden die Pfleger bestechen und die Wachen austricksen. Und genau das geschieht: Die andere stirbt. Die eine wird an ihrer Stelle in ein anderes Gefängnis verlegt. Bei wärmeren Temperaturen, ohne harte körperliche Arbeit erholen sich ihre Lungen, ihr Körper heilt und ihre Kräfte kehren zurück.

Aber – die Wendung!

Kurz darauf stirbt Josef Stalin, und das gesamte Gulag-System wird abgeschafft. Die große Mehrheit der politischen Gefangenen der UdSSR wird schnell freigelassen – bis auf unsere Heldin. Die eine ist nun dazu verdammt, für Verbrechen zu bezahlen, die sie nicht begangen hat. Die volle Strafe ihrer ältesten Feindin zu verbüßen.

Im schwachen Nachmittagslicht sieht Lew in seiner dunkelgrünen Tarnkleidung aus wie der Fremde, der er einmal war. Er lässt seine Sporttasche auf den Küchenboden fallen und begegnet meinem Blick. Auch wenn wir uns regelmäßig schreiben, ist es fast anderthalb Jahre her, dass wir uns das letzte Mal gesehen haben, und in dieser Zeit hat das Ende der UdSSR einen unermesslichen Trümmerhaufen hinterlassen.

Dies ist die Datscha seiner Eltern in einem Vorort von Moskau, die Adresse, über die wir korrespondiert haben. Ein bescheidenes Haus, umgeben von Gemüsehochbeeten. Seine Mutter war hier, als ich ankam, aber jetzt ist sie ausgegangen, und ich habe herumgewirtschaftet, meine Koffer ausgepackt und meinen Gedanken nachgehangen.

Ob Lews neuerliche Anstellung bei der OMON die Dinge zwischen uns verändert hat? Ob auch wir Teile des Trümmerhaufens sind, er und ich?

Als hätte ich es laut ausgesprochen, wird seine Miene ruhig und nachdenklich. *An der Spitze hat sich nicht so viel verändert, wie die Leute denken*, hat er mir kurz nach Weihnachten 1991 geschrieben. Ich war in Oxford und verfolgte im Fernsehen nervös die Wiederholungen von Michail Gorbatschows letzter Ansprache an die Nation als Generalsekretär. *Mein Vater hat noch immer großen Einfluss.*

Ich nehme es Lews Vater nicht übel. Wenn ich an seiner Stelle gewesen wäre, hätte ich Lew auch wieder bei der OMON haben wollen. Ich hätte so viel wie möglich so haben wollen, wie es früher war.

»Du bist gekommen«, lautet seine Begrüßung.

»Natürlich bin ich gekommen.«

Er geht auf mich zu. Mein Herz beginnt zu hämmern. Ich kann die goldenen Flecken in seinen Augen sehen. »Für einen Monat?«, fragt er.

»Für einen Monat. Ich werde einige Tage arbeiten müssen.«

»Ich auch. Obwohl …« Er greift nach meiner Hand. »Ich verlasse die OMON. Ich habe es meinen Eltern noch nicht gesagt – ich habe es niemandem gesagt. Ich habe Aussicht auf einen Job in Leningrad in einem Bezirkspolizeikommissariat. Es geht um kriminalpolizeiliche Arbeit. Es ist nur eine Ausbildung, aber ich wollte es dir persönlich sagen, weil du mich dazu angeregt hast. Durch alles, was wir gemacht haben.«

»Du meinst St. Petersburg«, sage ich und lächle zu ihm hoch.

»St. Petersburg.« Er grinst, und dann küsst er mich. Ein paar

Minuten lang küssen wir uns nur, aber ich weiß, dass ich es jetzt sagen muss, bevor etwas anderes geschieht, bevor wir irgendwelche Versprechungen oder Pläne machen. Er weiß genau, dass ich durch die Ereignisse der letzten Jahre und seine Rolle bei der OMON ein wenig eingeschüchtert bin. Ich will nicht, dass er es mir zuliebe tut.

»Vielleicht vermisst du das Militär«, flüstere ich. »Wenn du es erst einmal hinter dir gelassen hast.«

Lew weicht zurück. Sein Blick lässt meinen nicht los. »Ich werde es vermissen, auf gewisse Weise«, sagt er. »Aber es gibt immer hundert ungelebte Leben. Es wird immer hundert Wege geben, die ich nicht eingeschlagen habe. Und dies ist der, für den ich mich entscheide.«

Bei jedem Windstoß klirren meine Zähne gegeneinander. Der Schnee auf den Straßen ist zu Matsch geworden, und es ist genug davon da, dass man einen Menschen darunter lebendig begraben könnte. An der Ecke verkauft eine alte Frau selbst gebackene Kartoffelkuchen. Ich habe andere alte Frauen und andere Tischchen gesehen, am Eingang der Unterführungen, vor allen Metrostationen. Ihre Renten sind weg, ihr Geld ist nichts mehr wert. Was geschieht mit all den Menschen, die keine Leckereien backen können? Wie überleben sie im neuen Russland?

Lew blickt zur Tür des Cafés und dann wieder zu mir.

Ich kann nicht ins Nichtwissen zurückkehren. Ich kann auch nicht im Stillstand leben. Das bedeutet, der einzige Ort, an den ich gehen kann, ist dort hinein.

Durch die Tür ins Café zu treten ist, als würde man ein Portal in eine andere Dimension öffnen. Es duftet nach Kaffee und Gebäck, und es laufen so viele elektrische Heizungen, dass ich schmelzen könnte. Die Gastgeberin gleitet zu uns herüber, katzenartig, mit zu weit auseinanderstehenden Augen und dazu passenden spitzen Ohren. Sie wirft Lew ein Lächeln zu.

Der Name Antonina Larionowa hat mir auf Anhieb gefallen, genau wie Zojas alter Spitzname für meine Mutter. *Katerina Ballerina.* Wir haben uns am Telefon kurz gesprochen, und als ich sagte, ich würde sie zu einem Essen einladen, wenn wir uns persönlich treffen könnten, bat sie mich hierherzukommen. Ich hatte ein Restaurant mit arrogantem Personal erwartet. Ich hatte damit gerechnet, mich fehl am Platz zu fühlen. Aber ich fühle mich überhaupt nicht fehl am Platz.

Und da ist sie. Sie sitzt still am einzigen besetzten Tisch, taucht einen Löffel in eine Tasse und zieht ihn wieder heraus.

Inzwischen bin ich an Geister gewöhnt. Ich habe sie hier in der Hauptstadt im Lachen der Kinder gehört, die mit ihren Holzstöcken auf der zugefrorenen Moskwa spielen. Ich habe sie in den Teenagermädchen vor den Geschäften entdeckt, mit ihrem allwissenden Lächeln und ihrem unverwechselbaren Auftreten. Diese Geister leben in jedem weiter, ich kann sie überall sehen. Sie machen mir keine Angst. Aber ich hatte nicht damit gerechnet, meinen eigenen Geist zu sehen. Nicht hier, nicht auf diese Weise.

Diese Frau ist das, was aus Mum hätte werden können. Was aus mir eines Tages werden wird.

Sie ist silberhaarig und winzig, und sie lächelt mit offenem Mund. Freundlich. Sie trägt eine runde Schildpattbrille, und ich spüre ihren Blick auf mir ruhen. Die Vergangenheit beginnt durch jede Ritze, durch jeden Spalt hereinzuschlüpfen und sich um uns zu winden. Jetzt, wo wir uns gefunden haben, wird sie uns nicht mehr loslassen.

»Bist du die, auf die ich warte?«, fragt sie mit dünner Stimme.

Irgendwie schaffe ich es, auf sie zuzugehen. Lew folgt mir.

Ihr Lächeln verändert sich. Sie sieht, was ich sehe. Jetzt bemerke ich, dass sie etwas Fließendes, etwas Fernes an sich hat. Es ist dieselbe Eigenschaft, die ich oft an Mum wahrgenommen habe, von der ich immer dachte, es sei einfach nur das Gefühl der Fremdheit in einem Menschen, der in einem ihm fremden Land lebt, aber das ist es nicht.

»Wer bist du?«, fragt sie.

Ich weiß, dass ich sie überfallen habe. Stumm sehe ich Lew an, aber er schüttelt den Kopf.

»Wer bist du?« Wieder, fester diesmal.

»Ich bin Katjas Tochter«, sage ich. »Ich bin deine Enkelin.«

Wir sprechen über ihre Zeit in Workuta. Es ist das sicherste Terrain für uns, dieses weite Land, das so weit von diesem Café entfernt ist, dass es sich auch um eines ihrer Märchen handeln könnte. Wie meine Großmutter sagt: Ein Ort, ein Land, in dem sie und die anderen Häftlinge, obgleich immer jemand sie bewachte, endlich allein waren.

Tonja kam im Herbst 1948 mit der, wie sie es nennt, Petschorabahn nach Workuta. Sie beschreibt Waggons, die durch Stahlnetze abgetrennt waren, und blutsaugende Fliegen, die sich in alles bohrten, worauf sie landeten. Die Luft war dick wie Sirup. Bei ihrer Ankunft wurde sie einem Lagerabschnitt in einem *lagpunkt*, einem Nebenlager, zugewiesen. Nachts krabbelten vielbeinige Kreaturen an ihrem Körper auf und ab. Bis heute weiß sie nicht, was für welche es waren.

Nachts träumte sie, sagt sie, davon, über den Stacheldraht zu entkommen, in die Tundra zu fliehen. Aber die Tundra machte keine Gefangenen, und zum Träumen blieb ohnehin nicht viel Zeit. In ihrem *lagpunkt* heulten jeden Morgen um vier Uhr die Sirenen. Die Wachen zählten die Köpfe, bevor die Frauen frühstückten, Brot, das nach Kieselsteinen schmeckte, mit etwas, was Tee nachempfunden war. Dann der tägliche Marsch zu den Minen. Sie erinnert sich an den schneidenden Wind. Den südlichen Dialekt ihrer Kojengenossin. Die Handvoll krimineller Gefangener, die bei den Petroleumlampen in ein Spiel vertieft hockten und die anderen anknurrten. Die vergitterten Fenster der Baracken, die ihre Sehnsucht nach der weiten Tundra noch verstärkten.

Dann, sagt sie, kamen der erste Schneefall und ihr Husten.

An dieser Stelle hört sie auf.

Trotz der schrecklichen Geschichte strahlt meine Großmutter unerwartet Hoffnung aus. Sie sieht aus wie jemand, den die Reporter der Nachrichtensendung *Wremja* über die Zukunft Russlands befragen könnten. Wenn man sie ansieht, möchte man auch an der Geschichte teilhaben. Ich frage mich, ob es jemals jemanden gegeben hat, der tiefer geblickt hat.

»Also, Raisa«, sagt sie. »Jetzt verstehe ich. Du bist diejenige, die sich während des Augustputsches mit Mischa getroffen hat. Er sagte, da wäre ein englisches Mädchen gewesen, das ihn an Katja erinnerte, dass er sie aber nicht richtig sehen konnte, weil sie eine Sonnenbrille trug. Damals habe ich mir nichts dabei gedacht. Wenn man einen Menschen verliert, sieht man ihn überall.«

»Mischa. Du meinst – Michail Katenin?«

»Meinen Sohn. Er wurde nach meiner Verhaftung von einem Freund der Familie adoptiert.«

»Mum hatte einen Bruder«, sage ich mehr zu mir selbst.

Mich beschleicht ein Gedanke: Wäre Alexej nicht so blind für alles außer Tonjas weiblicher Linie gewesen, außer seiner Puppensammlung, hätte er stattdessen Michail Katenin folgen können. Und das hätte ihn vielleicht direkt zu Tonja geführt.

»Mischa sagte, dieses Mädchen hätte Marina von einer

merkwürdigen Theorie überzeugt.« Tonja lächelt heiter. »Dass in Wirklichkeit ein berühmter regimekritischer Historiker sein Vater sei. Sie sind sogar zu einer Rede dieses Mannes gegangen und haben es mir erst später erzählt.«

Ich atme tief ein. »Ich weiß jetzt, dass Alexej Iwanow nicht Walentin Andrejew ist.«

»Alexej Iwanow wird als ganz ordentlicher Redner gehandelt.« Das Lächeln wird kühler. »Aber das ist mit etwas Übung keine Kunst. Eine Stimme ist nur eine andere Art von Kostümierung. Und die Leute lassen sich von Kostümierungen leicht ablenken.«

Ich schrecke vor ihrem Blick ein wenig zurück. »Weißt du, wer Alexej ist?« War.

»Nachdem sie es mir erzählt hatten, wurde ich neugierig. Ich habe mir sein Buch gekauft, und da ist es mir klar geworden.« Tonja fährt leise fort: »Aber es war mir egal. Seit meiner Entlassung aus dem Gefängnis habe ich sowieso mehr oder weniger im Verborgenen gelebt. Ich kam 1964 frei, in dem Jahr, als Chruschtschow abgesetzt wurde – das war der Beginn einer neuen Phase politischer Repressionen und Verfolgung. Ich habe Mischa wiedergefunden und versuchte, mich an ein vorsichtiges, ruhiges Leben zu gewöhnen. Larionowa ist kein Pseudonym, ich habe wieder geheiratet, aber mein Mann ist bald darauf gestorben. Danach habe ich die meiste Zeit mit Schreiben verbracht. Ich wusste nicht, wie ich deine Mutter finden sollte, und glaubte, dass wir weder sie noch Walentin jemals wiedersehen würden. Obwohl Walentin auf gewisse Weise schon fort war, als Mischa und Katja noch Kinder waren.« Eine jugendliche Röte überzieht ihre Wangen. »Meine Jekaterina.«

Jekaterina. Katerina Ballerina. Etwas füllt meine Brust, versperrt mir den Atem. Hilflos fummele ich in meiner Tasche nach dem, was ich ihr geben will: Mums Notizbuch. Tonjas Geschichtenbuch. Sie ist seine Autorin. Seine rechtmäßige Besitzerin. Ich kann es nicht finden, also beginne ich, alles auszuräumen und auf den Tisch zu legen. Das Übliche: Schlüssel. Portemonnaie. Abgerissene Tickets.

»Was ist das?«, fragt Tonja mit plötzlich ganz anderer Stimme, einer, die vermuten lässt, dass ihre bisherige auch nur eine Kostümierung war.

Ich denke, sie muss das Geschichtenbuch selbst entdeckt haben, aber das hat sie nicht. Sie zieht etwas unter meinem Portemonnaie hervor.

Es ist der verblasste blaue alte Lumpen, den ich vor anderthalb Jahren von dem alten Mann in Popowka bekommen habe. Er ist so durchscheinend, dass ich gar nicht bemerkt habe, dass er noch in der Tasche ist.

»Oh«, sage ich unsicher. »Das war ein Geschenk.«

Ihre dunklen Augen funkeln mich an. »Ein Geschenk?«

Was ist hier eigentlich los? Habe ich etwas Anstößiges getan? Ich werfe Lew einen Blick zu, der genauso verwirrt aussieht. Tonja hält das Ding so weit von sich weg, dass man denken könnte, es rieche schlecht. Sie wedelt damit, als sollte ich es zurücknehmen, verbrennen, vergraben.

»Ein Geschenk von wem?«, fragt sie.

Ich bin plötzlich nicht mehr in der Lage zu antworten.

»Wir waren in Popowka«, berichtet Lew. »Ein Dorfbewohner hat es Raisa geschenkt.«

»Ein Dorfbewohner! Wer?« Sie fragt nicht einmal nach, warum wir ausgerechnet in ihrem winzigen Kuhkaff von Heimatdorf waren.

»Ich weiß nicht mehr.« Ich zögere. »Warte. Kyrill, glaube ich. Ich habe einen Brief auf seinem Tisch gesehen.«

»Das kann nicht der Kyrill sein, den ich kannte. Der müsste weit über hundert sein. Er und Nelly müssen einen Sohn gehabt haben. Das hoffe ich jedenfalls.« Tonja wendet den Lappen in ihrer Hand, immer wieder, und starrt ihn dabei an. Sie ist immer noch auf der Suche nach der Antwort, die wir ihr nicht gegeben haben. »Ich habe dieses Taschentuch nicht mehr gesehen, seit ich siebzehn Jahre alt war. Es gehörte meiner Schwiegermutter. Ich muss es mitgenommen haben, als ich zurück nach Popowka gezogen bin.«

»Wir hätten ihn gern noch mehr gefragt, aber er war ein bisschen verwirrt«, sage ich, denn es wird deutlich, dass meine Großmutter immer noch unzufrieden ist. »Der Dorfbewohner, meine ich.«

»Verwirrt?«

»Er hat immer wieder Zeilen aus diesem Kriegslied wiederholt, dem ›Blauen Kopftuch‹.«

»Oh, das kenne ich sehr gut. Schau«, sagt sie, »schau nur, was du alles mitgebracht hast, Raisa. Ich kann nicht glauben, dass du hier bist. Ich kann nicht glauben, dass wir hier zusammensitzen. Komm her. Komm näher.«

Ich bin schockiert, als ich sehe, dass Tonja Tränen in die Augen gestiegen sind. Endlich lässt sie das Taschentuch los, greift nach meiner Hand und legt sie an ihr Gesicht. Ich sehe durch ihre Tränen hindurch den Abglanz eines anderen Lächelns, des Lächelns meiner Mutter, so als wäre Mum noch da. Mitten zwischen uns. Genau dort, wo sie schon immer gewesen ist.

Tonja erzählt mir, was das Geschichtenbuch für ein Buch war, was es ausgelöst hat. Was Mum damit angestellt hat. Meine Großmutter möchte das Notizbuch nicht zurückhaben und sagt mir, ich solle es behalten.

Heute stöbern sie und ich auf den paar Tischen eines provisorischen Marktes, auf dem die Leute ihr ganzes Leben zum Verkauf anbieten. Wir kommen an einem Tisch mit Porzellanfiguren vorbei, und sie bleibt stehen, um sie zu bewundern. Einige sind mit Emaille verziert und in Glasur getaucht, andere sind unbearbeitet und nackt weiß. Eine ist eine Ballerina in einem Tutu und rosa Mieder, die Arme hoch über den Kopf ausgestreckt, die Hände berühren sich nicht. Die Schnüre ihrer rosa Ballettschuhe sind um ihre Knöchel gewickelt.

Katerina Ballerina, konserviert für alle Zeiten.

Ich denke an die Last, die Schuld, die Mum von klein auf mit sich herumgetragen haben muss, als sie noch zu jung war, um zu begreifen. Ich dachte immer, sie giere nach Ruhm und sei süchtig nach Aufmerksamkeit, ichbezogen und egoistisch. Vielleicht war sie das auch. Aber ich glaube, ich werde andere Seiten von ihr in Erinnerung behalten.

KAPITEL 33

Antonina

Popowka, Provinz Tula, Februar 1993

Tonja berührt eine kleine Stelle am Autofenster, wischt das Kondenswasser weg. Es regnet, ein frisch riechender Regen, wie er nur zu dieser Jahreszeit vorkommt. Raisa, die am Steuer sitzt, hat die Fahrt über wenig gesprochen. Ihr Freund Lew wirkt verkrampft, ist es offenbar nicht gewohnt, auf dem Rücksitz zu sitzen. Wenigstens trägt er nicht die kastanienbraunen Jacken dieser neuen Moskauer Banden. Wenigstens nennt er Tonja nicht *baba*. Tatsächlich gefällt ihr, wie er ihre Enkelin anlächelt, auch wenn er sonst nicht viel lächelt.

»Tut mir leid, ich bin erst noch dabei, fahren zu lernen. Hier haben wir den alten Mann getroffen, der mir das Taschentuch gegeben hat«, sagt Raisa und würgt den Motor ab. Tonja blickt mit zusammengekniffenen Augen durch den strömenden Regen.

Das ehemalige Zuhause von Nelly und Kyrill, in der Tat.

Tonja beschleicht für einen Augenblick ein schrecklicher Zweifel. Sie erinnert sich an das letzte Mal, als sie vor dem Haus stand und hineinblickte. Nelly weigerte sich herauszukommen, um sich zu verabschieden, sie arbeitete immer noch an diesem schrecklichen Schal, der inzwischen länger war als der Bach und in dem man genauso leicht ertrinken konnte. Kyrill stand auf der Veranda und sagte, er würde sie besuchen kommen und ihr helfen, Otrada zu reparieren, aber er kam nicht. Sascha, der auf der anderen Seite des Weges auf Tonja wartete, ein Stück Melone aß und die Kerne ausspuckte, Lena, die sich in Tonjas Armen wand und auch Melone haben wollte.

Sie sind alle fort. Außer ihr selbst und dem, der da drinnen auf sie wartet.

»Willst du, dass wir mit dir reinkommen?«, fragt Raisa.

»Nein«, sagt Tonja, »auch wenn niemand da ist, möchte ich hier ein paar Stunden für mich allein sein.«

»Stunden?«, sagt Raisa skeptisch. »Es regnet ziemlich stark.«

Deshalb haben sie diese Reise unternommen, damit Tonja diesen Regen spüren, diese Luft atmen, diese Erde berühren kann. Sie wird den ganzen Weg nach Otrada zu Fuß gehen, danach wird sie den Weg nie wieder beschreiten. Sie beginnt zu glauben, dass es das ist, was sie immer gebraucht hat: noch ein letztes Mal nach Hause zu kommen, bevor sie stirbt.

Raisa hat sie das natürlich nicht erzählt.

»Ich habe im Februar schon Schlimmeres erlebt«, sagt Tonja und öffnet schon die Tür.

Raisa hinter ihr ruft etwas, aber Tonja dreht sich nicht um. Das Wetter kann um diese Jahreszeit wirklich eigenartig sein. Unbeständig. In einem *bestimmten* Februar vor langer Zeit herrschte ungewöhnlich gutes Wetter, es war warm genug, um die Menschen aus ihren Häusern auf die Straßen zu locken. Warm genug, dass sie ihn auch sechsundsiebzig Jahre später noch auf ihrer Haut spüren kann.

Tonja geht auf die Veranda zu. Dort steht ein Schaukelstuhl, wie Raisa gesagt hat, aber es sitzt niemand darin.

»Hallo?«, ruft sie, froh über den Schutz vor dem Regen. »Hallo, ist jemand zu Hause?«

Keine Antwort.

»Hallo«, versucht sie es noch einmal, »entschuldige die Störung.« Sie greift in die Tasche ihrer Jacke und holt Anastasias

Taschentuch heraus. Einst war es leichter als Luft, jetzt fühlt es sich ein wenig gummiartig an. Es hat ihre Lebenszeit ebenfalls überdauert. »Bist du der Sohn von Kyrill Wladimirowitsch? Deine Eltern waren meine Freunde. Ich bin nur auf der Durchreise und wollte …«

Die Tür geht auf.

»Es regnet«, sagt der Mensch, der vor ihr steht.

»Erkennst du mich nicht?« Tonja schluchzt und schlägt sich dann die Hand vor den Mund. Natürlich erkennt er sie nicht. Sie halluziniert, so wie diese Kinder, die in Otrada herumstöberten und Gespenster sahen. In dieser Gegend sehen alle Gespenster. Was für ein Fehler es doch war, den ganzen Weg hierherzukommen! Vielleicht hat Raisas Auftauchen in ihrem Leben sie zu der Annahme veranlasst, sie könnte es wagen, sich der Vergangenheit noch einmal zu stellen, aber sie kann es nicht, sie kann es nicht!

Er blinzelt sie an.

Er kann sie nicht sehen. Er ist blind oder so gut wie blind.

»Lass mich rein«, sagt Tonja zitternd, »mir ist so kalt«, und er öffnet die Tür gerade so weit, dass sie hindurchschlüpfen kann. Die Tür schließt sich hinter ihm.

Das Haus sieht weitgehend so aus, wie es immer war. Der Ofen mit dem Schlafplatz, auf dem sie immer lag, der Schrein für den heiligen Nikolaus, aus dem jetzt eine Ecke mit Ikonen geworden ist, die Gläser am Fenster, genau dort, wo Nelly sie aufbewahrt hat. Dies *ist* die Vergangenheit. Tonja hat sie betreten, und hier hat Walentin die ganze Zeit auf sie gewartet.

Vielleicht ist er ursprünglich hierhergekommen, um sie zu suchen.

»Walentin«, sagt sie, und der Name hat einen Geschmack, eine Struktur, »ich bin es. Tonja.«

»Hast du dich verlaufen?«, fragt er, als verstünde er sie nicht.

Das ist also passiert. So geht es ihm also.

Aber sie wusste immer, dass es so kommen würde. Das Weiße Meer hat ihm zu viel geraubt, und Menschen können nicht so einfach regenerieren. Sie wusste, dass sie einander eines Tages direkt gegenüberstehen würden, ohne dass er sich an sie erinnern, sie erkennen, sie anlächeln, sie necken, sie umarmen, sie gar berühren würde. Und sie ist darauf vorbereitet.

»Nein«, sagt sie. Es scheint immer noch zu regnen, sogar hier drinnen. Sie wischt sich das Wasser von den Wangen. »Ich habe gefunden, wonach ich gesucht habe.«

»Du weißt, wohin du gehen musst?«

»Ich bin schon da.«

Ihre Antwort scheint ihn nicht zu befriedigen. Seine bewölkten Augen blicken durch sie hindurch, und er sagt erneut: »Ich kenne dich nicht, Genossin.«

»Es spielt keine Rolle, ob du mich kennst.« Tonja drückt das Taschentuch zusammen. »Ich habe etwas Zeit. Soll ich dir nicht eine Geschichte erzählen?« Er schüttelt den Kopf, aber sie möchte weiterreden, denn sonst wird sie nie mehr in der Lage sein, noch einmal anzusetzen. Ihre Augen sind zu voll, ihr Mund zu salzig. »In weiter Ferne«, sagt sie, »und vor längst vergangener Zeit gab es einmal ein Königreich, in dem eine Prinzessin in einem Palast am Meer lebte, weit entfernt von der Stadt, weit entfernt von den Menschen. Eines Tages ließ sie die Palastmauern hinter sich, aber sie wusste nicht, wohin sie sich wenden sollte. Sie ging den ganzen Weg bis ins Königreich …«

»Halt«, flüstert er.

»Als sie eine Stimme hörte, die sie in ihren Bann zog …«

»Hör auf.«

»Na gut«, sagt sie reumütig. »Meine Geschichten haben dir ohnehin nie besonders gefallen.«

»Nein«, sagt Walentin, »das ist nicht der Grund.«

»Was dann?«

»Ich habe sie schon gehört«, sagt er. »Ich habe sie schon einmal gehört.« Er sieht sie wieder an, und was immer er sieht, es ist genug. »Ich habe deine Stimme gehört.«

Tonja lässt das Taschentuch los. Sie geht auf ihn zu, umarmt ihn, legt ihren Kopf an seine Brust. Sein Atem ist rau und unregelmäßig. Seine Arme schließen sich um sie, aber vielleicht nur, um sich festzuhalten, um nicht umzufallen. *Ich habe dich länger geliebt als irgendjemanden sonst*, möchte sie sagen, *und ich werde dich länger lieben als alles, was gerade zu Ende gegangen ist, länger, als all das hier um uns herum Bestand haben wird*, aber sie kann nicht mehr sprechen. Sie hat den Fehler gemacht, damit aufzuhören. Walentin sagt etwas in ihr Haar, *Antonina*, oder vielleicht sagt er auch nichts und es ist nur in ihrem Kopf. Aber von all den Dingen, die nur ihrem Kopf entsprungen sind, ihren Geschichten, ihren Märchen, ihren Träumen, von all den Enden, die sie sich je hätte ausdenken können, hat sie sich dieses nicht vorstellen können.

Aber halt. Es ist nicht das Ende.

Heute ist nicht der letzte Tag. Heute ist der erste Tag.

EPILOG

Ich kehre in Mums Wohnung zurück. Ich gehe ihre Post durch und atme ihren Duft ein. Ich wende mich ihrer Sammlung von Porzellanpuppen zu, und obwohl sie mir immer noch Angst machen, bringe ich den Mut auf, eine hochzunehmen. Schnell setze ich sie wieder ab. Wie immer blinzeln die großen blauen Augen nicht. Aber sie sollten blinzeln.

Die Puppe, die Eduard Daineko auf unserem Wohnzimmersofa liegen ließ, war von der gleichen Sorte und hatte die gleichen mundgeblasenen Glasaugen, und als ich sie in Moskau herumtrug, bemerkte ich, dass ihre Augen blinzelten. Auf und zu, auf und zu, immer, wenn die Puppe bewegt wurde.

Wieso machen diese Augen das nicht auch? Ich nehme die Puppe wieder hoch. Ich drehe sie um und stelle sie auf den Kopf. Ihre Perücke fällt ab. Unter der Perücke, auf der kahlen Kopfhaut der Puppe, ist ein großer Kreis zu sehen. Er ist ein Teil des Kopfes.

Derjenige, der ihn zuletzt geöffnet hat, hat ihn nicht richtig wieder aufgesetzt. Ich habe das Gefühl, als würde ich eine Autopsie durchführen, und stemme wider besseres Wissen diesen seltsamen Kreis vollends auf.

Der hohle Kopf ist mit Papier vollgestopft.

Das ist es, was nicht stimmt. Hinter den Augen befindet sich ein kleines Pendel, das nun durch die Menge an Papier niedergehalten wird. Ich nehme es raus, und schon schwingt das Pendel wieder, die Puppe kann blinzeln. Siehst du, Mum? Ich habe sie für dich repariert.

Ich wende meine Aufmerksamkeit dem Papier zu. Auf jedem

einzelnen Blatt steht dasselbe, jedes einzelne ist datiert, über Jahre hinweg.

Liebe Mama, bitte verzeih mir.
Katja.

Ich setze den Kopf der Puppe, so gut es geht, wieder zusammen, setze ihr auch die Perücke wieder auf, bringe die Puppe zu den anderen zurück und lege sie auf den Rücken, damit sie endlich die Augen schließen kann. *So*, sage ich laut. *So ist es gut. Es ist alles in Ordnung. Du kannst dich jetzt ausruhen.*

Anmerkungen der Autorin

Diese Anmerkungen sind für all jene gedacht, denen es (wie mir!) gefällt, die Geschichten hinter einer Geschichte zu erfahren, aber zuerst eine kurze Warnung: Es folgen Spoiler!

Ich war schon immer von Familiengeheimnissen besessen und werde es wohl auch immer sein. Bei meinem Großvater zum Beispiel gab es eine sehr klare Grenzlinie, die die beiden Teile seines Lebens voneinander trennte: in die Zeit »vor« einem traumatischen historischen Ereignis (die kommunistische Revolution in China 1949, vor der er geflohen ist) und die Zeit »danach«. Er sprach nie über das »Davor«, und er ist gestorben, bevor ich den Mut aufbrachte, ihn nach dem »Danach« zu fragen. In den letzten Jahren ihres Lebens versuchte ich, meine Großmutter nach ihrer Kindheit zu fragen, in der sie in Taiwan unter japanischer Besatzung aufwuchs, aber sie redete nur um den heißen Brei herum und griff auf Anekdoten zurück, die sie schon unendlich oft erzählt hatte und die im Wesentlichen fest gefügt waren – sie benutzte immer dieselben Worte und machte mit ihren Händen sogar dieselben Gesten. Die älteren Mitglieder meiner Familie haben immer versucht, den jüngeren den Eindruck zu vermitteln, dass ihr Leben erst mit dem Auftauchen ebendieser jüngeren begonnen habe, aber im Ergebnis ist nicht ganz dieser Eindruck entstanden. Eher eine Lücke. Und eine Lücke lässt, wie Rosie in diesem Roman herausfindet, Raum für Fantasie.

Die Porzellanpuppe ist ein Roman über Geschichten, die zwischen den Zeilen stehen. Über das Ungesagte, Unausgesprochene, Ungeformte, Unergründliche. Der Rahmen des stalinistischen Russlands, in dem die Menschen gezwungen waren, Geheimnisse zu bewahren, den Mund zu halten und ein äußerlich unauffälliges Leben zu führen, eignet sich in vielerlei Hinsicht für solche Themen. Aber es ist auch ein Roman über Mütter, Töchter und Enkeltöchter. Es geht um ein Mädchen, das entdeckt, dass die Dinge, die vor ihrer Geburt geschehen sind, nicht nur ihre Familie zu dem gemacht haben, was sie ist, sondern auch sie zu dem Menschen, der sie ist.

Im Folgenden gehe ich auf meine Inspirationsquellen für die einzelnen Figuren des Romans ein und gebe ein paar weitere Hinweise.

Alexej

Alexej ist meine eigene Schöpfung und basiert nicht auf einer bestimmten Person. Als ich die Figur entwarf, ließ ich mich jedoch von Slawomir Rawicz' Memoiren *Der lange Weg* (1956) inspirieren, in denen er seine Flucht aus einem Gulag und seine anschließende, erschütternde Reise in die Freiheit beschreibt. Erst viel später stellte man fest, dass es keine Beweise für eine Flucht von Rawicz gab – im Gegenteil, es existierten Beweise dafür, dass er entlassen worden war. Wie auch immer die Wahrheit in diesem Fall aussieht, wenn eine Geschichte gut genug ist, wenn sie überzeugend und bewegend genug erzählt wird, wollen die Menschen sie glauben.

Es gibt ein paar oberflächliche Ähnlichkeiten zwischen Alexejs Leben und dem des Schriftstellers Alexander Solschenizyn (wer mit Solschenizyn vertraut ist, hat dies vielleicht schon bemerkt). Alexejs bahnbrechendes Werk wird in Europa veröffentlicht, er wird daraufhin aus Russland ausgewiesen und schließlich wieder eingeladen. Diese Abläufe fügten sich für mich gut in die Handlung der *Porzellanpuppe* ein. Alexej soll in keiner Weise der echten Person Solschenizyns ähneln oder an sie erinnern. Dessen Werk über das sowjetische Lagersystem ist eine Klasse für sich.

Tonja

Ich interessiere mich schon mein ganzes Leben lang für Märchen, aber auch für Mythen, Großstadtlegenden und magische, unheimliche Geschichten im Allgemeinen. Alexander Afanasjews *Russische Märchen*, Mitte des 19. Jahrhunderts erschienen, ist eine meiner liebsten Sammlungen solcher Geschichten. Darin enthalten ist die Geschichte von Wassilissa der Wunderschönen, einem Mädchen, das sich auf die Weisheit und den Einfallsreichtum einer magischen sprechenden Puppe verlässt, die sie in ihrer Tasche trägt. Meiner Meinung nach ist die Puppe der wahre Mensch: Sie denkt, handelt und trifft Entscheidungen, und das alles im Dienste einer anderen. Tonja ist die titelgebende *Porzellanpuppe* meiner Geschichte, aber die wirkliche Puppe ist Alexej: Unter seiner glänzenden, stark kuratierten öffentlichen Fassade befindet sich keine Substanz.

Märchen haben eine besondere allegorische Kraft, die zum Teil in ihrer Einfachheit und Struktur und in vertrauten Zeilen wie »In weiter Ferne und vor langer Zeit« liegt. Die Sowjets wussten das und produzierten und verbreiteten im Rahmen ihrer Propagandamaschinerie winzige fantastische Geschichten, die oft Abwandlungen traditioneller Märchen waren. Diese »korrigierten« Märchen haben mich schon immer fasziniert: Wenn es »richtige« Märchen gibt, bedeutet das, dass es auch falsche Märchen geben muss. Was macht man, wenn man die falschen schreibt?

Ich habe die Geschichten in Tonjas Notizbuch erfunden, sie basieren nicht auf bereits existierenden Volksmärchen. Einige von ihnen stellen Motive aus ihrem Leben dar, wie zum Beispiel ihre Hochzeit mit Dmitri, andere behandeln politische Themen (das Monster aus der Kanalisation ist die bolschewistische Revolution; der König, der es regnen lässt, ist Stalin), aber alle sollen eine höhere Realität widerspiegeln. Da jede vermeintliche Beleidigung oder Kritik am Regime verheerende Folgen haben konnte (und oft auch hatte), wusste Tonja, dass ihre Geschichten nicht offiziell veröffentlicht werden durften. Sie schrieb sie »für die Schublade«, so wird der umgangssprachliche Ausdruck dafür, *pisat w stol*, üblicherweise übersetzt. Ich gehe davon aus, dass sie nach ihrer Entlassung aus dem Gefängnis in den Sechzigerjahren versucht hat, ihre Geschichten über den dissidenten Untergrund im Selbstverlag zu veröffentlichen.

Einige der berühmtesten russischen Bücher des vergangenen Jahrhunderts hatten eine beträchtliche Lebensdauer als *Samisdat* oder *Tamisdat* (ins Ausland geschmuggeltes und dort veröffentlichtes Material). In den Achtzigerjahren (als es Tonja endlich gelingt, veröffentlicht zu werden) wurden innerhalb weniger Jahre unzählige Romane, die in den Jahrzehnten zuvor verboten oder zensiert worden waren, in der UdSSR publiziert, von *Lolita* über *Doktor Schiwago* bis hin zu Jewgenija Ginzburgs *Marschroute eines Lebens*.

Es gibt Stellen in Tonjas Erzählung, an denen ich mir ein gewisses Maß an poetischer Freiheit erlaubt habe, und ich möchte einige davon hervorheben. Erstens gibt es mehrere historische Details, die entlehnt oder verändert und dann in die Welt der *Porzellanpuppe* eingewoben worden sind. Zum Beispiel habe ich für die Einrichtung von Tonjas Haus an der Fontanka Elemente aus den Privaträumen der Romanows im Winterpalast verwendet. Der Name Popowka stammt von der realen Heimatstadt des Fürsten Georgi Lwow und Otrada vom verlassenen (und wunderschönen) realen Haus Semenowskoje-Otrada, die beide in der Provinz Tula liegen. In seinen Briefen an Tonja schreibt Walentin: »Warte auf mich«, eine bewusste Anspielung auf den Titel eines meiner Lieblingsgedichte, »Wart auf mich« von Konstantin Simonow, der Rosies Figur auch seinen Nachnamen gab.

An anderer Stelle habe ich mir weitere Freiheiten erlaubt. Zum Beispiel zieht Tonja Jahre nachdem sie Leningrad verlassen hat, mit Walentin in eine Gemeinschaftswohnung im Haus an der Fontanka. Vielleicht wäre das möglich gewesen, es ist aber zugegebenermaßen unwahrscheinlich. Ebenso wird der Schwierigkeit, von einer Stadt in die andere umzuziehen, in der *Porzellanpuppe* kaum Rechnung getragen; Walentin erwähnt seine Beziehungen, die er benutzt hat, um eine *propiska* (eine Aufenthaltsgenehmigung) für Leningrad zu erhalten – und ausführlich werde ich bewusst nicht. Es stimmt, dass Beziehungen in Sowjetrussland Gold wert waren. (Eine zusätzliche Anmerkung: Walentin kehrte heimlich nach Hause zurück, aber normalerweise durften sich ehemalige Häftlinge nicht in Großstädten niederlassen.)

In den Kapiteln über die Belagerung Leningrads gibt Tonja einen Teil von sich selbst ihren Kindern zu essen. Sie denkt über den wichtigen Unterschied nach, der im Russischen besteht zwischen der Ermordung eines Menschen zu dem Zweck, ihn zu essen (*ljudojedstwo*), und dem Verzehr des Fleisches eines bereits toten Menschen (*trupojedstwo*). In diesen schrecklichen Monaten wurde Kannibalismus zwar praktiziert, vor allem von Frauen, aber ich möchte betonen, dass er kein bestimmendes Merkmal der Leningrader Blockade war. Für die überwiegende Mehrheit der Menschen gehörte er überhaupt nicht zu ihrer Erfahrung. Für Tonja jedoch stellt er einen Wendepunkt dar, denn der Geruch ihres eigenen Fleisches beim Kochen ermöglicht ihr schließlich, sich dem verdrängten Trauma und dem Missbrauch durch ihre Mutter zu stellen. Da der Geruchssinn mehr als alle anderen Sinne mit dem Gedächtnis verbunden ist – Gerüche können noch lange nach einem Ereignis sehr lebendige Erinnerungen auslösen –, wollte ich, dass Zoja auf diese Weise mit Rosie zu kommunizieren beginnt.

Ich weiß noch, wie ich zum ersten Mal in Anne Applebaums *Der Gulag* (2003, deutsch 2005) gelesen habe, dass in der Welt der sowjetischen Arbeitslager die Fähigkeit, Geschichten zu erzählen (oder jede andere Art zu unterhalten), einem Gefangenen das Überleben sichern konnte. Ich wusste immer, dass Tonjas Erzählkunst ihr Freibrief, ihr Weg hinaus aus Workuta sein würde. Obwohl die Fluktuation zwischen den Lagern fließend und das System ziemlich chaotisch war, basiert der Tausch von Natalja und Tonja im Stil des Grafen von Monte Christo nicht auf einem realen Fall, der mir bekannt wäre. (Das heißt aber nicht, dass so etwas nicht passiert ist.)

Rosie

Viele sowjetische Schriftsteller waren geübt darin, ihre Werke mit Subtext zu unterlegen. Eine beliebte Theorie, die mir immer gefallen hat, besagt, dass Dmitri Schostakowitsch, der berühmte Komponist, dessen Beliebtheit bei Stalin schwankend war, seine Kompositionen verschlüsselte, indem er einen Geheimcode hinzufügte, mit dem er eine antisowjetische Botschaft übermitteln konnte. (Für Neugierige: Es begann alles mit der Einleitung des Herausgebers von *Zeugenaussage*, Schostakowitschs Memoiren). Rosies Erinnerung an Gespräche mit ihrem Vater über die Idee, in ein Musikstück oder ein anderes Medium einen Code einzuschreiben, spiegelt meine Faszination für diesen Gedanken wider.

Walentin

Walentins »Arbeit« bleibt unbestimmt, um nicht in die dicht gedrängte politische Geschichte der Russischen Revolution und ihrer Folgen eintauchen zu müssen. Um den Kontext zu verdeutlichen: Meiner Ansicht nach war Walentin vor seiner Verhaftung 1924 mit der linken Opposition verbunden (kurz gesagt, er war Trotzkist) und aktiv an einem Komplott gegen Stalin beteiligt. In den Jahren, die Walentin im Exil verbrachte, wurde der organisierte Widerstand gegen Stalin jedoch praktisch ausgelöscht, was durch die Verhaftung von Martemjan Rjutin und seiner Anhänger im Jahr 1932 (auch bekannt als Rjutin-Affäre) unterstrichen wurde. Auch für die späten Dreißigerjahre bleibt unklar, worin Walentins »Arbeit« bestand und/oder ob ein Teil davon nur in seinem Kopf stattfand. Für den Fall, dass er gut organisiert gewesen wäre oder einen klaren Kopf gehabt hätte, ließen sich sicherlich Gruppierungen einer linken Opposition gegen Stalin finden.

Bei der Ausarbeitung der Figur des Walentin habe ich mich an mehreren realen Persönlichkeiten orientiert, unter anderem an Viktor Serge (Autor von *Erinnerungen eines Revolutionärs*) und Eduard Dune (*Notes of a Red Guard*).

Zum Schluss

Ich verwende absichtlich nur wenige der im Russischen üblichen Diminutive (Maria wird zu Mascha/Maschenka usw.). Auch verzichte ich der Einfachheit halber oft auf die förmliche Anrede mit Vornamen und Vatersnamen (Alexander Petrowitsch, Alexandra Petrowna). Ich habe mich aus Gründen der Lesbarkeit nicht für ein offizielles System der Transliteration vom kyrillischen ins lateinische Alphabet entschieden und gängige Schreibweisen beibehalten, zum Beispiel Jelzin.

Wenn Sie bis hierhin gelesen haben, möchte ich Ihnen noch verraten, dass ich in diesen Roman etwas eingebaut habe, was man nicht unbedingt »sieht«, nur so zum Spaß. In der *Porzellanpuppe* gibt es mehrere Anspielungen auf Tolstois *Anna Karenina*, von denen keine explizit oder gekennzeichnet ist. Falls Sie den Roman gelesen haben oder es jemals vorhaben, werden Sie einige oder alle dieser kleinen Huldigungen entdecken.

Zusätzliche Anmerkungen

Alle englischen Übersetzungen der russischen Texte in diesem Roman (mit einer Ausnahme, die unten erwähnt wird) sind meine eigenen. Alle Fehler sind meine eigenen.

Die Gedichtzeile des Mottos stammt aus dem Gedicht *Mne Grustno na tebja Smotret* von Sergej Jessenin. In der englischen Fassung bin ich auf diese Zeile zum ersten Mal in Warlam Schalamows *Erzählungen aus Kolyma* gestoßen. Ich möchte Schalamow jedem ans Herz legen, der sich für das Lagerleben interessiert, zumal sein Buch einen interessanten Kontrast zu Solschenizyn bildet.

Die Worte von Nataljas Tätowierung – Ich bereue nichts, ich vergieße keine Tränen – stammen ebenfalls von Jessenin, aus dem Gedicht *Ja Ne Shalelju, Ne Zovu, Ne Plachu.* Jessenin hat sich 1925 das Leben genommen.

In den ersten Tonja-Kapiteln schließlich werden die Daten nach dem (alten) julianischen Kalender angegeben. Ich habe es vorgezogen, die Monate so zu belassen, wie die beteiligten Charaktere sie damals bezeichnet hätten.

Danksagung

Mein Dank gilt allen bei Allison & Busby. Aufrichtigen Dank an Lesley Crooks dafür, dass du an dieses Buch geglaubt hast, an Claire Browne, Christina Storey und Sara Magness für ihre unglaublich harte Arbeit und Unterstützung und an Christina Griffiths.

Dank an meine Agentin Sharon Galant dafür, dass du eine so unermüdliche Verfechterin meines Werks bist, und an Thomasin Chinnery für die Hilfe dabei, durch die Welt der Buchverträge zu navigieren.

Ich bin Michele Rubin dankbar, die über eine Stunde damit verbracht hat, mit mir am Telefon die erste, chaotische Version dieses Buches zu besprechen, und Helen Corner-Bryant für ihr aufschlussreiches Feedback und ihre Vertrauensbekundung. Wendy vom Caledonia Novel Award hat mich so unterstützt; danke für die schiere Aufregung, in die engere Auswahl gekommen zu sein.

Keine Schriftstellerin ist eine Insel – danke Eleonora und Catherine, dass ihr die besten Autorenkolleginnen wart, die man nur haben kann, für eure endlose Lektüre und Kritik, für das Lachen, den Kameradschaftsgeist, das Geplauder auf Zoom, die Weinverkostungen, und ganz grundsätzlich dafür, dass ihr der Resonanzboden für alles seid, was ich jetzt tue. Meine früheren und gegenwärtigen Mitstreiterinnen bei den Critters, Felicity, Sue, Charlotte, Melissa und Marcelle: Ich danke euch für eure Inspiration und eure Weisheit. Ein zusätzlicher Gruß geht an die Schriftstellerinnen und Schriftsteller, die ich über die sozialen Medien kennengelernt habe und die mir so großzügig ihre Zeit zur Verfügung gestellt haben, und auch an die Buch-Community, die so voller Energie Bücher liest und fördert.

An die Freunde, die mir auf dem Weg zur Seite gestanden haben, danke: Samna für die tollen Fotos, Kaffeeklatsche und die treuen Dienste als Leserin; Sasha, *spasibo bolschoje* dafür, dass du alle meine Fragen beantwortet hast, Valia dafür, dass du meine Ansprechpartnerin in London warst, Sabine für deine Begeisterung von den ersten Tagen an. Und Samangie natürlich, ich weiß nicht, was ich ohne dich machen würde. Danke für alles.

Worte sind unzureichend, aber ich danke meinen Eltern für ihre unerschöpfliche Geduld und Großzügigkeit, Collin für den fantastischsten Song, meinen Kindern dafür, die süßesten, eifrigsten und unglaublichsten Menschen zu sein; und danke, Steffen, für so vieles, dass ein gänzlich anderes Buch nötig wäre, um alles aufzuzählen, aber vor allem dafür, dass du dafür gesorgt hast, dass ich immer gut koffeiniert war.